secession

WENN MIT MEINER UNSCHULD NICHT ALLES VOR DIE HUNDE GING

EMMANUELLE
BAYAMACK-TAM

secession VERLAG FÜR LITERATUR

S

WENN MIT MEINER UNSCHULD NICHT ALLES VOR DIE HUNDE GING

EMMANUELLE
BAYAMACK-TAM

ROMAN

Aus dem Französischen von Christian Ruzicska und Paul Sourzac

secession VERLAG FÜR LITERATUR

Dieses Buch erscheint im Rahmen des Förderprogramms des Institut français.

Dieses Buch erscheint im Rahmen des Förderprogramms des französischen Außenministeriums, vertreten durch die Kulturabteilung der französischen Botschaft in Berlin.

Liberté • Égalité • Fraternité
RÉPUBLIQUE FRANÇAISE

AMBASSADE DE FRANCE
EN
REPUBLIQUE FEDERALE
D'ALLEMAGNE

BUREAU DU LIVRE

Erste Auflage

Übersetzung: Christian Ruzicska und Paul Sourzac
Lektorat: Alexander Weidel
Korrektorat: Peter Natter
www.secession-verlag.com

Gestaltung, Typographie, Satz und Litho:
KOCHAN & PARTNER, München
Druck und buchbinderische Verarbeitung:
Friedrich Pustet, Regensburg
Papier Innenteil: Fly 05, 100 g/qm
Papier Überzug: Marcate Ceylon Cumino 140 g/qm
Papier Vor- und Nachsatz:
Papier Union Pop Set Cosmo Pink, 120 g/qm
Gesetzt aus 9/13 Cordale regular/italic

Printed in Germany
ISBN 978-3-905951-29-5

»Aber kein dem Menschen geschuldeter Respekt, keine falsche Scham,
kein Bündnis, kein allgemeines Wahlrecht werden mich zwingen,
das beispiellose Kauderwelsch dieses Jahrhunderts zu sprechen, noch je
die Tinte mit der Tugend zu verwechseln.«

C. B.

INHALT

1. BANG BANG

Als meine Großmutter versucht, die Schenkel wieder zu schließen, hindert die Hebamme sie daran und beginnt unverzüglich, ihren schmerzenden Damm abzureiben. Meine Großmutter täte gut daran, den Grund dieser Brutalität zu hinterfragen, aber da sie stets ein Händchen dafür hatte, die Gunst des Augenblicks zu nutzen, gönnt sie sich die Entspannung, die ihr die wiedergewonnene Ruhe ihrer Eingeweide und das rasche Entschwinden ihres Neugeborenen gewähren. Sie lässt gedankenverloren die Hand über ihren eingesunkenen Bauch fahren und kommt gerade noch dazu, die letzten Wehen, die absterbende Replik des großen Tohuwabohu zu spüren, bevor sie von einer Plazenta erlöst wird, deren Existenz ihr unbekannt war und die sich in drei wollüstigen Zuckungen aus ihr herausdrückt.

Allein gelassen, die Beine noch immer in archaischen Bügeln hängend, wird meine Großmutter von einem nervösen Lachen erfasst. Sie täte gut daran, den Sinn auch dieser Einsamkeit zu hinterfragen, aber mit ihren sechsundzwanzig Jahren weiß sie bereits genug vom Leben, um sich über nichts mehr zu wundern und hinzunehmen, dass Einsamkeit unser Daseinsgrund ist. Alles, was ihr in den Sinn kommt, sind die Fetzen eines Liedes von Nancy Sinatra, »Bang Bang«, sowie die leuchtende und erstarrte, gleichsam in der schimmernden Falle ihres Gedächtnisses gefangene Erinnerung an den Strand von Sidi Fredj.

Schwebend, glückselig, möchte sie beinahe schon vor sich hin summen, als ihr endlich die Frucht ihres Leibes hingehalten wird, eingepackt in einen smaragdgrünen Samtstrampler mit appliziertem Bienenwabenmusterlatz, ein Kleidungsstück, das ihr merkwürdig bekannt vorkommt, bis sie sich schließlich daran erinnert, es selbst in der Babyabteilung bei *Dames de France* gekauft zu haben.

Bang bang, meine Großmutter kann das Leben noch so gut kennen, eine Vorbereitung für das, was jetzt folgt, gibt es nicht. Sie schließt die

Augen, kreuzt die Finger, sucht nach der rechten Geste, dem magischen Schlüssel, aber nichts zu machen, keine Taube flattert da mühsam aus irgendeinem Hut, kein Hase quält sich da aus ihm hervor, keine ellenlange Folge von Halstüchern entwindet sich der gestärkten Tasche der Hebamme, die nicht davon ablässt, ihr ein Baby hinzuhalten, dessen ergreifend hässliches Gesicht einen erbärmlichen Kontrast darstellt zu dem prunkvollen Kleidungsstück, das ihm seine Eltern ausgesucht hatten, als es höchste Zeit war, auch an Kleidung zu denken.

Meine Großmutter streckt, da die Umstände es erfordern, jedoch ohne jeglichen Elan, die Arme in Richtung ihres Sprösslings, dessen sich die Hebamme mit ebenso deutlicher wie demütigender Erleichterung entledigt. Bang bang, ein Gefühl der Ungerechtigkeit brandet in meiner Großmutter auf, die eine Kränkung auf den ersten Blick zu erkennen vermag. Wir befinden uns Ende der sechziger Jahre, noch hätte keine Ultraschallaufnahme die finsteren Tiefen ihrer Schwangerschaft ergründen können; noch hätte keine pränatale Untersuchung ihr eröffnen können, dass ihr erstes Kind ein Mädchen und dass dieses Mädchen an etwas erkrankt war, das landläufig noch immer als Hasenscharte bezeichnet wird. Heute spräche man eher von einer Lippen-Kieferspalte, die, im Falle meiner Mutter, da ja von meiner Mutter die Rede ist, in eine Gaumenspalte übergeht, ganz abgesehen von einem gespaltenen Zäpfchen, dessen Existenz sich hinsichtlich der anderen erfassten Fehlbildungen letzten Endes aber als belanglos erweisen wird.

Meine Großmutter drückt ihren Säugling fester an sich. Der kleine Kopf beginnt sich umgehend mit animalischer und blinder Entschlossenheit zu bewegen, bis es ihm gelingt, an einer von neun Monaten Schwangerschaft überdehnten und grünadrigen Brustwarze anzudocken. Wachsam hinunterschielend auf die klaffenden Nasenlöcher und die rätselhaft dreiblättrige Lippe ihres Neugeborenen, wendet sich meine Großmutter an die Hebamme:

– Wird es saugen können?

– Das wird schwierig.

Meine Großmutter verspürt nur allzu deutlich die perverse Genugtuung, die die Hebamme bei der Formulierung ihrer Diagnose empfindet, aber ohne besondere Gefühlsregungen preiszugeben, begnügt sie sich damit, den gierigen Mund ihres Kindes passender an ihre schmerzende Brust zu legen. Aller Erwartung zum Trotz gelingt es derjenigen, die nur dreiundzwanzig Jahre später meine Mutter werden wird, einen Rachen voll Kolostrum hinunterzuschlucken, dann einen zweiten, woraufhin sie sich unter Protestgeschrei nach hinten wirft – denn auf meine Mutter ist Verlass in Sachen Wut und Lärm.

– Wie werden Sie es nennen?

Kalt erwischt, versucht meine Großmutter Zeit zu gewinnen und die Panik zu unterdrücken, die sie überfällt zwischen dem Baby, das schreit, und der Hebamme, die sie mustert. Nicht etwa, dass sie vergessen hätte, für welche Vornamen sie sich entschieden hatte, und zwar gemeinsam mit dem Vater dieses Neugeborenen, das da zwischen ihren Armen schäumt und krampft, bei dem sie aber noch immer nicht weiß, ob es ein Junge oder Mädchen ist.

Ohne ihre Feindin zu konsultieren, lässt sie zwei Ton in Ton unisexgrün lackierte Druckknöpfe aufspringen. Wir befinden uns Ende der sechziger Jahre, Wegwerfwindeln gibt es noch keine, und so hat meine Großmutter mit den Sicherheitsnadeln zu kämpfen, bevor es ihr endlich gelingt, aus den Windeln zu schälen, was sich als ein kleines, im Genitalbereich vollkommen wohlgeformtes Mädchen erweist. Überschwemmt von viel zu vielen absurden Gedanken, verkrampft sich meine Großmutter, sieht sich aber vom gleichen wilden Lachen eingeholt wie kurz zuvor auch schon. Bang bang: Es wäre besser gewesen, sagt sie zu sich selbst, die Fehlbildungen hätten die Vulva meiner Tochter betroffen anstatt Mund und Nase; bang bang, es wäre besser gewesen, ihr dieses Wams aus unnötig glänzendem Samt nicht gekauft und sie auch nicht im Vorfeld schon mit unnötig fürstlichen Namen getauft zu haben, die für ein normales Baby ihren Zweck erfüllt hätten, für das Monster jedoch, das ich gerade in die Welt gesetzt habe, eine Verschwendung darstellen, ja sogar eine weitere Schmach.

Während jener Zeit, da das noch zu gebärende Kind nichts anderes tat, als ab und an die Seiten meiner Großmutter zu zerbeulen, hatten die Eltern in spe ihre Entscheidung zugunsten von Léopold und Fabiola gefällt, eine Wahl, die unter dem Deckmantel der Würdigung der wallonischen Herkunft meines Großvaters wohl eher ihrer beider Traum von Größe verriet. Wie dem auch sei, meine Großmutter zieht dieses Baby, das sie dazu zwingt, ihre dynastischen Ambitionen zurückzustellen, wieder an und wiegt es nachdenklich, während sich die Hebamme um sie herum zu schaffen macht.

– Ich werde Ihnen einen kleinen Plastikgaumen bringen: den wird es brauchen. Und dann werde ich ihm ein Fläschchen bereiten. Es würde mich wundern, wenn Sie gute Milch hätten, Sie sind zu mager.

– Ich glaube, ich will weiterhin stillen. Wir werden ja sehen.

– Ich kenne mein Metier, wissen Sie. Solche wie Sie habe ich haufenweise gesehen, die wollen stillen, halten aber keine achtundvierzig Stunden durch. Also warum Ihnen nicht gleich unnötige Leiden ersparen?

Meine Großmutter ist der festen Überzeugung, ihr die Leiden ersparen zu wollen, stelle nicht die lobenswerte Sorge dar, die ihre Beißerin antreibt. Allein schon die kleinen, geheuchelt mitleidsvollen Zungenschnalzer, die sie mit jedem weiteren Blick auf das Neugeborene von sich gibt, allein schon das scheinheilige Beharren, mit dem sie wieder und wieder auf die Frage nach dem Vornamen zurückkommt, als wäre es nicht das Gebot der Stunde, die Gebärende über den Schock und die Enttäuschung hinwegzutrösten, von denen sie sich mehr schlecht als recht zu erholen und deren Ausmaß sie zu kaschieren sucht.

– Der Standesbeamte wird nicht lange auf sich warten lassen, wissen Sie.

– Um was zu tun?

– Sie müssen es ihm dann mitteilen. Was den Vornamen anbelangt. Oder *die* Vornamen. Sie können bis zu vier geben.

Den Blick ostentativ auf das viereckige, von der Hebamme auf Höhe des Herzens getragene Namensschild gerichtet, raunt meine Großmutter voller Perfidie:

– Im Falle eines Mädchens hatten wir an Gladys gedacht.

Totenstille knallt nieder auf diesen Saal, der den Geburten zugedacht ist. Aber es muss angenommen werden, dass nicht alle Geburten den gleichen Wert besitzen und weder zur gleichen Aufmerksamkeit noch zur gleichen Freude Grund geben. Unter dem unerbittlichen und erschöpften Blick meiner Großmutter errötet die Hebamme und sucht nach einer Retourkutsche, die sie niemals finden wird – und das aus gutem Grunde: Wie ablehnen, dass ein Kind heißen soll wie sie und dies zweifelsohne auch noch ihr zu Ehren? Zuzugeben jedoch, dass diese Ehre zugleich eine Beleidigung sei, dies genau ist für beide Seiten schlechterdings unmöglich. Meine Mutter wird Gladys heißen und die fürstlichen Vornamen werden den anderen Kindern dienen – meinem Onkel Léopold und meiner Tante Fabiola, er wie sie glücklicherweise bar sichtlicher Makel.

Das Leben ist ungerecht, denn meine Mutter ist eine Prinzessin und hätte Ehrentitel nötiger als jede andere, in erster Linie einen Vornamen, der ihre Würde bezeugte anstelle dieses »Gladys«, das als Rache einer Frau entgegen geschleudert wurde, die meine Großmutter bis hin zu deren bloßer Existenz umgehend nach dem Verlassen der Klinik vergessen haben wird.

Das Leben ist ungerecht, aber meine Mutter ist für das Leben geschaffen. Während meine Großmutter ihren Triumph und die Enttäuschung ihrer Feindin auskostet, saugt ihre Tochter wie wahnsinnig an der nährenden Brust, und was soll's, wenn sie sich verschluckt und hustet, was soll's, wenn ein guter Teil der Flüssigkeit droht, direkt in die Lungenbläschen zu schießen, ein Rest wird seinen Weg schon nehmen. Auf meine Mutter ist Verlass, wenn es anzugehen gilt gegen Widrigkeiten, auf meine Mutter ist Verlass, wenn es zu überleben gilt in feindlicher Umgebung.

2. WAS NÜTZT ES, DABEI ZU SEIN?

Möge sie mir gehören, diese Erzählung eines Beginns, der nicht der meine ist. So oder so, es muss ohnehin begonnen werden.
Mir diese Erinnerung, die nicht die meine ist. Es gehören ohnehin die Erinnerungen niemandem. Zu ungewiss ist ihre Natur, als dass wir uns ihres Besitzes brüsten dürften: zu fein die Unterscheidung zwischen ihnen und den Träumen, als dass wir auf das Gedächtnis auch nur irgendeine Art von Gewissheit gründen dürften, so auch jene, überhaupt etwas erlebt zu haben. Gut möglich sogar, dass wir gar nicht dafür geschaffen sind, uns zu erinnern, wenn ich einmal bezüglich des winzigen Anteils dessen urteile, was dem Vergessen entrinnt von all diesen zahlreichen Stunden, Stunden, die Sekunde für Sekunde uns durchzogen haben; Blutstrom, Pulsieren des Herzens, Ausatmen, Einatmen – und zum Schluss dann: nichts, so gut wie nichts, aufgelöst in Luft die zahlreichen Stunden, zwanzig Jahre Leben in einem Taschentuch.
Mir diese Erinnerung, die den gleichen Wert besitzt wie jede beliebige andere. Ich war nicht dabei? Stimmt, aber was nützt es, dabei zu sein? Meine Mutter, die dabei war, erinnert ihre Geburt und improvisierte Taufe auch nicht besser als ich.
Mir diese Erinnerung einer Erinnerung. Meine Großmutter ist eine ausreichend gute Erzählerin, um aller Welt das trügerische Gefühl zu vermitteln, dem Schauspiel beigewohnt zu haben.
Mir diese Erzählung, die sich meine Mutter immer ohne mit der Wimper zu zucken angehört hat, sie, die sonst so leicht aus der Reserve zu locken ist, sie, die immer so schnell ausrastet, wenn es gilt, seine Meinung kundzutun. Schon der geringste Sporn, und zack, da schlägt sie aus, zack, da tänzelt sie, und hopp, los geht's – und stundenlang geht's rund mit meiner Mutter, wo sie doch nichts auslässt, nicht eine

Auswalzung ihres konfusen Denkens, keine hirnrissige Idee, keine müßige Erwägung.
Um ihr das Wort abzuschneiden, blieb allein dieses Schauermärchen, in dem man sie ihre ebenso turbulenten wie enttäuschenden ersten Schritte in die Welt machen sieht. Sie hat es sich stets aufmerksam angehört, aber mit einem Ausdruck von Abwesenheit, der ihr sonst nicht eigen ist, sie, die auch nur den geringsten Abstand zu wem auch immer weder kennt noch respektiert.
Mir die Geschichte, die allein geeignet, dieses Mundwerk zu stopfen, das mit einem Hasen nie etwas anderes gemein hatte als den Namen – denn wenn man Wert legt auf Metaphern und Genauigkeit zugleich, dann lasst uns darin übereinkommen, dass Mund wie Nase meiner Mutter eher dem System einer Knolle entstammen, eines fleischigen Blütenstempels oder einer üppigen Beere. Heute hat ihre Oberlippe dank der plastischen Chirurgie eine zaghafte Linie wiedererhalten: Sie schmiegt sich eng an die Zahnreihe, doch scheinbar ohne Fruchtfleisch, und verzweigt sich nach oben hin zu einer doch recht plumpen, rosawulstigen Narbe. Die Nasenlöcher haben ihre furchteinflößende Asymmetrie verloren zugunsten akzeptabler Züge, doch die Nase bleibt platt und wie geweitet, was ihr einen schemenhaft aztekischen Ausdruck verleiht und ihr mit »Indianerin« den wohlwollendsten unter all ihren Spottnamen eingetragen hat.
Das Leben ist ungerecht, denn meine Mutter, deren Vorname für sich genommen schon eine Demütigung darstellt, schleppt noch dazu fünfundvierzig Jahre schmachvoller Spitznamen hinter sich her, die unweigerlich und in der Reihenfolge ihrer Prävalenz den Affen, die Sau, die Hündin zur Sprache bringen – und schließlich, und zwar erst am Ende der Liste, den Hasen, dem sie so wenig ähnelt.
Mit Vornamen kenne ich mich aus. Das Leben meiner Mutter ist dafür verantwortlich. Weil sich die Kränkung nicht auf die schändliche Wahl von Gladys beschränkt hat; die Kränkung rührt auch daher, dass Léopold und Fabiola Anrecht auf weitere Vornamen hatten: Louis, Alexandre und Maximilien für den einen, Astrid, Élisabeth und

Théodora für die andere, eine Abfolge von Köpfen, der eine adeliger als der andere, was mit Fug und Recht darauf schließen lässt, dass meine Großeltern von sozialer Revanche träumten, nicht aber auf ihre älteste Tochter zählten, um diesen Traum durchs Leben zu tragen.

Mit Vornamen kenne ich mich aus, aber auch mit elterlichen Projektionen, die mit ihnen einhergehen, selbst wenn ebendiese elterlichen Projektionen auf die Schnauze fallen. Und so haben Onkel Léo und Tante Faby sich ihre fürstlichen Vornamen sehr früh amputiert und ebenso früh auf ein ruhmreiches Schicksal verzichtet. Diejenige, die sich dem Ruhm am meisten nähern sollte, und auch hier wird man noch sehen, wie, ist meine Mutter, jene Gladys, auf die man so wenig setzte, dass sie nur Anrecht hatte auf einen Ersatznamen, eine erzwungene Wahl, eine aus Verbitterung und Vergeltung getroffene Wahl, während alle übrigen Kinder sahen, wie ihre Patentanten voller Wohlwollen und traumestrunken nach Größe sich über ihre Wiege beugten.

Mit Vornamen kenne ich mich aus, denn meine Mutter hat mich Kimberly genannt und ihre Projektionen waren schon immer schwieriger umzusetzen und zu verstehen als jene der anderen Eltern, selbst für mich, die ich Spezialistin bin für verdrehte Hirne. Da meine älteren Schwestern Svetlana und Ludmilla heißen, schien es tatsächlich unabwendbar, dass ich einen slawischen Vornamen abbekommen sollte, aber auf meine Mutter ist Verlass in Sachen Kontinuität: Kaum hatte sie ihrer Sammlung russischer Püppchen abgeschworen, kaum hatte sie mich Kimberly genannt, da hatten Lorenzo und Esteban auch schon die Familie vergrößert, bang bang, zwei im Abstand von neun Monaten geborene Jungen, was Bände spricht über die Laxheit meiner Mutter auf dem Gebiet der Empfängnisverhütung und zugleich erklärt, weshalb ich die letzten sechzehn Jahre in der Befürchtung verbrachte, sie würde damit wieder anfangen, zumal schwanger zu sein für sie beinahe ebenso grandios ist wie zu gebären.

Svetlana, Ludmilla, Kimberly, Lorenzo, Esteban: Solch folkloristische Farbenpracht könnte vermuten lassen, wir hätten nicht denselben Vater, aber auch dies hieße, Gladys schlecht zu kennen, und so heißt unser gemeinsamer Erzeuger Patrick, wie alle Jungen seiner Generation. Ich muss betonen, dass er mit der Wahl unserer Namen nichts zu tun hat. Man kann sogar sagen, dass er mit rein gar nichts etwas zu tun hat, was ihn aber nicht daran hindert, sich für unabdingbar zu halten und eine irre Energie darauf zu verwenden, das Oberhaupt der Familie zu spielen. Egal, zu welcher Stunde man ihn antrifft, mein Vater scheint stets überanstrengt und besorgt zu sein. Unsere Erziehung ist seine große Sache, auch wenn es ihm nur ab und an in den Sinn kommt, in immer wiederkehrenden Anwandlungen, im Zuge derer er uns zur Seite nimmt zwecks feierlicher Warnungen, mit zitternder Stimme Auge in Auge vorgetragene Predigten, die mich stets sehr kalt gelassen haben und von denen meine Geschwister wohl ebenso unbeeindruckt blieben wie ich, selbst wenn wir nie darüber sprachen, da mein Vater nun wirklich kein Gesprächsthema ist. Es scheint ganz in seiner Natur zu liegen, keinen Eindruck zu hinterlassen und niemanden zu interessieren. Es gibt solche Leute, deren Leben vollkommen im Dunkeln bleibt, unabhängig von der Kraft, die sie aufbringen, um zu existieren.

Alle vergessen meinen Vater, selbst seine eigenen Kinder, was ausgesprochen ungerecht ist, denn er ist ein charmanter und fröhlicher Mensch, unfähig, Böses zu denken oder schäbig zu handeln, stets ergeben und hilfsbereit. Und noch dazu ist er von strahlender Schönheit mit seinen goldbraunen Locken, seinen klaren Augen, seinem großzügigen Mund und vor allem seiner majestätischen, spitz zulaufenden, Neid erregenden Nase, die ich geerbt.

Denjenigen, die sich nun fragen, warum er, gesegnet mit solch vorteilhafter Körperlichkeit, unter allen Frauen eine derart benachteiligte erwählte, würde ich gerne antworten, dass die Schönen, die sich nichts zu beweisen haben auf dem Gebiete der Schönheit, die Hässlichen zu lieben und zu heiraten sich leisten können. Aber jedermann weiß ja, dass dieser vernünftig klingende Grundsatz eine Lüge ist, und dass Schönheit Schönheit anzieht, da das Leben ja ungerecht, und um dies zu beweisen, reicht mir mein eigenes Leben doch wirklich mehr als genug. Da es hier nun aber um Wahrheit und Wahrscheinlichkeit geht, zwingen mich diese einzuräumen, dass mein Vater sich aufgrund seiner geringen Körpergröße auf dem Markt der Liebenden nie besonders laut aufgespielt hat. Sehr gut möglich sogar, dass er im Vergleich zu meiner Mutter mehr Komplexe, ja, sogar als einziger der beiden überhaupt welche hat. Denn das Leben kann noch so ungerecht sein, manchmal fängt es sich dann doch wieder mit merkwürdigen Kompensationsmechanismen, so zum Beispiel jenem, der es einer durch eine Hasenscharte entstellten jungen Frau erlaubt, sich im Spiegel voller Genugtuung zu betrachten, voller Entzücken sogar im Falle meiner Mutter.

Tatsächlich kenne ich niemanden, dessen Narzissmus derart unanfechtbar ist wie der ihre, und wo wir schon einmal Erklärungen für ihre Heirat suchen, bezweifle ich mitnichten, dass sie meinen Vater und vor ihm andere hübsche Kerle in den Bann gezogen hat mit ihrer seelenruhigen Überzeugung, unwiderstehlich zu sein, trotz vernähter Lippe und deformierter Nase. Verhaltet euch wie ein Vamp, und die Leute werden zögern, euch einen Nasenaffen zu schimpfen, eine Kröte oder Sau, wie es meiner Mutter, bevor sie sich entschlossen hatte, der ganzen Welt eine in Selbstbehandlung überschminkte Sicht ihrer selbst aufzuzwingen, wieder und wieder passiert war.

Da Grausamkeit der Kinder zweite Natur, bin ich mir vollkommen darüber im Klaren, was sie alles an Spott, Demütigung, und Misshandlungen über sich ergehen lassen musste. Ich war nicht dabei, aber was nützt es auch, dabei zu sein, wo man ja weiß, wie eifrig die Pausenhöfe das Gesetz des Dschungels fortleben lassen und die Besiegten dem Verderben preisgeben. Nur, dass meine Mutter, weit davon entfernt, sich von Schikanen erniedrigen, von Spötteleien kleinkriegen zu lassen, es vorgezogen hatte, sich die Persönlichkeit eines hübschen Mädchens zuzulegen, das zwar verbeult, aber sexy war, was für sie eine recht heikle Positionierung darstellte angesichts des Risikos, das für sie bestand, als Flittchen durchzugehen, aber auf meine Mutter

ist Verlass, wenn es gilt, sich widerspenstig zu verrenken, und so konnte Gladys rasend schnell ungeheuren Erfolg verbuchen.
Mit Vornamen kenne ich mich aus, hat meine Mutter den ihren doch stets wie eine Standarte vor sich hergetragen. Immerhin war sie all jenen Corinnes, Valéries und Nathalies entkommen, mit denen die Hälfte der Mädchen ihrer Klasse gegeißelt waren.
Mit Vornamen kenne ich mich aus, habe ich den meinigen doch stets für vulgär und feierlich zugleich befunden – abgesehen davon, dass meine Mutter nie ihre unerklärliche Reserviertheit in Bezug auf die Wahl von Kimberly abgelegt hat, sie, die aus nichts einen Hehl macht, sie, die in der Lage ist, Svetlana wie Ludmilla, Lorenzo wie Esteban wortgewaltig zu rechtfertigen.
Aus nichts einen Hehl machen. Da haben wir eine weitere Eigenschaft meiner Mutter, weder Scham zu besitzen noch Sinn für die Scham der anderen – und Sinn für deren Empfindsamkeit ebenso wenig. Denn meiner Mutter zuzuhören, besser gesagt, sie sprechen zu sehen, ihren verzweifelten Artikulationsversuchen beizuwohnen, heißt, sich etwas zuzumuten, ja, einiges einstecken zu können – oder aber es seit geraumer Zeit gewohnt zu sein. Die Chirurgie hat ihr noch so sehr die Lippe und den Gaumen wieder vernähen, ihr die Nase neu modellieren und die Zahnreihe begradigen können, ihre Schwierigkeiten bei der Aussprache bleiben doch bestehen, gleichen einer Art Stottern, als wären die Worte irgendwo zwischen Zwerchfell und Schneidezähnen gefangen gehalten, und beinahe meint man zu sehen, wie sie sich winden, drohen, grollen, bevor sie in sintflutartigen Regengüssen oder prasselnden Hagelstürmen auf ihr Publikum niedergehen.
Will man der Ärzteschaft Glauben schenken, so ist die Spaltung ihres Gaumens mitnichten verantwortlich zu machen für das Stottern meiner Mutter. Davon ausgehend meinen zu wollen, sie habe zunächst simuliert, bevor sie sich in der Komplexität der Phonationsmechanismen verfing, dies ist ein Schritt, den zu gehen ich sofort bereit bin, kenne ich doch meine Mutter und ihren

unbändigen Willen, Aufmerksamkeit zu erregen. In noch zartem Alter und erfolgreich in drei Etappen operiert, ordnungsgemäß zusammengeflickt, fast schon normal, hat sie sich wahrscheinlich ein Symptom erfinden wollen, um den Ärzten eine Nuss zu knacken zu geben und ein Feld zu beackern. Was sie jedoch nicht simulieren musste und was auch heute noch geradewegs herausdringt aus ihrer Hasenscharte, das ist ihre Stimme, diese Zeichentrickfilmstimme, die zugleich näselnd und spöttisch klingt, dieses unerträgliche Gehupe, das niemals aufhören wird, in meinen Ohren zu hallen, während meine Mutter Fratzen schneidet, ihre Fäuste ballt und wieder lockert, den Hals nach vorn reckt, einfach nur, um einen Ton zu erzeugen, dann einen weiteren, dann einen ganzen Satz, und da haben wir's, los geht's, aufzuhalten ist sie jetzt nicht mehr, zu meinem Leidwesen und dem meiner Geschwister, alle ebenso sprachlos wie ich, alle ebenso ins Netz gegangen und ebenso unfähig, sich zu befreien: Svetlana, Ludmilla, Lorenzo, Esteban, für euch ergreife ich das Wort, aber seid unbesorgt, ich erwarte nichts, wo ihr doch durch die Bank weder fähig seid zu Geistesblitzen noch zur leisesten Regung der Dankbarkeit.

3. WIE MAN ES TÄNZELN SIEHT

Man kann neunjährig zur Welt kommen: der Beweis dafür bin ich. Mögen sie mir gehören, all diese Erinnerungen, die keine sind, bang bang, wieder und wieder. Mir all diese Anfänge. Nach demjenigen meiner Mutter, hier nun der meine, dieses verspätete Zur-Welt-Kommen, das mich nackter zurückgelassen hat als ein Neugeborenes, glücklicherweise aber herausgelöst aus den mütterlichen Eingeweiden und gebadet im reinigenden Schaum und in den Wellen des Meeres – denn auf das Meer ist Verlass, wenn es gilt, Geburten zu begleiten, zumindest jedoch die meine, damals im Sommer Zweitausendzwei.

Das Meer tänzelt keine zwei Schritte entfernt. Meine Zunge dringt zaghaft vor, bis hin zur Berührung mit den kreideartigen Spuren, die das Salz auf meinen Schultern gezogen hat. Ich lecke. Einmal, zweimal, dreimal, bis meine Haut ihre ursprüngliche Fadheit wiedererlangt hat. Unweit von mir haben meine Mutter und meine Schwestern ihre Bastmatten aneinander gerückt, um sich gegenseitig mit Sonnencreme einzureiben. Bald dreizehnjährig, trägt meine Schwester Svetlana bereits die Formen einer reifen Frau zur Schau, die ihr roter Zweiteiler vom letzten Jahr nur mit Mühe zusammenhält. Selbst ihre Blondinenhaut, ihre bislang weißblaue Haut, hat um Gnade gefleht unter dem zu raschen Wachstum all dieser Attribute. Sie gab nach, riss vor Spannung, bildete scharlachrote Striemen, die meine Mutter »Schwangerschaftsstreifen« nennt und über die sie ebenso stolz zu sein scheint wie über das vollbusige Dekolleté ihrer ältesten Tochter – vom fetten Hintern ganz zu schweigen, auf den ihre Lobeshymnen nicht versiegen:

– Bei einem solchen Prachtarsch, meine Tochter ...

Der Satz verliert sich, es liegt an uns, gemeinsam mit meiner Mutter von den Welten zu träumen, die sich Svetlana bei dieser ausufernden Weiblichkeit zweifellos erschließen werden. Von Svetlana gehen wir über zu Ludmilla, die mit ihren elf Jahren nur ihre zarte und feurige Schönheit in die Waagschale werfen kann, ihre kaum ausgeprägte Taille, ihre kaum knospenden Brüste – was sie aber nicht davon abhält, die gleiche Bademode zu tragen wie ihre Schwester, einen Bikini, feingestreift in roten bis rosaroten Tönen. Mit gewitztem Finger lüftet meine Mutter das Band des Oberteils ihrer Jüngeren und lacht auf ob der Bescheidenheit ihrer Brust. Ludmilla protestiert lauthals und lässt einen zusätzlichen Spritzer Sonnencreme auf dem Bauch landen, dem sie entstammt, ein Bauch, von dem alle außer mir meinen, dass er nach fünf regelgerecht ausgetragenen Schwangerschaften immer noch gut in Form sei. Meine Mutter stellt ihn bei jeder Gelegenheit zur Schau, und geht, sobald das Wetter es erlaubt, im Bikini vor die Türe, hat sie sich doch nie zu einem Badeanzug durchringen können, für den sich Frauen ihres Alters vernünftigerweise entscheiden. Auf Gladys ist Verlass, wenn es gilt, unvernünftige Entscheidungen zu treffen.

Angetrieben von kindlichem Eifer, den meine Mutter bei all ihren Sprösslingen einfordert, macht sich Ludmilla daran, ihr die Schenkel durchzuwalken, dann die Waden, die Fersen, den Rist, verteilt dabei großzügig Creme und vergisst keinen einzigen Quadratzentimeter dieser empfindlichen und zähen Haut, die es vor Sonne zu schützen gilt.

Mit Schüppe und Rechen unter dem familiären Sonnenschirm hockend, der unter jeder Mistral-Böe mit all seinem ausgefransten Stoff erzittert, sind Lorenzo und Esteban ausgestattet wie zwei Mondscheinkinder: T-Shirt, Sonnenhütchen, schwarze Sonnenbrillen und ein gelblicher Ölfilm mit höchstem Lichtschutzfaktor. Es sei erwähnt, dass Esteban eher blondhaarig, der arme Lorenzo hingegen knallrot ist. Das hat er von Großmutter Claudette, Claudette, die das Leben kennt, Claudette, die weiß, dass Einsamkeit unser Daseinsgrund ist, Claudette, die in einem Anflug von Rachegelüsten ihrer ältesten Tochter den Vornamen einer Hebamme verpasste. Auch sie ist da, Claudette, im zitternden Schatten des Sonnenschirms. Mit einem Auge wacht sie über meine kleinen Brüder, die ebenso vom Ertrinken wie vom Sonnenstich bedroht sind; mit dem anderen schielt sie auf Charlie, unseren lebhaften Patriarchen, der gerade auf seinem Strandtuch schläft – denn zum Strand gehen wir als Familie, und die Familie, das sind bei uns nicht weniger als drei Generationen.

Mit seinen fünf Jahren lebt Lorenzo noch in der glücklichen Einfalt seiner Rothaarigkeit. Sie hat ihm bislang weder den Spott noch die Nachstellungen eingetragen, die bald schon den wesentlichen Anteil seiner sozialen Existenz ausmachen werden. Unschuldig spielt er unter der Aufsicht seiner Großmutter, deren Haarpracht übrigens bedeutend weniger leuchtend ist als die seine, das Leben ist ungerecht, was zu beweisen mir bis zu meinem letzten Atemzug wichtig sein wird. Denn verzeiht man es den Mädchen, rothaarig zu sein, den von Sommersprossen übersäten Irinnen, den venezianischen Schönheiten oder den giftigen Gildas, so profitieren die Jungs weder von der gleichen Nachsichtigkeit noch vom gleichen Ermessensspielraum. Meiner Großmutter aber muss dieses Verdienst angerechnet werden: den erwarteten Rollen hat sie stets die Eigenkreation vorgezogen, und so war sie auf ihre eigene Art und Weise rothaarig, wobei ihr wahrscheinlich eine ungewöhnliche Haarpracht geholfen hatte, die eher mahagonirot als orange und vor allem unwahrscheinlich gelockt ist, fast schon kraus, unkämmbar.

Doch entferne ich mich zu sehr von meinem Anfang, was schade, da doch mein Anfang würdig ist, in aller Fülle erzählt zu werden. Im Gegensatz zu den meisten Menschen bin ich nicht unter Schmerzen und Ausflüssen geboren, ebenso wenig unter dem klinischen Licht eines Kreissaals. Nein, meine Geburt konnte der Ärzteschaft,

den blasierten Geburtshelfern sowie den leicht perversen und für eben ihre Perversion bestraften Hebammen entkommen.
Ich bin nicht befähigt, die Unbeflecktheit meiner Zeugung in Anspruch zu nehmen, aber ich beteure bei meiner Ehre, dass kein einziges Reproduktionsorgan in meine Geburt verstrickt war: Ich bin wellen- und schaumgeboren, wie Aphrodite, ohne jedoch, dass die Eier meines Vaters dabei auch nur irgendwie im Spiel gewesen wären – ebenso wenig wie der Uterus meiner Mutter und noch weniger ihre ausgeleierte Vagina oder ihr auf zehn Zentimeter geweiteter Gebärmutterhals.
Ich beteure bei meiner Ehre, meine Geburt, die bin allein ich. Ich allein nach neun Jahren stumpfer Kindheit, schwachen Wimmerns und kindischem Gehorsam Eltern gegenüber, die es nicht verdienten, dass man ihnen gehorchte. Aber vor dieser zweiten Geburt, die die erste aufhebt, bleibt mir ein letzter Kraftakt, eine letzte Überschreitung.
Unweit von mir necken meine Mutter und Schwestern einander wie gehabt voller Begeisterung. Mit einem sonnencremebeschmierten Zeigefinger zerdrückt meine Mutter Svetlanas Nase und unterstreicht damit die ohnehin beängstigende Ähnlichkeit zwischen den beiden. Ludmilla, die unter keinen Umständen zurückstehen möchte, drückt ihre eigene Nase platt und stülpt ihre Oberlippe hoch. Über wen man sich da lustig macht, kann ich nicht wirklich sagen, das Gekreische aber steigt an, die Körper nähern sich einander und werden zu einem Gemenge öligen Fleisches, was meine Mutter aber nicht daran hindert, unter den ekstatischen Blicken ihrer Töchter in ihrer unangenehm stockenden Manier Reden zu schwingen.
Klammheimlich entledige ich mich meines Bikinioberteils, ein marineblauer Büstenhalter, der auf der linken Brust mit einer fürstlichen Krone bestickt ist – Brüste aber eben habe ich keine, und ginge es nach mir, ich würde nie welche bekommen; bräuchte sie dann auch nie vor mir herzuschieben, diese wackelnde und

Platz greifende Masse, die mich beim Laufen doch nur störte, beim Springen, bei allem. Ebenso wenig wie ich je Körperhaar bekommen würde, könnte ich es nur vermeiden. Und auch hier, wie nur soll man die Schreie des Entzückens verstehen, die von meiner Mutter ausgestoßen wurden, als sie bei Svetlana, später auch bei Ludmilla, die vielversprechende Saat einer Schambehaarung entdeckte.

Ich lege mich auf den Bauch, um den zärtlichen Avancen meiner Mutter auszuweichen. Im Dreieck meiner verschränkten Arme, im Winkel des vertraulichen und gedämpften Schattens, den ich soeben für mich allein geschaffen habe, steigt mir der Geruch der Bastmatte in die Nase, trockenes Stroh, ländliche Binsen, in mir ein wollüstiges Empfinden von Einsamkeit und Sicherheit verstärkend. Um mich herum schwillt das Rumoren des Strandes an, durchzuckt von spitzen Schreien, fällt dann wieder ab auf einen dumpferen und undeutlicheren Pegel. Ich spreize ein wenig die Beine und der Pfeil der Sonne trifft augenblicklich auf meine noch kalte Vulva, ihre unter dem nassen Lycra noch blassen Falten. Indem ich mein Becken noch heftiger gegen die Bastmatte drücke, verstärke ich das Reiben meiner Crista iliaca und meiner Brüste, die noch keine sind, gegen das raue Gewebe. Gedankenverloren, von aufkommender Lust geleitet, berauscht von der Hitze, den Windstößen, dem offenen Raum um mich herum, wende ich das Gesicht dem Meer zu, ich schließe die Augen, ich schlängle mich, meine Hände durchfahren krampfartig den brennenden Sand. In genau diesem Augenblick stößt meine Mutter, der meine heimlichen Kriechbewegungen nicht entgangen sind, ein Kreischen aus, laut genug, den ganzen Strand zu alarmieren:

– Schaut mal, was Kim da macht!

Ich schnelle auf meiner Bastmatte hoch, aber es ist zu spät. Das Geschrei und die Kommentare schwellen an:

– Kim, alles in Ordnung? Stören wir dich etwa? Macht's denn wenigstens Spaß? Falls du Hilfe brauchst, sag uns Bescheid, ja!

Mein jetzt hellwacher Großvater mustert mich spöttischen Blicks. Svetlana und Ludmilla schlagen sich vor Lachen die Schenkel, während meine Mutter mir mit fälschlich rügendem Finger droht. Lorenzo und Esteban, Schüppe und Rechen in der Luft über ihrem Sandkuchen, beobachten offenen Mundes diese Entfesselung an Boshaftigkeit. Allein meine Großmutter starrt auf den Horizont – mit einem Ausdruck klarer Missbilligung, ohne dass jedoch gedeutet werden könnte, auf wen diese offensichtliche Missbilligung nun zielt, ob auf ihre schlüpfrige Enkelin oder ihre lautstarke Nachkommenschaft.

Man kann neunjährig zur Welt kommen: Der Beweis dafür bin ich. Man kann in der Demütigung und durch die Demütigung geboren werden, im Gefühl entweihter Intimität und verhöhnter Unschuld. In genau diesem Augenblick könnte ich zur Welt kommen. Die Pein ist stark genug, um die Loslösung von dieser physischen Linie zu beschleunigen, die zwischen das Meer und mich tritt: Svetlanas fette Hüften, Ludmillas gebräunte Wirbelsäule, und vor allem Gladys Bauch, ein noch immer erstklassiger Bauch, von mir aus, ein Bauch, dem wir alle fünf entstammen, o.k., und doch, unter dem erbarmungslosen Augustlicht erscheint er mir lasch, fahl und vor allem unerträglich nah, als stünde er noch immer offen, allzeit bereit, mich wieder aufzunehmen, bang bang, Kimberly ist auf dem Rückweg zur Einnistung zwischen Brustkorb und dürrem Gedärm ihrer Mutter, Kimberly im Aufbruch begriffen, zu neun nicht enden wollenden Monaten intraorganischen Lebens, nein!, mir zu Hilfe die Welle, die Gischt, das Azurblau, die frische Luft!

Ich erhebe mich, greife wie im Flug nach meiner Taucherbrille, ein Geschenk von Großvater Charlie, diesem Verräter, und ich renne aufs Meer zu, das man tänzeln sieht und unaufhörlich ans Ufer schlagen hört. Ich bin noch nicht geboren, nein, noch nicht, aber bald schon, bald, denn auf das Meer ist Verlass, wenn es gilt, Geburten zu begleiten, Übertretungen und heimliche Überschreitungen.

Ich laufe, als hinge mein Leben davon ab, und vielleicht hängt es davon ab; ich laufe hinein in die Schaumkronen, die sich mir einem Ehrenspalier gleich auftun, einer Begrüßung gleich für diesen neuen Moment. Als mir das Wasser bis zum Nabel reicht, bleibe ich ruckartig stehen, richte den türkisfarbenen Gummiriemen, bringe die Brille in Position und springe in die Zusammenkunft mit der Welle. Sie nimmt mich auf, hält mich eine Weile lang zwischen zwei Wassern, schwebend, nirgendwo, glücklich, dann zieht sie davon, um weiter weg zu branden. Ich halte meine Tränen zurück, um meine Sicht nicht zu trüben, und schwimme kraftvoll ins Weite. Die abenteuerlustigsten unter den Schwimmern einmal hinter mir gelassen, drehe ich mich um und spiele toter Mann, starre in den Himmel durch das leicht beschlagene Glas – man möchte glauben, ich hätte mich nicht zurückhalten können zu weinen. Ich bin allein. Es ist nicht mehr das trügerische Gefühl von eben, als ich auf meiner Bastmatte lag, genussvoll vergessend die äußere Welt und nicht mehr gewahr der finsteren Wachsamkeit der Mutter. Jetzt, da gibt es nur mich, hin und her gewogen vom Seegang und geblendet von der im Zenit stehenden Sonne.

Das Wasser mit Füßen und Händen durchziehend, doch ohne die Sonne aus den Augen zu lassen oder meine ausgestreckte Haltung aufzugeben, beginne ich in die Tiefe vorzudringen, zum Sand, der sich einige Meter unter mir weich wellt. Und ganz egal, ob meine Trommelfelle platzen, ganz egal, ob meine Lungen explodieren. Auf das Meer ist Verlass, wenn es gilt, Schiffbrüche zu begleiten, das Verstreuen von Asche und die Zersetzung von Leichen. Egal, ob ich sterbe: zu leben interessiert mich ohnehin nicht.

Aufgewirbelt durch mein Eintauchen, entflieht ein Schwarm großer Blasen hin zur freien Luft, um an ihr ebenso eilig zu zerplatzen, wie ich den Grund erreichen will. Ist es das leichte Strudeln der Blasen, diese so wundersame, da kaum wahrnehmbare Berührung? Ist es das Meer, wie es sich mir darbietet, das Meer, erstmals von unten gesehen, die andere Seite des Spiegels, dieses silbrig wogende Verschlussorgan, hier und da von Falten durchzogen wie die mächtige Haut eines Fabelwesens? Zu sterben habe ich jetzt keine Lust mehr und ich, auch ich, steige wieder hinauf, die Oberfläche zu durchstoßen, ich öffne den Mund, weit, damit Wind einfahre, salziges Wasser, das Leben, so wie ich es mir von nun an ausmalen kann. Schluss mit der Fügsamkeit gegenüber den von Dritten erlassenen Gesetzen. Schluss mit der programmierten und unausweichlichen Weiblichkeit. Schluss mit der Liebe, die zum Schlimmsten führt.

Das Ufer erreiche ich sorgsam kraulend, Bewegungsabläufe wie im Schwimmbad, die Atmung erst auf der einen Seite, dann auf der anderen. Als ich wieder Boden unter den Füßen habe, ziehe ich die Taucherbrille über die Stirn und werfe einen Blick hin zu jener Stelle des Strandes, die meine vielköpfige Familie besetzt. Gladys ist noch immer damit beschäftigt, verliebt mit ihren Töchtern zu schäkern, während sie Großmutter Claudette die Aufgabe überlässt, den Inhalt unserer Kühlboxen auszupacken – niemals weniger als zwei, um diese hübsche Menge Menschen zu ernähren. Tupperware voller Salade niçoise, Sandwiches mit Omelette, Pissaladières, Flaschen gut gekühlten Rosés, schon geschnittene Wassermelone und Ananaskuchen, saftig und sättigend: nichts von dem fehlt, was für gewöhnlich unser Picknick auszeichnet.

Noch reicht mir das Wasser bis zur halben Höhe der Waden, was mich aber nicht daran hindert, kraftvoll auf den Sand zu treten und an den Sohlen meiner Füße seine Zartheit zu spüren, während meine Schienbeine die Welle in einer Weise spalten, von der ich hoffe, dass sie männlich wirkt. Anstatt mich sofort zu den Meinen zu gesellen, ziehe ich den Strand entlang und sinniere über meine Rückkehr auf die Bühne nach dem sensationellen Abgang von vorhin, und Pech, ich stoße gegen den Bauch von Großvater Charlie, der, auch er, die Nase im Wind, die Arme hinterm Rücken verschränkt, das Ufer abschreitet.

– Sieh an, sieh an, wen haben wir denn da?

Er lässt liebevoll seine große Pranke auf meiner Schulter landen, zu vergessen aber, dass auch er sich lustig gemacht hat über mich, dass auch er ins Lachen der anderen mit eingestimmt hat, kommt gar nicht infrage. Ich drehe eine Pirouette, klar entschlossen, ihm zu entwischen, ihm wie allen anderen auch. Schluss mit der Liebe. Hopp, und wieder laufe ich, in großen Sprüngen, denen die Federkraft des Sandes eine märchenhafte Weite verleiht, als trüge ich Siebenmeilenstiefel – nur, dass ich barfüßig bin, und so ist es noch viel besser. Zunächst verblüfft, fängt sich Großvater Charlie, um ein schrill tönendes und befehlendes Pfeifen auszustoßen. Kommt jedoch nicht infrage, dass ich gehorche: Schluss mit der Fügsamkeit. Ich renne mit Karacho auf ein noch unbestimmtes Ziel zu, die Felsenreihe, die den Strand säumt, vielleicht, oder die kleinen Steinstufen, die den Zugang zur Straße ermöglichen. Man wird mich nicht einfangen. Zumal ein erneuter Seitenblick auf meine vielköpfige Familie mir erlaubt hat festzustellen, dass mein Vater seine Mittagspause dazu genutzt hat, zu uns zu stoßen. Kein Zweifel, dass der kleine Zwischenfall von eben ihm gepetzt werden wird in episch breiten Schilderungen, die es ihm ermöglichen, Teil der Legende zu werden, mir jedoch einbrocken, dass ich ihn mir bei jeder sich bietenden Gelegenheit wieder anhören muss, und zwar Mal um Mal für mich erniedrigender, je älter ich sein werde.
Ich erreiche die Felsen, eine faszinierende Verflechtung von Gestein in geglätteten Formen mit lauwarmen Lachen. Das ist mein Königreich. Jede einzelne mit Algen überwucherte Vertiefung darin kenne ich, jeden noch so kleinen Bewohner: die dicken scharlachroten Kirschen der Seeanemonen, die flinken Krebse, die jadegrünen Seeigel und die Grundeln, denen ich auf die Gefahr hin, mir den Rücken zu verbrennen, stundenlang mit meinem Eimer nachstelle. Nur, dass ich eben anders als der arme Lorenzo und trotz meiner Blondheit in Hülle und Fülle Melanin besitze.
Ich lasse den geschützten Teil meines Reviers hinter mir und mich am Bug nieder, wo die Wellen, während sie zerbersten, mir

schaufelweise Schaum ins Gesicht schleudern. Oberhalb von mir schwebt eine Möwe, schlägt mit den Flügeln und nutzt die Luftströme, um sich an selber Stelle zu halten, spähend vielleicht nach einem kleinen, zwischen den Felsen gefangenen Fisch. Ich selbst bin ein Fisch, der darum fleht, dass er ausgenommen werde, und der zugleich weiß, dass das Messer, das ihn seiner stinkenden Eingeweide entledigen wird, mit nämlichem Stich auch tötet. Egal. Falls sich eine Chance zu laufen auftut, bin ich bereit; falls sich eine Möglichkeit eröffnet, dass ich den Lauf meines Lebens wiederaufnehmen kann, wenn auch ein für alle Mal ausgeweidet und meiner lebenswichtigen Organe beraubt, dann meinetwegen. Man kann neunjährig zur Welt kommen – ich tue es. Und ist erst diese zweite Geburt, die die erste aufhebt, vollbracht, kehre ich seelenruhig zu den Meinen zurück, die nicht mehr die Meinen sind. Ich kassiere ihre Sarkasmen ohne mit der Wimper zu zucken, wohl wissend, dass ich nicht mehr ihr Mädchen bin, dass ich überhaupt kein Mädchen mehr bin. Dies ist mein erster Vorsatz und ich spute mich, ihn einzuhalten. Ich plustere die Brust, setze eine harte Miene auf, überzeugt davon, den gesamten Strand mit meinem kurzen Haar und meinen marineblauen Lycrashorts hinsichtlich meiner sexuellen Identität hinters Licht führen zu können.

Meine Mutter spürt genau, dass ihrem Verstand sowie ihrer Kontrolle gerade etwas entgleitet, und so schimpft sie mich während des gesamten Picknicks aus, mal liebevoll, mal streitsüchtig. Charlie, sonst immer so impulsiv, grummelt bezüglich meiner Person unverständliche Sätze – seine Antennen, wie auch die seiner Tochter, müssen ihn wohl über meine emanzipatorischen Anwandlungen in Kenntnis gesetzt haben. Mein Vater bringt kein Wort hervor und begnügt sich damit, im Angesicht des Meeres verträumt seinen Wein zu schlürfen. Claudette trinkt ihrerseits, ihr Blick ist bitter und fest, doch wird sie ebenso wenig wie ihr Schwiegersohn den Mund öffnen.

Den Mund, den öffnet meine Mutter für zwei, für drei, für alle Welt im Grunde genommen; verdrehter und schwarzer Mund unter der Sonne, Mund einer von sich selbst berauschten Prophetin, während alle anderen zur Trunkenheit Alkohol benötigen: Rosé de Bandol für Claudette und Patrick, Ricard für Charlie, der sich nach einer bewegten belgischen Jugend rasch an die südfranzösischen Sitten gewöhnt hat.

4. ALLES ÜBER CHARLIE

Ich konnte neunjährig noch so sehr das Ende der Liebe ausrufen, Charlie habe ich bis vor Kurzem weiterhin geliebt. Gut möglich, dass ich ihn sogar heute noch liebe, jetzt, da ich zwanzig bin, und mir, was ihn betrifft, definitiv die Augen geöffnet sind, doch ziehe ich es vor, dieser erschreckenden Vorstellung nicht allzu sehr nachzugehen, die Bände spricht über die Logik meines Fühlens.
Ich habe ihn umso mehr geliebt, als ich ihm persönlich zugedacht war, schon von frühester Kindheit an kraft eines dunklen Zuordnungsmechanismus, wie man ihn aus den besten Familien kennt, und die meine zählte eher zu den schlimmsten. So hatte meine Mutter eher Svetlana, während Claudette sich um die Jungs kümmerte und mein Vater sich auf Ludmilla stürzte. Im Gegensatz zu vielen Müttern, die eine schamlose Vorliebe für ihre Söhne zeigen, hat sich die meine nie um Lorenzo und Esteban gesorgt, als hätte sie diese versehentlich ausgebrütet und würde sich nun ab und an nach ihnen umdrehen, um sie überrascht anzustarren: »Ei, ei, zu wem gehören denn diese kleinen Buben?« Ich habe die Gleichgültigkeit, in der die beiden aufwuchsen, stets voller Neid wahrgenommen, und diese Wahrnehmung war meinen Ideen einer Geschlechtsumwandlung niemals wirklich fremd. Ein Junge zu sein barg ganz klar weniger Risiken.
Wäre ihre Großmutter nicht gewesen, Lorenzo und Esteban wären wohl an Liebesmangel gestorben, es sei denn, Hungertod und Fenstersturz hätten sich zuvor schon ihre Haut geholt. Meine Mutter stand immer in vorderster Reihe, wenn es galt, ihre Schönheit und Intelligenz zu rühmen, aber nachts stand sie für die beiden nicht auf, und überließ ihrer eigenen Mutter die Aufgabe, ihnen die Flasche zu geben, ihnen die Windeln zu wechseln. Unglücklicherweise war Großmutter Claudette immer wieder

plötzlichen Wachsamkeitsausfällen unterworfen, die sie in einen beinahe katatonischen Zustand versetzten, ein verstörter Zombie im Reich der Lebenden, was zur Folge hatte, dass es kein seltener Anblick war, meine kleinen Brüder in ihren von Pisse beschwerten Windeln hinter ihr her taumeln zu sehen, wimmernd und mit ausgestreckten Ärmchen, bis sich schließlich jemand ihrer erbarmte. Ich beteure bei meiner Ehre, dass ich schon mit neun, kraft meiner kurz zuvor erst und grausam erworbenen Weisheit, für meine Brüder eine beispielhafte Mutter war, aber klar, es war zu spät, die beiden hatten sich bereits angewöhnt, nichts zu sein.

Von der Tragödie, nichts zu sein, werde ich sprechen, sobald ich mit Charlie durch bin, meinem wallonischen Großvater, der für uns, die wir zwischen den Departements Var und Bouches-du-Rhône aufgewachsenen sind, so exotisch war, so sprühend an der Seite seiner kleinen, stummen Gattin, die ihrerseits viel zu häufig verloren war in ihren düsteren Wäldern – wenn sie nicht gerade damit beschäftigt war, zu kochen, aufzuräumen, zu fegen, zu schrubben, aber auch die Wäsche von neun Personen zu waschen, zu bügeln und einzusortieren.

Meine Mutter hatte ihre Eltern nie verlassen wollen. Weder ihre Hochzeit noch die Geburt ihrer eigenen Kinder haben rütteln können an ihrem festen Entschluss, bei Claudette und Charlie zu leben, in einem Familienhaus, das tatsächlich groß genug war und von einem Garten gesäumt, der in allem einer wilden Müllkippe glich, mit seinen unebenen Trockenmauern, seinen verlassenen Kaninchenställen, seinen Sandhaufen und dem Bauschutt, seinen Büschen grauen Lavendels, seinem schlecht gepflegten Gemüsegarten, seinen Mandelbäumen, seiner Kiefer, seinem Aprikosenbaum, seinem wuchernden Feigenbaum, seinen zerbrochenen Steinplatten und seinen wilden Gräsern. Ich spreche von ihm in der Vergangenheit, doch gibt es den Garten noch immer und er hat als solcher unsere unzähligen Landschaftsplanungsprojekte überdauert, von Blumenbeeten über geradlinige Pflanzungen bis hin zu

Zierteichen. Mit aufgegebenen Familienprojekten kenne ich mich ebenfalls aus.

Mein Vater hat sich der Vorstellung eines dauerhaften Zusammenlebens mit seinen Schwiegereltern nie widersetzt; dazu aber muss man wissen, dass er nie irgendwelche Einwände hat, und wenn, dann selten. Es kommt ihm sehr zupass, dass jemand für ihn entscheidet, vor allem, wenn die Entscheidungen von Gladys oder Charlie getroffen werden, deren Wünsche bei uns stets Gesetzeskraft besessen haben. Und wenn ich es genau bedenke, dann sind sie vielleicht die einzigen, die welche haben, Wünsche meine ich – und dann geschieht es den anderen nur recht, den Entschlussunfähigen, den Passiven, hier eben Patrick und Claudette.

Ich war also der kleine Liebling von Großvater Charlie. Ganz früh schon. Sobald klar war, dass ich ihm glich, dass ich seine hellen Augen habe, seine septentrionale Blondheit, ganz zu schweigen von der Körpergröße, von der ich zugeben muss, dass sie uns von allen anderen Familienmitgliedern klar abhebt, Esteban ausgenommen, der seinerseits die besten Voraussetzungen hat, eher als Meuriant durchzugehen, der belgische Zweig, denn als ein Vidal oder Chastaing. Merkwürdigerweise kam nie jemand meiner Angehörigen auf die Idee, dass ich vor allem nach meinem Vater komme, auch er blond und blauäugig. Vielleicht, weil mein Vater ein Winzling, ich aber eine Bohnenstange.

Kurzum, Charlie hat das Verdienst meiner Schönheit, oder was als solche für die nicht gerade aufmerksam schauenden Leute durchgeht, stets für sich reklamiert – und umso besser für mich, wenn niemandem auffällt, dass an mir nichts Außergewöhnliches ist, ist doch der Mangel an Geschmack die meistgeteilte Sache der Welt. In Wirklichkeit habe ich die Augen meines Vaters, offen, klar und leicht spitz auf die Schläfen zulaufend; ich habe seine Nase, deren Reize ich bereits gerühmt habe; ich habe seinen großzügigen Mund, und die Reihung seiner Zähne. Bis auf meine Statur schulde

ich Charlie nichts, aber alle Welt gefällt sich darin, das Gegenteil zu behaupten.
Zu Belgien habe ich das gleiche privilegierte Verhältnis gehabt wie zu meinem Großvater. Stets stießen wir ins gleiche Horn, wenn es galt, seine Verdienste zu rühmen und die allzu spröden Reize der Provence zu verunglimpfen. Ich erinnere meine erste Reise nach Brügge, ein Geschenk von Charlie zu meinem Geburtstag, als ein immerwährendes Märchenspiel. Bei unserer Ankunft lag die Stadt unter Schnee begraben – Schnee, von dem ich siebenjährig nichts anderes kannte als die kümmerlichen, schnell zu Matsch verwässerten Flocken auf den Bürgersteigen meiner Heimatstadt. Die Atmosphäre war gedämpft, still und verzaubert. Ich schritt dahin, stumm vor Verzückung und geklammert an die Hand meines Großvaters. Die Straßen dufteten nach Pralinen und Waffeln – aber jene brennend heiße, mit luftiger Sahne überzogene zu essen, die mir Charlie gekauft hatte, dazu war ich nicht fähig, so überwältigt war ich von Glückseligkeit und dem Gefühl, etwas Einmaliges zu erleben.
Wir durchschritten den Markt und bewunderten von seinem Belfried aus die derart naiv bemalten Häuser, dass Charlie mich mühelos davon überzeugen konnte, sie seien aus Zucker und Pfefferkuchen gemacht; mein Hochgefühl jedoch kannte keine Grenzen mehr, als auf dem schlafenden Wasser des Sees zwei schwarze Schwäne ihre Schnäbel vereinten und vor unseren Augen ein Herz bildeten, das nur umso anmutiger war, als es sich prompt wieder auflöste und mir die Erinnerung an einen Traum vermachte.
Charlie, an meiner Seite, plusterte sich auf. Er konnte noch so sehr gebürtiger Lütticher sein, Brügge betrachtete er als sein persönliches Erbe, genau wie unsere Pseudo-Ähnlichkeit auch.
Eines seiner Geheimnisse zum Glück liegt bei Charlie exakt in seiner Fähigkeit, alles auf sich zu beziehen und für alles und jedes Besitzurkunden geltend zu machen, was sich einzuverleiben ihm würdig erscheint. Als Beweis dafür möchte ich das fetischistische

Verhältnis vorbringen, das er mit seinem Vornamen pflegt, sein Entzücken, Charles zu heißen, und nicht etwa Gérard, Jean-Pierre oder Daniel. Meine ganze Kindheit über habe ich ihn von Karl dem Großen, Charles von England oder Charlie Chaplin sprechen hören, als handelte es sich um einen ebenso erlauchten wie selektiven Club, dessen rechtmäßiges Mitglied er allein aufgrund seiner Homonymie wäre. Höchst unfreiwillig habe ich ihm an jenem Tag eine Riesenfreude bereitet, als ich ihm mein Heft für Gedichte mit Verve auf den Schoß drückte:

– Kannst du mich abhören?

Meine Mutter hatte mit ungeduldiger Geste abgelehnt, Svetlana hatte mich ausgelacht, und Claudette hatte sich in die Zubereitung einer Schakschuka gestürzt. Er aber hat seine Brille und einen gelehrten Blick aufgesetzt, um das Gedicht von Baudelaire, das ich sorgfältig in Schönschrift abgeschrieben hatte, unter die Lupe zu nehmen:

– Schieß los. Ich bin ganz Ohr.

– »Die Katzen«, von Charles Baudelaire

Die toll Verliebten und die strengen Weisen
Verehren beide ...

Das Ende des zweiten Alexandriners hat er erst gar nicht abgewartet, um sich mit begeisterter Neugierde zu erkundigen:

– Charles Baudelaire?

– Ja klar.

– Kennst Du ihn?

– Er ist sehr berühmt, hat die Lehrerin gesagt.

– Ahh ... ha, das wundert mich nicht!

– Hörst du mich ab?

Mein Großvater hörte mir nicht mehr zu, ganz und gar davon erfüllt, sich buchstäblich die Hände zu reiben und sich zu beglückwünschen, dass da ein weiterer Charles aufgetaucht war, um sich in sein kleines Pantheon einzugliedern.

– Was hat er geschrieben?

– Er hat »Die Katzen« geschrieben.
– Ach so, und das ist alles?
– Hörst du mich ab?
– Charles Baudelaire ... Nie gehört. Bist du dir sicher, dass man ihn kennt?
Kampfesmüde nahm ich ihm das Heft mit den Gedichten wieder weg, mein Lieblingsheft, mit seinem rosarauen Umschlag, seinen abwechselnd karierten und rein weißen Blättern, auf denen es mir eine Herzensangelegenheit war, ein ganzes Florilegium zu illustrieren, das aus der Mode gekommen, in den Schulen Frankreichs zu Beginn des Jahrtausends aber noch seine Gültigkeit besaß: Maurice Carême, Paul Fort, Rosemonde Gérard ... Bei Baudelaire ahnte ich erstmals, dass Dichtung nicht unbedingt eitel und kitschig sein muss. Mein Vater war gerade nach Hause gekommen, und so war er es, dem ich das vollständige Sonett bis zum Schluss mit »feinem goldenen Sand« und »rätselvollen Auges Glühen« rezitierte, was mir einen Schauer der Erregung und Unruhe über den Rücken jagte.
Charlie durchforstete fieberhaft das Lexikon. Er würde nicht lange brauchen, um ein Experte für Internetrecherche zu werden, für den Augenblick aber musste er sich mit dem zweiten Band des *Robert* begnügen – ein zerfleddertes Exemplar, dem der Einband fehlte. An jenem Tag, als ich das erste Mal auf *Armes Belgien!* stieß, da dachte ich an ihn, ich hatte ihn wieder vor Augen, wie er das einem Charles gewidmete Vorwort entzifferte, mit welchem er, abgesehen vom Vornamen und Dandyismus, doch so wenig gemein hatte. Und ich würde das Thema meines Großvaters nicht vollständig erschöpft haben, wenn ich nicht auch das seines Kleidungsstils anschnitte.
Ganz im Gegensatz zum Rest der Familie, der sich durch eine schludrige Art und einen ausgeprägten Geschmack für Sportbekleidung auszeichnet, geht er ausschließlich in Samt- oder Tweedanzügen vor die Tür, zu denen er zitronengelbe Pullover trägt,

rostfarbene, himmelblaue, bordeauxrote oder nilgrüne Westen – ganz abgesehen von den Krawatten, wie ich sie an sonst niemandem gesehen habe, wahrhafte Kunstwerke semifigurativer Natur, in zarten Aquarelltönen gehalten und sorgfältig mit seinem Aufzug abgestimmt.

Heute, in seinen Siebzigern, sieht er noch immer gut aus, hat beinahe nichts von seiner hohen Statur eingebüßt, trägt einen Kurzhaarschnitt bei der Pracht, die ihm noch bleibt, und lässt sich einen dünnen Schnauzer stehen. Von Baudelaire kennt er allein die ersten achtzehn Silben der »Katzen«, was ihn aber nicht daran hindert, diesen bei jeder Gelegenheit als außergewöhnlichen Dichter zu zitieren, als einen weiteren dieser Charles, denen ob ihres Vornamens ein glorreiches Schicksal verheißen ward. Der schändliche Tod Baudelaires ist ihm entgangen, wie ihm auch die bittere Geringschätzung entgangen ist, die der Dichter Belgien gegenüber stets verlauten ließ. Und hätte er je über diese beiden Informationen verfügt, er hätte sie umgehend zensiert, hopp, hopp, ab in die Versenkung mit der Hirnerweichung, dem *crénom*, dem schmerzhaften Todeskampf; ab in die Versenkung mit dem hämisch lachenden Pamphlet.

Ein weiteres seiner Geheimnisse zum Glück liegt bei Charlie in seiner selektiven Ignoranz, die von den anderen Mitgliedern meiner Familie ebenfalls praktiziert wird. So wird man verstehen, dass es mein zweiter Vorsatz war, Wissen anzuhäufen, das es mir ersparen würde, die Existenz mit ihrer schuldbeladenen Verblendung und ungenierten Heiterkeit zu durchschreiten. Nichts wollte ich von ihrer Heiterkeit, ich, ich wollte lieber Charles Baudelaire sein als Charles Meuriant; ich wollte hellsichtig sein, dunkel, gemartert und schließlich genial, auf die Gefahr hin, das Ende meiner Tage im Hotel Du Grand-Miroir zu fristen – schließlich lag dieses in Brüssel, und meine Liebe zu Belgien hat, im Gegensatz zu derjenigen, die mein belgischer Großvater in mir hervorrief, niemals nachgelassen.

Die Liebe zur Wahrheit zwingt mich zur Klarstellung, dass Baudelaire weder in Namur noch in Brüssel gestorben ist, und erst recht nicht im Hotel du Grand-Miroir, was für Belgien zwar bedauerlich, noch bedauerlicher aber für die Dichtung ist. Was Charlie betrifft, so wird er uns alle überleben, hat man doch, um die Lebenserwartung zu steigern, noch nichts Besseres entdeckt als die Eitelkeit.

5. NICHT WEITER SCHLIMM

Eines Tages fiel mir das einzige Foto, das von meiner Mutter aus der Zeit noch vor ihren Operationen stammt, in die Hände. Einige Monate alt, mit einem Stoffhütchen bedeckt, ist sie abgelichtet auf dem Arm ihres Vaters, von dem nur der furchtlose Nacken und Hinterkopf zu sehen sind. Sie klammert sich mit einer Hand an Charlies Schulter fest und streckt ihre andere dem Fotografen entgegen, bei dem es sich wahrscheinlich um Claudette handelt. Das Objektiv hat ihren Ausdruck heiterer Überraschung und kindlichen Begehrens gut eingefangen. Wahrscheinlich versucht sie, den Apparat zu berühren, oder will aus dem Arm ihres Vaters auf denjenigen ihrer Mutter. Es ist ein klassisches Foto, eines, wie es alle jungen Eltern von ihren Babys schießen. Ich glaube übrigens, in unserem Familienalbum ähnliche gesehen zu haben: Svetlana oder Lorenzo, mit dem gleichen lachenden Ausdruck und der gleichen den ganzen winzigen Körper durchziehenden Anspannung, über der Schulter von Maman oder Papa.
Was Gladys betrifft, so war's das dann auch mit dem Klassischen, denn der Rest ist abscheulich: die Nase grotesk, auf der einen Seite platt und wie aufgerissen auf der anderen, nach oben, zu den fleischrosigen Nasenschleimhäuten hin, offen, während die Oberlippe beiderseits der Spalte kleine, wulstige Lappen bildet, die großflächig den Blick auf das gleichfalls chirurgisch rosige Zahnfleisch freigeben – aber wenn der Gladyssche Mund auch nichts von einem Mund hat, so ist ihr Lachen doch ein wahrhaftes Lachen, ein Babylachen, das auf wundersame Weise beim Betrachter Zuneigung und Freude zu bewirken vermag.
Dieses Foto findet sich in keinem unserer Alben. Claudette hat es in einem Karton zusammen mit anderen älteren Fotos verstaut, die sie als Kind zeigen, in den Straßen von Algier, im Garten des Hauses

in Kouba, oder auch gemeinsam mit ihren Brüdern am Strand von Sidi Fredj. Es sind kleine Fotos, schwarz-weiß, mit gezackten Rändern. Andere, in anderem Format und auf dickerem Papier, wurden in einem Fotostudio aufgenommen, dessen Adresse rückseitig auf einem Etikett zu lesen ist. Auf ihnen ist Claudette als Baby abgelichtet, auf einer Tierhaut liegend, von der sich ihre feisten Pobäckchen abheben; Claudette, größer dann, artig auf den Knien meiner Urgroßmutter; Claudette und ihre Brüder, im Sonntagsstaat und Hand in Hand; Claudette zur Erstkommunion, Claudette mit zwanzig über eine Reling des Schiffs gelehnt, das sie fortbringt nach Marseille und endgültig ihrer Kindheit und wahrscheinlich auch dem Glück entreißt.

Ich verschließe den Karton über den sepiafarbenen Erinnerungen meiner Großmutter wieder, Erinnerungen, über die sie nur wenig spricht, im Gegensatz zu Charlie, der stets sehr geschwätzig ist ob seiner Lütticher Kindheit, seines Wehrdienstes oder seiner ersten Schritte ins Berufsleben. Ich verschließe den Karton in der Hoffnung, dass Gesten, so schlicht wie diese, existieren, um das Vergessen mechanisch in Gang zu bringen. Ich muss nicht gerade wissen, wie meine Mutter in ihren ersten eineinhalb Jahren aussah; muss auch nicht wissen, worüber meine Großmutter auf immer untröstlich ist. Ich habe schon genug mit meinen eigenen Erinnerungen zu schaffen, den wahren wie den falschen, bunt miteinander vermengt, den Erinnerungen aus Träumen, den Träumen aus Erinnerungen, den geborgten Erinnerungen, den retrospektiven Hirngespinsten, dem märchenhaften Schreiten zwischen schwarzen Schwänen und Kandiszuckerhäuschen; der ersten Geburt unter dem unerbittlichen Neonlicht einer Klinik in Marseille und der zweiten inmitten von Sand und Schaum. Ich bin zwölf Jahre alt. Vor drei Jahren schon habe ich Schluss gemacht mit der Liebe, doch nun kommt sie mir wieder hoch, gleich einem üblen Kloß im Halse. Eine Sache ist es, gegen seine Familie in den Krieg zu ziehen, eine andere aber, zu fühlen, in welchem Maße alles der Willkür unterliegt. Ohne ein Missgeschick während ihrer Embryogenese wäre meine Mutter nicht meine Mutter geworden, hätte sie meinen Vater nicht geehelicht, hätte sie sich nicht verpflichtet gefühlt, Schlag auf Schlag fünf Kinder bekommen zu müssen. Sie hätte sich auf zwei beschränkt, und es hätte mich nicht gegeben. Im Zimmer meiner Großeltern wird es plötzlich unerträglich heiß. Ich stelle mich auf die Zehenspitzen, um den Karton wieder an seinen Platz zwischen zwei Stapeln Bettwäsche im Wandschrank zurückzulegen, aber mir schwinden die Kräfte, mir dreht sich der Kopf, und meine Großmutter findet mich inmitten der zerstreuten Fotos wieder. Sie hilft mir auf, seufzt, sortiert schweigsam die Fotos ein, während ich bitterlich hineinschluchze in das mit hellblauem Immergrün bestickte Boutis-Tuch, das ihnen als Tagesdecke dient, Charlie und ihr. Schließlich zündet sie sich eine Zigarette an, raucht am Fenster und blickt mitleidsvoll zu mir herab. Sie hat recht, meine Großmutter, da gibt es nichts zu sagen; bleibt nur abermals festzustellen, dass das Leben ungerecht und vor allem furchtbar bedroht ist von Inexistenz. Nach einer Weile drückt sie, da ich mich nicht beruhigen will, ihre zweite Zigarette aus, die sie mit der gleichen Schnippbewegung wie schon bei der ersten in den Garten befördert – denn auf meine Großmutter ist Verlass in Sachen fehlender ökologischer Umsicht.

– Ist doch nicht schlimm, Kim.

Ihr ganzes Leben lang hat meine Großmutter sich damit geplagt, diesen Satz zu wiederholen, der, weit davon entfernt, ihr eigentliches Denken kundzutun, doch eher einem Abwehrmechanismus gegen einen in meiner vielköpfigen Familie viel zu stark ausgeprägten Hang zum Dramatischen entstammte. Wohlgemerkt, sie weiß ebenso wenig wie ich, warum ich weine – auch wenn die herumliegenden Fotos ihr einen Wink hätten geben können – gilt es doch, meinem Kummer und seinen Gründen jedwede Schwere abzusprechen. Beim Anblick meiner Großmutter mit ihrem für gewöhnlich finsteren Gesichtsausdruck, ihrer unweigerlich verärgerten

Schnute; beim Beobachten ihrer Neigung, sich völlig auszuklinken, ohne Ankündigung, bang bang, urplötzlich niemand mehr, nichts als eine verlassene körperliche Hülle, eine ihr sehr ähnliche Marionette, in den Raum gestellt, uns zu täuschen, da ahne ich, dass sie auch nicht eine Sekunde lang an ihr Mantra glaubt, dass vielmehr alles schlimm ist für Claudette Meuriant, geborene Vidal, die einem anderen Land entstammt und einer anderen Zeit.

Schließlich kommt sie auf mich zu und verwuschelt mir ungeschickt das Haar, das ich seit meiner zweiten Geburt und meiner Entscheidung, ein Junge zu sein, kurz geschnitten trage. In der Zwischenzeit bin ich herangewachsen und erste Zeichen der Pubertät sind aufgekommen, meinem Vorhaben der geschlechtlichen Umorientierung Einhalt zu gebieten. Nichts Schlimmes, wie meine Großmutter sagen würde: nur die aufknospenden Brustwarzen sowie eine Linie blonden Flaums in der genauen Verlängerung meiner noch kindlichen Spalte. Eines aber ist sicher, falls es diesen abstoßenden Vorgang zu durchkreuzen gilt, dann mangelt es mir ganz sicher nicht an Ideen. Angefangen bei kalorienarmer Kost, von der landläufig bekannt ist, dass sie das Aufkommen der ersten Blutung hinauszögert. Und falls das nicht reicht, dann kann ich auf mein Training und meine Wettkämpfe bei der Gymnastik zählen. Ist mir nicht zu Ohren gekommen, dass die intensive Ausübung einer Sportart die körperliche Entwicklung lähmen kann? Nichts ahnend von diesem Programm, durchwühlt Großmutter Claudette meine Haarpracht und bläst Trübsal:

– Du hast so schönes Haar! Wenn du es wachsen lässt, werde ich Dir einen Dutt binden; ein Dutt ist etwas sehr Schönes! Die Mädchen von heute wissen gar nicht mehr, wie man einen knotet, das ist traurig ... Selbst mit einem schulterlangen Bob sähest du viel schöner aus als so. Man möchte meinen, ein Junge!

In meiner vielköpfigen Familie sind Haare permanenter Gegenstand der Besorgnis und Unterhaltung, zugleich aber auch ein Zankapfel, bedenkt man, dass jeder so seine Vorstellungen dazu hat – ganz abgesehen davon, dass bei uns sämtliche Haarfarben und -typen vertreten sind. Bei den aschblonden Locken meines Vaters angefangen, über das kastanienrote Braun von Svetlana und meiner Mutter, das stärker ausgeprägte von Ludmilla, das Silbergrau von Charlie, und den eigenartigen, mahagoniroten krausen Wuschelkopf meiner Großmutter Claudette, bis hin zum feurigen Rot des armen Lorenzo. Zudem möchte es scheinen, das genetische Vermächtnis von Claudettes Röte habe auf jeden einzelnen ihrer Nachkommen abgefärbt. Von Lorenzo reden wir hier besser nicht, bei dem sie sich in ihrer ganzen Strahlkraft entfaltet hat, mit einem Heiligenschein, der selbst seine Wimpern aufleuchten lässt und ihn unwiderruflich verurteilt zu dem Martyrium, von dem ich bereits gesprochen habe: andauernde Verhöhnungen, dümmliche Witze, Ausrufe des Ekels. Bei Esteban und mir hat sie die diskrete und vorübergehende Form eines sommersprossigen Streumusters auf der Nasenspitze angenommen, wohingegen sie bei meiner Mutter und meinen Schwestern als fahlgelbe Nuancen auftaucht, als vereinzelte Kupferfäden in ihren jeweiligen Frisuren. Meine Mutter kennt ihre ursprüngliche Farbe ohnehin nicht mehr: Seit Jahren schon hat sie sich für Blond entschieden, zumindest was die langen Partien betrifft, denn sie rasiert sich Schläfen und Nacken aus und trägt somit eine Art platinblonden Kamm, den sie teilweise zum Zopf flicht. Svetlana und Ludmilla haben sie selbstverständlich nachgeahmt, sobald sie nur konnten, also beide mit Eintritt in die Sekundarstufe. Charlie seinerseits verbraucht Unmengen an Shampoo gegen Haarausfall und ebenso an Spülungen gegen Vergilbung, was seinem ausgedünnten Kurzhaarschnitt merkwürdig blaue Reflexe verleiht.

Der Fall Lorenzo allerdings ist selbstverständlich schmerzhafter. Hat er doch wirklich alles unternommen, wie etwa seine Kahlscherung, von der man hätte glauben können, dass sie mit dem Problem zugleich den Gegenstand des Verbrechens zum Verschwinden gebracht hätte. Weit gefehlt: Ein Rotschopf bleibt einer, selbst bar

seiner möhrenroten Borsten, und kein einziger seiner Peiniger ließ sich beirren. In der Folge hatte Lorenzo entschieden, sie wachsen zu lassen, voller Hoffnung vielleicht, ihre jede Norm sprengende Länge würde die prächtige Orangentönung vergessen machen. Vergebliche Liebesmüh: Nicht nur, dass er die Verhöhnungen seiner Mitschüler über sich ergehen lassen musste, er hatte auch noch x-mal täglich zu ertragen, dass sich eine Hand seinem Pferdeschwanz näherte, um ihn heftig nach hinten zu reißen, sozusagen als Geste einer dummen und boshaften Begrüßung. Kurzum, Patrick, Esteban und ich akzeptieren als einzige bereitwillig die uns von der Natur geschenkte Haarpracht, die übrigens bei allen dreien die gleiche ist, ein helllockiges Gestrüpp, das jeder nach Gutdünken gebändigt hat: schmeichelhaft locker gehalten bei meinem Vater, lackaffensträhnig bei Esteban und asketisch kurz, was mich betrifft. Niemand in meiner vielköpfigen Familie hat sich je verkniffen, mir zu sagen, wie unpassend mein Schnitt doch sei. Was soll's. Haare zu haben interessiert mich ohnehin nicht.
Meine Großmutter beschließt den Zwischenfall, indem sie höchstpersönlich ihre kleine Büchse der Pandora zurückstellt. Der Zwischenfall ist beendet, aber es kommt nicht infrage, dass ich mich umgarnen lasse oder einen Bob beziehungsweise Dutt akzeptiere – und erst recht nicht den zweifarbigen Busch meiner Mutter oder meiner Schwestern. Im Gegenteil, als Lorenzo einige Jahre später entscheidet, sich den Schädel zu rasieren, bin ich voller Enthusiasmus mit von der Partie und wir planen, gemeinsame Sache zu machen: erst er, dann ich. Während die Haarschneidemaschine jedoch auf- und abfährt und dabei seine rot und rötlich gesprenkelte Kopfhaut entblößt, stoße ich auf das Tattoo, mit dem mein Vater seine fünf Kinder allesamt beglückt hat, ein kleiner blauer Stern auf dem zerbrechlichen Hinterkopf eines jeden seiner Neugeborenen, hopp hopp, was ich nicht weiß, macht mich nicht heiß, wo doch Tätowieren seine Leidenschaft und ganz nebenbei auch sein Beruf ist. Soweit ich weiß, hatte er niemanden konsultiert, er

hat sich keine Gedanken darüber gemacht, ob er dazu das Recht hatte, er gehorchte schlicht und einfach dem Reflex eines Rinderhirten, der es kaum erwarten kann, sein Vieh zu brandmarken.

Vor dieser ersten kunstgerechten Tonsur wusste Lorenzo ebenso wenig wie ich von der Existenz dieses Tattoos, es lässt jedoch die Identität ihres Urhebers für uns keinen Zweifel aufkommen. Ganz im Gegenteil, kaum sieht er seinen ältesten Sohn hereinstolpern, da packt er auch schon die Gelegenheit beim Schopfe, um das Stadium seiner feinen Prägearbeit auf dem Fleisch von seinem Fleische zu inspizieren, und zeigt sich entzückt ob der anhaltenden Kraft der indigoblauen Tinte, die er einst verwendete:

– Unglaublich! Das hat sich in dreizehn Jahren so gut wie nicht verändert! Es ist kaum verblasst!

Während Lorenzo ziemlich sprachlos mit dem Zeigefinger seinen Stern knetet und dabei leicht die Kopfhaut über seinen Schädelknochen zieht, lässt mein Vater seinem Glücksgefühl freien Lauf:

– Ich wüsste nur allzu gern, wie es bei Svet und Ludmi aussieht! Und auch bei dir, Kim! Du hast das gleiche, weißt du! Ich habe mit euch fünfen genau das gleiche gemacht! Keine Eifersüchteleien! Nur unterschiedliche Pigmente habe ich verwendet.

– Wie? Ich auch?

– Aber ja doch: hab ich's Dir nie gesagt? Erinnerst du dich nicht mehr daran, als ich es bei Esteban gemacht habe? Da warst du doch schon da!

Als Esteban geboren wurde, war ich noch keine fünf Jahre alt. Also nein, tut mir leid, Papa, ich habe keine einzige Erinnerung an deine kleine Blitztätowierung: Wie Gladys ihr Letztgeborenes stillhält, während du ihm den Schädel stichst. Des Unbehagens nicht gewahr, das er bei seinem ältesten Sohn und seiner Jüngsten auslöst, fährt er schwärmerisch fort:

– Ein Stern für jeden ... Sterne sind was Schönes ... Bei den Haaren, die über sie hinwegwachsen. Völlig unverdächtig. Niemand weiß davon. Das bleibt unter uns ...

Lautet die Devise meiner Großmutter »Ist doch nicht schlimm«, so könnte »Das bleibt unter uns« die meines Vaters und ebenso gut diejenige meiner nächsten Verwandten sein, so bei meiner Mutter und meinem Großvater, beinharte Jünger des Dogmas, das uns unendlich erhaben über andere will und vollends befähigt, auf diese zu pfeifen. Der armen Svetlana erste Anwandlung, ausgehen zu wollen, wurde mit grenzenloser Ungläubigkeit quittiert und einer kaum verhehlten Missbilligung, als wäre es undenkbar, dass eine Heranwachsende Lust verspürt, den Abend unter Freunden zu verbringen. Svetlana hat es sich übrigens sehr schnell zur Gewohnheit gemacht, ihre Freunde mit nach Hause zu schleppen, hätte sie ansonsten doch Gladys und Patrick, beide allzeit bereit für jedes Konzert oder jede Disko, stets im Schlepptau gehabt. Selbst Charlie ist es unterlaufen, sich der Karawane anzuschließen, wobei er den vorhersehbaren Erfolg in der Rolle des galanten und stets für Stimmung sorgenden Greises für sich verbucht hat. Ein Jahr später ahmte natürlich Ludmilla ihre Schwester nach, was zur Folge hatte, dass meine Eltern ihre zweite Jugend in den Fußspuren ihrer ältesten beiden Töchter wiederfanden. Die Aufrichtigkeit zwingt mich anzuerkennen, dass die beiden, haben sie Svetlana doch schon mit kaum zwanzig bekommen, objektiv gesehen noch jung waren, als diese zum Teenager wurde. Die beiden waren jung, wohl wahr, doch ausreichend alt, um zu begreifen, dass Svetlana und Ludmilla sich emanzipieren mussten. Aber nein. Kommt nicht infrage. Selbst heute noch, wo sie dreiundzwanzig respektive fünfundzwanzig sind, denken sie nicht eine Sekunde darüber nach, das Haus zu verlassen. Was ihre festen Freunde betrifft, Fabien und Marwan, so haben diese nicht lange gebraucht, um sich von meiner vielköpfigen Familie adoptieren zu lassen. Bei jeder Gelegenheit schwört meine Mutter mit der Hand auf dem Herzen, dass sie diese liebe wie ihre eigenen Söhne. Bei Lichte besehen heißt das aber nur, dass sie ihr am Arsch vorbeigehen, da aber niemand über diese grandiose Verkündigung hinaus sich irgendwelche Gedanken macht, herrscht Friede, Freude, Eierkuchen und alle sind froh, nur ich bin es nicht.

Die Tatsache, dass ich mich davor gehütet habe, wen auch immer mit nach Hause zu schleppen, ob Mitschüler oder gar Freund, sorgt dafür, dass ich meine Portion nerviger Kommentare abbekomme. Wenn Charlie und Patrick mich katzenfreundlich necken, so kann sich meine Mutter wesentlich inquisitorischer zeigen:

– Bist du denn wenigstens mal mit 'nem Jungen aus gewesen?

– Das geht dich nichts an.

– Aber natürlich geht's mich was an! Wo es ein Problem gibt, will ich das wissen.

– Was für ein Problem?

– Du weißt, dass du uns alles sagen kannst, oder, Kim?

– Was glaubst du denn, was mein Problem sein soll?

– Mit zweiundzwanzig war ich verheiratet und wir hatten bereits Svetlana.

– Glückwunsch zu dieser Frühreife, aber ich bin nicht du.

– Außerdem frage ich mich, worauf deine Schwestern warten, um endlich ein Baby auf den Weg zu bringen. Sie haben einen Typen, einen Job, ein Haus, was denn noch!

Wo meine sonst so unvernünftigen Schwestern nun einmal einen Funken Verstand beweisen, sollte sich doch alle Welt glücklich schätzen, aber auf meine Mutter ist Verlass in Sachen viehischer Verwirrtheit.

– Ich für meinen Teil weiß gar nicht wirklich, was mich davon abhält, nicht noch so einen kleinen Hosenscheißer zu machen. Dein Vater und ich, wir sprechen manchmal darüber: das würde uns schon zusagen.

– Was dich abhält, ist die Menopause.

Ei, ei, ei, was habe ich da bloß gesagt! Wie konnte ich nur vergessen, dass in puncto Jugendlichkeit meine Mutter niemanden fürchtet und schon gar nicht ihre drei postadoleszenten Mädchen. Ich darf mich nicht beklagen, wenn ich nun in den Genuss einer vollständigen gynäkologischen Bilanz komme – und, bingo, es lässt nicht lange auf sich warten:

– Was erzählst du denn da? Ich bin regelmäßig wie ein Uhrwerk! Alle achtundzwanzig Tage geht's los! Weißt Du denn nicht, was Doktor Sarabian jedes Mal sagt?

Doktor Sarabian ist ihr Gynäkologe, und laut meiner Mutter ist er ganz aus dem Häuschen ob der Spannkraft ihres Gebärmutterhalses und des Zustandes ihrer Gebärmutterschleimhaut, ihr vor lauter Kraft und Dehnbarkeit beneidenswerter Damm sei hier gar nicht erst erwähnt: Fünf Kinder sind da durch wie nix, meine Mutter besitzt das Urogenitalsystem einer jungen Frau, und dass sich niemand unterstehe, das Gegenteil zu behaupten.

– Die Leute schätzen mich auf dreißig, höchstens fünfunddreißig!

– Mag sein, aber dein Uterus ist fünfundvierzig und das lässt dir wenig Aussicht, ein Kind bis zum Schluss auszutragen.

Das üblicherweise schon ziegelrote Gesicht meiner Mutter errötet bei diesem Affront nur noch mehr und ihre Aussprache wird umso mühseliger:

– Ich bin mir sicher, sobald ich die Pille absetze, brauch' ich keine drei Monate, um schwanger zu werden!

In diesem Stadium des Gesprächsverlaufes rät mir die Vorsicht, meine Meinung zu ändern, denn meine Mutter kann Widerspruch nur sehr schwer ertragen und sie wäre zu allem fähig, sogar auch noch dazu, uns einen weiteren kleinen Bruder zu schenken – und zwar nur der zweifelhaften Freude halber, recht zu behalten.

– O. k., von mir aus, du bist immer noch super-fruchtbar. Aber pass bloß auf: Wir sind schon zahlreich genug, kommt also ja nicht auf die Idee, noch einen dranzuhängen.

In genau diesem Augenblick überzieht uns beide der furchterregende Schatten, über den zu sprechen ich mich noch nicht in der Lage fühle, selbst wenn dies wohl oder übel nötig ist in einer Erzählung, die der Wahrheit gewidmet ist und der unerträglichen Grausamkeit des Seins. Denn das Leben ist nicht nur ungerecht, es ist für die Besten unter uns – die Kleinen, die Zarten, die Schwachen – auch vollkommen unlebbar. In der Zwischenzeit lasse ich meine Mutter den Sieg auskosten, der auf meine Gesinnungslumperei bezüglich ihrer Fruchtbarkeit und meinen heuchlerischen, malthusianischen Empfehlungen gründet. Sie, selbstverständlich, nutzt die Gelegenheit, noch einmal nachzulegen:

– Gut, aber das ist ja nicht alles, Kim: wann stellst du uns endlich deinen Freund vor?

Ich kann noch so sehr murren, dass es da keinen gibt, sie aber versteift sich:

– Er ist dir peinlich, ist es das? Willst du ihn nicht vorzeigen?

– Ja, ja, genau, peinlich.

– Du weißt, dass wir aufgeschlossene Geister sind, nicht wahr? Wenn es eine Freundin ist, soll uns das auch recht sein.

Es ist meiner Mutter nicht entgangen, dass ich seit meinem zehnten Lebensjahr ein Junge bin – aber nein, tut mir leid, ich habe ebenso wenig eine Freundin wie einen Freund. Nicht die Bohne entmutigt, verfällt meine Mutter in ihre Lieblingsleier:

– Glück hast du, Eltern wie uns zu haben: das ist dir hoffentlich klar? Eltern, denen du alles sagen kannst.

Alles in meinem jungen Leben steht dieser Behauptung entgegen und veranschaulicht, wie gut ich daran täte zu schweigen – vor allem über das Kapitel meiner Freunde.

Mir, unter Tausenden ein Beispiel der Tugenden des Schweigens. Ich bin sieben Jahre alt. Um mich herum kaut meine vielköpfige Familie fröhlich an den Würsten aus Morteau, die zur Polenta gereicht werden. Ich bin gerade in die zweite Klasse gekommen und Großvater Charlie erkundigt sich feierlich nach den Namen meiner Lehrerin und meiner besten Freundinnen:

– Madame Jardin! Und meine Freundinnen heißen Émilie und Rym! Und Jasmine! Und Jennifer! Und wir haben das Verb »être« gelernt, aber das konnte ich schon! Und wir werden Englisch haben. Aber nicht mit der Lehrerin: mit einer Dame, die aus England kommt! Sie heißt Miss Carol!

Man sieht es, schon siebenjährig sprudle ich nur so vor schulischem Enthusiasmus, der seitdem nicht abgeflaut ist. Mein Vater hebt seinerseits an:

– Und die Jungs? Sind die süß in deiner Klasse?

Um den Tisch herum zwinkern sich Groß und Klein komplizenhaft zu. Allein Lorenzo und Esteban, immer noch im Kinderstuhl mit drei und vier Jahren, schieben sich weiterhin mechanisch ihre Polenta in den Mund, besonnen darauf, nicht alles überall zu verstreuen, was ihnen Gladys Zorn einbringen würde. Wohlgemerkt ist Esteban klugerweise mit einer Art Schlabberlatz aus Plastik ausgestattet, dessen Ende sich nach oben wellt, um die Grieskörner und Tomatensoßenkleckse aufzufangen. So sind sie, meine kleinen Brüder: sorgsam, vorsichtig, in ihren Gesten und Bewegungen behutsam. Ich bin bei Weitem die Turbulenteste und Draufgängerischste der Familie, nun jedoch, empfänglich für die mir entgegengebrachte Aufmerksamkeit und meine Aufregung zügelnd, denke ich ehrlich über die mir gestellte Frage nach:

– Die Jungs? Äh, ich weiß nicht ...

– Ist da nicht einer, der süßer ist als die anderen?

Heureka, mit einem Mal weiß ich, was mein Vater meint! Weil es da sehr wohl einen Jungen gibt, der sich in meinen heimlich verliebten Augen klar von den anderen abhebt.

– Sven Marinello!

Ich bin mir nicht sicher, ob Sven Marinello besonders süß ist, doch er imponiert mir schon seit der ersten Klasse mit seiner Frechheit, seiner Brutalität und der Inbrunst, die er in alles steckt – in die Ballspiele wie in den schulischen Wettstreit: Ich habe ihn weinen sehen, da er nicht Erster wurde bei einem Kopfrechnenturnier, das ich glanzvoll für mich entschieden habe, und ich habe die Niederlage und den Kummer, für die ich verantwortlich war, in vollen Zügen ausgekostet. Rückblickend kann ich sogar auf diesen Tag meinen ersten erotischen Schock zurückführen: diesen besiegten Jungen den Kopf senken und seine erröteten und tränenüberströmten Bäckchen wutentflammt abwischen zu sehen. Im Schwimmen hingegen kennt Sven keine Rivalen. Nicht nur, dass er kraulen kann, und zwar auch auf dem Rücken, während die meisten vorsichtig im Kinderbecken plantschen, nein, er ist auch der einzige, der sich auf das Sprungbrett wagt. Letztes Jahr ging sogar das Gerücht um, er wäre fähig, unter Wasser zu atmen, was seine Wirkung nicht verfehlte und alle Erstklässler baff vor Bewunderung zurückließ. Kurz, wenn es gilt, meinem Vater eine Freude zu bereiten und zu entscheiden, welcher der Jungs aus meiner Klasse mir zarte Gefühle einhaucht, dann gibt es da keinen Zweifel: dann ist das Sven Marinello!

Ein Gejohle folgt meiner Antwort: Der ganze Tisch biegt sich vor Lachen, mit Ausnahme von Großmutter Claudette, die stets woanders ist, und meiner kleinen Brüder, die immer hinterherhinken. Sven Marinello: Man möchte meinen, dass diese fünf Silben unwiderstehlich seien, denn Svetlana scheint kurz davor, sich in die Hose zu machen, Charlie weint und meine Eltern halten sich den Bauch vor Lachen, und was Ludmilla betrifft, so ist diese doch glatt unter den Tisch verschwunden, als wäre es eine für sie unmögliche Mission, noch länger auf ihrem Stuhl sitzenzubleiben ob der Komik dieses Vor- und Nachnamens eines kleinen Jungen. Wie meine Brüder hinke auch ich hinterher. Wie sie habe auch ich den Mund offen stehen über meinem Teller Polenta. Und mein Vater, leicht keuchend, die Augen sich reibend, aber in der Anstrengung, seine Ernsthaftigkeit zurückzugewinnen, fährt mit seiner ordnungsgemäßen Befragung fort:

– Sven Marinello? Und was ist denn so Besonderes an ihm, an diesem Sven Marinello?
Fest entschlossen, ihnen mit der Darlegung der außergewöhnlichen Gaben des Sven Marinello die Sprache zu verschlagen, sage ich geradeheraus:
– Er kann unter Wasser atmen!
Diese Information preiszugeben war keine gute Idee, und die unerklärliche Heiterkeit meiner vielköpfigen Familie kennt plötzlich kein Halten mehr: sogar Claudette deutet ein Lächeln an, während meine Eltern strampeln und Svetlana inspiriert und ohne Unterlass grölt:
– Sven Marinello, atmet unter Wasser froh! Sven Marinello, atmet unter Wasser froh! Sven Marinello, atmet unter Wasser froh!
Und das, das können sogar Lorenzo und Esteban verstehen und es nachplappern, was sie sich auch nicht versagen zu tun, urplötzlich auch sie entfesselt, hin zum Unisono dieses Ausbruchs diabolischen Freudenfeuers:
– Sven Marinello, atmet unter Wasser froh!
Scham und Perplexität müssen mir wohl anzusehen sein, denn meine Großmutter, die, um den Tisch abzudecken, hinter mir vorbeigeht, drückt mir flüchtig die Schulter als Zeichen von ... als Zeichen von was eigentlich, ich weiß es nicht genau, doch ich verstehe ihren Willen, mich ihrer Unterstützung zu versichern.
– Hat er dich wenigstens schon mal geküsst, dieser Sven Marinello?
Das, das kam von meiner Mutter, die diesen Moment familiärer Euphorie in die Länge ziehen will; in der Folge aber stürzen sich alle auf dieses Thema:
– Hat er die Zunge benutzt? War es ein echter Kuss?
– Wie fandest Du es?
– Die anderen, wissen sie das, dass ihr verliebt seid, Sven Marinello und du?

– Und Madame Jardin, weiß sie es? Hat sie euch zur Seite genommen?
Ich fühle sehr wohl, dass Sven Marinellos Prestige daran Schaden nimmt, selbst in meinen eigenen Augen. Sven, mein so stolzer und empfindlicher Sven, wie konnte ich dich nur derart unvorsichtig den fleischesgierigen Kiefern meiner vielköpfigen Familie preisgeben? Ich mag noch so wutentbrannt meine Tränen der Scham und Verärgerung wegwischen, sie entgehen niemandem und erregen einen neuerlichen Ansturm grober Scherze, aber auch empörter Beteuerungen gegen mich:
– Hey hey, Kim, jetzt ist's aber gut! Fang hier bloß nicht an zu flennen wie ein Baby!
– »Heulsuse«, so werden wir dich jetzt nennen!
– Ich heule nicht wie ein Baby!
– Was würde Sven Marinello wohl sagen, wenn er dich so flennen sähe?
– Ich heule nicht aus Spaß!
– Ja warum heulst du denn dann?
– Weil ihr euch über mich lustig macht, deswegen!
– Aber Kim, wir flachsen doch nur, das ist doch nicht bös gemeint!
– Wie empfindlich du bist, mein armes Töchterchen.
– Wir sind hier doch in der Familie, das darfst du wirklich nicht so eng sehen!
– Das bleibt unter uns, ist doch nicht, als wären wir sonst wer!
– Weil wir etwa nicht sonst wer sind?
Während Charlie meinen Sinn für Schlagfertigkeit, in der festen Überzeugung, sie von ihm zu haben, begrüßt, lassen die anderen ein undeutliches, aber einhelliges Grunzen verlauten, aus dem hervorgeht, das wir nun aber auch wirklich nicht sonst wer sind. Jedoch eine Vorstellung davon zu haben, wer genau wir sind, fällt mir mit meinen sieben Jahren schwer. Einstweilen ziehe ich es vor, diejenige anzunehmen, die an diesem Tisch herrscht und das Verdienst besitzt, Claudettes beruhigende Philosophie mit dem

väterlichen Dogma zu verquicken: Nichts ist schlimm, wenn alles unter uns bleibt.
Ich weine, aber ich weine zu Unrecht: Man hat sich nicht über mich lustig gemacht, und wenn doch, dann in allerbester Absicht. Ich weine, aber ich täte besser daran, mich zu freuen: Sonst wer sind wir nicht, und deshalb auch nicht böse, denn wir sind eine Familie – und solange ich in der Familie bleibe, kann mir nichts Schlimmes und vor allem nichts Böses zustoßen. Ein Fehlurteil wäre es, als Demütigung und Einbruch in mein Herz zu begreifen, was doch nichts anderes ist als eine hübsche Runde Spaß *unter uns*. Überzeugt und wieder aufgeheitert, ringe ich mir ein Lächeln ab und nehme das Stück Käse an, das mir Charlie auf der Spitze seiner Gabel entgegenstreckt.
Charlie ist übrigens derjenige, der diese Logik am eifrigsten umsetzt: Im Schoße der Familie ist nichts schlimm, ist nichts böse – und folglich alles möglich. Es gibt keine Eigenliebe, nicht ein Gran Stolz, keine Scham, keine Reserviertheit, die seinem Integralismus standhalten könnten. Charlie, der bei offener Türe pisst und scheißt, kann es nicht ertragen, dass irgendwer von uns auf Intimität erpicht ist. Wehe dem oder der, der oder die sich im Bad einschließt: mein Großvater bringt es fertig, stundenlang gegen die Tür zu hämmern, auf dass ihm geöffnet werde, bringt es auch fertig, sich ungeniert auf den Rand der Badewanne zu setzen, in die sein Schwiegersohn, seine Tochter, seine Frau oder auch seine Enkel eingetaucht sind, nur um mit ihnen Konversation zu betreiben. Er entblößt selbstgefällig sein schrumpeliges Fleisch, und man muss ihn nicht erst lange bitten, damit er seine Ware anpreist – um darauf zu verweisen, dass seine älteste Tochter aus bestem Fleische ist:
– Schaut nur her! Ich hab noch reichlich was in die Hose zu packen, oder?
Meine Eltern spazieren ebenfalls nackt durchs Haus. Wenn es warm ist, ziehen sie sich gerade mal ein T-Shirt über, bevor sie sich

an den Tisch setzen, und die Kleiderordnung von uns Kindern wird sie wohl eher noch irritieren. Die Vorstellung, wenn von Vorstellung überhaupt die Rede sein kann, handelt es sich doch um einen archaischen Reflex, die Vorstellung also lautet, dass man wirklich Unrecht damit habe, sich unter Vor- und Nachfahren zu genieren, entstammen doch Letztere den Eiern und Gebärmüttern der Ersteren, und wird uns doch diese biologische Wahrheit ununterbrochen in Erinnerung gerufen gleich einer permanenten Ermahnung zur Ungezwungenheit und Transparenz – aber eines vor allem: keine Geheimniskrämerei!

Unter diesen Umständen könnte man verwundert darüber sein, dass dem Beischlaf in meiner vielköpfigen Familie keine größere Beachtung geschenkt wird. Fakt ist, dass ich nie irgendein verdächtiges, aus dem Schlafzimmer meiner Eltern oder Großeltern stammendes, Stöhnen vernommen habe – und meine Schwestern bewahren die gleiche erstaunliche Diskretion hinsichtlich ihres Sexuallebens, auch wenn ich nicht daran zweifle, dass meine Mutter ihre Vertraute ist auf diesem Gebiet. Von den vier Pärchen, die unter unserem Dach leben, trägt keines offen die postkoitale Ermattung zur Schau, niemand erlaubt sich mehr als Avancen oder keusche Küsse auf Hals, Wangen, Schläfen, Ohren. Angesichts des allgemein herrschenden Exhibitionismus birgt diese Schamhaftigkeit wirklich etwas Überraschendes und hat mich persönlich so lange umgetrieben, bis mir die Erklärung dazu förmlich ins Gesicht sprang wie ein Geheimnis, das umso besser behütet ist, als es aller Welt am Arsch vorbei geht: Bei mir zuhause wird nicht gevögelt. Die Erwachsenen, die mich umgeben, sind nicht halb so verschämt wie keusch, als gefröre das hautnahe Zusammenleben die fleischlichen Gelüste. Es sei denn, das Vergnügen, unter sich zu sein, macht den Orgasmus völlig überflüssig.

Ich wollte nie wirklich wissen, was Sache ist, und habe mich stets davor gehütet, auch nur die geringste Frage zu diesem oder anderen Themen zu stellen. Nur, da ich fünfzehnjährig begriff, in welch sexueller Misere meine Angehörigen lebten, fügte ich den Vorsätzen auf meiner Liste umgehend jenen hinzu, der mich mein Liebesleben egal wo zu führen heißt, nur nicht in der Rue Trézène 27 a. Als Sven Marinello mir dann triumphal die Unschuld raubte, spielte sich dies in einem Auto ab, ein zur Entjungferung geeigneter Ort, wenn man nur bereit ist für die eine oder andere Verrenkung. Mit Verrenkungen jedoch kannte ich mich aus und tue es noch immer, und während der Schaltknüppel mir die Nieren quetschte, während meine Beine sich um die seinen schlangen, haben wir einander misstrauisch in die Augen geschaut und dieses Mal war er derjenige, der von meinen Wangen die Tränen dieser Niederlage wischte, die auch ein Sieg war über meine erotische Programmierung und Verhexung, die den Rest meiner armen Familie in ihrer Kindheit gebannt hielt.

7. DIE VERZWEIFELTEN LEBEN SIND DIE WÜRDEVOLLSTEN

Obgleich das Ende bereits stattgefunden hat, ist mir klar, dass ich nur Anfänge erzählt habe.
Geduld. Der Tod wird kommen, und er wird das Antlitz des Desasters und der Katastrophe tragen, das Antlitz der trostlosen Hoffnungslosigkeit.
Übrigens wäre es besser gewesen, schon von Anfang an zu verzweifeln. Die verzweifelten Leben sind zugleich die würdevollsten, jene, in denen man sich die tastenden Versuche erspart, die glanzlosen Haltungen, die lächerlichen Verfolgungsjagden auf der Suche nach dem, was nie existierte: das gegenseitige Verständnis, die wahre Liebe, das vollkommene Glück, der Saum des dunklen Waldes, in den das Leben uns dann ja doch nur tiefer und tiefer treibt.
Geduld. Bevor ich den Grund berühre der Hoffnungslosigkeit, habe ich noch eine ganze Menge anderer Entdeckungen zu machen und eine ganze Menge anderer Vorsätze zu fassen, wie jenen, die rhythmische Gymnastik aufzugeben, eine Disziplin, in der ich, seit ich fünf bin, brilliere, und die ich selbst nach meiner zweiten Geburt weiterhin gemocht habe, trotz des Bodys mit Minirock, trotz des unvermeidlich anmutigen und zeremoniösen Bandes auch, dem ich mit Abstand den Reifen vorzog, den Ball, das Seil und die Keulen.
Durchgehalten habe ich bis dreizehn, Trainingsstunden und Wettbewerbe aneinandergereiht unter dem wachsamen Auge Claudettes, Fan der Disziplin und außerdem damit beauftragt, mich von einem Ende des Departements zum anderen zu geleiten. Meine Mutter ließ sich eher selten blicken, obwohl die rhythmische Gymnastik ihre Idee war. Svetlana hatte das Recht auf Synchronschwimmen, Ludmilla auf Eislaufen. Was die körperliche und

sportliche Erziehung meiner kleinen Brüder betrifft, so stand diese nicht auf dem Programm: Sie wurden darauf reduziert, melancholisch den Ball im Dschungel des Familiengartens zu treten, als Tore hielten leere Farbeimer her.
Heute sage ich mir, dass ich die Dinge hätte in die Hand nehmen sollen und darauf hätte bestehen müssen, dass Lorenzo und Esteban zum Fußballtraining gehen, zum Fechten, Judo, was weiß ich. Aber dazu ist es jetzt zu spät. Das Ende hat bereits stattgefunden, der furchterregende Schatten hat sich bereits auf uns hinabgestürzt und es bleiben uns nur mehr unsere Augen, um zu weinen, genauer, denjenigen unter uns bleiben sie, die Kummer haben – denn der Kummer, dem Geiste gleich, schlägt zu, wo es ihm beliebt und das nicht immer absehbar.
Meine Mutter, so lässig, was die Schule betrifft, so rasch darin, unser Fehlen zu entschuldigen, unsere Verspätungen, unsere nicht gemachten Hausaufgaben; meine Mutter, so verwirrt durch meine guten schulischen Leistungen, dass sie darüber vergaß, meine Hefte zu unterschreiben, während sie die desaströsen Schulzeugnisse meiner Schwestern mit einem Lächeln und komplizenhaften Seufzern gegenzeichnete; diese meine Mutter war stets drastisch in Bezug auf unsere sportlichen Aktivitäten. Obgleich wir, und das gilt für jede von uns, gerade erst im Kindergarten waren, meldete sie uns für Sportkurse an und wählte dafür spektakuläre und feminine Disziplinen, ob dies allerdings auch fürs Eislaufen gilt, darüber mag man streiten.
Bevor ich selbst rhythmische Gymnastik betrieb, musste ich viel Zeit auf den Rängen der Schwimmbäder oder Eisstadien verbringen, um die Fortschritte zu bewundern meiner Schwestern, die meine Mutter unermüdlich angefeuert hat. Angesichts der privilegierten Beziehung, die sie zu Svetlana unterhielt, war es selbstverständlich diese, die in den Genuss der eifrigsten mütterlichen Obhut kam. Sie war, was mich betrifft, weitaus weniger präsent, und ich kann mich dazu nur beglückwünschen, bedenkt man das

überreizte Geschrei, mit dem sie unsere Leistungen begrüßte und die schamlose Art, mit der sie den Trainer der *Sirènes du Val d'Azur* anbaggerte.

So lautete tatsächlich der Name des Vereins dieser armen Svetlana, auch wenn ich mich immer gefragt habe, was Sirenen bitte in einem Tal verloren haben, so azurblau dies auch sein möge. Gut, vielleicht handelte es sich ja um eine unterseeische Grotte, und immerhin war es meine Mutter, die es auf Tugra Takdogan abgesehen hatte, dessen Verlockungen nicht gerade augenfällig waren. Weit über fünfzig, als meine Schwester dem Verein beitrat, klein, bleich, dickbäuchig, schien er außerdem wasserscheu zu sein und einen Horror vor Spritzern zu haben. Was ihn nicht davon abhielt, seine Sirenen streng ins Joch zu spannen, sie auch nur bei der geringsten Schwäche zu schelten und sie im Chlor aufweichen zu lassen, bis ihre Lippen blauviolett wurden, ihre Finger verschrumpelt und ihre Augen blutrot unterlaufen waren. Es gelang ihm für gewöhnlich, den Verein bis auf ein ungeahntes und beinahe schwindelerregendes Wettbewerbsniveau zu hieven, bedenkt man die Tatsache, dass er selbst noch nie auch nur eine Zehe in ein Becken getaucht hatte. Meine Mutter konnte darüber keinen Schlaf mehr finden, man sprach in meiner vielköpfigen Familie über nichts anderes mehr, und Svetlana, im blau schimmernden Badeanzug, mit Tänzerinnendutt und unästhetischer doch obligatorischer Nasenklammer, machte eine recht gute Figur inmitten der anderen Sirenen, trotz einer gewissen Neigung zur Leibesfülle, die zu verschlimmern die aufkeimende Pubertät das ihre tat.

Meine Mutter erhoffte Besseres. Aber sie konnte sich vor Monsieur Takdogan noch so sehr aufspielen und ihm nahelegen, die Choreographie möge die Ausnahmequalitäten ihrer Ältesten stärker hervorheben, es gelang Svetlana doch nie, sich von der Masse abzuheben. Nein, sie wurde von athletischeren, schlankeren und vor allem lächelnden Mädchen regelmäßig in den Schatten gestellt – denn es war Svetlana schon immer schwer gefallen, sich ihres zornigen und mürrischen Ausdrucks zu entledigen. Immer häufiger kam sie wutentbrannt aus dem Schwimmbad nach Hause. Ihre dicken violetten Backen bebten unter der Beleidigung und sie schleuderte ihre vom Chlorwasser schweren Locken in alle Richtungen.

– Verdammte Scheiße, ich werde sie umbringen!

– Wen?

– Maeva!

– Was war denn?

– Die ist viel zu schnell wieder aufgetaucht! Hat alles versaut! Und hinterher bin ich diejenige, die angeblich zu spät war!

– M. Takdogan wird doch wohl gesehen haben, dass sie's verbockt hat!

– Von wegen, die ist sein Liebling, der gibt ihr immer recht! Und die andere Schlampe, die bring' ich auch um!

Vom Gezeter ihrer Schwester angelockt steckten Lorenzo und Esteban ihre kleinen Köpfe in die Küche, wo dieser interessante Austausch stattgefunden hat. Sie blökten liebevoll:

– Eine Schlampe? Wie heißt die?

Und Svetlana, Svetlana, die ihnen hätte sagen müssen, dass man solche Worte nicht in den Mund nimmt, Svetlana, die sie in ihr Zimmer zurückschicken und nicht zu Zeugen hätte machen sollen ihrer Wutausbrüche, Svetlana rastete vor ihren versteinerten kleinen Brüdern vollends aus:

– Coralie heißt die andere Schlampe! Ich werde sie umbringen! Beim nächsten Mal, da nimmt sie entweder zurück, was sie gesagt hat, oder ich bringe sie um, ganz bestimmt, ich reiß' ihr die Zunge raus und werfe sie ihr zum Fraß vor! Diese Fotze!

– Was heißt das, Fotze?

– Diese Fettsau! Aber mir, mir kann die nicht auf den Sack gehen, mit dem, was sie sagt! Mir nicht!

Esteban und Lorenzo waren viel zu baff, um ihr gegenüber anzumerken, dass sie gar keinen Sack hatte, auf den man ihr hätte gehen können, nein, sie begnügten sich damit, ganz Ohr zu sein, ihren Mund vor lauter Bewunderung für ihre älteste, so kriegerische Schwester nicht mehr zuzubekommen, und Partei zu ergreifen für sie und Front zu machen gegen Coralie, die sie noch nie gesehen hatten und auch nie sehen würden – aber im Laufe der Zeit wurden wir alle sehr vertraut mit all jenen Maevas, Coralies, Élodies, Roxanes, Estelles, Cassandras, Emelines und zig Morganes, mit denen uns Svetlana andauernd in den Ohren lag. Nur, dass dann eines Tages, Schluss, aus, basta, Svet ihren azurblauen Badeanzug samt Perlmuttdiadem wegpackte und wir von den Sirenen nie mehr etwas hörten. Soviel ich weiß, war zur gleichen Zeit die Love Story zwischen meiner Mutter und Tugra Takdogan vorläufig ebenso beendet wie die Sportkarriere ihrer ältesten Tochter: kein Tuscheln mehr am Beckenrand, keine Unterredungen mehr in der Umkleide des Personals, von denen sie jedes Mal errötet, atemlos und zerzaust zurückkam. Von diesem Punkt ausgehend behaupten zu wollen, meine Mutter habe meinen Vater betrogen, wäre ein Schritt, den zu wagen ich mich nicht erdreiste. Sicher, stets hat sie sich größte Mühe gegeben, ausschweifend zu wirken, ich aber unterstelle ihr, während der meisten Zeit ihres Ehelebens verzweifelt brav und verbittert treu geblieben zu sein.

Kurz, nach Svetlanas Ausfall hat sie all ihr Streben nach Ruhm auf Ludmilla übertragen, einer, wie es in aller Munde hieß, Eisläuferin sondergleichen. Glücklicherweise hatte ich meinerseits bereits mit rhythmischer Gymnastik angefangen und war so nicht mehr gezwungen, auf den Rängen einzuschlafen, während meine Mutter ihre Begeisterung herausgrölte oder den Trainer zur Seite nahm. Ich hatte Großmutter Claudette, die auf mich aufpasste, und fühlte mich in ihrer diskreten und doch ermutigenden Gegenwart gut aufgehoben.

Ludmilla hatte da weniger Glück, denn ob ihrer privilegierten Beziehung zu ihrer Mutter bestand auch mein Vater darauf, ihren Trainingseinheiten beizuwohnen, was zur Folge hatte, dass sie sich von ihren beiden Eltern flankiert sah, die einander darin

überboten, ihre Lutz- und Axelsprünge auf dem kreischenden Eis zu bejubeln. Doch leider! Ludmi erreichte ebenso wenig wie Svet das Firmament des sportlichen Erfolgs, und meine Eltern begannen sich einzureden, dass allein ich noch geblieben sei, die Farben der Familie zu tragen. Doch zu diesem Zeitpunkt war ich bereits dreizehn und besaß ausreichend Grips, um die Gefahr aufziehen zu sehen, die es bedeutet hätte, auf dem Praktikabel zu brillieren.
Und doch mochte ich es. Ich genoss es, Sprünge, Drehungen, Waagen aneinanderzureihen, die Bogengänge und Wellen, ich liebte es, die Geräte zu beherrschen, liebte es, den Gesetzen der Schwerkraft ausgeliefert zu sein, da ich Keulen und Reifen hochwarf und, rasch rasch, meine Arabeske ausführte, bevor ich sie mit geschickter Bewegung aus dem Handgelenk heraus wieder auffing, hopp hopp, um dann darauf mit weiteren Schwierigkeitsgraden fortzufahren. Und dann brauchte ich natürlich auch nicht lange, um mich in meine Lehrerin zu verlieben, eine junge, weitaus liebenswürdigere Person als Monsieur Takdogan, auch wenn sie ihm in puncto Anspruch und Strenge in nichts nachstand.
Alles fand ich großartig an Lucie Leccia, die ich nicht mit ihrem Vornamen ansprechen durfte, auch wenn die vielen Stunden des Trainings unter ihrem Zepter sie mir unendlich nahe gebracht und unendlich teuer haben werden lassen. Obwohl sie ihr Leben in den Sporthallen verbrachte, war Madame Leccia doch immer erstklassig angezogen: makelloses T-Shirt, das eng anlag an ihren kleinen festen Brüsten und klar definierten Bizepsmuskeln, Caprihose, die ihre braungebrannten und tadellos enthaarten Waden freigab. Selbst ihre Frisur roch nach Beherrschung und Selbstkontrolle: ein Pferdeschwanz und ein Pony, schwarz wie Ebenholz, bei dem kein einziges Haar aus der Reihe tanzte. Durch Lucie entdeckte ich die Achtung für Formales, Regeln und Uhrzeiten. Wehe der, die eine Minute zu spät antanzte oder es versäumte, sie höflich zu grüßen; wehe der, die abwich von der im Verein geltenden Kleiderordnung: saubere und passgenaue Bodys. Falten, Flecken, Schweißränder

brachten Lucie in Rage. Schlecht gebundenes Haar ebenfalls. Zum Glück hatte ich mich sehr schnell für einen Kurzhaarschnitt entschieden, den ich aufs Sorgsamste nachschneiden ließ. Wie meine Großmutter versuchte auch Lucie mich zum Dutt zu bekehren, der unter den Turnerinnen die Norm war, aber sie stieß auf meinen wilden Widerstand und insistierte nicht weiter.

Ich träumte von ihr. Ich träumte davon, sie bei einem Brand zu retten oder aus einer Entführung zu befreien. Und da man mir auf dem Gebiet der Sexualität rein gar nichts erklärte, träumte ich auch, dass ich sie ritt und sie bepinkelte, Träume, aus denen ich verschämt und meist urindurchnässt erwachte – denn ich war bis zum dreizehnten Lebensjahr Bettnässerin, wie vor mir meine Schwestern auch und nach mir meine Brüder. Es geschah nicht selten, dass einer der beiden zur mir ins Bett stieg, nachdem sie ihr eigenes geflutet hatten, und wir die Nacht zu zweit oder zu dritt zu Ende brachten, während ihre nassen Unterhosen langsam wieder trockneten in der wirren Hitze unserer unter der Bettdecke aneinandergeschmiegten Körper. Lorenzo, Esteban, wenn ich es nur geahnt hätte, wie hätte ich diese Nähe ausgekostet, eure zarte Haut, euren Atem, eure im Aufwachen verwirrten Gesichtchen, und eure Entschuldigungen, die gar nicht nötig waren:

– Ich hab' das nicht mit Absicht gemacht, Kim: du glaubst mir doch, oder?

– Warum mach' ich ins Bett?

– Gibt's keine Medizin für Kinder, die ins Bett machen?

– Aber sag's nicht Maman, ja?

Es war ihre Mutter, vor der sie Angst hatten, die beiden kleinen Jungen, vor ihrer Mutter, die es nicht auf die Reihe bekam, ihnen die Bettlaken zu waschen, die aber völlig ausrastete, wenn sie bemerkte, dass sie diese nassgemacht hatten. Die Jungs. Nicht meine Schwestern. Nicht ich.

Und auch dies habe ich durch Lucie Leccia entdeckt: dass ein Erwachsener streng sein konnte, aber doch gerecht. Unsere Eltern waren weder das eine noch das andere, sie ließen uns bei schier allem unsere himmlische Ruh. Wir durften sonst was sonst wann essen, selbst wenn die Mahlzeiten reichlich feierliche Anlässe blieben, angesichts der Wichtigkeit, die jeder einzelne bei uns dem Essen beimaß, angefangen bei meiner Großmutter, die ihre Hellsichtigkeit manchmal nur wiederfand, um für uns ihren Couscous zuzubreiten, ihre Brickteigtaschen, ihre süßen Mangoldpasteten, ihre Aasbans, ihre gegrillten Sardinen, ihre Tians, ihre Schakschukas ... wir setzten uns zu festen Zeiten zu Tisch, niemand jedoch hatte uns je mitgeteilt, dass wir uns zwischen den Mahlzeiten nicht mit Schokolade und Chips vollstopfen sollten. Claudette neigte sogar dazu, uns unterschiedslos und inkonsequent zu mästen. Denn wenn allenfalls gelten mochte, dass meine Brüder noch zulegen mussten, so litt Svet ganz eindeutig an Übergewicht.

Ebenso konnten wir schlafen gehen, wann immer es uns passte. Bei uns hat nie jemand die Kinder zu Bett gebracht: sie gingen von selbst, wenn sie umfielen vor Müdigkeit. Wie viele Male habe ich meine kleinen Brüder die Treppen hochgehen sehen um Mitternacht, die Augen verquollen, mit nacktem Hintern, ihre unsäglichen Teddys im Arm. Lorenzo, Esteban, es ist nun zu spät, aber wisset, ich gräme mich. Ich gräme mich tagtäglich, dass ich euch ganz allein schlafen gehen ließ, dass ich nie danach schaute, ob ihr eine Schlafanzughose anhattet oder eure Zähne geputzt waren – ohne all die Male zu erwähnen, da ihr vor dem Fernseher eingeschlafen und aufgewacht seid und dachtet, die morgendlichen Zeichentricksendungen seien für euch erfunden worden – und so fand ich euch bei Morgengrauen im zitternden Schein eines Mangas oder bei der x-ten Verfolgungsjagd von Sylvester und Tweety.

Die herrschende Laxheit hätte einen erzieherischen Aspekt haben und uns zur Selbstständigkeit wie auch zur Schläue ermuntern können, wenn nicht andererseits die Wutanfälle der Erwachsenen

in völlig unvorhersehbaren Intervallen und aus vollkommen unerklärlichen Gründen über uns hereingebrochen wären. Die von Charlie waren ganz besonders heftig und spektakulär, aber die meiner Mutter waren auch nicht von schlechten Eltern. Was meinen Vater betrifft, so hatte er ein Händchen dafür, sich uns im Vorbeigehen zu schnappen und in den offenen Winkel seiner Schenkel zu klemmen, langer Predigten wegen, denen wir kein Gehör schenkten, die uns aber erzittern ließen vor Ungeduld: nichts wie raus hier, in den Garten, ins Geäst der Kiefer oder Aprikose, um diese Traurigkeit zu fliehen, deren Ursache wir waren, um in Sicherheit zu sein, außer Reichweite dieser zu sanften, zu ruhigen Stimme, die letztlich schlimmer war als Charlies Gebrüll.
Lucie maßregelte uns niemals und hütete sich, die Stimme zu erheben, jedes Mädchen im Verein aber hatte Anrecht auf ihre ungeteilte Aufmerksamkeit und ihre schonungslosen Urteile. Es ist also nicht verwunderlich, dass das Reich der rhythmischen Gymnastik, wie Lucie Leccia es regierte, für mich den Himmel auf Erden darstellte: Auf dem Praktikabel und unter ihrem wachsamen Blick wurden Anstrengungen belohnt, Fortschritte anerkannt, Qualitäten unterstrichen und Versäumnisse aufgezeigt oder auch bestraft, doch ohne jedes Theater.
Dreizehnjährig machte ich mit gleicher Heftigkeit Schluss mit dem Himmel auf Erden wie Svetlana mit dem Synchronschwimmen, wiewohl aus radikal entgegengesetzten Gründen: Meine Leistungen wurden zu herausragend, die Aussicht auf Anwerbung seitens der französischen Nationalmannschaft konkretisierte sich, und meine Familie wollte die Sporthalle Aimé-Césaire gar nicht mehr verlassen. Meinetwegen Claudette, die mich, seit ich fünf war, unauffällig begleitete; meinetwegen auch Lorenzo und Esteban, die sich trotz ihres jungen Alters zu benehmen verstanden; nein, das Problem, man ahnt es, rührte von den anderen her, namentlich von meinen Eltern. Sie schneiten zu den unmöglichsten Zeiten herein, vorzugsweise mitten im Training, und ließen sich lautstark

auf den Rängen nieder. Da sie unsere drei Hunde am Eingang der Sporthalle angeleint hatten, gingen sie ununterbrochen rein und raus und überprüften alle zehn Minuten, ob ihre Meute sich auch brav verhalte. Eben nicht, sie verhielt sich schlecht, Fougère, Elvis und Bastardo waren mitnichten an Einsamkeit gewöhnt. Erbärmliches Geheul drang zu uns herein und löste bei meinen Kameradinnen Lachkrämpfe und bei Patrick und Gladys, diesen eingefleischten Tierfreunden, heftige Gefühlsregungen aus. Meine Mutter kam mit verschlagener Miene zurück und presste Fougère, unseren alten Dackel, an ihren Busen. Lucie weigerte sich, ihre Arbeit zu unterbrechen, wurde aber unter ihrem mittelalterlichen Pony rot vor Wut, und schoss nach Trainingsschluss auf meine Mutter zu, um ihr die Hausordnung in Erinnerung zu rufen:

– Tiere sind in Sporthallen untersagt, Madame Chastaing. Das habe ich Ihnen schon beim letzten Mal gesagt.

Meine Mutter protestierte, machte geltend, dass Fougère niemanden störe, dass sie klein sei, alt, krank, jederzeit zu sterben imstande: Lucie könne unmöglich wollen, dass wir ihren letzten Atemzug verpassten. In diesem Augenblick brachen Lorenzo und Esteban in Tränen aus, meine Mutter selbst war gerührt und Patrick legte eine Hand auf ihre Schulter nieder, um sie wieder aufzuheitern:

– Aber nein, sie wird doch nicht sterben, was erzählst du denn da, sieh nur, du bringst schon die Jungs zum Weinen!

Und wie sie weinten, schenkte ihnen doch Fougère allein schon mehr Zärtlichkeit als ihre ganze Familie zusammen. Meine Lämmchen, wenn ich es geahnt hätte! Anstatt vor Scham in den Boden zu versinken, da unsere Eltern ein weiteres Mal eine Show abzogen, hätte ich euch in meine Arme schließen und euch sagen sollen, dass da überhaupt niemand sterben würde, und schon gar nicht alte Dackelhündinnen, wo sie euch doch zur Welt haben kommen und groß werden sehen. Denn Fougère war mindestens fünf Jahre älter als ich, neun oder zehn Jahre älter als Lorenzo und Esteban: Sie konnten sich das Leben ohne sie nicht vorstellen, genauso wenig wie ich, weshalb ich auch schwieg, als meine Mutter vor meiner geliebten Trainerin demonstrativ die graue Schnauze streichelte.

Und doch. Zu viel war zu viel. Ich verzichtete auf diesen Ruhm, den man mir ohnehin gestohlen hätte. Ich verzichtete auf die übermenschlichen, aber doch so beglückenden Anforderungen der rhythmischen Gymnastik. Ich verzichtete auf das vierzehn mal vierzehn Meter große Praktikabel, die Fläche, die meine Furcht so klar absteckte, meine so kraftvoll von einer weitaus weiseren und hellsichtigeren Erwachsenen als ich es war an die Hand genommenen Ängste. Nie mehr sollte ich den Ball über mein Rückgrat laufen lassen; nie mehr sollte ich die paillettengeschmückten Keulen zwischen Knie und Waden einklemmen; nie mehr sollte ich mein Schicksal an den Wurf eines Reifens oder die Arabesken eines Bandes knüpfen. Meine Entscheidung war gefällt und niemand konnte mich mehr umstimmen. Weder meine vielköpfige Familie, die mich wochenlang belagerte, auf dass ich mich besönne, noch Lucie persönlich, die eines Tages aufkreuzte, um meine Beweggründe in Erfahrung zu bringen.

8. DAS ENDE DES SPIELS

An dem Abend, da sie am Portal läutet, hocke ich mit meinen Brüdern im Aprikosenbaum. Jeder rittlings auf seinem ihm angestammten Ast spielen wir gerade die x-te Folge von »Drei Jungs«, ein Spiel, das seit Jahren andauert, und in welchem Lorenzo und Esteban als folgsame Nebenrollen auftreten, die sich damit begnügen, die Gegenreden zu wiederholen, die ich ihnen zuflüstere, um genau das zu tun, was ich von ihnen verlange. Im Spiel heiße ich Sven, ein Vorname, für den ich noch immer eine unerhörte Schwäche hege, während Lorenzo und Esteban Luffy beziehungsweise Kakashi heißen. Ich bin dreizehn und wir alle fühlen, dass das Ende des Spiels sich ankündigt. Dank ungeheurer Trainingseinheiten und einer Hungerdiät ist es mir bis dato gelungen, meine Pubertät zu vertagen, mein Körper aber ist kurz davor, mich zu verraten: meine Brüste fangen an zu knospen und ein heller und dezenter Flaum beginnt, meinen Venushügel zu säumen.

Als ich Lucie erblicke, bedeute ich meinen Brüdern, sich im Blattwerk zu verbergen und presse mich selbst eng an den rauen und warmen Stamm. Es ist Frühling. Die Vögel antworten einander von Hecke zu Hecke, der Rosmarin steht in Blüte, der Garten zittert und vibriert vom Wiederaufleben der Geschäftigkeit der Insekten. Lucie hebt den Blick und grüßt mich beinahe schüchtern:

– Guten Tag, Kimberly.

– Guten Tag, Madame Leccia.

Nie habe ich sie anders genannt, und nichts an meinem Verhalten lässt erahnen, dass ich mich streichle, während ich an sie denke, dass ich darüber weine, nicht ihr Mann zu sein, ein kleiner farbloser Mann, den ich nur umso besser kenne, als er Sportlehrer an meiner Schule ist. Ich hatte ihn in der fünften Klasse und habe ihm das ganze Jahr über die kalte Schulter gezeigt.

– Geht es dir gut?
– Ja, und Ihnen?
– Kannst du heruntersteigen?
– Nein, kann ich nicht.
– Ach ja? Ich würde aber gern mit dir reden.
– Ich höre Ihnen zu.
– Ich würde gerne unter vier Augen mit dir reden.

Ich träumte von ihr, von dieser Zweisamkeit, von diesem Augenblick, da sie endlich wollen würde, dass wir allein wären, sie und ich, aber jetzt, urplötzlich, fühle ich sehr genau, dass ich weder meinen Baum verlassen darf noch den Schutz meiner Brüder, dieser beiden Lämmchen, die doch kaum fähig sind, sich selbst zu schützen.

– Schießen Sie los!

War es mir stets eine Frage der Ehre, auch nur den kleinsten ihrer Wünsche zu befolgen, so ist meine Lucie einen solchen Widerstand nicht gewohnt.

– Kimberly, ich meine es ernst. Ich kann nicht mit dir reden, solange du wie ein Äffchen an den Beinen in einer Aprikose baumelst.

Denn während ich ihr zuhörte, habe ich mich kopfüber eingehängt, nur um sie aus der Fassung zu bringen und sie zum Gehen zu bewegen. Ich will nicht hören, was sie mir zu sagen hat, ich will nicht mehr bereuen, als es ohnehin schon der Fall ist. Ich weiß nur zu gut, was ich verliere, indem ich die rhythmische Gymnastik aufgebe. Eher ist es Lucie Leccia, die das Ausmaß meines Verlustes nicht abschätzt, weiß sie doch nicht, in welcher Welt ich lebe. Lorenzo und Esteban, sie, die es wissen, sie stoßen einhellig einen mitreißenden Seufzer aus, der die ganze Anteilnahme mitschwingen lässt, mit der sie diese Diskussion verfolgen.

– Ich komme nicht runter. Wenn Sie mir etwas zu sagen haben, dann schießen Sie los!

Kim würde es nicht wagen, Madame Leccia vor den Kopf zu stoßen, aber ich bin Sven, und Madame Leccia scheint dies zu spüren, denn sie zuckt resigniert mit den Schultern:

– Dieses Wochenende findet der Grand Prix von Thiais statt, erinnerst du dich? Wir haben darüber gesprochen. Die Mädchen gehen alle hin. Ich hätte dich auch gern dabei. Auch wenn du entschieden hast, aufzuhören. Hanna Bessonowa wird da sein. Und nebenbei können wir so ein wenig Paris erkunden.

Das Blut schießt mir in den Kopf, mein Herz schlägt wie wild. Hanna Bessonowa, unser aller Idol. Auch in Gedanken an sie habe ich mich des Öfteren gestreichelt. Bin ich am Ende etwa lesbisch? Ach Quatsch, ich bin 'n Junge, ich steh' auf Mädels, normal ey. Nur dass mir nicht mehr viel Zeit bleibt, ein Junge zu sein und mit meinen Brüdern zu spielen. Mein Kniehang lässt mich hellseherisch werden und ich verstärke mein Geschaukel:

– Joah, mal sehen.

– O. k., sag' mir einfach Bescheid. Auf Wiedersehen, Kim!

Sie hat mich Kim genannt. Das ist das erste Mal und schon macht sie auf dem Absatz kehrt. Schade. Wäre sie länger geblieben, sie hätte gesehen, dass ich weine, und verstanden, wie viel es mir abverlangt, auf den Umgang mit einer klugen Person zu verzichten, mir, die ich nur mit ebenso kindischen wie unvernünftigen Erwachsenen verkehre.

Mein Gleichgewicht wiedergefunden, sehe ich Luccie Leccia den Rückzug antreten und schreie ihr hinterher:

– Madame! Ich werde kommen! Zum Grand Prix!

Sie dreht sich um, kneift die Augen in der Dämmerung zusammen und bestätigt den Empfang meiner Botschaft mit kräftigem Nicken und winkender Hand. Hin- und hergerissen zwischen Aufregung und Eifersucht, springen Lorenzo und Esteban von der Aprikose, und schürfen sich dabei Knie und Schienenbeine auf:

– Gehst du hin, gehst du hin, zum Grand Prix?

– Aber du hast gesagt, dass du aufhörst mit dem Turnen!

– Ich hör’ mit dem Turnen auf.
– Und wir, dürfen wir mitkommen?
– Ja, dürfen wir mit?
– Sag Ja, bitte, Kim!
– Sag Ja, sag Ja, sag Ja!

Würde ich nicht befürchten, dass dies den Rest meiner vielköpfigen Familie auf dumme Ideen brächte, ich nähme sie wohl mit, diese Kinder, die nie irgendwohin dürfen – aber kommt nicht infrage, dass ich in Thiais oder Paris von der ganzen Meute umlagert werde, und obendrein noch von den Hunden.

Nein, zum Grand Prix, da geh’ ich alleine hin. Ich steige als Letzte in den eigens angemieteten Bus, in Klamotten, die Madame Leccia in der Aimé-Césaire-Halle niemals geduldet hätte, obschon es sich eindeutig um ein Sportoutfit handelt: ein Jogginganzug in grün schimmerndem Schwarz, ein T-Shirt in schmutzigem Weiß, eine bis aufs Garn abgewetzte Jeansjacke und eine von Lorenzo geliehene Kappe. Ich setz’ mich nach hinten, flüchtig gegrüßt von den Clubmädels, Faustine, Soraya, Lise, Rébecca, Maylis, Loubna, Ludivine, Thelma, Jennifer, Kadiatou, Iris, mit denen ich über Jahre hinweg zwölf Stunden pro Woche trainiert habe, denen aber schon aufgegangen ist, dass ich nicht mehr eine der ihren bin. Auch Monsieur Leccia ist da, dieser Volldepp mit seiner Ray-Ban zum Angeben und seinem Lächeln, das so nervt. Na klasse, so werden wir die Reise als Familie antreten, auch wenn die meine nicht zugegen ist, was wiederum allen zugute kommt, wäre der Bus doch auf der Stelle von uns erobert worden bei den bereits in der ersten Kurve kränkelnden Kötern und dem Gejaule meiner Mutter, doch endlich anzuhalten, und den auf Soraya, Faustine oder Iris zielenden Charmeoffensiven meines Großvaters, der Lächerlichkeit ebenso wenig scheut wie die Verführung Minderjähriger – nur dass ich stark bezweifle, er könnte fähig sein, über Galanterien und verstohlene Berührungen hinauszugehen.

Kurz und gut, keiner von ihnen ist da, und Pech für meine beiden Lämmchen, die ich angebunden in ihrer sprichwörtlichen Ecke habe stehen lassen. Ihnen der Garten, die alten Kaninchenställe, die leeren Farb- und Kleistereimer, die vor Wespen surrenden Lavendelbüsche, der verwahrloste Teich, die Bauschutthaufen, die beiden harzverklebten Mandel- und Aprikosenbäume, ihr trostloses Reich, wenn ich ihm fern. Mir Paris und Hanna Bessonowa.
Lorenzo und Esteban kamen heute Morgen zu mir, während ich ein paar Sachen in eine Sporttasche warf. Es war noch dunkel: geringes Risiko also, dass außer diesen beiden noch wer aufstünde.
Gestern, da hat Claudette mir zehn Euro gegeben und für die Reise ein Sandwich mit Omelette. Charlie hat mich leidenschaftlich umschlungen und in einen Scheinwalzer gedreht: *Paris, c'est une blonde, qui plaît à tout le monde,* la la la ... Er konnte noch so sehr trällern und mich quer durchs vollgestellte Wohnzimmer führen, ich schlurfte, klar entschlossen zu schmollen und ihm die Freude zu vergällen, sodass er schließlich abließ mit der nicht gerade liebevollen Bemerkung:

– Also, Kim, man will nicht glauben, dass du morgen nach Paris fährst. Du könntest ein wenig freudiger sein, ein wenig dankbarer, zumindest!

Dankbar, wofür? Die Gemeinde kommt für die Reisekosten auf, und abgesehen von meiner Großmutter hat sich niemand gefragt, ob ich auch nur irgendetwas bräuchte. Aus Angst, man könnte mir in letzter Minute einen Stock zwischen die Räder stoßen, murmelte ich, dass ich froh sei und dankbar. Eine Welle der Empörung ging in diesem Moment durch das Wohnzimmer:

– Dann zeig's halt auch! Zeig gefälligst, dass du dankbar bist!

– Danke sagen, das kommt dir nicht über die Lippen, was?

– Und ein Lächeln, ist das zu viel verlangt von einer Kimberly Chastaing?

– Boah ey, wie bekloppt die sind, diese Gören von heute!

Selbst meine Schwestern stimmen ein:

– Joah, wir würden ja auch gern ma' raus, weißte.
– Aber uns zahlt keiner 'n Wochenende in Paris.

Was hält sie denn davon ab, auf eigene Kosten nach Paris zu fahren? Rätsel über Rätsel. Tatsache aber ist, dass meine Schwestern, abgesehen von zwei Klassenfahrten aufs Land, einem Skiurlaub und einigen höchst seltenen Wochenenden mit ihren Freunden, nie irgendwohin gegangen sind und auch nie einen entsprechenden Wunsch geäußert haben. Sie verbringen so offensichtlich ihre Freizeit lieber in der Familie, dass ich ihre Trotzesausbrüche ignoriert habe. Ich war weitaus empfänglicher für den stummen Kummer meiner Lämmchen, denen das Wochenende recht lang werden musste.

– Wirst du den Eiffelturm sehen?
– Weiß ich nicht. Vielleicht werden wir keine Zeit haben. Aber ich werde jedem von euch beiden einen in Miniatur mitbringen.
– Einen, der leuchten kann?
– Jupp.

Seite an Seite auf meinem Bett sitzend baumelten sie beide mit ihren kleinen mit Schürfwunden und blauen Flecken übersäten Beinchen. Lorenzo hatte noch dazu ein Veilchen über der rechten Wange.

– Wie ist denn das passiert?

Sein Blick floh den meinen, während Esteban mit schriller Stimme rief:

– Das war Nathan!
– Welcher Nathan? Kenne ich ihn?
– Na klar kennst du ihn. Das ist der Bruder von Mathilde.
– Habt ihr euch geschlagen?

Lorenzos Augen füllten sich mit Tränen und Esteban antwortete an seiner statt:

– Nein, die haben sich nicht geschlagen. Lorenzo hat nichts getan!
– Er hat dir einen Faustschlag verpasst, einfach so, ohne Grund?

Lorenzo presste seine Hand auf Estebans Mund und hinderte ihn daran, mir weitere Einzelheiten dieser unerfreulichen Episode zu liefern, und dann sprach er kurzatmig auf mich ein:

– Nein, das ist es nicht. Esteban redet dummes Zeug. Er war nicht mal dabei!

Esteban konnte sich noch so sehr durch die Hand seines Bruders heiser schreien, die Augen traten ihm aus dem Schädel unter der Anstrengung, die er hinlegte, um zu sprechen, es drangen doch nur erstickte Laute zu mir vor. Ich gab auf. Mir war es lieber, nichts Näheres zu erfahren. Lucie wartete auf mich. Hanna Bessonowa wartete auf mich. Was Paris betraf, das würde sich zeigen, immerhin war es mein erstes Mal. Ich bekräftigte mein Eiffelturmversprechen und küsste sie beide, den kleinen Rotschopf mit seinem blauen Auge ebenso wie den kleinen Blondling, der so gern gesprochen und mir erzählt hätte, wie sich sein Bruder die ganze Zeit von den Pausenhofassen hatte verdreschen lassen. Ich bereue, Lorenzo. Wenn du wüsstest, wie sehr ich meine schuldhafte Ahnungslosigkeit bereue und all die vergeudete Zeit an Phantasien über Lucie Leccia und Hanna Bessonowa, wo ich dich doch hätte retten können.

– Also, seid schön brav, ja? Ich bin schon übermorgen Abend wieder da.

– Um wie viel Uhr kommst du zurück?

– Sehr, sehr spät. Wartet nicht auf mich.

– Dürfen wir in deinem Bett schlafen?

– Dann merken wir, wenn du zurückkommst!

– O. k., aber geht Pipi machen vor dem Schlafengehen: Ich will kein völlig durchnässtes Bett vorfinden wie beim letzten Mal.

– Jaaaah! Versprochen!

Endlich im Bus, rede ich mit niemandem, ich richte meine Kopfhörer und presse die Schläfe gegen die Fensterscheibe, lasse die Kilometer vorbeiziehen und eine heimliche Erleichterung über mich kommen. Einige Plätze vor mir studiert das Ehepaar Leccia

seinen Pariser Stadtplan, um die kleine Führung vorzubereiten, die es für uns vorgesehen hat. Aus gegebenem Anlass hat Lucie ihre Caprihose durch ein weißes Tennisröckchen ersetzt, ein fuchsienrotes Poloshirt und einen stromblauen Blazer. Nie ist sie schöner als in diesen harten Farben, die ihre ewige Bräune verstärken. Die Nektarinenfrische, die sie unter ihrer Sonnengerbung halten konnte, ist umso bemerkenswerter, als ihr kleiner Ehemann, vierzigjährig wie sie, hinter seinen polarisierenden Gläsern ausgedörrt wirkt wie ein Leguan. Sie haben keine Kinder, was mir Thomas Leccia beinahe sympathisch macht, wäre er nicht der Mann meiner Geliebten und hätte er nicht diese extrem nervige Lehrerattitüde: eine ironische Art, unsere schlechten sportlichen Leistungen zu begrüßen, gepaart mit einer inquisitorischen Neugierde, die mich nicht zuletzt an meine Mutter erinnert. Kurz und gut, bis das Gegenteil bewiesen ist, bleibt Thomas Leccia ein Feind, und es ist nicht sein Lächeln à la Tom Cruise, das mich entwaffnen wird.
Ihre Entscheidung, sich nicht zu vermehren, eine Entscheidung, die Lucie eines Tages vor den Clubmädels mit größter Sachlichkeit kundtat, hat mich dennoch tief erschüttert. Faustine sprach voller Enthusiasmus von der kleinen Schwester, die sie eben erst bekommen hatte, als Loubna sich leicht errötend vorgewagt hat:
– Und Sie, Madame Leccia? Wann rechnen Sie mit einem Baby?
Lucie wurde weder rot noch wich sie aus. Ihre Augen flammten kurz unter dem pechschwarzen Pony auf, und ich an Loubnas Stelle wäre im Boden versunken, sie aber antwortete:
– Thomas und ich wollen keine Kinder.
Die Mädels haben dümmlich im Chor gerufen:
– Aber warum denn nicht? Babys sind doch was Süßes!
– Wieso, Madame? Kinder will doch jeder!
– Das ist doch normal!
– Ich, ich will drei! Mindestens!
– Ich zwei: ein Junge, ein Mädchen!

– Ich auch, ein Junge und ein Mädchen! Ich weiß sogar schon die Vornamen: Léo und Emma!

Während sie Zeter und Mordio schrien, kreuzte mein Blick den von Lucie Leccia, die zwar wusste, warum sie keine Kinder wollte, ganz sicher aber ihr Geheimnis nicht den Mädchen zum Fraß vorwerfen wollte, die so gut wie die ihren waren, Mädchen, die sie hatte groß werden sehen und an deren Entwicklung sie ein liebevolles Interesse hegte, die aber nicht zwischen ihren schlanken Schenkeln hervorgekommen waren, die sie ebenso wenig gestillt wie gewiegt hatte, und von denen sie sich im gegebenen Augenblick trennen würde ohne viel Aufhebens, wohl wissend, dass sie ihnen in der Zwischenzeit weder das Leben versaut noch Steine in den Weg gelegt hatte. Im Gegenteil. Ich kann sogar behaupten, dass Lucies Unterricht mich errettet hat vor der Verzweiflung, in einer Welt leben zu müssen, in der meine Eltern ihre Gesetzgebung walten ließen, ihre höchst ungerechte.

Im Augenblick, da mich der Bus von meiner vielköpfigen Familie entfernt, beobachte ich ihren glänzenden Zopf, der auf ihrem braunen Nacken hin und her springt, ihre Hingabe beim Unterstreichen gewisser Textstellen ihres Reiseführers, die diskrete und höfliche Art, in der ihr Mann und sie sich beraten. Es gibt nicht den leisesten Zweifel, dass wir jede Sekunde unseres Pariser Wochenendes optimieren werden, auch wenn unsere Priorität der Grand Prix von Thiais bleibt, zu dem uns das Ehepaar Leccia unbarmherzig gleich nach unserer Ankunft schleift, vorbei an Sacré Coeur, Eiffelturm, den Ufern der Seine. In der Metro, die viele von uns zum ersten Mal nehmen, bleiben wir wie angewurzelt stehen mit unseren Rucksäcken in den Farben des Vereins, sind von der ungewohnten Welt wie gelähmt. Schulter an Schulter kommen mir Thomas und Lucie seltsam klein vor und absurd braun, sehr provinziell tatsächlich, mit ihren neuen Klamotten, ihrem Routard von Paris und Umgebung, und ihrer sichtlichen Angst, die richtige Station zu verpassen. Aber natürlich erreichen wir, nach einer zusätzlichen

Busfahrt ohne Zwischenfälle, unser Ziel, wie immer, sobald Lucie die Dinge in die Hand nimmt, und wir müssen uns nur noch auf die Zuschauerränge setzten und warten, dass die Einzelqualifikationen beginnen.

Hanna Bessonowa ist die Dritte, die von einer unpersönlichen Stimme angekündigt und von einem anerkennenden Gemurmel empfangen wird. Maylis kann sich nicht zurückhalten, »Hanna!« zu rufen, was ihr den zornigen Blick des Ehepaars Leccia einbringt und das entrüstete »Psst« der anderen Mädchen. Lucie hat sich mit größter Selbstverständlichkeit neben mich gesetzt, doch, da ich sie kenne, erkenne ich darin die grausame Absicht, unsere Bande neu zu knüpfen und mir die Trennung schmerzhaft, gar unmöglich zu machen.

Trotz der Aufregung der Reise, der Ankunft in Paris und in Thiais, habe ich meine schroffe Haltung nicht abgelegt und die Worte, die mir doch auf der Zunge lagen, nicht über die Lippen gebracht. Doch dort, in der geladenen Atmosphäre des Palais Omnisport, in der Inbrunst, mit der die Ankunft Hanna Bessonowas gefeiert wurde, spüre ich die Schutzwälle brechen, die ich mühsam um meine Entscheidung, mit der rhythmischen Gymnastik aufzuhören, errichtet hatte.

Hanna steigt drei Stufen auf das Podest, das zum Praktikabel führt – eine Sensation in ihrem purpurvioletten, im Rücken tief ausgeschnittenen und mit Spitzen aus schwarzem Samt verzierten Body. Wie immer erweckt sie den Eindruck, auf ihren Zehenspitzen zu schreiten und den Boden kaum zu streifen, wo sie doch mit ganzem Fuß auftritt, mit kleinen, gesetzten Schritten. Es sei erwähnt, dass ihre Beine kein Ende haben und heute von einem roten Netzstrumpf umhüllt sind, der sie ins Erhabene hebt und mich vollends verwirrt – Lucie an meiner Seite, ihr Tennisröckchen, brav über die kupfernen Schenkel gezogen, und Hanna, schöner denn je, nur einige Meter entfernt, das ist zu viel für mich, Erbarmen.

Unter dem Beifall des Publikums kniet sie auf dem Praktikabel nieder und winkelt grazil ein Bein nach hinten ab, um dort einen goldenen Ball festzuklemmen. Während sie das Kinn mit dem für sie charakteristischen Ausdruck entschlossener Weisheit hebt, bin ich meiner selbst entrückt und werde unaufhaltsam eingesogen in den schlanken und begehrenswerten Körper der Hanna Bessonowa aus der Ukraine. Vielleicht, da ich weiß, was sie fühlt; vielleicht, da ich weiß, dass sie sich, bevor sie vor uns erschien, sorgsam, ja beinahe abergläubisch die Hände trocknete, den Halt ihres Dutts prüfte, den Ball handhabte, die Fiebrigkeit ihrer Muskeln und das Zittern ihrer Bänder bändigte, um jenen Zustand der traumgleichen Konzentration zu erreichen, der die besten Leistungen ermöglicht.
Die ersten Akkorde erschallen und sie lässt den Ball bis zum Scheitel ihres kleinen glänzenden Schädels rollen, genau zwischen die beiden strassbesetzten Aigretten, die ihre strenge Frisur umgrenzen. Dann schnelle ich hoch, springe mit ihr in die Lüfte, zu einer ersten glanzvollen Diagonalen. Der Ball steigt auf zum Hallenhimmel und wir tänzeln im Einklang, ein Hechtsprung, zwei Schleifen, um ihn sodann wieder aufzunehmen mit durchgebogenem Rücken, hopp, einzuklemmen zwischen Nacken und Trapez, bevor wir ihn abermals in die Lüfte schicken. Das Publikum ringt nach Luft, der Beifall bebt, nimmt ab, nimmt wieder zu. Die ganze Halle hängt gebannt an unseren Bewegungen. Ich bin das Reh, der schwarze Schwan, der Feuervogel. Ich elektrisiere, erhebe, lasse Atem stocken und Herzen rasen, so auch das von Lucie, deren Nägel sich plötzlich in meinen Unterarm bohren, den Zauber unterbrechen und mich brutal von Hanna Bessonowa trennen.
Es ist nicht der Arm ihres kleinen Ehemanns, nach dem Lucie so heftig gegriffen hat, nein, es ist der meine, und meine Augen laufen über vor allzu lang zurückgehaltenen Tränen. Ich weine. Die reine Schönheit bewirkt manches Mal diesen Effekt. Die Liebe auch, wenn man endlich ihre wunderbare Wechselseitigkeit

erfährt. Ich muss Lucie nicht ansehen, um zu wissen, dass auch sie weint, sehe sie aber doch an, damit sie sieht: Lange schon liebe ich dich, Lucie, zu lang; zu lange schon begehre ich dich, zu lange schon fingere ich mich frenetisch in die Vorstellung, ich besäße die Kühnheit, dich zu küssen und unsere Zungen verschlängen sich zu einem filmreifen Kuss.

Lucie zieht ihre tadellos manikürten Nägel zurück und hinterlässt in meinem zarten Fleisch die allzu flüchtige Markierung ihres Anflugs von Leidenschaft. Im gleichen Augenblick jedoch berührt ihre schwebende Ferse die meine und ihre Hand findet meinen Nacken für eine unmissverständliche Zärtlichkeit. Hanna Bessonowa hält inne, den Ball im Gleichgewicht auf einer Fingerspitze, und der Palais Omnisport von Thiais explodiert zeitgleich mit mir und meinem Herzen. Den Auftritt einer mir völlig unbekannten usbekischen Turnerin nutzend stehe ich auf, um beinahe taumelnd die Toiletten zu erreichen.

Die Wandspiegel werfen mir das Bild eines Mädchens zurück, das nicht wie eines wirkt. Dreizehnjährig bin ich größer als alle anderen, angefangen bei meinen Eltern und meiner geliebten Trainerin. Acht Jahre rhythmischer Gymnastik haben meine Schultern ausgeprägt und meine Trizepse drohen die Nähte meines T-Shirts aufzureißen. Mein Haar, das vor Kurzem seine kindliche Helle verloren hat, fällt mir in gelgehärteten Strähnen über die Stirn. Von der Aufregung entflammt glühen meine Wangen und Backenknochen beunruhigend auf, und meine Augen, diese mandelförmigen und klaren Augen, die mir so viele müßige Komplimente einbringen, besitzen einen leicht halluzinierenden Glanz. Ich kann noch so sehr versuchen, hart zu wirken im Spiegel, was hervorsticht, ist ein Ausdruck von so heftiger Verstörtheit, dass ich mein Gesicht ins Becken stürze und in vollen Zügen benetze, als könnte das kalte Wasser die Zeichen meiner Verwirrung zum Verschwinden bringen.

Während ich mich zwinge, mich wieder zu fassen, vernehme ich hinter mir hastige Schritte. Es ist Lucie, und ich werfe mich mit einem unwillkürlichen Seufzer hingebungsvoll in ihre Arme. Ich bin dreizehn Jahre alt. Meine schändlichsten Träume erfüllen sich, ohne dass ich auch nur annähernd auf der Höhe wäre – was aber umso besser ist, da sie die Dinge in die Hand nimmt, ruckartig meine Jogginghose runterreißt und ihre brennende Hand gegen mein pulsierendes Geschlecht presst. Sie schluckt vor Überraschung, als sie entdeckt, wie unbeharrt ich bin:

– Rasierst du dich?

Ich lüge dreist:

– Joah. Ich mag keine Haare.

– Ich versteh dich gut, ich auch nicht.

Die andere Hand schiebt sich unter mein T-Shirt und bahnt sich hoch bis zu meinen nicht vorhandenen Brüsten. An dieser Stelle hält Lucie wiederum fassungslos inne:

– Kim?

– Joah?

– Du hast fast keine Brüste. Hast Du wenigstens schon deine Tage?

Ich wüsste nicht wirklich, was sie das scheren sollte, auch nicht, was das zwischen uns ändern würde, wittere aber die Gefahr und lüge schon wieder und ohne jeglichen Skrupel:

– In meiner Familie hat niemand Brüste. Meine Mutter ist genauso: platt wie eine Flunder. Meine Schwestern auch.

Lasst uns beten, dass sie Svetlana, deren Oberweite, seit sie fünfzehn oder sechzehn, phänomenal ist, niemals zu Gesicht bekommen hat.

– Na klar hab' ich meine Tage!

Mein entrüsteter Protest scheint sie nicht zu überzeugen. Sie tritt zurück, ihre wie Dragees polierten Nägel fahren aus einem Impuls heraus hoch an ihren Mund – und sie, sie, die ich weder von

Zaghaftigkeit noch von Unsicherheit je gezeichnet sah, sie starrt mich nun an, als suchte sie das Rätsel zu ergründen.

– Du bist zu jung, Kim: Ich kann nicht.

– Sie können was nicht?

Meine Stimme zittert vor Verzweiflung, die diese Unterbrechung in mir hervorruft. Die Liebe, jetzt oder nie, das spüre ich genau.

– Ich dachte, du wärest weitaus ...

– »Weitaus« was?

Ich schreie. Will es wissen. Wo liegen sie, meine Unzulänglichkeiten? Was muss ich sein, um Lucie Leccia zu gefallen und ihr Lust zu bereiten, die Dinge da wieder aufzunehmen, wo wir sie haben fallen lassen. Weitaus behaarter? Aber nein, wo sie doch Haare nicht mag. Weitaus vollbusiger? Es gibt auch Frauen ohne Brüste, ich kenne welche, und wen juckt's? Brüste sind ohnehin hässlich und platzraubend: ich habe doch schon gesagt, dass ich keine will.

– Du bist wirklich zu jung. Und ich, ich bin einfach zu bescheuert.

Madame Leccia, sie hat uns an Schimpfworte nicht gewöhnt. In den acht Jahren, da ich sie kenne, hat sie nie vor uns geflucht, sich auch nicht die geringste sprachliche Entgleisung geleistet. Wie geschieht ihr? Ich will ja gern glauben, dass ich zu jung bin, aber das wusste sie doch, bevor sie mich geküsst hat, oder? Hat sie mich nicht erst letzte Woche gesehen, da ich mit meinen beiden kleinen Brüdern »Drei Jungs« spielte und kopfüber in der Aprikose hing?

Sie sieht mich an. Ich sehe sie an. Und ich muss zu ihrer Entlastung sagen, dass sie unglücklich und verwirrt wirkt. Ihr Pony hat seine tadellose Wölbung eingebüßt und klebt auf ihrer feuchten Stirn, ihre Wangen sind genauso rot wie die meinen, und ihr Poloshirt gibt viel von ihrem knochigen Brustbein frei und vom makellosen Träger ihres BHs. Sie wiederholt unsinnigerweise und dümmlich:

– Ich kann nicht, ich kann nicht ...

Ich lasse mich gegen die Wand fallen und vergrabe meinen Kopf zwischen meinen Händen. Es ward gesagt, dass kein einziger Erwachsener mich aus dem Irrwitz der anderen Erwachsenen

befreien könne. Als ich auf Lucie zählte, irrte ich mich. Ich höre völlig zu Recht mit der rhythmischen Gymnastik auf, da jene, die mich darin unterrichtete, nicht schlüssiger, nicht weiser, nicht überlegter ist als meine armen Eltern. Die Strenge, die Ansprüche, die guten Manieren, die schicken Aufzüge, die Weigerung zu zeugen, dies alles sind nur Scheinheiligkeiten, die sie sich verleiht. Hinter dieser respektablen Fassade jedoch, da herrscht Chaos, wie bei allen anderen auch. Die einzig gute Idee, die zählt, besteht also darin, nicht mehr zu wachsen, dreizehnjährig zu erstarren zwischen der viel zu zerbrechlichen, viel zu weinerlichen frühen Kindheit und diesem ebenso erschreckenden wie abstoßenden Erwachsenenalter.
Lucie Leccia stürzt aus der Toilette. Aber das trifft sich gut, denn mein Verlangen nach ihr ist abgeebbt, um einer Zorneswelle Raum zu geben, die mich dazu verleiten könnte, bedauerliche Gemeinheiten von mir zu geben. Ich nehme meinen Platz auf den Rängen wieder ein und achte darauf, Lucie weder zu berühren noch anzublicken. Die Einzelqualifikationen haben in der Zwischenzeit natürlich auch ohne uns ihren Lauf genommen. Jetzt ist eine Französin an der Reihe, dann eine Weißrussin, gefolgt von einer Italienerin, aber keine von ihnen nehme ich wahr. Ich kehre erst zurück in die Wirklichkeit, als Hanna Bessonowa sich erneut auf dem Praktikabel positioniert, den Stab ihres Bandes zur Hand. Sehr schnell entfaltet es sich in der Luft, eine Verlängerung der sich aus ihrem Körper lösenden Linien. Hanna ist kein Schwan mehr, sondern eine Linie mit samtener Blütenkrone und purpurnen Staubgefäßen, eine vom Wind aufs Schönste bewegte Blume. Ich versteife mich neben Lucie, um nicht das gleiche Gefühl zu haben wie sie. Man hat ja wohl gesehen, wohin das führt, die Emotionen, die Überschwänglichkeiten, das Verschossensein: nichts Besonderes, ein auf der Toilette des Palais Omnisport von Thiais gestohlener Kuss, und dann weiter nichts. Das Gefühl aber holt mich ein, angesichts

des verschmitzten und genialen Spiels der Hanna Bessonowa mit ihrem purpurroten Band.
Von den fünf Utensilien, die uns die rhythmische Gymnastik abverlangt, ist das Band doch jenes, mit dem ich mich am wenigsten verbunden fühle, das mir am wenigsten zusagt, mit dem es mir am schwersten fällt, eine Einheit zu bilden, obgleich doch die Verschmelzung mit diesem Utensil das eigentliche Fundament der Disziplin bildet. Was auch immer ich tun mag, nie werde ich meine unzähligen Trainingsstunden in diese selige Grazie verwandeln, in diese feurige und wohl temperierte Virtuosität. Ich habe allen Grund, aufzuhören mit der RSG, denn wenn ich nicht Hanna Bessonowa sein kann, kann ich genauso gut nichts sein. Und das, das kommt mir sogar zupass: Wenigstens geht mir dann keiner auf die Nerven. Nichts, oder aber eine Blume, eine Pflanze aus meinem brachliegenden Garten: ein Rosmarinstock, eine Mohnblume, ein Immergrün im Efeu oder besser noch eine Wunderblume, eine Blüte, die sich am Tage zurückzieht, um sich besser entfalten zu können mit beginnender Nacht. Während die Zuschauer des Palais Omnisport von Thiais der Bandnummer der schönen Ukrainerin tosenden Beifall spenden, fühle ich genau, dass ich über ihre botanische Äußerlichkeit Zugang habe zu einer intimen Wahrheit: Ich muss leben, ohne mich zu entfalten, denn Entfaltung wäre mein Ende.
Tags darauf hat Madame Leccia all ihren Tatendrang wiedergefunden und wir statten Montmartre im Eiltempo einen Besuch ab, bevor wir uns unter den Pfeilern des Eiffelturms die Hälse verrenken. Kommt überhaupt nicht infrage, da hochzusteigen, da wir ja zurückfahren nach Thiais für das Gruppenfinale und die Einzelwettkämpfe, die Hanna beim Band haushoch gewinnt. Meine Inbrunst ist ohnehin wieder verebbt, und kaum haben wir den Palais Omnisport verlassen, habe ich auch schon meine Kopfhörer und meine unerschütterliche Miene wieder aufgesetzt.

Im Bus, der uns zurückfährt, schaue ich mir, während exotisch benannte Autobahnraststätten an uns vorüberziehen, die kleinen blinkenden Eiffeltürme an, die ich meinen beiden Lämmchen mitbringe, sage mir, dass sie glücklich sein werden, und fasse sodann meinen dritten Vorsatz: Lorenzo retten, ihn seinen Peinigern entreißen und ihm ein wenig meines Zorns einflößen, auf dass er etwas weniger Lamm und etwas mehr einsamer Wolf sei, wie seine große Schwester auch.

Als ich mein schlafendes Haus wieder betrete, darin niemand meiner harrt, darin niemand daran gedacht hat, das Licht brennen zu lassen oder einen liebevollen Zettel auf den Tisch zu legen oder etwa einen Teller in die Mikrowelle zu stellen, möchte ich losheulen, doch ich reiße mich zusammen. Schluss mit Schwäche, Schluss mit emotionaler Entfaltung. Ich finde im Kühlschrank einen Rest Zucchinigratin und schlinge ihn kalt hinunter, ohne mich überhaupt erst zu setzen.

Wie vereinbart, liegen meine kleinen Brüder in meinem Bett und ich rutsche zwischen sie. Sie wachen nicht auf, ich aber verbringe eine ganze Zeitlang damit, ihrem Atem zu lauschen und die Wärme und Zartheit ihrer nackten Haut zu genießen. Wie wachsen, ohne zu wachsen? Wie stärker werden, ohne meinerseits von der Dummheit, der Grausamkeit und der Inkonsequenz der Erwachsenen eingeholt zu werden?

Nicht in dieser Nacht werde ich Antwort finden, und in den Wochen, die folgen, werde ich zu allem Überfluss auch noch, als ich zur größten Verzweiflung meiner Mutter und meines Großvaters Charlie meine Entscheidung publik mache, mit dem Turnen aufzuhören, von der Pubertät erfasst: Ich wechsle von 34 auf 36, lege zwei Körbchengrößen zu, und meine bis dato spärliche und flaumige Schambehaarung erlangt eine entsetzlich abstoßende buschige Dichte. Zu spät für Lucie Leccia, die nicht mehr in den Genuss davon kommen kann, für mich jedoch viel zu früh. Ich bin nicht bereit und werde es niemals sein.

Fehlt nur noch, dass meine Tage einsetzen, und natürlich tun sie das, anfangs in klebrigen und schwärzlichen Schlieren, später dann in zinnoberroten Ausflüssen, die keinen Zweifel mehr zulassen und auch nicht die Hoffnung, es möge etwas anderes sein, egal was für eine unbenennbare Krankheit, nur dies nicht, nicht dies letzte unbestreitbare Zeichen von Weiblichkeit. Da ich noch immer die Freudenschreie meiner Mutter in Erinnerung habe, mit denen sie die ersten Blutungen meiner Schwestern zelebrierte, und die Beflissenheit, mit der sie die ganze Familie darüber in Kenntnis setzte, entscheide ich mich, diese schmachvolle Neuigkeit für mich zu behalten, und begnüge mich damit, mich am reichlichen Vorrat von Damenbinden zu bedienen, die meine Mutter und meine Schwestern so gut wie überall zwischenlagern: in den Klos, in den Bädern unten und oben, in ihren Zimmern. Sie besitzen außerdem Tampons, doch bei meinem ersten Versuch, einen in meine blutende Vagina einzuführen, merke ich, dass das noch nichts für mich ist. Die Tampons werden warten müssen, bis Sven Marinello mich entjungfert haben wird im Mondeo seines Vaters. Aber bevor die Stunde meiner Defloration schlägt, müssen andere wilde Riten stattfinden: Geduld.

Mein verfrühter Rückzug zeitigt als unerwartete Nebenwirkung den Beginn der künstlerischen Karriere meiner Mutter. Da die aufeinanderfolgenden Ausfälle ihrer drei Töchter Gladys Chastaing jegliche Hoffnung genommen haben, eigene Ruhmesträume auszuleben, fasst sie den Entschluss, dass selber ein Star zu werden weniger Risiken birgt, enttäuscht zu werden. Sie weiß bereits, dass sie auf die bedingungslose Unterstützung ihres Vaters und ihres Mannes zählen kann, diese treuen Trottel, die ihr ganz ergeben sind und nichts anderes wollen, als ihre größten Fans zu werden.
Nur, dass meine Mutter nie auch nur das geringste Talent oder irgendeine Fähigkeit bewiesen hat: Sie ist in allem eine absolute Null. Wäre sie auch nur ein Jota hellsichtiger, sie gäbe ihr Unvermögen zu und damit hätte es sich. Allein, auf meine Mutter ist Verlass in Sachen völliger Realitätsferne bei gleichzeitiger Selbstüberschätzung, was zur Folge hat, dass sie mit neununddreißig Jahren Sweetie wird, eine burleske Künstlerin, deren Namen das Verdienst besitzt, schemenhaft an den Vornamen ihrer Lieblingstochter zu gemahnen und zugleich eine Welt lieblicher Versprechungen zu eröffnen.
Glücklicherweise gehe ich mittlerweile auf die Vierzehn zu und habe mit den Veränderungen meines Körpers, ganz abgesehen von den Dingen, die sich in meinem überhitzten Gemüt abspielen, zu viel zu schaffen, als dass ich dem Treiben meiner Mutter besonders viel Aufmerksamkeit schenken könnte. Die ganze Hausgemeinschaft kommt jedoch in den Genuss kunstgerechter Stripeinlagen, und wer da nicht taub ist und wer da nicht blind ist, dem wird nicht entgehen, dass sie ein neues Leben beginnt.
Ich weiche. Ich zwinge mich, einem Schatten gleich auszuweichen, wenn der Kreis der Familie lauthals die lasziven und naiven

Choreographien beklatscht, in denen Sweetie, eingehüllt in nichts als einen bonbongestreiften Taillengürtel ihre Nippelquasten propellern lässt. Ich weiche zwar aus, kann aber nicht umhin, vor Ekel zu zittern beim Schauspiel ihrer suggestiven Schnuten und konventionellen Hüftschwünge, hin und her gerissen zwischen dem Drang zu kotzen und demjenigen, die Dinge in die Hand zu nehmen: nein, Maman, so doch nicht! Verdammt, wenn du eine burleske Künstlerin sein willst, dann schieß doch diesen ganzen Klimbim in den Wind, diese Abgedroschenheiten! Denn so merkwürdig dies auch erscheinen mag und trotz meiner ablehnenden Haltung gegenüber diesem dämlichen Vorhaben, habe ich doch meine eigenen Vorstellungen darüber, was die Show dieser vierzigjährigen, sicherlich gut erhaltenen aber zweifellos atypischen Sweetie mit ihren rasierten Schläfen, ihrem blonden Kamm, ihren zahlreichen Tätowierungen und dem seltsam geflickten Gesicht ausmachen könnte. Aber klar, alle außer mir finden, Gladys überzeuge als operettenhaftes Pin-up, und es fragt sich niemand, wie es zu ihrer Anstellung im *Tetrallini's* hat kommen können, wahrscheinlich eine Hommage an *Freaks* von Tod Browning, doch auch hier sieht niemand die Verbindung, abgesehen von mir – aber von mir wissen ja alle, dass ich übelwollend bin und unfähig, anderen mit reinen und besten Absichten entgegenzutreten.
Wie aber kann es sein, dass die des Tugra Takdogan nicht infrage gestellt werden? Und na bitte, er ist zurück, der Trainer der *Sirènes du Val d'Azur* im neuen Gewande des Showbiz. Er kreuzt bei uns auf, unverändert, noch immer bar jeglichen Charmes, mit seinem anatolischen Schnauz und seinen schroffen Manieren. Was nur mag meine Mutter an ihm finden, Rätsel über Rätsel, doch noch immer übt er auf sie eine solche Wirkung aus, wie damals auch schon, als er Svetlana trainierte. Auch schielt er anerkennend auf die Formen der Letzteren, die er seit bald zwei Jahren nicht gesehen und deren spektakuläre Gewichtszunahme er noch nicht hat bewundern können.

Doch um wieder auf meine Mutter zu sprechen zu kommen und auf ihre schulmädchenhafte Schwärmerei für diesen so wenig liebenswürdigen Mann, so frage ich mich, ob diese nicht der Schonung geschuldet ist, die sie so sehr gewohnt ist. Schließlich bringt es ihr Abwechslung, wenn man sie wie ein Stück Scheiße behandelt, wo doch jeder in meiner vielköpfigen Familie sich darum reißt, ihr angenehm zu erscheinen, vor allem mein Vater, der permanent um sie herumspringt wie ein übereifriger Kobold, um auch nur dem geringsten ihrer Wünsche zuvorzukommen. Meine Mutter ist wie eine dieser Prinzessinnen, die der Reverenzen und protokollarischen Vornehmheiten schließlich überdrüssig werden und es vorziehen, inkognito schlechten Umgang zu pflegen mit Männern, die sie mal eben auf die Schnelle und ohne weitere Absichten durchnehmen, ihnen bestenfalls lüsterne und versoffene Worte der Ermunterung ins Ohr zischeln. Bei Monsieur Takdogan kostet meine Mutter von der Lust, brutal behandelt zu werden, aber sie erahnt hinter dieser Grobheit vielleicht auch etwas, das mein Vater ihr kaum bieten könnte, ein Reich neu entflammter Sinne, etwas zum Austoben für ihre zweite Jugend, ich habe keinen Schimmer und vermeide es, darüber länger nachzudenken.
Jedenfalls verwenden die beiden viel Zeit darauf, die Nummer auszuarbeiten, mit welcher Sweetie ihr sensationelles Debüt geben wird. Jeden Nachmittag verlässt meine Mutter strahlend das Haus mit ihren burlesken Fetzen in der Sporttasche. Das ist übrigens auch neu, dieses Interesse für Klamotten im Allgemeinen und Unterwäsche im Besonderen. Wenn sie nicht gerade nackt herumläuft, lebt meine Mutter in Jeans oder Motorradoutfit, Unterhosen hat sie immer nur unförmige getragen, die selten zu ihren BHs passen – und ihre Unterwäsche bekommt am Ende auch den immergleichen Graustich. Mit neununddreißig aber, da entdeckt sie die Existenz von Korsetts, Blusen, Torseletts, von Seidenstrümpfen, Strapsgürteln und Nachthemdchen. Schade: Das war charmant an ihr, diese fehlende Koketterie und der mangelnde Anspruch an Eleganz. Im

Gegensatz zu mir ist mein Vater im siebten Himmel, er, der sie seit Jahren inständig darum bittet, ein wenig femininer zu sein und mehr auf sich zu achten. Was zeigt, dass mein Vater ein Esel ist, denn die Achtung, die Gladys sich selbst zugesteht, kennt ebenso wie die leidenschaftliche Aufmerksamkeit, die sie für sich hegt, keinerlei Grenzen. Habe ich erwähnt, dass Gladys nie gearbeitet hat? Man wird mir entgegnen, dass sie das bei fünf Kindern in acht Jahren wohl schwerlich hätte tun können, doch ich kenne meine Mutter, ob mit oder ohne Kinder, das Berufsleben hätte ihr zu viel abverlangt, und außerdem haben unsere aufeinanderfolgenden Geburten weder an ihren Abläufen noch an ihren Alltagsbeschäftigungen etwas geändert: die Hunde Gassi führen, mit meinem Vater Motorrad fahren, fernsehen, Charlie zum Bouleplatz begleiten – ganz abgesehen von den nicht enden wollenden Mittagsschläfchen, aus denen sie frisch wie eine Rose um Schlag sechs erwacht. Zum Glück gab es Claudette und Patrick, die auf alles achteten, wir wären sonst niemals zu gegebener Zeit gefüttert worden, wir hätten unser Leben in beschmutzen Strampelanzügen verbracht, wären nie geimpft oder zur Zahnkontrolle gebracht worden – und wer weiß, ob wir überhaupt rechtzeitig zum gesetzlich vorgeschriebenen Alter eingeschult worden wären?
Da sich die Neigung meiner Mutter zur Unbekümmertheit nur noch verschärfte, hat sie die Anwesenheit meiner kleinen Brüder gar nicht erst bemerkt, wie ich es bereits schon gesagt und bedauert habe. Sie hatte sich bei meinen Schwestern, und im geringeren Maße dann auch bei mir, schließlich eines Besseren besonnen. Sobald wir einigermaßen selbstständig waren, sobald sie uns für eine Emanation ihrer eigenen Person halten konnte, wurden wir zum Objekt ihrer gesamten Aufmerksamkeit, und sie setzte sich in den Kopf, zugleich unsere Mutter zu sein, unsere Schwester, unsere beste Freundin, die Wächterin unseres Gewissens und ebenfalls unser Coach beim Sport.

Wie dem auch sei, diese Zeit ist fürs Erste vorbei, da Gladys aufgehört hat, Mutter zu sein für wen auch immer, um sich in eine prachtvolle Kreatur der Nacht zu verwandeln. Weit davon entfernt, es ihr übel zu nehmen, versiegen bei meinen beknackten Schwestern die Lobeshymnen ob dieser Metamorphose nicht: Maman ist sublim, im positivsten Sinne erstaunlich, so sexy, man wähnt sie allerhöchstens dreißig, und in puncto Charisma und Sexappeal könnte sie so einigen jungen Dingern noch was beibringen. Dass Maman eine kaputte Visage hat und unfähig ist, auch nur drei Worte richtig aneinanderzureihen, das haben Svetlana und Ludmilla absolut nicht auf dem Schirm. Was Patrick betrifft, so ist es einfach, er schwebt, als hätte ihm nur eines zu seinem Glück gefehlt: Gladys' Verwandlung in ebenjene Sweetie.
Charlie ist ebenso aus dem Häuschen. Und gut möglich, dass er dies nur umso mehr ist, als er, anders als sein Schwiegersohn, den Schock der Geburt seiner ältesten Tochter in Erinnerung haben dürfte und diese schwierigen ersten Monate, als der komplette untere Teil ihres Gesichtes einem undefinierbaren und unnachvollziehbaren Schlachtfeld glich, als das Schlucken, die Lautäußerungen, ja sogar das Einatmen seinem ersten Baby derart viele Probleme bereiteten, und er ununterbrochen Zärtlichkeit vortäuschen musste und Interesse heucheln, wo er nur Enttäuschung und Ekel verspürte. Ich kenne meinen Großvater und seine Intoleranz gegenüber der Hässlichkeit, und ich bezweifle nicht, dass er äußerst gedemütigt diese Missbildung als persönliche Schmach verstanden hatte. In der Zwischenzeit hatte er sich dann wieder gefangen, bis er schließlich zum glühendsten Anbeter seiner Gladys wurde, deren jüngste Verwandlung ihm wie die wundersame Rache an seinen eigenen Zweifeln erscheinen muss und als Anreiz zur Liebe, wenn Liebe sich nicht von selbst versteht.
So bin ich am Abend der großen Premiere meiner Mutter die einzige, die schwänzt, unter dem Vorwand, für die Abschlussarbeit

lernen zu müssen. Ich bin ganz ruhig: Niemandem bei uns wird auffallen, dass ich erst in der Achten bin.

Dieses Jahr haben sie sogar meinen Geburtstag vergessen, meinen vierzehnten, den ich ganz allein mit den beiden Lämmchen im Garten feiere, der vor lauter Insekten summt und erstickt unter den Blumen, gleich einem prunkvollen Fest allein zu meinen Ehren. Ich habe mir dennoch beim besten Konditor der Stadt einen Kuchen gekauft: eine Art Torte mit undefinierbaren Zutaten, seltsam weiß glasiert mit einer in der Mitte platzierten kandierten Kirsche. Lorenzo zerteilt sie feierlich und dann, während ein jeder behutsam in sein Stück beißt, überreichen sie mir ihre Geschenke, ungewiss der Wirkung, meine Reaktion belauernd: ein prächtiger Ring, der wie unecht wirkt, es aber nicht ist, und die winzige Feder eines Eichelhähers. Nie zuvor habe ich eine solche gesehen und verharre verträumt vor der Perfektion ihrer Außenfahne, den Ästen, die alternierend glänzen in schimmernden Schwarz- und magischen Blautönen.

– Danke: die ist total schön!

– Und der Ring, gefällt er dir nicht?

– Doch, voll!

Zufrieden rutschen sie leicht auf ihren Gesäßen herum.

– Spielen wir »Drei Jungs«?

– Keine Lust.

– Warum hast du keine Lust?

Wie nur ihnen erklären, was ich mir selbst kaum erklären kann: Dass das Spiel plötzlich seinen Sinn und Gehalt eingebüßt hat, und dass ich nicht einmal mehr verstehe, wie ich nur Gefallen daran finden konnte, mir die Abenteuer von Sven, Luffy und Kakashi auszudenken, Episode für Episode. Zumal wir ja letztlich kaum spielten, sondern wesentlich mehr Zeit damit verbrachten, detailgenau darüber zu diskutieren, was wir machen würden, anstatt in unsere jeweiligen Rollen zu schlüpfen. Auf meiner Zunge schmilzt die Glasur, Äpfel und Mandeln lösen sich auf, und ich schaue meine Brüder an, den kleinen Rotschopf mit blassen Augen und flammenden Wimpern, ebenso wie den kleinen blonden, der mir so ähnlich ist.

– Der Ring, wo ist der her? Ihr habt ihn doch wohl nicht etwa geklaut?

– Doch, haben wir.

– Ich wusste es. Wem?

– Können wir dir nicht sagen!

– Claudette?

– Nein, nicht Claudette.

– Aber wem denn dann? Ihr werdet doch keine Schwierigkeiten bekommen?

– Nein. Niemand kann wissen, dass wir es waren.

Ich bohre nicht länger nach. Wenn ich mir Esteban getrennt vorknöpfe, werde ich schon herausfinden, was es damit auf sich hat. Schwieriger wäre es bei Lorenzo, der seit Kurzem verhärtet wirkt, und damit meinen Eltern endlich eine Nuss zu knacken gibt, nachdem er zehn Jahre lang von beunruhigender Artigkeit war. Die Lehrerin beschwert sich über seine Unruhe und seine Unverschämtheit; eine Mutter hat sogar einen Vermerk in die Schülerakte eintragen lassen, um zu signalisieren, dass Lorenzo seit einigen Wochen ihre Tochter belästigt und schlecht behandelt.

– Wer ist dieses Mädchen, dem du den Rock zerrissen hast?

– Eine Idiotin.

– Wie heißt sie?

– Andrea.

– Warum hast du ihr den Rock zerrissen?

– Hab ich nicht mit Absicht gemacht! Wir haben gespielt!

– Und warum baust du in der Klasse Scheiße?

Sein Blick weicht meinem aus, wird schmerzverzerrt und verliert sich, als stieße er an den kläglichen Horizont seines zarten Lebens.

– Ich baue keine Scheiße! Die Lehrerin, die ist scheiße!

Esteban kann sich nicht zurückhalten, seinen Senf dazuzugeben.

– Doch! Du baust Scheiße!

– Was weißt du denn schon?

– Ich bin in deiner Klasse, falls du's vergessen hast.

Ja, so ist das, im gleichen Jahr geboren, waren meine Brüder stets in derselben Klasse, ohne dass es einem verantwortlichen Erwachsenen in den Sinn gekommen wäre, sie zu trennen, und wäre es nur aus Rücksicht auf Lorenzo gewesen, dem so das Recht des Älteren genommen und der damit auf den Rang des Jüngeren degradiert wurde.

– Na, dann müsstest du doch wissen, dass die Lehrerin eine Idiotin ist.

Esteban verliert plötzlich das Interesse an unserem Austausch und schlägt sich in die Büsche, in der Faust ein Haselnussstöckchen, das ihm als Dolch dient. Schlachtgebrüll und Siegesschreie dringen bald schon von der Trockenmauer her zu uns herüber, wo er gegen imaginäre Feinde ankämpft. Ich nutze die Gelegenheit, um mir Lorenzo vorzuknöpfen:

– Und die anderen, lassen die dich jetzt in Ruhe?

Er scheint wütend auf mich zu sein und auf die ganze Welt, mein kleiner Held:

– Ja!

– Sicher? Wenn sie dich nämlich foppen, dann komme ich und knalle ihnen eine, ich, deine Schwester!

– Keiner foppt mich!

Estebans Stimme dringt vom Mandelbaum her zu uns:

– Gar nicht wahr! Du lässt dich die ganze Zeit foppen. Sogar die Mädchen machen sich über dich lustig! Sie nennen dich Orangina!

Lorenzo erhebt sich, rot vor Zorn:

– Halt die Klappe! Du laberst Müll! Halts Maul!

Ich packe Lorenzo am Arm:

– Stimmt das, was er sagt? Macht man sich über dich lustig?

Die Augen treten ihm aus dem Kopf, so wütend ist er auf seinen Bruder und gewillt, mich davon zu überzeugen, dass alles gut sei.

– Nein, Mann! Esteban kapiert doch gar nichts. Das sind meine Freunde! Wir machen Spaß! Das ist nicht bös gemeint!
– Und wenn, dann sagst du's mir, ja?
– Na klar, ich schwör's! Und jetzt lass mich in Ruhe! Du nervst echt!

Das war vor drei Tagen. Seitdem jedoch habe ich für Lorenzos Ärger in der Jean-Vilar-Schule keinen Kopf gehabt bei all dem nervenaufreibenden Tumult, der mit Sweeties letzten Proben einhergegangen ist, dem Ausfeilen von Maske und Frisur, der endgültigen Wahl ihrer Aufmachung: eine mit einer Samtlitze gesäumte Redingote, ein zweifarbiges, in der Mitte aufknöpfbares Korsett, das den Blick auf ein in puderigem Rosa gehaltenes Tangahöschen freigibt und auf Nippelquasten aus schwarzem Satin, ganz zu schweigen von einer kompletten Montur an Strapsgürteln und getönten Seidenstrümpfen mit leicht hervorgehobener Naht, kurz, super-klassisch mega-hässlich, nichts, das es rechtfertigte, endlos darüber zu diskutieren.

Am großen Abend selbst setzt sich meine vielköpfige Familie in lauer Nacht in Bewegung hin zum *Tetrallini's*, wo meine Mutter und ihr Liebhaber sich bereits seit Stunden aufhalten. Sie alle haben sich dem Anlass entsprechend gekleidet, jeder jedoch nach seiner ihm eigenen Vorstellung eines Gala-Abends. Und so trägt Svetlana, die sich trotz ihrer korsischen, belgischen und algerisch-französischen Ursprünge für eine Russin hält, einen volkstümlichen Unterrock und eine bunt bestickte Bluse. Ludmillas Wahl ist etwas glücklicher ausgefallen mit einem schwarz-silbernen Charleston-Kleid, dessen Fransen gegen ihre braunen Schenkel schlagen. Sie trägt es zu einem samtenen Haarband, das ihre wilden Locken fast schon kleidsam einschnürt. Mein Vater ist von seinen Kleidungsgewohnheiten nicht abgewichen und hat wieder einmal einen kurzärmeligen Kapuzenpulli an, der auf vorteilhafte Weise seine mannigfaltig inspirierten Tattoos enthüllt: vielfarbige Drachen, bedrohliche Bogenschützen und romantische Losungen: love is stronger than hate, loving you is a sweet melody, usw. Warum diese Wahl des Englischen, wo er doch kein einziges Wort dieser Sprache spricht? Rätsel über Rätsel. Und wieder eines zu seiner Person. Auf jeden Fall ist der Pulli nagelneu und seine wundervollen Goldlöckchen hat er mit Gel unter Kontrolle gebracht. Claudette kommt als sizilianische Witwe daher, was einen beachtlichen Fortschritt darstellt im Vergleich zu den Hosen und unförmigen Hemden, die sie für gewöhnlich trägt. Charlie tritt als Gatsby in Erscheinung, und meine kleinen Brüder als Eddy Barclay. Andersherum wäre es angemessener gewesen, nur war es mein Großvater, der das Sagen hatte: Er sieht selbstverständlich prächtig aus in seiner cremefarbenen Jodhpur, seinem lavendelfarbenen Hemd und seiner taubengrauvioletten Künstlerschleife. Was meine Lämmchen betrifft, so wurden sie in absurde Anzüge aus weißem Leinen gesteckt, die in kürzester Zeit schmutzig und zerknittert sein werden – Pech für Charlie und sein Bestreben, sich zum Wächter über Eleganzen aufzuschwingen.

Von der Aprikose aus, verborgen in ihrem lauwarmen Blattwerk, sehe ich ihnen zu, wie sie sich entfernen. Ich bin in den Baum geklettert, für den Fall, dass sie ihre Meinung ändern sollten; für den Fall, dass ihre perverse Vorstellung von Familie sie plötzlich dazu veranlassen sollte, meine Anwesenheit bei dieser Feier einzufordern. Es würde sie keineswegs stören, mich aus meinen mir teuren Studien zu reißen, die mir noch viel teurer sind, seit ich die RSG aufgegeben und angesichts der Üppigkeit meiner Geschlechtsmerkmale darauf verzichtet habe, ein Junge zu sein. Während meine vielköpfige Familie aus meinem Blick gerät, kommen mir die beiden ersten Verse eines Gedichts von Baudelaire in den Sinn: Der wahrsagende Clan mit hitzigen Augen, erst gestern brach er auf, trug seine Kleinen fort ... Seit ich »Die Katzen« in der Grundschule vor Madame Jardin rezitiert habe, ist mir auch Baudelaire sehr teuer und um vieles näher als wer auch immer aus meinem hitzigen Clan. An ihn denke ich heute Abend, an seinen Fall in der

Kirche von Namur, an den Anfang vom Ende im Hôtel du Grand-Miroir, und vor allem sage ich mir ohne Unterlass all seine Gedichte auf, die ich gelernt habe, ganz für mich allein, auf niemandes Anraten hin, wo doch die Meinen allein schon bei dem Gedanken an die Jeremiaden Horror verspüren – bloß nicht, bloß nicht wissen wollen, was er sagt, der Schattenmund, die Male, da er sie ermahnt, zu leben und zu denken!

Allein meine Großmutter könnte in den *Blumen des Bösen* wiedererkennen, was das Leben sie zu lehren bereits auf sich genommen hat, es käme ihr jedoch nicht in den Sinn, ein Buch aufzuschlagen, zumal sie mit ihrer eigenen Verirrung bereits genug zu schaffen hat, als dass sie dieser auch noch die Orakelsprüche einer weiteren bekloppten Seele hinzufügen müsste. Ich pfeife drauf, *Die Blumen des Bösen*, ich lese sie für zwei, für drei, für zehn, und ich lasse alle Welt davon profitieren. Ich habe das Spiel der »Drei Jungs« ersetzt durch Lektürestunden: wenn ihnen daran liegt, auf meine Güte zählen zu können, dann müssen meine Lämmchen, ohne zu mucken, die Rezitation vom »Aas«, von der »Charogne«, ertragen, gefolgt von einer strengen Befragung:

– Was bedeutet »Charogne«?

– Da ist ein Mädchen in der Klasse, das heißt Charonne!

– Die ist fett!

– Und sie stinkt! Wie die Charonne aus dem Gedicht! Wäscht die sich nie, oder was?

– Cha-ro-gne! Nicht Charonne! Wisst ihr es jetzt, oder nicht?

Sie wissen es nicht. Sie warten lammfromm darauf, dass ich ihnen das richtige Wort liefere, einer an den anderen gedrückt, wolliger denn je, vor allem Esteban, mit seinen Locken, die den meinen ähneln. Was die Haare betrifft, habe ich kürzlich erst eine Hundertachtzig-Grad-Wende hingelegt. Von nun an lasse ich sie wachsen, aber bürsten kommt nicht infrage: Mein Ziel ist es, Dreadlocks zu haben, wie die Rastafari, wie Bob Marley, den ich eben erst entdeckt habe, zusammen mit einem Haufen anderer Sänger und Gruppen jeglicher Couleur: Bob Dylan, The Cure, die Stones, The Clash, Earth Wind and Fire, Prince, die Beach Boys, Michael, Marvin, ich schlucke alles ohne Unterschied, jedoch im Jubelgesang und der Überzeugung, dass ich mit Otis Redding und Nina Hagen mehr gemein habe als mit meiner lästigen Verwandtschaft. Wenn ich schon eine Familie haben muss, dann möge Baudelaire mein Bruder sein und meine Schwester Janis Joplin. Und für die Eltern, mal sehen, aber warum eigentlich nicht John Lennon und Yoko Ono?

In dieser Nacht, jener Nacht, die meine Mutter ihr Debüt geben sieht auf der Bühne, nutze ich ihre Abwesenheit, um im Wohnzimmer auf »Smooth Criminal« oder »Wanna Be Startin' Somethin'« zu tanzen, was dazu führt, dass ich weder mitbekomme, wie das Portal knarrt, noch wie sich die Wohnzimmertür öffnet. Sie ertappen mich, zerzaust und verschwitzt in meinem um zwei Größen zu kleinen RSG-Body, es geht ihnen aber am Arsch vorbei. Sie gehen wortlos nach oben, ein jeder in sein Zimmer: meine Schwestern und ihre Typen in die drei Jahre zuvor von Charlie ausgebauten Giebelzimmer; meine Eltern in ihre Fürstensuite, Charlie und Claudette in die ihre, ebenso komfortabel wie geräumig; die Lämmchen in ihren Viehwaggon, eine Kammer, in der ihr Etagenbett kaum Platz findet. Mir hat man eine Art Waschküche zugewiesen, in der Claudette weiterhin die Bügelwäsche zwischenlagert. Umso besser: passt doch zu mir, dieses fensterlose, von Weidenkörben und Kanistern mit destilliertem Wasser vollgestellte Zimmer.

Dass sie alle eine derartige Fresse ziehen, wird wohl heißen, dass die Show schlecht gelaufen ist. Meine Mutter sieht perplex und erschüttert aus. Mein Vater hält ihre Hand, aber das ist so ihre Angewohnheit, Hand in Hand zu gehen, wie Frischverheiratete. Charlie und Claudette machen es auch, wie auch meine Schwestern mit ihren Mackern.

Ich stelle keine Fragen. Ich lasse sie ins traute Heim zurückkehren und sich von ihrem Schock erholen, falls es da einen Schock gab.

Wer weiß: Haben die Gäste Sweetie etwa ausgebuht? Haben sie etwa mit Dingen nach ihr geschmissen? Hat sie etwa erneut die alten schändlichen Spitznamen und Tierschreie vernommen – wie damals, als sie noch nicht gelernt hatte, sich zu wehren, als sie sich noch nicht verwandelt hatte in Gladys, die Harte mit weichem Herzen, und schon gar nicht in Sweetie, den Vamp.
Tags darauf, da ich in der Aprikose sitze mit meinen Brüdern und ihnen »Moesta und errabunda« eintrichtere, bekomme ich den wahren Grund zu hören:
– Maman ist traurig!
Mein Herz entflieht, wie jenes von Agathe, doch heuchle ich Gleichgültigkeit:
– Ach, wirklich?
– Ja! Gestern Abend, da haben alle gelacht!
– Die sind blöd!
– Wie, die haben gelacht? Wer denn überhaupt?
Nach und nach erfahre ich, dass Sweetie, kaum war sie auf der Bühne, Heiterkeit hervorgerufen hat. Da sie sich von nichts und niemandem aus der Fassung bringen lässt, hat sie eine schwungvolle Entkleidung hingelegt, sich dabei um die Striptease-Stange gewunden wie eine Teufelin, und ein Accessoire nach dem anderen wegfliegen lassen, hopp, weg mit der Redingote und ihren rosasamtenen Ärmelaufschlägen, hopp, weg mit dem gestreiften Korsett, hopp, weg mit den Retroseidenstrümpfen, erst der eine dann der andere. Doch als sie dann in Tangahöschen und Nippelquasten dastand, wurde das Gelächter so schallend, so derb und schließlich so beleidigend, dass ihr Schwung mit einem Mal hin war. Sie blieb für Sekunden erstarrt, das Gesicht verzerrt vor Angst und Unsicherheit darüber, wie sie sich nun verhalten sollte. Die Hysterie hatte den ganzen Saal ergriffen, es zu ignorieren oder sich was vorzumachen, war nicht mehr möglich: Meine Mutter mit ihren schmalen Hüften, ihren kleinen, noch festen Brüsten, ihrem von den Schwangerschaften kaum in Mitleidenschaft gezogenen

Bauch, ihrer leicht aber eben nicht allzu roten und rauen Haut, meine Mutter war als Stripperin nicht glaubhaft. Weit davon entfernt, Begehren und Bewunderung zu wecken, war sie Objekt des Spotts. Die Zugnummer hatte nicht stattgefunden, jener Moment nämlich, da sie, unter neckenden Blicken ins Publikum und mit propellernden Nippelquasten ihr Höschen hätte ausziehen und in die Menge werfen sollen. Stattdessen ist sie schnurstracks zurück hinter die Kulissen, um sich Tugra Takdogan in die Arme zu werfen. Was noch zu klären bleibt, ist die Rolle, die dieser Typ bei der ganzen Angelegenheit spielt, denn ich kann mir kaum vorstellen, dass er die gestrige Pleite nicht vorhergesehen hat. Scheiße! Er kennt die Klientel seines kleinen, ebenso prätentiösen wie schäbigen Etablissements, er musste ja wohl wissen, wie sie beim Auftritt einer von einer Hasenscharte geplagten Vierzigjährigen reagieren würde. Ganz abgesehen davon, dass meine Mutter keinerlei Gespür für Rhythmus hat, keinerlei Körpergefühl, keinerlei Talent zum Tanz! Sich unter diesen Voraussetzungen auszumalen, dass er die Nummer als eine Art komische Kontrasteinlage zu den Auftritten von Miss Tanagra, von Capucine oder Daisy December konzipiert haben könnte, ist für mich ein Schritt, den ich bereitwillig tue, hat Monsieur Takdogan doch bei mir seit jeher größtes Misstrauen hervorgerufen.

Doch liege ich falsch, und schon am nächsten Tag sitzt er in unserem Wohnzimmer, fährt sich über seinen Istanbuler Schnauz und rauft sich buchstäblich den Schädel, als sollte aus diesem der Einfall sprießen, der die künstlerische Karriere der Gladys Chastaing retten könnte. Meine ganze vielköpfige Familie nimmt an diesem Brainstorming teil, und Charlie protestiert besonders lauthals gegen all diese Penner, die keine Ahnung haben von Kunst und Kühnheit. Aufgefordert, mich meinerseits zu äußern, schlage ich vor, dass meine Mutter sich an das erotische Brevier des einzig wahren Charles halten könnte:

– Du könntest »Der Schmuck« von Baudelaire rezitieren. Das passt zum Anlass. Und dann machst du es, wie im Gedicht beschrieben.
– Was schreibt er denn in dem Gedicht, der gute Charles Baudelaire?
Das kam natürlich von meinem Großvater, dem großen Kenner der *Blumen des Bösen*.
Ich lege los. Ich nutze den Moment, die Gelegenheit, alle davon zu überzeugen, dass man Gedichte lesen sollte:
– Nackt war die Liebste, trug nur ihr Geschmeide,
Sie kennt mein Herz und klingend reich geschmückt ...
Sie unterbrechen mich noch bevor ich zu den Posen komme, die sie einnimmt, zu ihren ölblanken und schwangeschmeidigen Schenkeln und Brüsten; sie lassen mich meiner Mutter nicht einmal erklären, wie sie Unschuld verbinden könnte mit Lust und Begierde, um ihren Metamorphosen neue Reize zu verleihen. Wie schon meine Mutter vor mir, kassiere jetzt ich das Protestgeschrei, das sarkastische Gelächter, die Verachtung, die Ablehnung. Ich will nichts gesagt haben. Allein der Don King der Karpaten hat mir interessiert zugehört und sich nicht am Gezeter beteiligt. Und weil dem so ist, ziehe ich Leine und lasse sie eine von Grund auf neue Strategie entwerfen, die nur zu einem weiteren Fiasko führen kann. Geschieht ihnen recht!
Einige Wochen später sitzt Sweetie wieder im Sattel und bereitet sich auf eine zweite Einlage im *Tetrallini's* vor. Nun ist meine Anwesenheit unbedingte Pflicht, als wäre ich der Talisman, der beim ersten Mal gefehlt hat. Aufgrund eines vergleichbaren Aberglaubens verständigt sich meine vielköpfige Familie darauf, nicht denselben Aufzug zu tragen wie beim ersten Anlauf. Charlie trägt einen Anzug aus Samt in der Farbe kandierter Maronen und ein goldfarbenes Hemd; Svetlana weiht ein Gesamtoutfit aus schwarzem Leder ein, während Ludmilla sich für einen Hosenanzug aus blassviolettem Polyester entschieden hat, eine weniger glückliche Wahl als das Charlestonkleid, aber was soll's; wie seine älteste

Tochter ist auch mein Vater in Leder gekleidet, rote Slim-Fit-Hose und Nietenweste; meine Großmutter hat wieder ein schwarzes Kleid angelegt, diesmal jedoch auf die Mantille verzichtet; und die beiden Lämmchen, sie dürfen marineblaue Bermudashorts tragen und weiße Hemdchen – ich, ich habe meine Jeansshorts anbehalten und ein von Patrick stibitztes ärmelloses Metallica-Shirt. Als sie meine Frisur sieht, schreit meine Großmutter wie eine gestochene Sau:

– Du willst doch wohl nicht etwa so vor die Tür? Los, mach dich zurecht!

– Kommt nicht infrage! Ich bleibe, wie ich bin!

– Das sieht aus wie ein Krähennest, Kim!

– Soll es auch.

Meine kleinen Brüder, diese Verräter, liefern den Hinweis:

– Sie will wie Bob Marley aussehen!

Aber Bob Marley, das sagt ihr nichts, meiner Großmutter, und wollte ich auch aussehen wie der Papst, selbst dies würde nichts ändern an ihrem Entsetzen. Um ihr eine Freude zu bereiten, schraube ich eine Kappe auf meinen struppigen Kopf, aber weiter werde ich nicht gehen in meinen Bemühungen um Eleganz. Der wahrsagende Clan setzt sich wieder in Bewegung, doch dieses Mal kann ich keinen Anspruch erheben auf meinen Wachposten im Aprikosenbaum, und ich schlurfe hinter allen her, nicht gerade begierig, der Pleite beizuwohnen.

Angekommen im *Tetrallini's* nehmen wir vor der Bühne an zwei runden, weiß gedeckten und sorgsam mit künstlichen Nelken geschmückten Tischen Platz. Charlie bestellt für alle Champagner, selbst für meine beiden Lämmchen, die auf ihren jeweiligen Stühlen wie versteinert sind vor Schüchternheit. Er kommt lauwarm in unsere bunten Schalen, aber in Vorahnung dessen, was folgen wird, trinke ich ihn dennoch.

Miss Tanagra, eine offensichtlich magere Brünette, eröffnet den Abend und entledigt sich ihres Flitters beim Erklingen von »You

Can Leave Your Hat On«, was ich ebenso dumm finde wie niederträchtig. Aber während ich über meinem schalen Schampus das Gesicht verziehe, beklatscht das Publikum ihren Abgang herzlich. Sie wird prompt von Daisy December ersetzt, einer aufreizenden Rothaarigen in rotem Negligé, die den gleichen Erfolg einheimst wie ihre brünette Kollegin. Fehlte noch die fleischige Blondine, und na bitte, da ist sie ja schon, nähert sich in eiligen, von ihrem Etuikleid behinderten Trippelschritten, und macht einen auf Marilyn zu Kennedys Geburtstag. Und, was wird sie wohl singen eurer Meinung nach? Bingo: ein schmachtendes »Happy Birthday«, zu dessen einzelnen Silben sie das changierende Kleid über ihre spektakulären Kurven gleiten lässt. Und man möchte meinen, es wäre tatsächlich jemandes Geburtstag, denn Tugra selbst bringt, in Smoking und Fliege, eine rosa glasierte und von Kerzen gekrönte Torte an einen der hinteren Tische.

In dieser Atmosphäre des Jubels, in dieser wohlwollenden Erregung der Gäste, die sich von einem Tisch zum anderem zugrölen und – träääh, träääh! – in die Tröten blasen, die es frei Haus gibt, betritt Sweetie endlich die Bühne. Groß was hat sie nicht geändert an ihrer Aufmachung, allein die Redingote eines kleinen Marquis' hat sie eingetauscht gegen ein durchsichtiges Negligé. Das rosa-schwarze Korsett ist noch immer da, und ich vermute die Nippelquasten auch. Das Getöse hält einen Augenblick lang inne, Zeit, in welcher der Saal in Schockstarre verfällt. Denn ohne seinen gewohnt lebhaften Ausdruck ist das Gesicht meiner Mutter im staubigen Lichtstrahl des Projektors einfach nur grauenerregend. An meiner Seite die beiden Lämmchen, sie spüren es, sie halten den Atem an, wenden ihre Blicke ab und beobachten mich verstohlen, um ihre Haltung der meinen anzupassen. Doch ich bemühe mich, mir nichts anmerken zu lassen, während mir bruchstückartig und schemenhaft die Worte von Baudelaire über die allgemeine Physiognomie der Belgier in den Sinn kommen: eigenartiger Anblick der Münder in den Straßen und woanders auch, monströs dicke

Zungen, was eine schwerfällig pfeifende Aussprache mit sich bringt, keine sinnlichen Lippen, gähnende Kloaken, unförmige Münder, unvollendete Gesichter ...
Dem ersten Hohngelächter gegenüber gleichgültig entledigt sich Sweetie ihres Negligés aus Musselin und teilt ihr Korsett entzwei. Und siehe da: sie trägt kein Höschen, sondern nur einen einfachen, schwarzen Taillengürtel aus Satin. Lacher werden laut, doch nimmt die Heiterkeit nicht überhand. Meiner Mutter ist es zweifellos gelungen, die Aufmerksamkeit von ihrem *unvollendeten Gesicht* hin auf ihr radikal rasiertes Geschlecht zu lenken. Lorenzo hält sich die Augen zu, doch ein Ellbogenstoß von Charlie ruft zur Ordnung und die eherne Regel in Erinnerung: unter uns, keine Verlegenheit! Keine Scham vor nichts! Das einzig autorisierte Gefühl ist das der Verzückung! Schau, kleiner Junge, schau dir mit weit geöffneten Augen das Geschlecht an, das dein rothaariger Kopf vor nunmehr zehn Jahren zerrissen hat! Natürlich ist es so nicht ausgesprochen, geschweige denn gedacht, da ja mein Großvater sehr wenig denkt, aber es ist genau diese Vorstellung, die alte Vorstellung, die uns bedingungslose Liebe gebietet, wenn's um die Familie geht, mit der Folgerung, dass alle anderen verachtenswerte Trottel sind. Ich drücke auf der Stelle sanft Lorenzos Knie, damit er weiß, dass ich bei ihm bin. Esteban seinerseits hält die Augen auf die Bühne gerichtet, in Wirklichkeit aber verliert sich sein Blick im Schemenhaften und er sieht nichts von all dem, was sich da abspielt.
Glücklicherweise ist Verlass auf den Rest meiner vielköpfigen Familie in Sachen ungeteilter Aufmerksamkeit für die mütterliche Show: Mein Vater und meine Schwestern applaudieren bereits wie wild und Charlie hat sich über den Tisch gebeugt, als versuche er den Abstand aufzuheben, der ihn von seiner ältesten Tochter trennt, um ihr so seine begeisterte Unterstützung zu zeigen, wenn er nicht sogar vor Lust vergeht, sich selbst einer auf seinem Mist gewachsenen Nummer hinzugeben unter dem ja nicht gerade

schmeichelhaften Licht der Scheinwerfer. Allein Claudette verhält sich angemessen: Einen Arm über die Lehne ihres Stuhls gebeugt, beobachtet sie würdevoll Sweeties ungeschickte Pantomime. Was aber wirklich in ihr vorgeht ...

Habe ich erwähnt, dass sie seit zwei Jahren so gut wie verstummt ist und ihre Sprache nur wiederfindet, um übers Essen zu reden oder eines der Kinder für dessen Aufzug oder Mangel an Hygiene zu schelten? Den Rest der Zeit lebt sie in ihrem Inneren, in Bann gezogen von algerischen Erinnerungen, die vor lauter Widerkäuen unvermittelbar geworden sind. Ich kannte sie noch fröhlich und redselig, wie sie von den »Geschehnissen« sprach und auch vom Rest, und wie sie bereitwillig ihre glückliche Kindheit schilderte: das Inhalieren von Eukalyptus schon beim geringsten Schnupfen, die Kraken, die man auf die Felsen schlug, die Seeigel, die mit Gabeln geangelt wurden, die in den Straßen von Algier noch heiß gegessene Calentica, die so sehr unserer Cade ähnelt, die Raufereien ihrer Brüder, der Strand von Sidi Fredj, der Garten von Kouba ... Aber gut, all dies ist vorbei: Heute darf man sich schon glücklich schätzen, wenn sie zweimal täglich den Mund aufmacht. Unterdessen sitzt sie aufrecht auf ihrem Stuhl, im Gegensatz zu ihrem Mann, der sich förmlich auf der Damasttischdecke wälzt; ich vermute jedoch, dass sie ein weiteres Mal Zuflucht gesucht hat in ihrer fernen und strahlenden Vergangenheit.

Die Musik hält in einem Trommelwirbel inne, der meine flüchtige Aufmerksamkeit auf die Bühne lenkt: Sweetie ist inzwischen vollkommen nackt bis auf die Nippelquasten, die sie einige Sekunden lang gewissenhaft propellern lässt, bevor sie bewegungslos verharrt und schelmisch einen Zeigefinger hebt: Aufgepasst! Aufgepasst, was da jetzt folgt! Gegen meinen Willen bin ich gepackt und starre fassungslos auf das gut einstudierte Ende ihrer kleinen Nummer: leicht in die Knie gegangen, führt sie ihre Hand in ihre Vagina ein und blickt herausfordernd in den Saal. Das Hohngelächter ist restlos verebbt und ein weiterer Trommelwirbel lässt den

Atem stocken. Meine Mutter dreht sich um, Rücken zum Publikum, und wiegt sich mechanisch in den Hüften, einmal, zweimal, damit die Zuschauer ihre Tattoos bewundern und entziffern können: die Vornamen all ihrer Kinder, nacheinander vom Schulterblatt abwärts hinunter zu den Lendenwirbeln. Dann, während die fröhlichen Akkorde von *La Périchole* erschallen, legt meine Mutter eine weitere Halbdrehung hin und zieht triumphierend aus ihrer Vagina eine Girlande quicklebendiger Lurche.

Wie in Zeitlupe fällt Lorenzo vom Stuhl, wird aber im letzten Augenblick von Großmutter Claudette aufgefangen, die vielleicht völlig durchgedreht ist, aber ihren siebten Sinn behalten hat für die Leiden und Krankheiten ihrer Nachkommen. Wahrscheinlich ist es Lorenzo nicht entgangen, dass es der kleinen zuckenden Frösche fünfe waren, aber der Vorhang fällt und es wird schwarz über dem Ruhm unserer Mutter.

10. DER GERUCH DES BLUTES (I)

Für uns andere kleine Lurche ging das Leben nach dieser spektakulären Episode im selben übelriechenden Teich weiter. Die Karriere meiner Mutter im *Tetrallini's* hat sicherlich ihre Höhen und Tiefen gekannt, doch wurden wir nie wieder geladen, der Show beizuwohnen. Ich schließe jedoch nicht aus, dass meine Schwestern ihre Kinderliebe dadurch bezeugt haben mögen, dass sie in regelmäßigen Abständen den Arbeitsplatz ihrer bewunderten Mutter aufsuchten. Charlie und Patrick dürften es ihnen gleichgetan haben, habe ich doch gelegentlich ihre lobenden Kommentare zu Sweeties bemerkenswerten Auftritten auf der Bühne mit anhören dürfen. Was mich betrifft, ich hatte anderes zu tun: etwa das Gesamtwerk von Baudelaire lesen, aber auch den schulischen Werdegang meiner Lämmchen beaufsichtigen. Denn es kam nicht infrage, dass sie dem Beispiel meiner Schwestern folgten, die nach der neunten Klasse abgebrochen hatten. Svet war Verkäuferin in einer Parfümerie und Ludmilla Lehrerin für Eiskunstlaufen geworden, zu einem von der Stadt bezahlten Hungerlohn bei gleichzeitiger Ungewissheit darüber, ob sie ihren Arbeitsvertrag von einem Jahr aufs nächste behalten würde. Sie beide konnten sich noch so sehr rühmen, beruflich erfüllt zu sein, für Lorenzo und Esteban erträumte ich Besseres und unterließ es nicht, sie dies wissen zu lassen und zum Ehrgeiz zu mahnen. Das klappte übrigens mit Esteban besser als mit Lorenzo, hatte doch Letzterer den Kopf zu voll mit seinen Schwierigkeiten, Freundschaften zu schließen.

Ich sehe sehr wohl, dass ich allzu lang gewartet habe, allzu lang mich bei unseren Anfängen aufgehalten habe, anstatt das Ende zu erzählen, zu sehr habe ich das Aufziehen des Schattens über unserer vielköpfigen Familie aufgeschoben. Mir, diese Geschichte, wie

all die anderen auch; es gibt keinen Grund, dass ich mich ihr entziehe in einem Bericht, der den Anspruch erhebt, die unerträgliche Wahrheit auszusprechen.
Um mich ihr, dieser quälenden Wahrheit, zu stellen, muss ich wahrscheinlich zurückgehen bis zur Einschulung meiner kleinen Brüder. Lorenzo ist sechs Jahre alt und Esteban wird es im November werden. Sie wurden hübsch gemacht. Selbst meine Mutter, die sich sonst so wenig um ihre Existenz schert, hat geruht, sich ihrer fürstlichen Einkleidung anzunehmen. Beide haben einen neuen und mit einer Mangafigur bedruckten Schulranzen. Und da niemand daran gedacht hat, sie unterschiedlich anzuziehen, tragen beide die gleichen kurzen Hosen aus schwarzer Baumwolle und die gleichen türkisfarbenen T-Shirts. Auch ihre Turnschuhe sind neu: Mid-Top Nikes, derer sie sich nicht schämen müssen. Claudette hat sich mit dem Kamm in der Hand ihre kleinen Köpfe vorgenommen, die roten Strähnen des einen, die blonde Welle des anderen zu bändigen. Esteban hat ihr dabei die härteste Nuss zu knacken gegeben, ist doch sein Wuschelkopf, wie der meine, besonders buschig und rebellisch. Wie dem auch sei, beide sehen blendend aus, zwei in ihrem Geschirr leuchtende und vor schulischer Vorfreude zitternde Lämmchen. Ich selbst habe darüber gewacht, dass sie gut ausgerüstet sind und habe ihre Mäppchen von Yu-Gi-Oh! mit Kugelschreibern ausstaffiert, Stiften und Radiergummis, von den wundervollen Spiralblöcken, die ich mit ihnen bei *Carrefour* ausgesucht habe, ganz zu schweigen.
Da ich in derselben Schule in die fünfte Klasse komme, bin ich es, die damit beauftragt wird, sie zu begleiten und am Ende des Tages wieder abzuholen. Ich lasse sie auf der Schwelle zu ihrer Klasse zurück, mit den üblichen Worten, den Worten einer großen Schwester: keine Dummheiten, ja? Ich kenne eure Lehrerin. Ich werde sie fragen, wie ihr euch benehmt, also passt mir ja auf! Wir sehen uns in der Pause. Aber in den beiden folgenden Pausen, da ich zusammen mit zwei anderen Schülern von meiner neuen

Lehrerin in Beschlag genommen werde, die Klasse zu schmücken, die Tische anders anzuordnen, Poster zum Thema Gewalt im Schulalltag und Zeitleisten über die Könige Frankreichs an die Wand zu kleben, nehme ich mir nicht einmal die Zeit, auf den Hof hinunterzugehen mit den kleinen Fischen, die, anders als Cindy Nadjarian, Sven Marinello und ich, eben nicht auserwählt wurden. Denn, jawohl, das ist nach zwei Jahren, da wir in unterschiedlichen Klassen saßen und es nicht für nötig hielten, miteinander zu sprechen, Svens triumphale Rückkehr in mein Leben und meine Gedanken. Will heißen, ich erinnere mich erst mit dem Schellen um halb fünf an meine beiden Lämmchen. Und vor mir, die Katastrophe: Wenn Esteban trotz seines verstörten Gesichtsausdrucks noch eine einigermaßen gute Figur abgibt, ist Lorenzo seinerseits nicht wiederzuerkennen, das Gesicht zerbissen, die Augen verquollen, die Wimpern verklebt von Tränen, die noch immer laufen und zu laufen nicht aufhören, obwohl ich mich bemühe, den in alle Ecken und Winkel des Hofes verstreuten Inhalt seines Ranzens zusammenzusuchen, wie auch die kleine Jacke, mit der Claudette ihn ausgestattet hat wegen irgendeiner unnützen Vorsicht, deren geheimen Sinn außer ihr niemand kennt – aber gut, zumindest denkt sie dran, zumindest sagt sie sich, dass man ja nie wissen könne, dass das Wetter umschlagen könne, und dank ihrer gehen die Lämmchen nicht bei jedem Wetter nacktfüßig in zerfetzten Turnschuhen, Jogginghose und verdrecktem T-Shirt los. Ich finde den Inhalt des Mäppchens von Yu-Gi-Oh! wieder, allerdings ist der Dosenspitzer zerplatzt, der Radierer in Stücken, die Stifte zerbrochen und der Vierfarbkuli hat seinen unteren Teil eingebüßt.

– Scheiße, Lo, wer hat dir das angetan?

– Die anderen!

– Welche anderen? Ja doch wohl nicht alle, oder?

– Doch, alle!

– Esteban, wer war das?

Mein kleiner blonder Bruder, derjenige, der im Begriff ist, schön zu werden wie ein funkelnder Stern, derjenige, der wie ich systematisch unangenehme Komplimente abbekommt, setzt für seine Antwort eine verschlagene Miene auf:

– Ähm, ich weiß nicht, keine Ahnung.

– Esteban, wenn du weißt, wer es war, tust du gut daran, es mir zu sagen!

– Na alle, die ganz Klasse eben. Ich aber nicht. Charonne auch nicht! Flora auch nicht! Und auch nicht Roxanne!

Die Schule leert sich schneller als man schauen kann, sodass ich meine Brüder noch so eindringlich nach den Schuldigen fragen kann, sie sind doch unfähig, mir klar und deutlich wen auch immer aufzuzeigen.

– Dann rede ich jetzt mit der Lehrerin!

Lorenzo hängt sich an meinen Arm:

– Nein, bitte, sie haben gesagt, wenn ich petze, dann bin ich ein Verräter! Ich will aber kein Verräter sein!

Kraft meiner neu erworbenen Kenntnis über die Gewalt im Schulalltag mustere ich ausführlich meinen kleinen Bruder, der lieber ein Märtyrer sein will als ein Verräter. Unmöglich, in diesem kleinen, in Angst und Bange versetzten Jungen denjenigen wiederzuerkennen, der heute Morgen noch zur Schule aufgebrochen war, strahlend und zuversichtlich, von leidenschaftlicher Hoffnung getragen auf ein neues Leben nach einem eher entmutigenden Sommer zwischen einem Großvater und Eltern, die völlig gleichgültig, zwei großen Schwestern, die ausschließlich mit sich selbst beschäftigt sind, und einer bipolar gestörten Großmutter. Glücklicherweise war ich da, um mit ihnen »Drei Jungs« zu spielen, oder um zu erwirken, dass man uns allein zum Strand gehen ließ, eine Erlaubnis, die übrigens leichtherzig erteilt wurde, obwohl meine Brüder nicht einmal schwimmen können. Dergestalt aber sind der Leichtsinn und die Unbesonnenheit der Erwachsenen, die unsere jungen Leben umzingeln, und ich bin ohnehin an ihrer statt weise:

Einerseits verdonnere ich Lorenzo und Esteban zu sorgfältig von mir aufgeblasenen Schwimmflügeln, andererseits überwache ich mit Luchsaugen ihren Schwimmbereich, hole sie bei der geringsten leicht beunruhigenden Welle zurück auf den trockenen Sand. Kurz und gut, diesen Morgen noch waren sie eine Pracht den Augen und heute Abend bekomme sogar ich Lust zu weinen, während Lorenzos kleine Hand sich an die meine klammert und ich ihn die Avenue Jean-Jaurès entlang hinter mir her schleife. Stück für Stück liefert er mir mehr Klarheit über diesen unheilvollen ersten Tag an der Grundschule. Nicht ohne Schwierigkeiten, denn vor lauter Kummer und Unverständnis muss er immer wieder schluchzen:

– Sie haben gesagt, dass ich »Typhus« heiße!

Um das wirklich Stechende an diesem Spitznahmen zu verstehen, muss man wissen, dass ausgerechnet die Katze der Hausmeisterin der Schule »Typhus« heißt. Sie hat diesen Namen einem abgemagerten, schielenden, langbeinigen Kater verpasst mit durch und durch rotem Fell. Schlimmer noch daran ist, dass Typhus mit einem bei allen Schülern der Jean-Vilar berüchtigten Paar hypertropher schwarzer Testikel gesegnet ist. Was zur Folge hat, dass einige Wochen später und aufgrund einer nur bestens nachvollziehbaren Verschiebung mein kleiner rothaariger Bruder nicht mehr länger »Typhus« gerufen wird, sondern »Testicule«: Warum auch etwas kompliziert machen, wenn es doch einfach geht, und wenn man vor allem noch verletzender sein kann? »Testicule« klingt ja wohl wesentlich lustiger und weitaus beleidigender als »Typhus«.

An jenem Abend nehme ich nach dem Familienmahl, einer Mahlzeit, bei der niemand bemerkte, dass Lorenzo in sich gekehrt war und kein Wort von sich gab, sie beide zur Seite, den kleinen Rotschopf und den kleinen Blondling.

– Auf keinen Fall lasst ihr euch hänseln, kapiert!

– Mich hänselt niemand!, flötet Esteban, dieser Blödkopf.

– Hast du kapiert, Lorenzo? Lass dich nicht so behandeln!

– Aber wenn ich mich nicht so behandeln lasse, und sie es trotzdem tun?
– Dann holst du mich: Ich werde sie vor allen Anwesenden demütigen! Danach werden sie sich nie wieder an dir vergreifen!
Er wirkt ein wenig sonniger, aber schon am nächsten Morgen, in der Zehn-Uhr-Pause, sehe ich, wie er auf mich zustolpert, das Gesicht von Kummer verzerrt:
– Kim, sie haben meinen Ranzen versteckt! Und dann haben sie wieder gesagt, dass ich aussehe wie die Katze der Hausmeisterin!
– Wer? Zeig sie mir!
Er macht mich auf einen Haufen Knilche aufmerksam, die uns vom anderen Ende des Hofes aus verstohlen beobachten, in der Ecke der Kleinen, nahe der Rutschen und Schaukeln, die die Großen, zu denen ich zähle, mit dem ganzen Dünkel ihrer zehn Jahre geflissentlich übersehen. Ich sprinte los. Ich weiß, dass ich mit meinem Meter sechzig Respekt einflößen kann, mit meinen athletischen Schultern und meinem gelerstarrten Haar: die werden Augen machen. Ich packe mir einen aufs Geratewohl und schüttle ihn kräftig durch, dann einen weiteren und noch einen. Ich brülle:
– Wer noch einmal meinen kleinen Bruder anfasst, dem poliere ich die Fresse, klar?
Niemand muckst. Einer von den dreien, die ich verhauen habe, winselt sogar vor Schreck. Umso besser. Die Glocke rettet sie, doch ihre Geduld zahlt sich aus.
Am Ausgang der Schule fange ich meine beiden von ihren schweren Ranzen gekrümmten Lämmchen ab und nehme Lorenzo in Augenschein. Er wirkt schon wieder, als habe er geweint, und sein türkisfarbenes Polo-Shirt trägt den klar umrissenen Abdruck einer Turnschuhsohle.
– Verdammte Scheiße, Lorenzo, haben die dich jetzt als Fußabtreter benutzt oder was?
– Das war Maxime!, blökt Esteban.
– Welcher Maxime?

– Maxime Chabrier! Einer von denen, die du angeschrien hast. Er hat gesagt, dass Lorenzo ein Baby sei, das alles seiner großen Schwester petzt. Und dann haben die anderen gelacht! Und dann hat Maxime Lorenzo getreten! Er hat gesagt, dass er vor dir keine Angst habe, und dass er, wenn du ihn anrührst, es seinem großen Bruder sagen würde! Und sein großer Bruder, der ist in der Sechsten! Und du, du bist erst in der Fünften!

Valentin Chabrier kenne ich nur zu gut, ein fetter Rüpel, dem ich nichts entgegenzusetzen habe, was mich aber nicht daran hindert, mich aufzuplustern:

– Soll er nur kommen, sein Bruder, der macht mir keine Angst!

Ich kann an Lorenzos Blick ohnehin genau erkennen, dass man ihn nicht mehr dabei ertappen wird, wie er seine Schwester um Hilfe anfleht, bedenkt man, was es ihm eingebrockt hat. Am nächsten und in den folgenden Tagen kann ich Maxime Chabrier noch so sehr mit schlimmsten Vergeltungen drohen, kann ich noch so böse gucken und den starken Mann spielen bei den Erstklässlern, es ist zwecklos: Irgendeiner findet sich immer, der ihm das Mäppchen stiehlt, die Jacke zerreißt, ihm Bälle voll ins Gesicht knallt und ihn »Typhus« nennt, »Rotschopf«, »Eierkopp«, »Rotfuchs«, »Rostbirne«, ganz abgesehen von den Spitznamen, die er aufgrund von Assoziationen abkriegt, die für Nichteingeweihte völlig unverständlich sind, wie »Testicule«, dann aber auch »Tampax«, »Pavianarsch«, »Twix«, »Scheißhaufen«, und ich habe nicht alle genannt, hält er mich doch nicht unbedingt auf dem Laufenden über die neuesten Einfälle seiner Peiniger.

Das zog sich Jahre hin. Es gab sicherlich ruhigere Phasen, Momente des Durchatmens, in denen er wieder Hoffnung und Zuversicht schöpfte, aber alles in allem war Lorenzos Leben nichts als dies: Misshandlungen und unvorstellbare Schikanen, Erniedrigungen und permanente Zurückweisungen, eine hartnäckige und einhellige Weigerung, ihn zu integrieren, eine wie aus ihren Eingeweiden entstiegene Ablehnung von solcher Ausprägung, dass bei diesen

kleinen Scheißern jegliche vernünftige Ansprache, jedwede Predigt eines Erwachsenen, jeder Aufruf zum noch so elementarsten Mitleid auf taube Ohren stieß.
Er hatte alles versucht, in erster Linie mit Freundlichkeit, denn diese lag in seiner Natur. Hunderte Male hatte er seine Taschen vollgestopft mit Bonbons und Pokémon-Karten, um sie großzügig zu verteilen, voller Hoffnung, sich ein wenig Wohlwollen erkaufen zu können, um dann doch nur umso mehr Verachtung zu ernten, was ich ihm auch gleich hätte sagen können, hätte er mich nur gefragt. Auch hatte er versucht, ein Musterschüler zu werden, sogar der Klassenbeste, und in diesem Fall kam der Ratschlag von mir:
– Wenn du gute Noten hast, werden sie dich respektieren! Sie werden es nicht mehr wagen, sich über dich lustig zu machen wie bisher, du wirst schon sehen!
Soweit ich weiß, wurde es schlimmer denn je, und er musste wie für alles andere auch für seine guten Noten zahlen. Nur, dass weder er noch ich wirklich wussten, um was es sich da alles handelte, noch, was genau er angestellt hatte, dass man ihn mit dieser Konstanz quälte.
Eines Tages, er ist inzwischen acht und ich zwölf, da kommt er hoch zu mir in meine Waschküche, lässt sich in einen Korb fallen und wartet darauf, dass ich aufsehe von meinen Englischübungen:
– Was willst du? Siehst du nicht, dass ich arbeite?
Hätte ich es nur geahnt, Lorenzo, und ach, wie sehr bereue ich es ... Aber ich bin zwölf und in meinem fiebrigen Hirn findet nichts Platz außer Lucie Leccia, Gymnastik und Schule. Das Ende des Spiels rückt näher, aber noch weiß ich es nicht, ebenso wenig, wie ich das wahre Ende erahne, das andere Ende aller Spiele dieser Welt mit einem Schlage.
– Du, Kim?
– Was!
– Was ist mit mir nur, außer, dass ich rothaarig bin?

Zu meiner Verteidigung kann ich sagen, dass mich etwas im Ton seiner Stimme und an seinem Blick wirklich alarmiert, und ich daraufhin den Gebrauch der Ing-Form beim Präsens tatsächlich links liegen lasse:

– Was soll das heißen, außer dass du rothaarig bist?

– Ich will damit sagen, ich bin rothaarig und Rothaarige kann keiner leiden, aber davon mal abgesehen? Ist da noch was anderes?

Noch immer auf einem Haufen sauberer Wäsche sitzend, spielt er mechanisch an einer geblümten Bluse, streicht sie finster über seinem aufgeschürften Knie glatt, ohne mich anzusehen, ohne überhaupt irgendwohin zu sehen, weder auf die Bluse noch sonst wohin, ganz seiner schmerzhaften inneren Wirklichkeit zugewandt. Urplötzlich ähnelt er seiner Großmutter: der gleiche Rotton, aber auch die gleiche beunruhigende Art sich auszuklinken, ohne es sich anmerken zu lassen. Ich nehme ihm die Bluse aus den Händen und hebe sein kleines zitterndes Kinn zu mir hoch:

– Aber warum fragst du mich das?

– Weil ich nicht verstehe, warum sie mich nicht mögen, Kim.

Er vergräbt sein Schnäuzchen in meinem Schoß, umschlingt meine Knie, und ich spüre, wie brennende Tränen den Stoff meiner Jeans durchdringen. Ich habe nicht den Mut, ihn zu fragen, wer genau sie sind. Ich tue so, als handelte es sich zwangsläufig um seine Klassenkameraden, diese blutrünstigen Wölfe, die von seiner Zartheit in Panik versetzt sind und von seiner Schwäche in Rage gebracht. Nur, wer außer Claudette, Esteban und mir hat Lorenzo denn tatsächlich je geliebt? Wer nur hatte je an ihn gedacht, ohne ihn mit unwirscher Geste verscheuchen zu wollen?

– Geh spielen, Lorenzo! Hast du nichts Besseres zu tun als an mir zu kleben?

Und genau so klingt das bei meiner Mutter, natürlich, aber auch bei meinem Vater, meinem Großvater, meinen Schwestern. Und also ja, natürlich verstehe ich an jenem Tage seine Frage und die hinter ihr verborgenen anderen Fragen auch: Was an ihm stimmt nicht, dass er immer nur Feindschaft hervorruft, Ekel, Wut, die Lust, ihn loszuwerden; was muss er wohl angestellt haben, um das zu verdienen?

Ich verstehe alles, doch fühle ich sehr wohl, dass keine Antwort ausreicht. Andere außer ihm sind rot, ohne gleich diese andauernde Drangsalierung auf sich zu ziehen. Andere außer ihm wachsen in der Gleichgültigkeit ihrer Eltern auf, ohne gleich zu Prügelknaben einer ganzen Schule zu werden – Esteban, von Gladys und Patrick genauso vernachlässigt, geht seinen Weg ohne allzu viele ersichtliche Probleme. An jenem Tage drücke ich meinen Bruder an mich, ich streichle seinen zierlichen Nacken, ich halte seinem von Angst durchdrungenen Blick stand, obgleich er mir unerträglich ist, und sage schließlich zu ihm, mich eines Teils der alten Familienleier bedienend:

– Geliebt, Lo, wirst du von uns: das ist es, was zählt. Die anderen, die können uns mal. Und dann, dann wirst du ja wachsen, du wirst sie hinter dir lassen, all diese Flaschen, denn du wirst schöner sein, stärker und intelligenter als sie alle. Du wirst sehen, sie werden dir aus der Hand fressen in nur wenigen Jahren.

Aber nur wenige Jahre, das ist viel für einen kleinen Jungen. Und dann habe ich ihm derart viele Versprechungen auf Veränderungen schon gemacht, dass er nicht mehr an sie glauben kann. Aus Freundlichkeit wischt er sich sein zartes Schnäuzchen und tut, als stimmte er mir zu. Und doch, bevor er mein Zimmer verlässt, fragt er noch:

– Glaubst du, die Eltern hätten was dagegen, wenn ich die Schule wechsle?

Ich nehme diese Idee enthusiastisch auf, denn etwas muss jetzt gesagt und getan werden – und bei der nächsten Mahlzeit bin ich es, die die Frage in die Runde wirft.

– Wäre es nicht besser, Lorenzo würde die Schule wechseln? An der Jean-Vilar hört man nicht auf, ihn zu foppen.

Umgehend erfolgt die Empörung:

– Wer foppt dich?
– Man foppt dich? Wer?
– Aber warum lässt du das mit dir machen?
– Rück ihnen zu Leibe, du wirst schon sehen, ob sie sich dann noch mit dir anlegen wollen.
Alle geben ihre wutentbrannten Kommentare ab, die Vorstellung aber lautet, dass nur Idioten und Schwächlinge gefoppt werden. Ich muss klarstellen, dass Claudette nicht anwesend ist: Sie hat den Tag rauchend am Fenster ihres Zimmers verbracht und sich dann schlafen gelegt, ohne uns auch nur irgendwelche Anweisungen zu geben für das Abendessen, was untypisch ist für sie, aber langsam zur Norm wird. Wäre sie da gewesen, hätten die Dinge vielleicht eine andere Wendung genommen, und sei es auch nur, weil sie diesem armen Lorenzo einen Blick zugeworfen hätte, bevor sie müßige und nicht umsetzbare Ratschläge erteilt hätte:
– Ignorier sie!
– Sag's der Lehrerin!
– Verteidige dich halt, du forderst doch selbst heraus, dass das passiert!
Patrick scheint ernsthaft erzürnt zu sein ob des fehlenden Kampfgeistes seines Sprösslings, und nimmt ihn in diesem schulmeisterlichen und näselnden Ton, mit dem er uns stets genervt hat, ins Gebet:
– Lorenzo, im Leben, da muss man sich behaupten! Und wenn du dich nicht selbst achtest, erwarte nicht, dass die anderen es tun!
Er, Lorenzo, wünscht sich nichts sehnlicher als die Gelegenheit, sich behaupten zu können und geachtet zu werden, doch es ist schwierig, von sich selbst eine hohe Meinung zu haben, wenn man immer nur zu hören bekommt, dass man Ähnlichkeit habe mit einem Paar Hoden, und immer wieder auf die eigene Bedeutungslosigkeit zurückverwiesen wird.
Und es ist, wie zu erwarten, meine Mutter, die am heftigsten reagiert:

– Verdammte Scheiße, jetzt reicht's aber, Lolo, komm mal wieder runter! Was glaubst du eigentlich? Dass man zärtlich war zu mir, als ich in deinem Alter war? Was meinst du wohl? Dass ich etwa keine Spitznamen hatte?

Ich hatte dummerweise diejenigen erwähnt, die ihm die ganze Schule verpasst. »Schweppes Agrum«, »Wieselfratze«, »Eierkopp«, »Rostbirne« ... Aus menschlicher Rücksicht habe ich mich an die weniger brutalen gehalten, ich hätte ihnen aber auch was erzählen können von »Tampax« und »Blutiger Dünnschiss«, um ihnen ein genaueres Bild der Situation zu zeichnen.

Unterdessen hat Lorenzo die Chips und Knackwürste nicht angerührt, die unsere Grundnahrung ausmachen, sobald Claudette auf Tauchstation ist. Er sitzt sehr aufrecht da, das Kinn nach oben und die Augen zur Decke gerichtet, damit sie nicht überlaufen von den schweren, bebenden Tränen, die seinen Blick trüben. Wäre Claudette anwesend, sie ergriffe Partei für ihn, doch da sie nicht da ist und ich so gut wie kein Gewicht besitze, wird gejagt:

– Und es ist mit dir ja immer so! Du suchst sie doch förmlich, die Streitereien!

– Und erzähl uns jetzt bloß nicht, dass du dabei vor lauter Unschuld weiß wie Schnee bist!

– Wird dir keiner hier glauben!

– Warum wohl wird Esteban nie gefoppt?

In der Antwort auf diese Frage liegt die ganze Tragik von Lorenzos zartem Leben, aber dessen ist sich offensichtlich niemand bewusst.

– Du wirst nicht die Schulsituation ändern, meine Junge, du wirst deine Einstellung ändern!

So mein Vater, derart stolz auf sein Unterscheidungsvermögen und seine Formulierung, dass er noch eins draufsetzt:

– Verstehst du den Unterschied?

Nur allzu gut versteht Lorenzo, dass nicht nur sein Leidensweg weiterzugehen hat, sondern dass man zuhause von ihm auch noch verlangen wird, Rechenschaft abzulegen, um in Erfahrung zu bringen, wie es ihm denn wohl gelungen sein würde, die Situation in ihr Gegenteil zu verkehren und wie er sich zum beliebtesten aller Schüler gemausert haben würde – wie schon seine Mutter vor ihm, das sei nebenbei erwähnt. Denn diese fährt im gleichen Ton fort:

– Ich, Lolo, ich hatte eine Hasenscharte! Weißt du eigentlich, was das heißt?

»Hasenscharte« ist ein Wort, das bei mir zuhause so gut wie nie verwendet wird, und wenn, dann nur, um den Schandfleck in die Vergangenheit zu bannen, obgleich er doch noch immer da ist, nur ein wenig weniger spektakulär als bei der Geburt, nur ein wenig geflickt, aber doch noch immer gut sichtbar, wie er da die Nase zerquetscht und die Oberlippe aufstülpt. Aber nun ja, in unserer Familienbibel stehen diese beiden Artikel als Gesetz geschrieben: erstens, bei Gladys hat die Nasen-Lippen-Rachenspalte keine Spur hinterlassen; und zweitens, ihre Metamorphose ist mitnichten der Schönheitschirurgie zu verdanken, das hat sie ganz allein vollbracht, mit Charme und Willenskraft. Charme, schön und gut, Willenskraft, schön und gut, alles Eigenschaften, bei denen ich die erste bin, die sie ihr zuerkennt, doch was beabsichtigt sie denn unterdessen und kraft ihrer Erfahrung mit dem Schicksal zu tun, um ihrem kleinen Jungen dabei zu helfen, seine Ungnade umzumünzen in Stärke und unwiderstehlichen Lebensschwung? Nichts, so scheint es, als ihm noch brutaler den Kopf unter Wasser zu halten:

– Aber sicher hat man sich über mich lustig gemacht, mein kleiner Herr! Nur die, die es taten, taten es kein zweites Mal, das kann ich dir sagen! Warum? Weil ich es nicht hingenommen hätte, stell dir vor!

Lorenzo wüsste ja gern, was man tun muss, um das nicht Hinnehmbare nicht hinzunehmen, aber die Methode meiner Mutter lässt sich offensichtlich nicht vermitteln. Er wird also seine Grundschule an der Jean-Vilar zu Ende bringen, wird sich zwischendurch einmal als fauler Schüler versuchen, als Unruhestifter, der die Kumpels zum Lachen bringt anstatt der Beste zu sein in seiner Klasse voller Folterknechte. Vergeblich. Er wird auch versuchen, sich die Haare zu färben in der Tönung eines Rabenflügels mit dem allerschönsten Effekt, dass er, ohne je aufgehört zu haben in den Augen der Meute ein Roter zu sein, nunmehr von ihr am Geruch des Blutes erkannt wird und sie ihn nicht einmal mehr sehen muss, um ihn zu hassen.

Sein letzter Versuch, das Problem an der Wurzel zu packen, ereignet sich an jenem Tag, da er mich bittet, ihm den Kopf kahlzuscheren und wir auf unseren jeweiligen Schädeln die Existenz eines Tattoos entdecken, das letzten Endes weitaus stammesspezifischer ist als die melanesischen Voluten, die mein Vater in seinem kleinen Atelier in der Impasse des Violettes wie am Fließband produziert.

Tags darauf geht Lorenzo mit Mütze zur Schule, doch hat er die Rechnung ohne die Lehrerin gemacht, die entschieden blind ist gegenüber allen meinem kleinen Bruder zugefügten Qualen, grausam wohlwollend im Umgang mit seinen Peinigern, unerbittlich jedoch in der Umsetzung der Schulordnung und der Forderung, dass er die Mütze abzunehmen habe beim Betreten der Klasse. Der kleine, auf der blassen Haut gut sichtbare Stern ruft selbstredend einen erneuten Schwall an Sarkasmen und entrüsteten Ausrufen hervor:

– Schauen Sie, Frau Lehrerin, Lorenzo hat ein Tattoo!

– Er hat sich den Schädel rasiert! Was hat den denn geritten?

– Ey, Typhus, wir wissen, dass du rot bist!

– Uih uih uih, er ist tätowiert!

– Dürfen Kinder überhaupt Tattoos haben?

– Natürlich nicht, man muss volljährig sein für ein Tattoo.

Die Meute mit arglosen Augen bringt die Frage sofort auf das Gebiet der Rechtmäßigkeit, begeistert von dieser neuen Angriffsfläche, die ihr den Vorteil des empörten guten Gewissens bietet. Auf dem neuesten Stand der diesbezüglichen Rechtsprechung, setzt Esteban zum Gegenangriff an:

– Gar nicht wahr, mit sechzehn kannst du dich tätowieren lassen! Du brauchst das Einverständnis deiner Eltern, das ist alles!

– Schon klar, nur wie alt ist denn dein Bruder? Sechzehn etwa?
– Und eure Eltern, wissen die das?
Maxime Chabrier liefert das Stichwort:
– Ach was, ihr Vater ist Tätowierer: gut möglich, dass der das war!
– Hat der überhaupt das Recht dazu?
Das Recht, das Recht, sie führen plötzlich nur noch dieses Wort im Munde, diese dem Menschen kleinen Wölfe, die ihre Verbrechen seit grauer Vorzeit schon in vollkommener Straffreiheit verüben, sicher verschanzt hinter ihren Gesetzen des Dschungels. Und dennoch haben sie richtig gelegen bezüglich der Identität des Tätowierers, und so glühen Lorenzos Wangen vor Scham unter seinem kränklich blassen Schädel. Die Lehrerin murmelt etwas von wegen Schulleiterin, und der Sachkundeunterricht beginnt ohne weitere Verzögerung.
Die Schulleiterin, das ist Madame Jardin, meine Lehrerin aus der zweiten und dritten Klasse, diejenige, die mein Hausaufgabenheft mit derart dithyrambischen Beurteilungen verzierte, dass selbst meine Eltern schlussendlich bemerkten, dass ich eine exzellente Schülerin war.
– Kim, willst du da nicht hingehen, zu Madame Jardin?
– Um was zu tun?
– Wegen Lorenzo, wegen dieser Tattoogeschichte! Er ist aber auch wirklich saublöde! Was hat den geritten, sich plötzlich den Kopf zu scheren?
– Nein, werde ich nicht. Das müssen die Eltern machen. Große Brüder oder Schwestern wollen die da nicht.
Meine Mutter seufzt:
– Als hätte ich nichts Besseres zu tun! Was glauben die eigentlich?
Nur hat sie eben nichts Besseres zu tun, tagein tagaus, wo sie ja nicht arbeitet, abgesehen von ihren gelegentlichen Auftritten im *Tetrallini's*. Der dritten Aufforderung zu einem Gespräch leistet sie schließlich Folge, und begibt sich schlurfenden Schrittes zur Schule, nicht ohne mich gezwungen zu haben, sie zu begleiten,

wohl nur, um Madame Jardin für sich zu gewinnen. Die Mutter einer so brillanten Schülerin wie Kimberly Chastaing kann nicht wirklich eine Rabenmutter sein.
Obgleich sie ihre Kinder seit Jahren schon dort zur Schule schickt, muss ich darauf aufmerksam machen, dass meine Mutter noch nie einen Fuß in die Jean-Vilar gesetzt hat. Stets waren es mein Vater oder meine Großmutter, die bei den Elternabenden aufgetaucht sind, und das nicht immer und auch nicht bei allen Kindern. Im Laufe der Zeit ist ihr guter Wille abgestumpft, was dazu führt, dass die beiden Lämmchen schon als Quasiwaisen durchgehen müssen. Was die Begleitungen angeht, haben sie uns diese so früh wie möglich überantwortet: Ich habe den Schulweg gemeinsam mit meinen Schwestern zurückgelegt, später dann meine Brüder ins Schlepptau genommen, bis auch ich in die Sekundarstufe gekommen bin – hopp, die Kinder passen selbst aufeinander auf, Erziehung nennt sich das, und warum eigentlich nicht? Meine Mutter ist ohnehin unfähig, vor zehn aufzustehen.
Kurz und gut, da stehen wir nun vor Madame Jardin. Wie meine Mutter es vorhergesehen und sicherlich auch erhofft hat, hellt sich ihr Gesicht auf, als diese mich wiedererkennt:
– Kimberly, was für eine schöne Überraschung! Wie geht es dir? In welche Klasse gehst du jetzt?
Nachdem ich ihr alle erwünschten Auskünfte erteilt habe, ja, alles in Ordnung, ich komme jetzt in die Neunte, ich mache Englisch und Deutsch, und in meinen Heften steht noch immer mit Auszeichnung, geht sie über zu den ernsten Dingen:
– Ich habe Sie hergebeten, Madame Chastaing, weil wir ein kleines Problem mit Lorenzo haben.
Tatsächlich ist Lorenzo derjenige, der ein Problem hat, und nicht ein kleines, sondern ein großes, eines von denen, die das Leben eines kleinen, ebenso zarten wie sensiblen Jungen verderben können, aber über die Leiden meines Bruders, über das unverständliche Scherbengericht, dessen Opfer er ist, wird man kein Wort verlieren,

weder an diesem Tag noch sonst wann, nein, alles was zählt, ist das Tattoo, das seine Glatze unpassenderweise zum Vorschein hat kommen lassen, und so hört sich meine Mutter mit griesgrämiger Miene an, wie die Frau Direktorin ihr höflich ihre Missbilligung mitteilt:

– Wie kommt es, Madame Chastaing, dass ein zehnjähriges Kind mit einem Tattoo auf seinem Schädel herumläuft? Ich weiß natürlich, dass Ihr Mann Tätowierer ist, doch Madame Palaggi, die Lehrerin der Fünf B, und ich haben uns gefragt, ob wir das nicht melden müssen. Es ist ja wohl doch zutiefst erschreckend, dass ...

Und da landet meine Mutter einen Geniestreich, hat eine Eingebung, und anstatt die sich ihr bietende Gelegenheit zu nutzen, das wahre Skandalon anzuprangern, will heißen den von ihrem kleinen Jungen erlittenen Leidensweg, legt sie los, bringt sie Madame Jardin in Verlegenheit und zieht sie in den Bann mit dieser irren Eloquenz, die meine vielköpfige Familie gewohnt ist, nicht aber die Frau Direktorin der Jean-Vilar-Schule. Während meine Mutter bebt, geifert, sich einen abbricht in ihrer cholerischen und leidenschaftlichen Manier, blicke ich meine ehemalige Lehrerin an, dieselbe, die uns mit ihrer mitleidslosen Klarsicht terrorisierte, diejenige, die all unsere kleinen schulischen Lügen und Ausreden enttarnte, diejenige, der wir besser keine Ammenmärchen erzählten, wenn wir nicht ihren verheerenden Zorn auf uns ziehen wollten. Da sitzt sie nun, völlig regungslos, und hört sich gerade die wohl unwahrscheinlichste aller Geschichten an, die mir je zu Ohren gekommen sind:

– Madame Jardin, glauben Sie mir, niemanden schmerzt diese Sache mehr als uns! Ich weiß nicht, was Lorenzo geritten hat, sich den Schädel zu rasieren.

Ich könnte es ihnen erklären, ich, ihnen beiden, wenn sie mir nur fünf Minuten gewährten, wenn es sie interessierte zu erfahren, was einen Schüler der fünften Klasse wohl zu einer derart asozialen Handlung treiben kann. Doch das ist nicht der Fall, und meine Mutter stottert weiterhin aufs Schönste:

– Patrick ist Tätowierer, das ist wahr, aber es wäre ihm niemals in den Sinn gekommen, ein Kind zu tätowieren, also wirklich! Und erst recht nicht eines der seinen! Zumal das verboten ist!

Und damit befinden wir uns wieder auf dem Lieblingsgebiet aller, dem des Rechts, der Rechtsprechung, was erlaubt ist, was verboten, und siehe da, Madame Jardin erlaubt sich eine Silbe der Zustimmung. Aber die Folter unter Kindern ist anscheinend gestattet – ganz abgesehen davon, dass es anscheinend kein Gesetz gibt gegen die unbeschreibliche Misshandlung, die darin besteht, die Existenz seines vierten Kindes schlicht und einfach zu vergessen:

– Lorenzo wurde, als er drei Jahre alt war, entführt. Nein, nicht lange, nur wenige Stunden. Wir hatten nicht einmal Zeit gehabt, die Polizei zu verständigen, als man ihn uns schon wiedergegeben hatte. Der Entführer hat ihn ganz einfach zur Haustür zurückgebracht, einfach so, klammheimlich.

– Aber wie ...

– Anscheinend hatte man ihm kein Leid zugefügt. Seien Sie versichert, dass wir alles überprüft haben, ja sogar einen Arzt hatten wir konsultiert, so manches Mal, wenn ...

An dieser Stelle nun wird der Ton vertraulich, und im Blick der Frau Direktorin sucht derjenige meiner Mutter nach Verständnis und fast schon Komplizenschaft, wo wir ja nun das zweite Lieblingsthema aller angerissen haben, jenes, das in allen Hütten im ganzen Land keinen Winkel unbesehen lässt, sprich die Pädophilie. In dieser Hinsicht erst einmal beruhigt – nein, Lorenzo hat keine sexuelle Gewalt erlitten –, ist Madame Jardin in der Verfassung, den Rest der mütterlichen Albernheiten zu fressen:

– Tatsächlich haben wir schließlich die Wahrheit rausgefunden. Es handelte sich um einen Kollegen meines Mannes, auch er ein Tätowierer, ein ehemaliger Freund, der Lorenzo gekidnappt hatte. Schauen Sie: Anfangs waren die beiden Partner, sie

hatten ihr Geschäft gemeinsam aufgebaut, haben sich aber überworfen, mein Mann fand, dass er nicht professionell genug war, verstehen Sie, was zur Folge hatte, dass er ihre Zusammenarbeit beendete, der andere aber nahm es ihm übel, und dann war er auch noch neidisch, weil der Laden meines Mannes besser lief als sein eigener, und na bitte, da haben wir's, es ging dabei um Neid, der andere hat Lorenzo gekidnappt und ihm dieses Tattoo gestochen, diesen Stern eben, den Sie gesehen haben. Wir waren stinksauer, aber was geschehen ist, ist geschehen, und dann haben wir uns gesagt, dass Lorenzos Haare wieder wachsen und niemand etwas sehen würde, und er ihn sich ja auch notfalls, wenn er alt genug wäre, wieder wegmachen lassen könnte, das ist gar nicht so unüblich, wissen Sie ... Wir haben daran gedacht, Anzeige zu erstatten, haben dann aber schließlich davon abgesehen, wir wollten nicht, dass Lorenzo noch stärker traumatisiert würde. Mein Mann aber hat den anderen aufgespürt, und ihm eine Abreibung verpasst, mehr sage ich Ihnen nicht! Ich meine nicht, dass Gewalt Probleme löst, doch da, da war er außer sich, mein Mann! Tja, so war das, mit der Geschichte von Lorenzos Tätowierung ... Ich kann Ihnen gar nicht sagen, was für Ängste wir ausgestanden haben! Als wir Lorenzo nicht mehr fanden, anfangs, und dann, später, als wir Angst hatten ... Nun, Sie wissen schon ... Und dann auch noch danach, als wir uns fragten, womit er ihm die Tätowierung gestochen hatte, ob mit sterilen Nadeln oder nicht ... Wir haben Lorenzo sogar auf Aids und Hepatitis testen lassen.
Und hopp, da nutzt sie die Gelegenheit, um ein weiteres heikles Thema zu streifen, das der durch Blut übertragbaren Krankheiten – sie ist richtig gerissen, meine Mutter, sie hat Madame Jardin in Nullkommanix in die Tasche gesteckt und hat den Status der Rabenmutter gegen den des Opfers einer haarscharf abgewendeten Tragödie eingetauscht, puh!
Ich koche umso mehr vor Wut und Scham, als ich dazubleiben habe, und zwar schön ruhig, um mit meiner stummen Anwesenheit

diesen aller Welt spottenden Haufen Schwachsinn zu bezeugen. Meine Mutter hat mich benutzt: Sie wusste ganz genau, dass ich nicht protestieren, ihre haarsträubende Erzählung nicht widerlegen und kurzerhand hinausposaunen würde, dass mein Vater der Schuldige, dass mein Vater sich bei allen seinen Kindern diesen sträflichen Akt herausgenommen hat, der ihm so ähnlich sieht, der ihnen allen so ähnlich sieht, diese Art zu meinen, wir wären ihr Eigentum und hätten keinen anderen Traum als jenen, uns mit der undefinierbaren und warmen Masse des Clans zu verschmelzen.
Auf dem Rückweg schmolle ich, aber meine Mutter juckt das wenig: Sie hat sich einer lästigen Pflicht entledigt, hat eine für sie unangenehme Situation zu ihrem Vorteil umgemünzt, sie ist beglückt. Am selben Abend noch wird die gesamte Familie bei von meiner Großmutter auf der Terrasse gegrillten Sardinen in den Genuss der Erzählung ihrer rhetorischen Heldentaten kommen – an dieser Tafel wird sich niemand finden, um gegen die Lüge anzugehen und den Rechten der Wahrheit Geltung zu verschaffen; niemand, um deutlich zu machen, dass meine Brüder zehn Jahre alt sind und ihnen möglicherweise doch andere Vorbilder zu geben wären, als das einer Erwachsenen, die eine andere Erwachsene an der Nase herumführt, anstatt ihr Fehlverhalten einzugestehen und anzuerkennen, dass da Missbrauch an einem Kinde seitens einer Person mit Entscheidungsgewalt stattgefunden hat, und dass dies bedauerlich, dass dies abscheulich ist.
Mir ist zum Heulen zumute, aber aus Rücksicht auf Lorenzo und die offensichtliche Unruhe, in die diese Geschichte ihn geworfen hat, unterdrücke ich meine Tränen und schaufle mir meine Sardinen rein. Mein Leben ist ohnehin woanders, es muss woanders sein. Mit der RSG ist es aus, aber in der Sekundarstufe habe ich Sven Marinello wiedergefunden, und wir haben uns hinter einer Platane geküsst. Da ich einen Kopf größer bin, will er nicht, dass wir uns gemeinsam in der Öffentlichkeit zeigen, doch fühle ich seine Liebe. Manchmal suchen seine Augen im Hof nach den meinen,

und wir beäugen uns über die Köpfe der anderen hinweg, die nicht wissen dürfen, dass wir zusammen sind, die aber dennoch da sind, sich gegenseitig irgendwas zurufen, dümmlich hintereinander herrennen, oder in festen Grüppchen unter den Regendächern quatschen.
Im darauffolgenden Jahr kommen Lorenzo und Esteban auf der Georges-Brassens in die Sekundarstufe, ich aber bin dort nicht mehr: Ich besuche inzwischen die Zehnte des Gymnasiums Victor Hugo, ein Dichter, den ich aus schmerzhafter Erfahrung heraus lieben lernen werde, den ich einstweilen jedoch weitaus niedriger ansiedle als den einzig wahren Charles.
Soviel ich weiß, ändert der Wechsel auf die Sekundarstufe nichts an Lorenzos Los. Dreiviertel der Schüler der Jean-Vilar gehen ohnehin auf der Georges-Brassens in die fünfte Klasse, und die Hatz geht weiter, mit weniger Eifer vielleicht, oder in einer latenteren und perverseren Form: Man belästigt ihn weniger, doch wird er weiterhin systematisch gemieden, ignoriert, bei nichts berücksichtigt, von allem ausgeschlossen.

12. DAS HOHEITSVOLLE KIND

Die einzig merkliche Verbesserung im Dasein meines kleines Bruders ist die Freundschaft, die er mit Charonne geschlossen hat, auch sie Schülerin der Jean-Vilar, die einzige, die sich nie der Meute derer, die dem Menschen kleine Wölfe, angeschlossen hat – vielleicht, weil auch sie zu den notorischen Parias zählt, trotz ihrer sagenhaften Schönheit. Charonne, das ist die dicke, angeblich übelriechende Schwarze, diejenige, an die meine Brüder dachten, als sie noch jünger waren und ich sie dazu verdonnerte, Baudelaire im Allgemeinen und »Das Aas« im Besonderen sich anzuhören. Mein Glaube hat nicht ein Jota nachgelassen, mit der Zeit aber bin ich weniger bekehrungswütig geworden und behalte meinen Enthusiasmus für mich. Dass die Leute, ohne auch nur eine Zeile des wahrhaft reinen Dichters, des einzig vollkommenen Magiers der französischen Literatur gelesen zu haben, leben können, als wäre nichts, das irritiert mich noch immer, ohne dass ich allerdings Lust verspürte, hier Abhilfe zu leisten mit Rezitationen, die ja doch nur alle nerven.

Aber natürlich denke ich, als Charonne das erste Mal bei uns zuhause aufkreuzt, wieder an Baudelaire, wobei ich schwanke zwischen »Die tanzende Schlange« und »Das schöne Schiff«. Sie ist riesig, diesbezüglich haben meine Brüder nicht gelogen. Geradezu kolossal. Jeder ihrer Schritte erschüttert zugleich den Boden und die monumentalen Schenkel, die sie mit ihrer gelassenen Selbstsicherheit enthüllt – mit ihrem sanften und triumphierenden Sinn, wie der einzig wahre Charles sagen würde, ob mein Großvater will oder nicht, dieser ebenso eitle wie unkultivierte Idiot. Am Eingangstor angekommen hält sie zögernd lächelnd inne, ruft dann zu Lorenzo herüber, dessen kleine rote Beine in den unteren Ästen der Aprikose baumeln:

– Hey, Lorenzo!
– Charonne?
Ihren Namen zu bestätigen erachtet sie nicht für notwendig, sie verharrt an Ort und Stelle, und lächelt noch strahlender, sie, das hoheitsvolle Kind, die sich ihrer Reize sehr bewusste, weiche Zauberin. Sie hat recht, denn sie sind ausgesprochen umwerfend: Beinahe falle ich darüber von meinem Beobachtungsposten auf der obersten Astgabel der Aprikose. Ich bin sechzehn, eins fünfundsiebzig groß, habe gute 90 C, werde in drei Monaten entjungfert und spiele schon lange nicht mehr »Drei Jungs«, verschmähe es aber nicht, von Zeit zu Zeit auf die Bäume zu klettern, vor allem, wenn sich mir so die Gelegenheit bietet, mit einem meiner beiden Brüder zu plaudern. Vom üppigen Blattwerk aus beobachte ich Lorenzos überstürztes Hinunterklettern und die aufgesetzte, fast schon aggressive Art, mit der er seine Klassenkameradin empfängt:
– Was machst Du denn hier?
Sie hütet sich davor, zu antworten und bescheidet sich darin, ihren Kopf über ihren wuchtigen Schultern zu wiegen, ihr Lächeln noch ein wenig strahlender werden zu lassen und ihren phänomenalen Körper den Blicken darzubieten, ihre hohen Brüste, ihre prächtigen Hüften, die drei bernsteindunklen Speckringe ihrer Taille zwischen einem gebatikten Wickelrock und einem T-Shirt für Sechsjährige: Charonne gehört der Unterschicht an, besitzt aber eine Stilsicherheit, von der sich die hippsten und schrillsten Fashionqueens eine Scheibe abschneiden können. Anfangs rechne ich dies dem Zufall zu, ich denke mir, dass sie da nichts ausgewählt hat, nichts abgestimmt, dass sie sich überwirft, was gerade griffbereit liegt, und dass das dann ab und an gut passt – nur, dass es jedes Mal überwältigend ist, der Chic mit fast gar nichts: ein korallenrotes Hemdchen über einem Rock von lidschattenzartem Absinthgrün; eine Caprihose aus schwarzem Cord zusammen mit einer indigoblauen Tunika; Shorts aus goldener Gabardine zu einer wollweißen, mit

marineblauen Paspeln bordierten Matrosenbluse, ein schwarzes Trapezkleid mit zinnoberroten Flip-Flops, jedes Mal steht es ihr hinreißend gut und erinnert an niemand anderen als an sie, wohingegen ihre Mitschülerinnen Schwierigkeiten haben, in ihren Slims von Jennifer und Baby-Milo-Sweatshirts eine dem auch nur annähernd ebenbürtige Eleganz zu erzielen.
Lorenzo fährt sich mit der Hand durchs rote Haar und bricht sich einen ab, um irgendetwas zu sagen, Charonne aber nimmt die Sache in die Hand:
– Willst du mit runter zum Strand?
– Ähm, da muss ich meine Mutter fragen ...
Armes Lämmchen, zu dieser Stunde ratzt deine Mutter und wenn es nur nach ihr ginge, du könntest so viel und so häufig zum Strand, wie du magst, und zurück sein müsstest du erst bei hereinbrechender Nacht. Sie würde nichts davon mitbekommen. Ich stürze meinerseits von meinem Beobachtungsposten und erteile meine Erlaubnis:
– Ihr könnt gehen. Komm nicht zu spät zurück, Lorenzo. Und vergiss nicht, dich einzucremen. Ich packe dir den Rucksack, wenn du willst.
– Nein, nein, nicht nötig.
Und hopp, macht er die Fliege, heilfroh, davonzukommen, heilfroh darüber, den Beweis geliefert zu haben, dass auch er Freunde hat. Er kommt krebsrot zurück, mit Verbrennungen ersten Grades – wen wundert's, wo doch Claudette oder ich sonst immer über den Schutz seiner roten Haut wachen und ich nun nicht bei ihm war. Sei's drum, ein Sonnenbrand, das ist nicht allzu teuer bezahlt für diesen ersten Versuch vorpubertärer Zwischenmenschlichkeit. Während ich seine schmerzenden Schultern mit pflegender Feuchtigkeitsmilch einreibe, frage ich ihn ein wenig aus:
– Und, ist Charonne nett?
– Hmm ... Joah.
– Ist sie deine beste Freundin?

– Weiß nicht.
– Sie ist jedenfalls sehr schön.
Er richtet seine perplexen Augen auf mich:
– In der Schule findet sie keiner hübsch. Sie sagen alle, die ist fett.
– Das hindert sie nicht daran, wunderschön zu sein!
– Meinst du das ernst, oder sagst du das aus Nettigkeit?
– Ich lüge nie, Lorenzo.
Und das ist wahr. Es ist dies sogar mein vierter Vorsatz: Wahrheit sprechen, komme, was wolle. Und nicht nur sie aussprechen, sondern sie auch überall dort wiederherstellen, wo sie mit Füßen getreten wird, keine einzige Notlüge mehr dulden, auch nicht das fadenscheinig Gutgemeinte. In meiner vielköpfigen Familie wissen sie vor lauter kleinen Übereinkünften, lauter untereinander ausgehandelten Pakten und mit der Muttermilch aufgesogenen Dogmen gar nicht mehr, was es heißt, in der wahren Welt zu leben. Doch im Gegensatz zu ihnen möchte ich groß werden, eine hellsichtige und vernünftige Erwachsene, und kein altes Kind, das man davon überzeugt hat, alles würde gut werden unter der Bedingung, dass alles *unter uns* bleibt.
Ich lüge niemals, und Charonne ist von atemberaubender Schönheit. Nicht nur bietet sie mit ihren zwölf Jahren den Blicken einen triumphalen Busen und Beine so nobel, und Arme so herkulisch, dass es den einzig wahren Charles umgehauen hätte, sondern es versetzt mich ihr Gesicht in eine mindestens ebenso heftige ästhetische Wallung, wenngleich anderer Natur. Denn wenn ihre Kurven auch noch so gewaltig, so sind ihre Züge doch leicht und fein, von der schwarzen Feder ihrer Augenbraunen über ihren Nasenrücken und den zarten Bogen ihres einzigen Grübchens hin zu ihren kleinen, spitzen Schneidezähnen. Allein die Lippen wollen nicht so recht zu all dieser nicht fassbaren Anmut passen: breit, platt, beinahe blau, lassen sie das Gesicht wirken als entstammte es einer naiven Kunst – zumal sie nicht verschont sind von seltsamen Leberflecken, die ebenso ihre Nase und Backen einem Kieselwurf

gleich übersäen, aber nichts im Vergleich zu den Sommersprossen, die Lorenzo zu Beginn dieses Sommers eine heftiger denn je flammende orangene Maske verpassen.

Aber ich merke, dass ich beinahe Charonnes Haar vergessen hätte, obgleich bei ihr wahrscheinlich gerade dies am stärksten an Baudelaire erinnert, schwarz gelockte dichte Zöpfe, die sie zu einem Turban windet, ohne sich um die ethnische Verachtung zu kümmern, die das bei ihren kleinen Schulkameraden erregt – oder aber sie lässt es in einem Afro-Heiligenschein mit allerschönstem Effekt gen Himmel streben, der bei ihren Mitschülern auch nicht besser wegkommt, wo die Mädchen ihres Alters doch ihr Haar lieber mit Glättungstechniken oder strammen Zöpfen malträtieren, als dessen unverbrüchlich afrikanische Natur zu zeigen.

Nach und nach tritt Charonne in Lorenzos Leben und folglich auch in unseres, denn stets ist sie es, die zu uns kommt. Lorenzo weiß nicht einmal, wo sie wohnt. Das ist eine weitere der Verführungskünste des hoheitsvollen Kindes: Der Umgang mit ihr lüftet ihr Geheimnis nicht. Da Lorenzo nicht so wirkt, als wollte er mehr über seine einzige Freundin wissen, führe ich die Befragung durch, sobald ich Lust habe zu sehen, wie sie von ihrer traumwandlerischen Gelassenheit abweicht – und um es klar und deutlich zu sagen, ist auch dies eine Lust, die Charonne häufig provoziert, ich glaube sogar, dass sie die meisten Leute, vor allem aber Erwachsene, zur Weißglut treibt. Soweit ich es von Lorenzo weiß, können die Lehrer der Fünf C Charonne allesamt nicht mehr ertragen, Charonne, die ihrer spottet mit ihrem kleinen, ewigen Lächeln und ihrer vollkommenen Gleichgültigkeit gegenüber all ihren Ermunterungen und Rügen.

– Von wo kommst du, Charonne?

Sie richtet ihre Augen, die nichts preisgeben, auf mich und raunt:

– Wie meinst du das?

Auch dies ist eine ihrer nervtötenden Besonderheiten: Sie spricht nicht, sie säuselt, setzt matte Pausen zwischen die einzelnen

Wörter, als wäre es ihr völlig gleich, ob sie verstanden wird oder nicht, völlig gleich auch, ob ihr Gesprächspartner darüber ermüdet, auf Folgesatz oder -wort zu warten.

– Na ja, bist du aus Afrika?

– Nein.

– Indien?

– Nein.

Alle anderen würden mehr dazu sagen, mehr dazu ausführen, würden die günstige Gelegenheit ergreifen, um ihr unbedeutendes Leben aufzurollen, oder aber zumindest diejenige, mir eine Abfuhr zu erteilen für meine inquisitorische Neugier. Nicht aber Charonne, die mich mit ihrem unendlichen Lächeln mustert, die Lippen über ihren kleinen Zähnen halb geschlossen. Mit einem Baudelaireschen Kunstgriff ziehe ich mich aus der Affäre, ein an eine Malabarin gerichtetes Verspaar:

– Im Land so heiß und blau – Dein Gott gab dich ihm gern –
Entzündest du als Pflicht die Pfeife deinem Herrn.

Lorenzo murrt protestierend, wie jedes Mal, wenn ich den einzig wahren Charles auspacke. Sie alle haben ihn satt in meiner vielköpfigen Familie, selbst die Lämmchen, die mir sonst so bedingungslos ergeben sind und jede einzelne meiner Gesten und Taten so sehr bewundern. Man muss dazu wissen, dass es einen Baudelaire für jede Lebenssituation gibt und ich es mir nicht verbeiße, ihn alle naslang zu zitieren, vor allem, seit ich mir sein Gesamtwerk in der Pléiade-Ausgabe gekauft habe, dreißig Euro beim Straßenbuchhändler unten am Hafen, dreißig Euro, also nichts, bei dem Gewinn, den ich daraus ziehe und dem intensiven Gebrauch, den ich davon mache.

In der Zwischenzeit äußert Charonne sich nicht weiter zu dem heißen und blauen Land, dem ihr Gott sie gegeben – sie, ihre Mutter und ihren Vater. Und falls sie die verletzende Absicht meiner Alexandriner wahrgenommen haben sollte, lässt sie sich auch hier nichts anmerken. Sie nervt mich, aber ich habe sie gern, vor allem jedoch bin ich ihr dankbar, dass sie die Freundin meines kleinen rothaarigen Bruders ist, über den sich alle Welt lustig macht, der nie auf Geburtstage eingeladen wird, der »Testicule« gerufen wird und dessen Mäppchen man stiehlt, Ranzen versteckt und Klamotten zerreißt, und zwar seit er sechs ist. Die Hälfte seines Lebens, verdammte Scheiße!

Die Gefühle, die Charonne für Lorenzo hegt, sind ihrer Natur nach vielleicht weitaus beängstigender als die einfache Freundschaft. Es spielt auf jeden Fall ein Wille mit hinein, über das Herz meines kleinen Bruders uneingeschränkt zu herrschen, und das trifft sich gut, ist Lorenzo doch schon mindestens ebenso lang reif für die Sklaverei wie Charonne für die Tyrannei. Zumal es auch einen feudalen Ausgleich gibt für diese Dominierung, da Charonne über das materielle und moralische Wohlbefinden ihres einzigen Untertanen mit herrschaftlicher Freigiebigkeit wacht.

Man möchte meinen, dass die dem Menschen kleinen Wölfe in der Schule ein wenig beruhigt worden wären, ein wenig neutralisiert durch dieses widernatürliche Bündnis zwischen der dicken Schwarzen und dem kleinen Rothaarigen, selbst wenn es anfangs für Sarkasmus gesorgt hat. Sie mussten sehr rasch auf Charonnes Härte hinter ihrem langmütigen Gebaren gestoßen sein – ich seh' dich achtlos über Leichen schreiten. Sie mussten sehr rasch ihre unerbittlichen Rachegelüste und den Erfindungsgeist ihrer Vergeltungsmaßnahmen erfahren haben. Und so, glaube ich, geschah es, dass sie Lorenzo endgültig erobert hat.

– Stell dir vor, Charonne ist ins Jungenklo gegangen! Und danach hat sie allen erzählt, dass Maxime Chabrier, dass er einen kleinen ...

– Einen kleinen was ...

– Na sein Ding da, sein Schniedel! Sie hat gesagt, dass er ganz klein ist.

– Ist schon gut, gröl hier nicht so rum, das war mir schon klar! Was haben die anderen gemacht, als sie das erzählt hat?

– Na ja, 'n paar haben da schon gelacht. Und Maxime wollte sie schlagen, aber weil sie viel größer ist als er, hat er Schiss gekriegt! Er hat nur gesagt, dass Charonne eine Lügnerin ist. Und dass sie eine stinkende fette Fotze hat!

– Red' nicht so, Lo!

– Ich sage nur, was Maxime gesagt hat! Ich rede so nicht!

Der Unterschied zwischen Charonne und Maxime Chabrier besteht darin, dass Charonne sich einen Dreck darum schert, was man über sie redet – und überhaupt, was wurde da nicht alles schon gesagt? Dass sie dreijährig verheiratet worden sei in dem heißen und blauen Land, dessen Namen zu nennen sie sich weigert, dass sie beschnitten worden sei, die Satanistin, dass sie Schlangen gegessen habe, Affen, Hunde, Menschenfleisch.

Nichts davon ist wahr, aber Charonnes Eltern scheinen auch nicht besser zu sein als unsere und zu hundert Prozent fähig, ihr Kind zu tätowieren oder es leicht zu verstümmeln, um ihren familiären Riten Genüge zu tun. Lorenzo zufolge verschwinden sie für Wochen und lassen ihre Tochter sich allein durchkämpfen mit einem Zehneuroschein. Charonne ist übrigens eine Diebin sondergleichen, was ihr auch erlaubt, Lorenzo von Kopf bis Fuß einzukleiden und ihn mit NDS-Spielen, Mangas und Schulbedarf zu versorgen. Bei der Kleidung ist sie feinfühlig genug, um meinem Bruder ihren zu schrillen und der schulischen Mode gegenläufigen Geschmack nicht aufzuzwingen: Lo findet sich also mit einem Male in Calvin Klein T-Shirts wieder, Guess Jeans, einem Rucksack und Turnschuhen von Converse. Nicht nötig zu betonen, dass es niemanden bei mir zuhause verwundert, ihn in Klamotten rumlaufen zu sehen, die von nirgendwo herkommen. Esteban hat diese plötzliche Eleganz bei seinem Quasizwilling zwar sehr wohl bemerkt, da er aber von Charonnes Zuwendungen ebenfalls profitiert, hält er sich bedeckt.

Außer ihm und mir hasst meine gesamte vielköpfigen Familie Charonne. Meine Mutter ist darüber verstimmt, sie tagtäglich auf ihrer Freitreppe vorfinden zu müssen und empört sich über ihr Getue; mein Vater, von dem man weiß, dass er geschmacklich nicht gerade brilliert, findet sie abscheulich; meine Schwestern hüten sich vor ihr wie vor der Pest – was Charlie und Claudette betrifft, so verspüren sie, einmal ist keinmal, den Horror, den ihnen dieses farbige Mädchen einflößt, farbig, welcher Farbe eigentlich, das weiß man nicht so genau, doch Claudette zufolge wäscht sie sich nicht, und laut Charlie ist sie schlecht erzogen, weshalb beide empört die Augen rollen, sobald von ihr die Rede ist.

Es kann auch sein, dass sie es ihr unterschwellig übelnehmen, für Lorenzo zu tun, was sie selbst nie getan haben: ihm Beachtung schenken, seine körperliche wie seelische Entwicklung überwachen, ihm Gutes wünschen, wo sie doch von diesem kleinen Jungen nichts erwarten, der zufällig auf die Welt gekommen ist und dort wie ein Unkraut spross.

Wie auch immer ihre Gründe lauten mögen, sie verabscheuen Charonne so sehr, dass sie sogar dazu kämen, Lorenzo zu lieben, nur um ihn dem schlechten Einfluss dieses Mädchens zu entreißen. Allein, es ist zu spät: Zu sehr haben sie ihn vernachlässigt, all diese Jahre über zu sehr vergessen, als dass er sich nicht in der erstbesten Zuneigung suhlen würde, und käme sie auch von einer dem Kreise unserer Familie Fremden. Und sie, die weiche Zauberin, das hoheitsvolle Kind, sie kann noch so schön umherstolzieren, noch so sehr alles beherrschen wollen, zuvorderst meinen kleinen Bruder, es hindert sie dies doch nicht daran, ihn wirklich zu lieben, ihn zu lieben, weil sie die Herzen kennt, weil sie jenes von Lorenzo geschaut hat und nichts als Unschuld darin fand, Güte und den verzweifelten Wunsch, jemandem etwas zu bedeuten. Und soviel ich weiß, galt das gleiche für sie, weshalb sich diese beiden auch gefunden haben.

Doch in einer der unerträglichen Wahrheit verschriebenen Erzählung darf ich nicht zu lange damit hinterm Berg halten, dass Freundschaft nicht ausreichen wird. Charonne entsteigt dem Abgrund, sie

entkommt dem schwarzen Schlund und hat aus ihm diese sattelfeste und unbeirrbare Seele gezogen, die eine derartige Bewunderung meinerseits hervorruft, doch es wird ihr nicht gelingen, dem Schicksal länger zu schmeicheln.
Geduld, scheinheiliger Leser, das war vor einem Jahr, da noch keiner von uns den Flügelschlag der Idiotie spürte, nein, nicht jenen, der die genialsten Dichter niederschmettert und abschiebt ins Hôtel du Grand-Miroir, sondern jenen, der uns dann erstarren lassen wird vor dem offenen Grab des Besten unter uns, Wahnsinnige, die wir sind, nichts begriffen zu haben, nichts erahnt, und ich an erster Stelle.

13. DER GERUCH DES BLUTES (II)

Eines Abends im April, in einem wind- und regengepeitschten Auto, das beschlagen ist vom Fieber unserer Körper und der rasenden Lust zu leben, nimmt Sven Marinello meine rein technische Entjungferung vor. Und wenn ich dieses Datum mit einem weißen Stein markiere, dann wirklich nur der Form halber, denn de facto haben wir miteinander schon alles getan, was unter mündigen Erwachsenen zu tun möglich, angefangen bei der Ejakulation ins Gesicht, über die Fellatio und den Cunnilingus, bis hin zu misslungenen Analverkehrversuchen. Jungfräulich habe ich nur dieses eine Gefilde bewahrt, diese wenigen Quadratzentimeter vaginaler Schleimhaut, und auch das ist höchst unwahrscheinlich, wo doch Sven dort seine Finger mehr als einmal und äußerst tief eingeführt hat. Nichts verwundert also daran, dass ich nicht blute, doch sind wir beide recht bitter enttäuscht.

– Bist du sicher, dass du noch Jungfrau warst?

– Ja.

– Hast du geritten?

– Warum fragst du das? Meinst du, ich hätte mich von einem Gaul durchnehmen lassen?

– Ach was, du Nuss, ist doch nur so, dass die Mädels, die reiten, manchmal ihr Jungfernhäutchen verlieren.

– Jungfernhäutchen, was ist denn das bitte? Weiß man denn überhaupt, ob es existiert?

– Das ist so eine Art Membran. Und ja, es existiert: es gibt sogar welche, die es sich neu machen lassen.

– Willst du, dass ich es mir neu machen lasse? Dann könntest du es ja durchzimmern, das Auto deines Vaters wäre blutüberströmt und alle Welt zufrieden!

Während die Aprilschauer mit doppelter Stärke gegen die Scheiben des Mondeo schlagen, streichelt Sven mir, ohne zu antworten, übers Gesicht, und nimmt an deren Quelle die Tränen auf, die ein komplexes Gefühl hat hochsteigen lassen.

– Warum weinst du denn?

Er wundert sich zu Recht, denn ich weine selten. Wir waren gemeinsam darin übereingekommen, diese Entjungferung hinauszuzögern, um zunächst diverse Kombinationen von Oralsex und gegenseitiger Masturbation auszuprobieren, ganz zu schweigen von der Analpenetration, in die wir große Hoffnungen der Lusterfahrung setzten, und die, wie bereits erwähnt, mit einer Enttäuschung endete – aber aufgeschoben ist nicht aufgehoben, denn auf Sven ist Verlass, wenn es gilt, Niederlagen nicht auf sich sitzen zu lassen.

Dies nur um klarzustellen, dass meine Entjungferung für meinen Geschmack nicht gerade geeignet war, besonders viel Feierlichkeit aufkommen zu lassen und ich selbst nicht weiß, wie mir geschieht. Vielleicht handelt es sich bloß um die Erleichterung, ein Sexualleben zu haben, wo ich ja in einem Haus aufgewachsen bin, in dem niemand eines hat, meine Schwestern ebenso wenig wie meine Eltern, und meine Großeltern erst recht nicht, bei denen man sich, wenn man sie heute so sieht, fragen kann, ob sie überhaupt je eines gehabt haben und wenn, ob ein gemeinsames. Sicher, sie haben drei Kinder in die Welt gesetzt und meine Großmutter war gewiss fähig, sie allesamt zu empfangen und sich dabei so rein und unbefleckt zu halten wie am ersten Tag.

Ich werde bald siebzehn, Sven ist seit der Sekundarstufe mein Geliebter, doch hat unsere Beziehung turbulente Höhen und Tiefen gekannt, spektakuläre Trennungen, Zeiten des Abstands und schmerzhafter Untreue – doch im Gegensatz zu ihm, der sich gelegentlich mit anderen in aller Öffentlichkeit zeigte, habe ich meine platonischen Lieben zu Lucie Leccia wie auch meine mädchenhafte Schwärmerei für Hanna Bessonowa stets geheim gehalten.

Bei mir zuhause haben alle die Existenz von Sven Marinello vergessen, von dem zu reden ich mich gehütet habe seit jenem denkwürdigen Abend, da ich den Fehler beging, seinen Namen auszusprechen. Nur meine kleinen Brüder wissen von unserer Liaison, deren stürmischen Kurs sie mit zarter Anteilnahme verfolgen. Man darf nicht vergessen, dass Sven über Jahre hinweg ihr Held gewesen ist – und wenn nicht er, dann zumindest sein Alter Ego, da ja dies mein Vorname war beim Spiel der »Drei Jungs«, während sie selbst sich für Luffy und Kakashi entschieden hatten, um in dieser epischen Saga ihrer Rolle gerecht zu werden.
Ich werde bald siebzehn, und was sich bei mir zuhause abspielt, interessiert mich weniger denn je. Das Haus »verbrennt mir die Füße«, wie Charlie gekränkt zu sagen pflegt, ich ergreife bei jeder Gelegenheit die Flucht und überlasse die beiden Lämmchen ihrer Einsamkeit, ohne zu bemerken, dass sie darüber zugrunde gehen.
Charonne ist noch immer auf der Bildfläche, um Lorenzo vor vollständiger Vereinsamung zu bewahren, doch Charonne ist der Baum, der mir den dunklen Wald verdeckt, in den mein kleiner Bruder Tag für Tag tiefer und tiefer eindringt. Gut möglich auch, dass dieser dunkle Wald etwas mit jenem seiner Großmutter zu tun hat, mit der schweren Depression, die sie die meiste Zeit über in ihrem Zimmer gefangen hält, doch natürlich ist niemand bei mir zuhause auch nur im Geringsten beunruhigt, weder über Claudettes tiefe Niedergeschlagenheit noch über Lorenzos tödliche Ängste.
Esteban schlägt sich etwas besser, doch leidet er wie sein Bruder unter der vollkommenen Gleichgültigkeit, die sein junges Leben umgibt, und nähme ich mir die Zeit, ihn anzusehen, ich würde bemerken, dass die schönen blauen, leicht hervorstehenden Augen, die er von seinem Vater hat, einen stets unruhigen Ausdruck angenommen haben und sein Gesicht von Ticks durchzuckt wird.
Meine Lämmchen, wie sehr ich es bereue, und wie sehr ich es bereue, bereuen zu müssen, zu spät verstanden zu haben, dass es zu hart für euch war und für jeden anderen gewesen wäre, und

mithin umso härter für euch, die ihr ja Lämmchen wart, kleine, zarte, auf nichts vorbereitete Tierchen. Und doch gab es Vorboten, und wäre ich weniger dumm gewesen, weniger egoistisch und weniger geblendet von Sven, ich hätte sie korrekt gedeutet.

Eines Nachts klopft es an meine Tür, und noch bevor ich ganz wach bin, steigt Lorenzo in mein Bett.

– Hast du gepinkelt?

– Nein.

Sie sind zwölf und dreizehn Jahre alt, doch nach wie vor machen beide mindestens einmal wöchentlich ins Bett. Einst hatte Claudette sich darum gekümmert, sie ein wenig ins Gebet genommen und ihnen die Betttücher gewechselt, doch inzwischen fällt es ihr schwer, den Saum des Waldes wiederzufinden und sie irrt inmitten der Kiefern, Zedern und Eukalyptusbäume ihrer Kindheit, weshalb die Lämmchen unter Decken schlafen, die nach Pisse stinken.

– Hast du schlecht geträumt?

– Nein.

Er rollt sich gegen mich und bietet meinem Blick nichts als seinen gebogen Nacken und seine kleinen von Schluchzern geschüttelten Schultern.

– Was ist denn los, Lorenzo? Sag mal.

– Nichts.

Nichts ist los, aber er wird die ganze Nacht über weinen, während ich sein dürres Rückgrat unter dem weichen Samt seines Schlafanzuges eines Achtjährigen streichle. Gäbe es Charonne nicht, hätten Esteban und Lorenzo zum Anziehen nichts anderes als zu enge, abgewetzte, verblasste und nicht zueinander passende Kleider. Sie verdanken ihre Eleganz den Raubzügen einer jungen Riesin, bei der ich mich ob ihrer ungewöhnlichen Körperlichkeit frage, wie sie es anstellt, der Überwachung durch die Ladendetektive oder der Aufmerksamkeit der Verkäufer zu entkommen. Wie dem auch sei, das Ergebnis haben wir vor Augen, und meine Lämmchen tragen Nikes, Jacken von H&M und Jeans von Zara. Danke, Charonne. Doch hält dies meinen kleinen rothaarigen Bruder nicht davon ab, alle Tränen seines Körpers zu vergießen, unbeeindruckt der Worte, die ich ihm ins feuchte Ohr flüstere:

– Mach dir nichts draus, Lolo, das wird schon, das wird schon, mein kleines Häschen. Am Ende wird immer alles gut.

Tatsächlich wird nichts jemals gut, denn das, was beschädigt ist, ist es ein für alle Mal. Seelische Belastbarkeit, das ist ein für Einfaltspinsel erdachtes Ammenmärchen. Es erlaubt aller Welt, ruhig dahinzuvegetieren, den Opfern ebenso wie den Folterknechten – die einen überleben in der törichten Hoffnung auf Besserung, die anderen verfügen über ein Alibi, um nach Lust und Laune zu quälen.

In jener Nacht, da ich meinen kleinen untröstlichen Bruder in den Arm nehme und die dumpfen Schläge seines Herzens seinen Brustkorb erschüttern höre und endlich die Tiefe seiner Hoffnungslosigkeit ermesse, da weine auch ich. Es ist zu klein, mein Lämmchen, um so sehr zu leiden, und ich zu jung, noch nicht weise genug, um ihm etwas anderes als nur meine körperliche Nähe und meine armseligen Versprechen bieten zu können:

– Das wird schon, mein Lolo, du wirst schon sehen. Heute findest du das alles sehr schlimm, aber du wirst groß werden, von hier abhauen, und du wirst sehen, in zehn Jahren, da werden wir beide darüber lachen und du wirst dich fragen, warum du sie ernst genommen hast, all diese kleinen Arschlöcher, die dich ankotzen.

Ohne mir zu antworten, drückt er sein Gesicht tiefer ins Kissen, und sein Schluchzen dringt zu mir vor, herzzerreißend, doch erstickt.

Später, sehr viel später, werde ich erfahren, warum er in jener Nacht so sehr weinen musste. Ich werde erfahren, dass die Hatz kürzlich erst eine neue Wendung genommen hatte; dass Graffitis in der Schule erblüht waren, auf den Wänden, auf den Tischen, auf den Stuhllehnen: Lorenzo hat seinen Schwanz in der Fotze von Charonne verloren, Lorenzo fickt die Fetten, Testicule nimmt sich die Dicke usw. Nachdem ihre Freundschaft sie eine Weile beschützt hat, entfacht sie nunmehr ein Wiederaufflammen der Feindschaften, und Charonne kann noch so sehr die Unterstellungen und Beleidigungen kontern, sich wie ein Teufel wehren und mit Fäusten auf die vermeintlichen Urheber all dieser infamen Tags losgehen, es nützt nichts, der Psychoterror hat um eine Stufe zugenommen nach fast einem Jahr des Abflauens, das Lorenzo hatte glauben lassen, man hätte begonnen, ihn zu akzeptieren.

In den darauffolgenden Tagen nimmt das Leben wieder seinen Lauf. Ich kann meinen kleinen Bruder noch so sehr befragen, wie läuft's in der Schule, lässt man dich wenigstens in Ruhe, ich ernte nur vage Antworten und ausweichende Blicke. Schließlich erfahre ich, dass er, um in Frieden gelassen zu werden, inzwischen den Umgang mit Charonne meidet, und dass diese darüber verzweifelt. Aber das, das erzählt nicht er mir, sondern sie. Sie kreuzt bei uns auf und wartet stundenlang im Garten auf ihn, er aber bleibt unauffindbar – was er mit seiner Zeit macht, Rätsel über Rätsel. Und so bin ich diejenige, die der weichen Zauberin manchmal Gesellschaft leistet, deren Zauber, so scheint es, seine Wirkung eingebüßt hat.

– Geht's gut, Charonne?

– Ja. Wo ist Lorenzo?

– Keine Ahnung. Wann war die Schule aus?

– Halb fünf.

– Ja? Dann müsste er aber wieder hier sein.

Sie wirft mir einen kummervollen Blick zu, lediglich ein flüchtiges Aufblitzen ihrer schönen goldenen Augen, bevor sie sich abwendet und gen Horizont starrt, als hoffe sie, meinen Bruder herbeieilen zu sehen, meinen endlich glücklichen und starken Bruder, meinen Bruder, der sich in den Kopf gesetzt hat, auf die Meinung der anderen zu pfeifen, meinen Bruder, der fest entschlossen ist, dem widerlichen Geschwätz die Stirn zu bieten, um Charonne ein wenig dieser Liebe, die sie verzehrt, zurückzugeben. Nur, dass er nicht mehr kommt. Er kommt erst wieder, wenn es schon Nacht geworden ist, nur um seine Füße unter diesen Tisch zu setzen, den Claudette schon lange nicht mehr mit ihren kleinen selbstgemachten Gerichten deckt, ihrem Couscous, ihrem Schmorbraten, ihrem gefüllten Gemüse, ihren Grießknödeln, ihren Pissaladières, ihren Zucchinigratins, ihrem Orangensalat mit Kreuzkümmel – wir müssen uns damit zufrieden geben, Käsesandwiches zu essen, tiefgekühlte Pizzen und Pommes, weichgekochte Nudeln, Knackwürste und Fertigdesserts.

Nach einer Weile hat Charonne genug und macht wortlos auf dem Absatz kehrt. Ich sehe ihr nach, wie sie majestätisch die Rue Trézène entlangstampft, schönes Schiff, das seinen eigenen unerträglichen Ankerplatz wieder ansteuert. Während sie sich im staubigen Sonnenuntergang entfernt, schön vor Trägheit, ihren mächtigen Kopf balanciert auf ihrem zerbrechlichen Nacken, schnürt mir die Melancholie das Herz: Wir, die Kinder, wir sind zu klein und zu schwach für das Schicksal, das uns die Erwachsenen bereiten – ganz zu schweigen von jenem, das uns unsere Altersgenossen aufbürden, die gierige Meute der dem Menschen kleinen Wölfe. Bisweilen gibt es kein Durchatmen, keinen denkbaren Zufluchtsort. Glücklicherweise habe ich Sven. Glücklicherweise habe ich mich auch schon in jungen Jahren mit einzuhaltenden Vorsätzen und auszuführenden Programmen gepanzert. Und immerhin bin ich weniger geisteskrank als meine Schwestern und weniger außen vor als meine Brüder.

Ich will gerade gehen, als Charonne tags darauf zur gleichen Stunde zurückkommt.

– Hallo Charonne, geht's gut? Lorenzo ist nicht da. Magst du kurz reinkommen? Was trinken?

– Nein danke. Wann kommt er wieder?

– Was weiß ich. Wo geht er denn eigentlich hin nach der Schule? Weißt du das?

Wie schon gestern wirft Charonne mir einen schwer durchschaubaren Blick zu, bevor sie ihr erhabenes Profil zeigt, die klare Linie ihrer Nase, den dichten Bogen ihrer schwarzen Wimpern und den zugleich prägnanten und zarten Vorsprung ihres Kiefers. In diesem Moment taucht meine Mutter auf und geht murrend an uns vorbei, von den Hunden gezogen, mit denen sie gerade Gassi gegangen ist, so, wie sie und mein Vater es dreimal täglich gewissenhaft tun. Umgehend kommt sie noch einmal raus, um Charonne anzuherrschen:

– Lorenzo ist nicht hier! Es bringt nichts, auf ihn zu warten!

Charonne hebt verächtlich eine Augenbraue, in einer so perfekten und ausdrucksstarken Bewegung, dass ich innerlich applaudiere und entscheide, mein Fortgehen aufzuschieben, bis das Wortgefecht gefochten ist.

– Hörst du nicht? Zisch ab!

Das hoheitsvolle Kind rührt sich nicht. Im Gegenteil, es lehnt sich noch bequemer an einen Backsteinbaluster und mustert meine Mutter mit ihren goldenen Augen. Der Kontrast zwischen den beiden ist wirklich komisch: Meine Mutter trägt eine Trainingshose und ein unförmiges Polo-Shirt, während Charonne einen sepialedrigen Rock anhat, ein karamellfarbiges Top mit Schalkragen, und noch dazu drei Armreife aus Elfenbein an ihrem linken Handgelenk. Meine Mutter ist frisiert wie immer, rasierte Schläfen, graumeliert, dunkle Wurzeln und lange, blassgelbe Strähnen, wohingegen Charonne ein komplexes, einer antiken Keilschrifttafel gleichendes Flechtwerk auf ihrem entzückenden Schädel trägt.

– Kapierst du eigentlich, was man dir sagt, oder bist du wirklich so dämlich? Los, zisch ab, wird's bald!

Der bereits natürlich rote Teint meiner Mutter hat sich zu einem besorgniserregenden Violett verfärbt, und die Wörter drängen beschwerlicher denn je aus ihrer Kehle, die die Wut und Verblüffung, ignoriert zu werden, verkrampfen.

– Haust du jetzt ab oder willst du, dass ich meinen Mann rufe? Der wird dir schon in deinen fetten schwarzen Arsch treten, dass du dich was wundern wirst!
Langsam öffnet Charonne ihre blauen Lippen einen Spaltbreit über ihrer fleischeshungrigen Zahnreihe. Sie lächelt, doch dieses Lächeln ist ein verstörendes, ein Lächeln, das einen vergessen lässt, dass sie erst dreizehn ist, und eine Welt voller zweifelhafter Versuchungen suggeriert. Es ist zugleich ein Lächeln, das meine Mutter auf ihre zweiundvierzig Jahre verweist und ihren fehlenden Sexappeal. Sie kann Sweetie sein so viel sie will an zwei Abenden pro Woche und sich gewissenhaft um die Stripteasestange herum winden und ihre Nippelquasten in Bewegung setzen und aus ihrer Vagina alle möglichen unerwarteten Objekte ziehen, sie kann der besten Freundin ihres Sohnes auf dem Gebiet der Sinnlichkeit nicht das Wasser reichen.
– Los, hau ab. Du bist Lorenzo doch eh scheißegal.
Charonne reißt ihre schönen Augen auf.
– Ich verstehe nicht, was Sie sagen, Madame Chastaing. Könnten Sie bitte deutlicher sprechen?
Man kann es meiner Mutter ansehen: Sie ist es nicht gewohnt, dass man ihr Paroli bietet, geschweige denn ungeschminkte Anspielungen auf ihre Artikulationsschwierigkeiten macht, wo doch alle Mitglieder meiner vielköpfigen Familie um sie herum ihren Treueeid permanent beteuern und ihre Vergötterung immer wieder bezeugen. Sie zuckt mit den Schultern und stürzt übereilt in dieses Haus, in dem noch nie jemand so klar zu ihr gesprochen hat.
Charonne nimmt ihren Spähergang mit einem leichten Seufzer wieder auf. Bevor ich gehe, knete ich ihr liebevoll die Schulter:
– Lorenzo macht eine schwere Phase durch, Charonne. Lass ihn bitte nicht fallen. Du bist seine einzige Freundin. Ich weiß, dass er dich sehr gern hat.
– Du irrst dich, Kim, er mag mich nicht mehr. Es ist vorbei.

Sie fixiert mich, ohne mit der Wimper zu zucken, aber mit einem Ausdruck von so heftiger Verzweiflung, dass ich meine Hand an ihre Schläfe lege, genau an die Stelle, an der die dunklen Strähnen auf rätselhafte Weise in einen flammenden Flaum übergehen. Sie erlaubt meine Zärtlichkeit ohne eine Miene zu verziehen, aber ich kann mir kaum vorstellen, dass dadurch ihr furchtbarer Kummer gemildert werden könnte. Ich kann nichts für sie tun, und wohl auch nichts für meinen kleinen Bruder. Die Jagdsaison ist wieder eröffnet, die Meute ist hinter ihnen her, und damit sie ihre Spur verlöre, wäre es erforderlich, dass der Geruch des Blutes, das aus ihren Wunden trieft, weniger intensiv und weniger berauschend wäre.

Ich entscheide mich zu gehen. Noch weiß ich es nicht, aber ich werde Charonne erst vor der schwarzen Erde des Grabes meines Bruders wiedersehen.

Kühn, mein Leser, bist du, der du mit mir gemeinsam die gewundenen Wege genommen, auf denen der Geist zu den Mädchen gelangt, du, der du der bittren Erzählung meiner Anfänge gefolgt, deine Geduld wird bald belohnt.

Scheinheiliger Leser, vielleicht bist du ein mir Gleicher, aber ganz sicher bist du nicht mein Bruder, ist mein Bruder doch dreizehnjährig gestorben, wie du es seit einer gewissen Anzahl Seiten schon erahnst, da ich kein Rätsel daraus gemacht habe. Kein Rätsel nirgendwo, wir sind transparent, und nun noch transparenter und seit dem Tode des Besten unter uns auch durchbohrt von einer Seite zur anderen.

Mir, die Geschichte des Anfangs vom Ende. Du wirst schon sehen, mein Leser, es ist ganz einfach, und sei's drum, wenn's einem kalt über den Rücken läuft, du hast nicht bis hierher ausgeharrt, um nicht auch ein wenig dieser entsetzlichen Traurigkeit zu spüren.

In einer Maiennacht erhängt sich Lorenzo in der Aprikose. Er weiß, er kann darauf zählen, dass ihn niemand suchen oder seine Abwesenheit bemerken wird, bevor der Tag sich erhebt.

Esteban schläft bei einem Freund. Er beginnt erfolgreich umzusetzen, woran sein großer Bruder immer schon scheiterte, ein geselliges Leben zu führen, mit anderen Kindern Umgang zu hegen, eingeladen zu werden, auszugehen, Freunde auf Facebook zu haben oder mit ihnen auf MSN zu chatten. Und Pech für Lorenzo, ich verbringe die Nacht bei Sven, was ich immer häufiger tue. Und was Claudette betrifft, sie wird in dieser Nacht jenen Geistesblitz nicht haben, der sie in Unruhe versetzen könnte. Sie ist in ihrem dunklen Wald, sie wird allein aus ihm zurückkehren, um vom Tode des liebsten ihrer Lämmchen zu erfahren.

Er erhängt sich in der Aprikose mit einem der Gürtel seines Vaters. In dem Augenblick, da er ihn sich um den zarten Hals knotet, denkt er vielleicht an das Tattoo, das ihm dieser klägliche Vater auf den Hinterkopf gestochen hat. Wozu dieses Zeichen der Zugehörigkeit, wozu diese Markierung, um ihn anschließend völlig zu vergessen? Vielleicht denkt er an all die Situationen zurück, da Patrick ihm kein Vater war und er, Lorenzo, niemandes Kind – niemand, der ihn schwimmen lehrte, oder Rad zu fahren, niemand, der an den Elternabenden teilnahm, niemand, der die Anmeldung für den Schachclub bezahlt hätte oder den Tischtennisverein, niemand, der ihn gelobt hätte für eine gute Note, niemand auch, der ihn zum Zähneputzen angehalten hätte oder zum Wechseln der Unterhose, niemand, der zu ihm gesagt hätte »du wächst«, oder »du wirst ein Mann, mein Sohn«. Mit dem Ergebnis, dass er, mein kleiner Bruder, rein gar nichts geworden ist. Gerade noch hat er die Vorpubertät erreicht, Zeit zu sehen, wie ihm ein roter Flaum über der Oberlippe sprießt, Zeit zu sehen, wie Anzeichen der Akne auflodern an seinen Wangen, die ohnehin schon unter einem eher unvorteilhaften Sommersprossenteppich leiden. Und so denkt er sich womöglich an jenem Abend unter der Aprikose, dass größer zu werden gleichbedeutend wäre mit noch hässlicher, noch abstoßender zu werden, mit einer Zunahme des Gespötts der anderen – denn die Unbekümmertheit meiner vielköpfigen Familie entbindet die Meute der kleinen Wölfe noch längst nicht ihrer Kollektivschuld.
Er hinterlässt nichts, keine Zeile der Erklärung, keine warmen Worte des Abschieds, ich liebe Euch, doch ich schaffe es nicht mehr, ich liebe Euch, und es ist nicht Eure Schuld, es ist nur, dass das Leben zu schwer für mich ist, der ich zu zart bin.
Was er sich denkt, was er sich wohl am Fuße des Baumes denken mag, auf welchem er so häufig Luffy war und ich Sven, ich bin dazu verdammt, es mir auszumalen und mich damit zu quälen, es mir auszumalen – doch ist es nur rechtens, dass ich meinerseits

leide am Fuße dieses Baumes, und dies ist nichts verglichen mit dem Leid, das ihn dazu getrieben hat, sich zu erhängen.

Ich bin es, die ihn am frühen Morgen auf dem Heimweg von Sven findet. Es ist ein Wochentag wie jeder andere: Ich wechsle meine Kleider, um sodann meine Schulsachen zu schnappen und zur Schule loszuziehen. Vielleicht werde ich meinem Vater oder meinen Schwestern in der Küche über den Weg laufen. Mit ein wenig Glück wird jemand Kaffee gekocht haben, und wenn nicht, dann mache ich ihn selbst, bevor ich hochgehe, um meine Brüder zu wecken. Sie sollen eigentlich selbstständig aufstehen, aber es passiert ihnen häufig genug, dass sie wieder einschlafen und den morgendlichen Unterricht verpassen.

Es ist noch fast Nacht draußen. Ich habe Svens Zimmer so leise wie möglich verlassen, bin auf leisen Sohlen an dem seiner Eltern vorbeigeschlichen und habe die halbverglaste Haustür hinter mir zugezogen, die zu ihrem Garten führt. Die Marinellos leben in einem Viertel mit Einfamilienhäusern ganz in unserer Nähe, und ich liebe diesen Moment, wenn ich durch die Straßen meiner Stadt gehe, allein mit dem Geheimnis meiner Liebe, trunken und triumphierend ob meiner siebzehn Jahre. Doch an jenem Tag werden Trunkenheit und Triumph gegen das absurde Schauspiel zweier kleiner, roter, schlaff im Aprikosenbaum hängender Beine prallen. Sofort weiß ich, dass er es ist, und ich weiß, dass er tot ist, aber ich stürze mich dennoch hinauf in die Äste meines Baumes und schreie Lorenzo Worte der Hoffnung und Ermutigung entgegen, die wohl eher mir gelten als ihm:

– Halt durch, Lolo, ich bin's! Ich komme! Halt durch, das wird schon!

Angelangt an meiner Lieblingsastgabel, drücke ich die Äste zurück, die stärker denn je belaubt sind und beladen mit Früchten, die erst im kommenden Monat ihre Reife erlangt haben werden. Und da erblicke ich ihn, blass in seinem grünen Bett von Licht betaut, dieses Licht der Morgendämmerung, welche ich von nur an für immer mit dem Unglück in Verbindung bringen werde. Und während mir Alexandriner und Zehnsilber in den Sinn kommen, wild vermengt Baudelaire, Rimbaud, Verlaine, meine Freunde, meine wahre Familie, tasten meine Hände nach dem Hals meines Bruders. Ich finde den Knoten des Gürtels, ich könnte ihn abhängen, doch ich will nicht hören, wie sein Körper auf den Boden schlägt; ich könnte ihn abhängen, doch meine Position im Baum erlaubt mir nicht, ihn an mich heranzuziehen oder seinen Fall zu vermeiden, und also schreie ich, ich schreie in den Tag hinaus, der sich rosa zu färben beginnt, bis sich endlich Licht entzündet hinter den Fenstern und sie einer nach dem anderen hinaustreten, mein Vater, mein Großvater, meine Mutter, meine Schwestern mit ihren Freunden, und leicht wankend die Außentreppe hinunterkommen und sich die verklebten Augen reiben in der aufgehenden Sonne. Ich will, dass sich ihre Arme ins tanzende Blattwerk der Aprikose recken; ich will, dass der Körper meines Bruders endlich umarmt und aufgefangen wird; ich will, dass er niedergelegt wird, und dass alle schmerzerfüllt den Tod beweinen dieses Kindes, das sie weder aufwachsen noch leiden haben sehen; dieser kleine Junge, dem sie nicht geholfen haben, erwachsen zu werden, da erwachsen zu sein für sie selbst schon schwierig genug war und sie allzu sehr beschäftigt waren mit ihren eigenen eitlen Leben, als dass sie sich auch noch dieser kleinen zerbrechlichen Seele hätten annehmen können.

Es ist mein Vater, dem es nun obliegt, in dieser grausigen Dämmerung den Leichnam seines ältesten Sohnes an seine Brust zu nehmen und ihn ins Gras niederzulegen, mit einer Zärtlichkeit und einer Vorsicht, die er zu dessen Lebzeiten nie bezeugte.

Abgesehen von mir, die ich, unfähig, hinabzuklettern, noch immer im Baum sitze und eine sonderbare Kraft daraus schöpfe, an meinen Schenkeln und gegen meine Wange gepresst die mir so vertraute Rinde zu spüren, steht meine versammelte vielköpfige Familie um Lorenzo herum. Selbst meine Großmutter stößt schließlich zu uns, in einer dem Anlass entsprechenden schwarzen Mantille. Ohne auch nur irgendwen anzusehen oder ein einziges Wort zu sagen, kniet sie nieder zum Kopfe des zerbrechlichsten, des sensibelsten und zärtlichsten ihrer Lämmlein. Dasjenige, das sich an ihren Rock klammerte und an ihre Beine schmiegte, während sie in der Küche beschäftigt war, in Zeiten, da ihr noch genügend Geistesgegenwart erhalten war, um uns zu nähren; dasjenige, das auf ihre Knie kletterte und an ihren Strähnen drehte, während es zugleich am Daumen lutschte; dasjenige, das sie mit einem solchen Ausdruck von Liebe und Vertrauen anblickte, dass sie es schalt:

– Aber was hast du nur, Lorenzo, dass du mich mit diesen Glubschaugen ansiehst?

Er rannte auf sie zu, mit zwei, mit fünf, mit zehn Jahren; er rieb seinen roten Kopf an ihrem Schoß, er drückte sie ganz fest und hob seine schwärmenden Augen zu ihr empor, denn er war geschaffen für die Liebe und die Anbetung – und der Gedanke ach, oh Gott, dass tot er ist ...

Ich klettere vom Baum herab, wie wir es so viele Male zu zweit getan und uns dabei die Knie und Schienenbeine an der schuppigen Borke aufgeschürft hatten. Dass er diesen Baum erwählt hat, um in ihm den Tod zu finden, genau dies erwärmt mir in diesem furchtbaren Moment seltsam das Herz. Mein Lämmchen, ich habe deine Botschaft verstanden, und ginge es nach mir, man würde dich dort beerdigen, am Fuße der Aprikose, wo du sie gekannt hast, deine seltenen Momente von Glück.

Noch immer auf Knien streichelt meine Großmutter den kleinen roten Kopf und murmelt absurde und zärtliche Worte:

– Mein Baby, mein kleines Herzchen! Was haben sie dir angetan? Und warum nur hast du nichts gesagt, Herzelein? Du wusstest doch, dass ich da war!

Nur, dass sie eben nicht da war, das ist es ja, und ich auch nicht und auch sonst niemand. Er war ganz allein, und meine Großmutter, die sich auskennt mit Einsamkeit, legt ihre alte Hand auf das Gesicht ihres Enkelsohns und verbirgt vor uns für einen Augenblick seine vom Ersticken verzerrten Züge. Dann lehnt sie ihn mit unendlicher Zärtlichkeit an den Baum und setzt sich neben ihn und streckt ihre nackten und krampfadrigen Beine vor sich aus. Sie hört nicht auf, mit ihm zu sprechen, ihn zu berühren, mit seinen Fingern zu spielen, sein Stirnhaar glattzustreichen, seine kleinen, dünnen Arme durch die Baumwolle des ihm von Charonne geschenkten Nike-Pullis hindurch zu reiben:

– Mein Baby, wie konntest du nur? Wie konntest du das nur tun? Mein kleines Herzchen, mein Küken ...

Die anderen, auch sie im Gras kauernd, bilden einen Kreis um die beiden, ohne es zu wagen, diesen herzzerreißenden Monolog zu unterbrechen. Schließlich traut sich mein Vater hervor:

– Man müsste die Rettung rufen.

Meine Großmutter wirft ihm einen vernichtenden Blick zu:

– Niemand wird ihn anfassen, verstanden? Niemand außer uns! Wir werden ihn auf sein Bett legen!

– Aber Claudette ... jammert mein Vater.

– Siehst du nicht, dass er tot ist? Dass er seit Stunden am Ende seines Astes baumelt wie ein Unglückseliger?

– Ja, aber die Rettung muss doch gerufen werden.

– Erst bringen wir ihn ins Haus. Helft mir!

Sie gehorchen der wiedererlangten Autorität meiner Grußmutter, ausnahmslos, und feierlich wird Lorenzo bis hin zu seinem Zimmer getragen, an dessen Schwelle Claudette mit einem Ausdruck des Ekels innehält:

– Die Betttücher müssen gewechselt und es muss staubgesaugt werden.

Da ich dem Zug gefolgt bin, bin ich die erste, die gehorcht und ein frisches Laken besorgt und einen sauberen Bettbezug, während Svetlana sich mit dem Staubsauger in der dunklen und winzigen Abstellkammer zu schaffen macht, in der zwei kleine Jungen über Jahre hinweg schlafen zu lassen niemandem bedenklich erschienen war. Selbst meine Waschküche ist geräumiger. Während meine vielköpfige Familie um das kleine Bettchen herum wimmert und schnieft, auf das mein Vater Lorenzo endlich niedergelegt hat, nimmt meine Großmutter die Sache weiterhin in die Hand:

– Wo ist Esteban? Niemand ruft die Rettung, bevor Esteban nicht seinen Bruder gesehen hat.

Tatsächlich weiß niemand außer mir, wo Esteban ist:

– Er schläft bei seinem Freund Mehdi.

– Wie spät ist es jetzt? Er muss Bescheid wissen. Hat er sein Handy dabei?

– Dienstags hat er um neun Unterricht. Ich werde vor der Schule auf ihn warten. Das ist besser als das Handy.

Und genau das mache ich, erleichtert darüber, der bedrückenden Atmosphäre dieser Totenkammer zu entkommen, erleichtert darüber, nicht länger die verstörten Blicke der einen wie der anderen zu kreuzen, erleichtert und ungläubig für den Augenblick: Mein Lämmchen, es kann unmöglich tot sein, kann unmöglich in einer Nacht von so viel Leben zu so viel Tod gelangt sein. Denn gestern Nachmittag noch war er all das, was zum Lebendigsten gehört. Er durchstöberte den Küchenschrank, um etwas zum Naschen zu finden. Esteban war auch da, und ich habe sie Brot kaufen geschickt. Sie kamen zankend zurück und machten sich Stullen, und sind dann ihren Beschäftigungen nachgegangen, so wie ich den meinen. In der letzten Erinnerung, die ich an ihn habe, taucht Lorenzo seinen Löffel ins Nutellaglas und wirkt dabei weder traurig noch verträumt noch sonstwie.

Als ich Estebans erschrockenes Gesicht sehe, überfällt mich zum ersten Mal wahre Hoffnungslosigkeit, aber ich fasse mich wieder und gebiete ihm beinahe streng, mir zu folgen. Doch während er hinter mir her trippelt und mich mit Fragen bedrängt, holt mich die unerträgliche Wirklichkeit wieder ein. Ich drehe mich um und sage unumwunden:

– Lorenzo ist tot, er hat sich erhängt.

Esteban versteht sofort. Er wirft seinen Eastpack-Ranzen, ebenfalls ein Geschenk von Charonne, zu Boden und bricht zunächst eher wütend als verzweifelt in Tränen aus. Wir kommen im Laufschritt zuhause an und ich führe ihn bis in sein Zimmer, wo nichts und niemand sich gerührt hat. Anstatt sich seinem Bruder zu nähern, bricht er kurz vor dem Bett zusammen und weint wieder wie der kleine Junge, der er noch immer ist, stöhnend und unaufhaltsam schluchzend wirft er Blicke nach links und nach rechts, die um Halt flehen, den zu gewähren ihm niemand imstande ist, bis ich mich entschließe, ihn aus dem Zimmer zu führen, um seinen Kummer zu wiegen in meinem.

In den Tagen, die folgen, kann ich noch so sehr meine *Blumen des Bösen* durchblättern, nichts finde ich darin, was geeignet wäre, uns ein wenig Trost zu spenden. Ich bezweifle keineswegs, dass Baudelaire mit dem Tod in Berührung gekommen ist, aber es war sein eigener, um den es sich drehte und um den seine Gedanken kreisten. Das hat nichts mit der Trauer zu tun, die uns, seit wir Lorenzo von einem hundertjährigen Aprikosenbaum genommen haben, befällt und in Stumpfheit stürzt. An Lorenzos offenem Grab also werde ich etwas von Victor Hugo vorlesen, diesem Dichter, den ich bislang für einen Ausbund an Akademismus hielt, der mich jedoch zu Tränen rührt, seit wir etwas gemein haben.

Am Vorabend der Beerdigung besuche ich meinen Vater im *Kind of Magic*, seinem Tattooladen, den er als Hommage an Queen, von denen er ein großer Fan ist, so genannt hat. Ich halte ihm einen Vers aus den *Contemplations* unter die Nase:

– Das will ich als Tattoo. Ums Handgelenk.

Anders als meine Schwestern, die seine Dienste in Anspruch genommen haben für einen Schmetterling auf dem Knöchel, eine Mohnblume auf dem Schlüsselbein oder ein Herzwappen auf dem Bizeps, trage ich kein anderes Tattoo als jenes, das meine aschblonden Dreadlocks verdecken, ein Tattoo, das ich noch nie gesehen habe, dessen imaginäre Brandwunde ich aber manchmal spüre. Mein Vater reibt sich mit einem Ausdruck besorgter Konzentration die Nase:

– Was ist das? Schon wieder Baudelaire?

– Nein, das ist Victor Hugo.

– Ah, mag ich lieber.

Seit wann hat mein Vater bitte literarische Vorlieben? Besser, ich erhelle das nicht.

– Kannst du es mir sofort machen?
Er fixiert das Blatt und liest stockend und ohne Überzeugung:
– Erlaubt Gott denn solch unsäglich tiefes Leid?
Du musst das »e« aussprechen bei »erlaubet«. Ansonsten kommt man nicht auf sechs Versfüße. Und die Diärese klappt auch nicht. Ich weiß genau, dass ich für ihn in einer Fremdsprache rede, aber es ist meine, und ich brauche die Musik des Alexandriners, um mich besser zu fühlen.
– Aber du glaubst nicht einmal an Gott! So was steche ich dir nicht!
– Woher willst du denn wissen, ob ich an Gott glaube oder nicht? Ihr habt mit uns doch nie über irgendwas gesprochen!
– Wir haben mit euch über nichts gesprochen, eben weil wir nicht an ihn glauben! Wir werden euch nicht den Schädel mit Religion vollstopfen, wo wir Atheisten sind!
– Du bist nicht einmal ein Atheist! Du hast einfach nur noch nie über die Frage nachgedacht, das ist alles!
Ich habe in einem solchen Groll gesprochen, dass er mich mit einem Ausdruck an Verzweiflung anstarrt, wie ich ihn selten an ihm gesehen habe:
– Was ist denn in dich gefahren, Kim? Du suchst doch wohl nicht etwa nach Schuldigen?
– Schuldigen woran?
Und da, da weint er, einfach so, ohne Ankündigung.
– Ich weiß doch auch nicht. Man möchte meinen, du nimmst es uns übel, dass ... Aber wir sind genauso unglücklich wie du, weißt du.
Ich fahre ihm dazwischen:
– Ich nehme euch überhaupt nichts übel. Kannst du mir das Tattoo jetzt stechen, oder nicht?
Er seufzt, schnäuzt sich und greift nach einem Ordner, in dem sich Modellsätze in unterschiedlichen Schriftarten befinden.
– Welche willst du?

Ich wähle eine schlichte Kursivschrift, ohne Rundungen und Schnörkel, etwas, was meiner Handschrift einigermaßen ähnelt, was ich ihm auch mitteile.

– Das wäre auch eine Möglichkeit.

– Was?

– Du schreibst den Satz ab, gibst dir dabei richtig Mühe, und ich kopiere ihn eins zu eins.

– Nein, nicht nötig. Können wir jetzt?

– Welche Farbe möchtest du?

– Dieses Blau da.

– Wäre Schwarz nicht besser?

– Nein.

Er macht sich an die Arbeit an meinem zarten Fleisch, nicht ohne zu schniefen und Pausen einzulegen, um sich erneut zu schnäuzen. Nach einer Dreiviertelstunde ist es vollbracht und es ist wunderschön: Genau so, wie ich es mir vorgestellt habe, der Vers von Hugo wie ein Armreif, das Fragezeichen trifft auf das großgeschriebene »E«, und schließt so den Reif um mein Handgelenk.

– Bist du zufrieden?

– Sehr.

– Das wird um die Buchstaben herum leicht rot werden und anschwellen. Das ist normal. Nicht anfassen, nicht desinfizieren. Morgens und abends mit Seife waschen, fertig.

– Danke, Patrick.

Schon wieder weint er, dieser unwürdige Vater.

– Es ist wahr, Kim, wir sind wirklich unglücklich ...

– Ich gehe jetzt.

– Willst du nicht noch ein bisschen bleiben?

– Um was zu tun?

– Na ja, ich weiß nicht, reden ... Wir müssen doch zusammenhalten, jetzt.

– Ich muss gehen, tut mir leid.

Tatsächlich tut es mir nicht leid. Und wenn doch, dann nicht seinetwegen. Und doch, auf der Schwelle seines Ladens überlege ich es mir anders:

– Patrick?

– Ja?

– Erinnerst du dich noch daran, als Lorenzo klein war?

– Na ja klar, warum?

– Als er zwei, drei Jahre alt war?

– Ja sicher erinnere ich mich, natürlich. Ich erinnere mich bei euch allen.

– Du hast dich um Lorenzo und Esteban gekümmert, als sie ganz klein waren. Das weiß ich noch. Du hast ihnen das Fläschchen gegeben. Du hast sie auch gewiegt. Und in den Park geführt. Na gut, nicht sehr häufig, aber doch ab und an. Warum hast du damit aufgehört?

Diese kleine Rückblende verfehlt es nicht, seinen Kummer neu aufbranden zu lassen, und er drückt sein bestürztes Gesicht in ein großes kariertes Taschentuch – mein Vater und mein Großvater sind gegen Tempos. Aber ist doch wahr, warum hat er aufgehört, Vater zu sein, wo er doch so gut damit begonnen hatte? Warum hat er nur Augen für Ludmilla gehabt und in geringerem Maße für seine beiden anderen Töchter, während seine kleinen Jungen auf der Strecke geblieben sind? Er heult nun, er schluchzt wie neulich Esteban. Doch findet er weder Antwort auf meine Frage noch Halt in meinen kalten Augen.

– Also ich, ich weiß es doch auch nicht ...

Er weiß es nicht. Aber was habe ich mir auch erhofft? Er hat das geistige Alter eines Zehnjährigen, wie auch seine Frau. Sie haben Kinder bekommen, ohne zu wissen warum. Er hat versucht, Vater zu sein, doch hat das zu viele Mühen erfordert, zu viel Beständigkeit. Er hat auf halber Strecke aufgegeben, das ist alles. Ich weiß noch nicht einmal, ob ich meinem Vater übelnehmen kann, ein Kind zu sein. Nur, dass ich es eben tue.

– Gut, ich gehe. Danke für das Tattoo.

Ich gehe hinaus, bevor er noch mehr reden und weinen kann. Ich habe ja ohnehin schon immer gewusst, dass er nichtig ist, und darin liegt vielleicht auch die Erklärung für seine Entsagung: Er wird wohl Angst gehabt haben, seinen beiden Jungen etwas von seiner unerträglichen Leichtigkeit zu übertragen, von seiner Bedeutungslosigkeit, seiner Unfähigkeit, Eindruck zu hinterlassen und ernst genommen zu werden. Bei seinen Töchtern hat er sich, da die Gefahr der Ähnlichkeit geringer war, ins Zeug gelegt, da war er ein Vater – soweit es ihm sein schwacher Kopf und seine Inkonsequenz erlaubten, will heißen, ein weitaus besserer Vater als jene von Charonne oder Sven, um nur die zu nennen, von denen ich was mitbekommen habe.

Wir beerdigen Lorenzo an einem Maientag, so sonnig wie eisig im Wind des Mistrals. Umso besser. Das wäre auch der Gipfel, wenn mir warm wäre, wo man ihn doch auf ewig hinablassen wird in die kalte Erde.

Bis zu dem Augenblick, da ich den kleinen Sarg aus Kiefernholz am Rande des frisch ausgehobenen Grabes sah, glaubte ich, es würde mir nichts ausmachen; ich glaubte, ich hätte schon so viel geweint, dass die Beisetzung mir keine einzige weitere Träne entreißen würde. Doch ich habe mich geirrt, und Esteban und ich schluchzen Arm in Arm, untröstlich bei der Vorstellung, ihn ganz allein zu wissen und bis in alle Ewigkeit in dieser gemeinen Kiste in diesem gemeinen Loch.

Meine vielköpfige Familie trägt Trauer, Charlie sehr chic in seinem Samtanzug, die anderen wie immer schlecht angezogen, aber alle in Schwarz, so auch ich. Seltsamerweise sind angesichts der Gleichgültigkeit, die Lorenzos zartes Leben umgeben hat, irrsinnig viele Leute bei seiner Beerdigung: mein Onkel Léo, meine Tante Fab, deren Partner und ihre Kinder, die wenigen Freunde meiner Eltern, Charlies Kumpels aus dem Bistro, Nachbarn und Ladenbesitzer aus dem Viertel, die Typen meiner Schwestern und deren

Familien, Vertreter der Schulleitung, Tugra Takdogan, überheblicher denn je – und, siehe da, das Ehepaar Leccia, im Sonntagsstaat und schmerzerfüllt. Lucie habe ich seit dem Grand Prix von Thiais nicht mehr gesehen, und der Grund ihrer Anwesenheit, wenn er mir auch zunächst entgeht, wird mir schließlich in dem Moment ersichtlich, als Esteban die Hand seines Sportlehrers drückt, der auch der von Lorenzo war – Thomas Leccia, noch ganz der Alte, und noch immer hinter seinen Ray-Bans als Tom Cruise verkleidet.

Bevor sie mich umschlingt, als hätten wir uns am Vortag erst verabschiedet, drückt Lucie ein pausbackiges und ebenso wie sie brünettes Baby in die Arme ihres Mannes – woraus folgt, dass sie sich an ihren Entschluss, sich nicht fortpflanzen zu wollen, nicht gehalten hat; sie ist, wie alle anderen, weich geworden bei dem aus ihren Eingeweiden dumpf entstiegenen Ruf. Pech für sie. Ich wünsche ihr nur, dass sie sich nicht früher als vorgesehen vor einem kleinen lackierten Sarg wiederfindet.

Die einzige, die kein Schwarz trägt, ist das hoheitsvolle Kind, die Zauberin mit den wirkungslosen Formeln. Charonne hat eine prächtige, orangefarbene Tunika an, und mit kleinen Kaurischnecken verzierte Pantoletten. Offen getragen, steigt ihr Haar wie eine rußige Wolke und nichts Gutes verheißend gen Himmel – doch die Omen kommen zu spät, um uns zu warnen, und das unsägliche Leid ist bereits geschehen. Ohne den Blick oder die Zustimmung von wem auch immer zu suchen, nähert sie sich dem Rand des Grabes und lässt mit einer Bewegung ihrer türkis lackierten Zehe ein wenig lockere Erde über den Sarg bröseln, der eben erst hinabgelassen wurde. Meine Mutter packt sie sofort am Arm und versucht sie zu zwingen, zurückzuweichen, als ob Charonne nicht das Recht hätte, da zu sein. Das hoheitsvolle Kind jedoch zieht mit seiner ruhigen Würde und mit dem fantastischen Lächeln seiner blauen Lippen ab.

In genau diesem Augenblick ist ihre Schönheit von solcher Kraft, dass ich darüber Victor Hugo vergesse, Léopoldine, Villequier, oh, wie verrückt ich war im ersten Augenblick, und der Gedanke ach, oh Gott, dass tot sie ist, mir schien, als wär' dies nichts als nur ein übler Traum, usw.; ich vergesse darüber all die wehmütige Poesie, die ich in das noch offene Grab meines kleinen Bruders zu ergießen gedacht hatte, auf dass er etwas anderes mit sich trüge als fantasielose Formeln seiner unwürdigen Familie; ich vergesse darüber sogar, dass Lorenzo tot ist, so sehr bin ich überwältigt, und es ist die »Hymne an die Schönheit« des einzig wahren Charles, die ich zu rezitieren beginne, bevor die Klumpen schwarzer Erde mich für immer von meinem Bruder trennen werden:

– Steigst aus tiefstem Himmel du, oder aus dem Schlund ...

Bei meinem Lieblingsvers angelangt, wende ich mich betont dem hoheitsvollen Kind zu und widme ihm diesen, ihm und nicht Lorenzo – der leider nie erfahren hatte, was Stolz und Hochmut sind:

Ich seh' dich achtlos über Leichen schreiten ...

Meine Stimme bricht und unsere Blicke kreuzen sich, der ihre triumphierend und tränengetränkt, der meine erschüttert von zu vielen widersprüchlichen Gefühlen, dem der Liebe, des Kummers, der Lust und des Eindrucks von Unabänderlichkeit.

Um die klaffende Grube herum hat niemand wirklich begriffen, was genau dies war, dieses behexte Schicksal, diese wirr gesäten Wonnen und Übel im Windspiel einer Zauberin, und doch weinen alle gemeinsam mit mir. Meine vielköpfige Familie hat das Zeichen nicht abgewartet: Schon eine Weile lang wimmern meine Schwestern an ihre Freunde geklammert hemmungslos vor sich hin, tupft Charlie sich mühsam die Augen trocken, während die Tränen ohne Unterlass über das verstörte Gesicht meines Vaters rinnen. Auch meine Mutter weint, doch weniger für sich als immer wieder auf die Leute schielend, die sie umgeben. Meine Großmutter raucht,

weit weg – aber ich fühle sie anwesend in ihrer Abwesenheit, wieder unter uns, allem Anschein zum Trotz.
Dass Sven dabei ist, wollte ich nicht, und meine Gründe hat er erleichtert hingenommen, denn siebzehnjährig hat man es nicht gerade eilig, dem Tod zu begegnen und dem unsäglichen Leid. Ohnehin haben mich weder seine beflissenen Zärtlichkeiten noch sein mitleidsvolles Zureden berühren können – nichts hat den grausigen Traum dieser letzten drei Tage durchdringen können bis auf den schweigsamen Schmerz meiner Großmutter, die absolute Hoffnungslosigkeit von Esteban und, wider alle Erwartung, die umwerfende Schönheit der beleibten Charonne.
Mit einer Schnippbewegung befördert Claudette die Kippe ihrer Winston in das Grab, das ein städtischer Angestellter sich anschickt zuzuschütten. Eine Welle der Entrüstung geht durch die Versammlung, aber ich, ich finde das sehr schön, dass Lorenzo mit der Kippe seiner Großmutter beerdigt wird. Sie hat ihn geliebt. Das ist mehr als die allermeisten derer, die anwesend sind, behaupten können. Sie hat ihn geliebt. Ohne sie wäre er schon längst gestorben – und vielleicht wäre das für ihn sogar besser gewesen, besser gewesen als dreizehn Jahre eines Lebens, das ihm allein die Kraft geschenkt hat, sich umzubringen.
Meine Großmutter macht auf dem Absatz kehrt und Charonne folgt ihr unmittelbar. Sie sind fertig mit der Beerdigung ihres Enkelsohnes und besten Freundes. Sie kennen einander nicht, doch entfernen sie sich Seite an Seite, das schöne Schiff wankt hoheitlicher denn je dahin, und meine Großmutter zieht auf ihren Storchenbeinen heimwärts.
An meinem linken Handgelenk brennt mein Tattoo ein wenig. Vor dem Aufbruch zum Friedhof hat mein Vater einen fachmännischen Blick darauf geworfen und befunden, dass alles gut sei. Schade: Eine ordentliche Entzündung, eine Krankheit, die mich ans Bett gefesselt hätte, um die nächsten Tage im fiebrigen Nebel vorbeiziehen zu sehen, genau das könnte ich jetzt gebrauchen.

Glücklicherweise gibt es für mich noch das Gymnasium und die Sekundarschule für Esteban. Ich muss für mein Französisch-Abi lernen, und er für seine Versetzung in die Achte sorgen.
Ein Grabhügel hat den kleinen Kiefernholzsarg zugedeckt. Die Leute zerstreuen sich leicht verlegen, und meine vielköpfige Familie, der wahrsagende Clan mit hitzigen Augen, findet sich allein wieder inmitten von Liliensträußen und mit Bändern verzierten Gladiolen. Die Grabtafel, die meine Eltern ausgewählt haben, ist ein Musterbeispiel für schlechten Bestattungsgeschmack und ich kann nur finster dreinblickend Lorenzos Geburts- und Todesdaten betrachten, die absurde Inschrift für unseren kleinen Engel, und das Medaillon, auf dem er strahlend lächelt: Auf dem einzigen Foto von ihm, das man ausfindig machen konnte, ist er sechs Jahre alt, hat sich doch niemand je darum bemüht, ihn unsterblich zu machen. Man kann neunjährig zur Welt kommen, man kann mit dreizehn sterben.

16. OH BABY, I REMEMBER WHEN YOU WERE BORN

Einmal zuhause angekommen, antworte ich knapp auf Svens besorgte SMS, ja, mir geht's gut, und ja, wir sehen uns heute Abend, aber das einzige, wozu ich Lust habe, ist, mich mit Esteban einzuschließen, um wieder zu weinen und unsere Erinnerungen zusammenzutrommeln, damals, als meine Brüder noch Luffy hießen und Kakashi, als wir alle drei noch Jungen waren, als die Aprikose noch kein Baum war, dessen Anblick man nicht ertragen konnte, als die Hatz noch nicht begonnen hatte.

Ich mache uns etwas Musik, Stücke, die wir lieben und die wir alle drei so häufig gehört haben, Bob Marley und Bob Dylan, natürlich, aber auch Rizzle Kicks, Vampire Weekend, Metronomy ... Mehr oder weniger zufällig lande ich bei Patti Smith. Sven hat mir »Horses« auf meinen MP3-Player gespielt und mich vorgewarnt:

– Da gibt es ein Lied, das heißt wie du.

Pattis Stimme hat sich gerade über die Drums und die Orgel des Intros gelegt, sofort begleitet Lenny Kaye an der Gitarre, und schlagartig bin ich von der emporsteigenden Poesie dieses Textes erfasst, verschluckt vom Riss im Himmel, getroffen von Bällen aus Jade, nach fünfzehn Sekunden außer Atem – aber als sie bei oh baby angelangt, I remember when you were born, kommt es zur Explosion: Ja, mein Baby, auch ich erinnere mich, es ist sogar meine erste Erinnerung, deine Geburt, dieser unglaubliche Moment, als mir jemand deinen kleinen roten Kopf in meine Armbeuge legte und ich mich überwältigt fühlte von einem Gefühl der Liebe, das zugleich ein Gefühl der Allmacht war, denn winzig klein warst du, denn endlich war da jemand kleiner als ich in diesem Haus, auf das sich meine Welt beschränkte.

– Esteban?

– Ja?

– Weißt du was, ich erinnere mich noch ganz genau an Lorenzos Geburt.
– Wirklich? Wie war er?
– Ganz klein. Und schon rot.
Wir lachen. Aber Estebans Augen füllen sich mit Tränen. Ich muss vorsichtig sein bei ihm. Nur, weil er blond ist, sehr schön und sehr groß für sein Alter, heißt das nicht auch gleich, dass er vor dem unsäglichen Leid gefeit ist. Palm trees fall into the sea, it doesn't matter much to me, as long as you're safe, Kimberly ... Was Patti singt, entspricht genau dem, woran ich gescheitert bin: Meine Lämmchen vor der Apokalypse in Sicherheit zu bringen, sie vor der fatalen Planetenkonstellation zu schützen, sie zu retten, zu retten, zu retten.
Ich drücke Esteban an mich, um etwas von meinem Rachegeist auf ihn zu übertragen: die Folterknechte aufspüren, die Lügen enttarnen, die Lähmung schütteln und den einzigen Bruder, der mir bleibt, aus der niederträchtigen Menagerie der Laster der Erwachsenen reißen. Mir Baudelaire, Bob Dylan und Patti Smith – aber vor allem Patti Smith, denn ihr Lied handelt von Lorenzo und trägt dabei meinen Namen, und dafür muss es ja wohl einen guten Grund geben. Ich kenne dieses Lied ohnehin, auch wenn es das erste Mal ist, dass ich es wirklich höre und auf den Text wirklich achte und auf die Homonymie zwischen dem Titel und meinem Vornamen, was zur Folge hat, dass ich schon bei der nächsten Mahlzeit, eine Mahlzeit, für die Claudette gesorgt hat, kompromisslos attackiere:
– Warum heiß' ich Kimberly?
Meine Mutter antwortet mir mit ihrem scheelen Blick, den sie immer zeigt, sobald ich ihr mit dieser Frage komme, und mein Vater verdreht die Augen über den Kalbsröllchen, die meine Großmutter uns mit Safranreis serviert hat. Sie hat sich ebenfalls zu uns an den Tisch gesetzt, auch sie, zum ersten Mal seit langem. Sie selbst isst nicht, das wäre zu viel von ihr verlangt, doch achtet sie

darauf, dass jeder gut bedient ist, und sie achtet ganz besonders auf Esteban, den überlebenden Bruder.
Normalerweise bohre ich nicht nach, aber jetzt muss ich es wirklich wissen. Und falls es gar keinen Grund gibt, dann werde ich mich damit abfinden, aber man möge es mir sagen. Schließlich hat meine Mutter für die Vornamen der vier anderen schöne Geschichten auf Lager, warum also nicht auch für meinen? Da mir meine Geburt schon immer im leeren Raum zu hängen schien, unter der völligen Abwesenheit triftiger Gründe, fehlte jetzt nur noch, dass auch mein Vorname dem absoluten Zufall geschuldet wäre. Da ist mir ein aus Rache erteilter Vorname wie der meiner Mutter doch lieber als einer, der aller Welt reichlich egal ist und mir zugefallen wäre aufgrund einer dieser ebenso leicht aufzukündigenden wie zunichte zu machenden Schicksalsverbindungen. Ich möchte nicht länger Kimberly heißen, wenn niemand diesen Namen für mich gewollt hat.
– Wegen des Liedes?
– Was für ein Lied? Meine Schwestern fallen aus allen Wolken.
– Das von Patti Smith.
Der Blick meines Vaters kreuzt endlich den meinen:
– Du kennst Patti Smith?
– Klar.
– Ist ja immerhin eher meine als deine Generation.
– Ich steh nicht auf den Kram meiner Generation.
– Aber immerhin auf Rizzle Kicks, stellt Esteban richtig. Du magst Rizzle Kicks. Und du magst auch Kid Cudi. Und Patrice. Und MGMT.
– Joah, da sind schon ganz gute Sachen dabei, aber das kommt nicht an die Floyds ran, und auch nicht an Bob Dylan.
Tatsächlich kenne und liebe ich alle möglichen Musikrichtungen, wo ich doch mit Sven, wenn wir nicht gerade vögeln, Musik höre – ganz abgesehen von den vielen Malen, wo wir mit Musik vögeln, selbst wenn ich das nicht mag, da es mich ablenkt und ich schließlich nicht mehr bei der Sache bin und Sven mich ungeduldig zur

Ordnung mahnt, weil er glaubt, unglaubliche Dinge gewagt zu haben, ich aber davon nicht weiter beeindruckt bin.

– Du magst Pink Floyd?

Ich mustere meinen kläglichen Vater, der keinen blassen Schimmer hat vom Musikgeschmack seiner Kinder, wohingegen ich den seinen sehr genau kenne, der seit Jahren der nämliche ist: die Stones, Queen, Led Zeppelin, die Scorpions, die Moody Blues, Metallica, Police, Rock von Blanc, mit leichtem Einschlag zum Hard Rock – und die dazugehörigen Tattoos.

– Klar mag ich Pink Floyd. Also, warum »Kimberly«?

– Nun, du hast recht, es kommt vom Lied. Und ich war derjenige, der entschieden hat. Deiner Mutter wäre was anderes lieber gewesen.

Ich verstehe das Blackout und ihre verschlagenen Gesichtsausdrücke, sobald ich das Thema aufwarf, nun besser. Gladys etwas aufzuzwingen, das bedeutet für meinen Vater undenkbare Kühnheit und wahnwitzigen Ungehorsam. Der Beweis liegt auf der Hand, selbst nach siebzehn Jahren bleibt es zwischen ihnen ein Zankapfel. Ich wende mich meiner Mutter zu, die mit unnachgiebiger Miene ihr Kalbsröllchen kaut.

– Wie wolltest du mich nennen?

Es ist Claudette, die amüsiert lächelnd antwortet:

– Sie wollte dich Anastasia nennen.

– Bäh, da ist mir Kimberly echt noch lieber.

Meine Mutter spuckt beinahe ihren Mundvoll Füllung aus:

– Du hattest damals nichts zu sagen, falls du das vergessen hast! Es sind die Eltern, die die Namen der Kinder wählen.

– Ja, genau, das ist ein höchst unlauterer Machtmissbrauch, schließlich müssen ja die Kinder ein ganzes Leben lang mit einem Scheißnamen rumlaufen!

Bei »unlauterer« verdrehen sie die Augen, aber das war Absicht. Wenn sie zusammen überhaupt auf einen Wortschatz von fünfhundert Vokabeln kommen, dann ist damit ihre Welt schon erschöpft. Ich bohre weiter:

– Heiße ich wegen Patti Smith Kimberly?

– Ja, schon. Hast du auf den Text geachtet?

Und wie ich auf ihn geachtet habe! Ich bebe noch immer von all diesen brausenden Bildern, diesem elektrischen Sturm um die Wiege eines Kindes, mit Patti als ekstatischer Jeanne d'Arc, die das vor den Flammen errettete Kind an sich drückt, das von ihr vor dem Weltuntergang bewahrte Kind, also genau die Mission, die ich mir für Lorenzo vorgenommen hatte, und bei der ich kläglich gescheitert bin. Ich antworte meinem Vater nicht, denn ich bin übermannt vom unsäglichen Leid, ich lasse ihn in seinem versonnenen Elan fortfahren, als wäre auch er von Erinnerungen eingeholt:

– Das ist ein Lied, das Patti Smith für ihre kleine Schwester geschrieben hat. Es erzählt ihre Geburt. Gut, ich hatte nicht alles verstanden, aber ich hatte damals einen Kumpel gebeten, es mir zu übersetzen, und ich fand es sehr schön. Ich sagte mir, falls wir noch eine Tochter bekommen sollten, wird sie Kimberly heißen. So war das.

Schlussendlich ist mein Vater nicht ganz und gar unempfänglich für Poesie, und ich nutze die Gelegenheit, uns alle um dreizehn Jahre zurückzuversetzen, auf dass wir Lorenzo nicht allzu schnell beerdigen:

– Ich habe an Lorenzos Geburt gedacht, als ich dieses Lied gehört habe. Als man mich ihn tragen ließ und er noch ganz klein war, ganz niedlich in seinem Strampler. Ein roter, mit einem Häschen vorne darauf.

Meine Mutter knurrt:

– Wie kannst du dich daran erinnern? Du warst gerade mal drei!

– Nein, ich war vier. Und ich erinnere mich noch ganz genau. Und ich erinnere mich auch noch daran, dass du sofort danach wieder schwanger geworden bist, und wie ihr mir gesagt habt, dass wir noch ein Baby haben werden, sogar auch daran, dass ich sehr froh war, eine große Schwester zu sein. Und ich liebte es, mich um Lorenzo und Esteban zu kümmern. Und Claudette sagte immer, dass ich das sehr gut machte.

– Ich war es, die sich um die Jungs gekümmert hat, nicht Claudette, und erst recht nicht du! Du warst viel zu klein, wir hätten dir das gar nicht erlaubt.

Ich lasse Stille sich über die eklatante Lüge legen, dann erhebe ich mich. Zwar werde ich auf den Nachtisch verzichten, aber dieses Familienmahl hat mich mit meinem Vornamen versöhnt. Später dann, als ich meiner Großmutter in der Küche beim Einräumen der Geschirrspülmaschine helfe, blickt sie mich nachdenklich an, die Kippe im Mundwinkel, und kneift leicht die Augen zusammen, um den Rauch nicht abzubekommen:

– Du solltest dich nicht so frisieren, das ist furchtbar.

Ich habe meine Dreadlocks mit einem Haar-Wrap zu einem Turban hochgebunden, sodass sie wie die Blätter einer Ananas auf meinem Kopf thronen.

– Ich finde das hübsch. Und Sven auch.

– Wer ist Sven?

Ich zucke, ohne zu antworten, mit den Schultern. Schließlich muss das niemand wissen. Noch nicht einmal sie. Allzu gut nur weiß ich, was meine vielköpfige Familie aus einer Information zu machen imstande ist.

Ich gehe wieder hoch ins Zimmer meiner Brüder, das ich angefangen habe umzuräumen und umzugestalten, damit es bei Esteban nicht zu viele Erinnerungen wachruft; und auch, damit das Wenige an Raum, das man für gut befunden hat, um darin meine kleinen Schäfchen groß werden zu lassen, besser zu nutzen. Schluss mit den Etagenbetten und der uralten Tapete; Schluss mit dem abgewetzten und tintenfleckigen Teppich; alles habe ich rausgeworfen. Rausgeworfen auch den scheußlichen Kiefernholzschreibtisch und die Metallregale, in die sie ihren Kram, ihre Kleidung, Bücher und kaputten Spielsachen gestopft hatten.

Zwischen zwei schmutzigen T-Shirts habe ich Lorenzos Handy wiedergefunden, ein altes Nokia, das er kaum benutzt hat. Ich habe mir seine Ansage angehört, hier spricht Lorenzo, ihr könnt gerne eine Nachricht hinterlassen. Nachrichten, natürlich, hat hier nie wer hinterlassen, nie hat wer auf das Beben in der Hoffnung geantwortet, das ich bei dieser Stimme, die gerade erst in den Stimmbruch kam, zu vernehmen glaube. Als Klingelton hatte er einen Song der Black Eyed Peas gewählt, und in seinen Kontakten gab es nur sieben Namen, seine vollzählige vielköpfige Familie, Charlie und Claudette ausgenommen, die sich gegen Handys sträuben. Weit davon entfernt, mich traurig zu stimmen, flößt mir die greifbare Erinnerung an eine derart undenkbare Einsamkeit den notwendigen Zorn ein, um die letzten Fetzen des Teppichs abzureißen und sodann hinunterzugehen, um meinen kläglichen Vater zu sprechen:

– Ich werde Möbel kaufen für Estebans Zimmer. Ich werde sie gebraucht kaufen, bei eBay oder Le Bon Coin. Ein paar schöne Sachen. Und dann werde ich alles weiß streichen. Rückst du mir Kohle rüber?

Ich zähle auf meinen gebieterischen Ton, um ihn erstarren zu lassen, und natürlich klappt es. Er gibt mir so viel Geld, wie ich will, und ist mir sogar behilflich, als bei einer Privatperson ein Schrägklappensekretär und bei einer anderen ein Kastenbett mit großer Schublade abgeholt werden müssen – ganz abgesehen von einer kleinen Jugendstilkommode mit Marmorauflage, die eher meinem Geschmack entspricht als Estebans, doch hege ich die Absicht, sein Auge in puncto Einrichtung und Design zu schulen. Er hat übrigens auch Hand angelegt, hat mir geholfen, die Wände seiner Kammer zu verputzen und zu streichen und den kleinen Schreibtisch, den ich ihm ergattert habe, abzuschleifen und zu lackieren.

So bin ich voll ausgelastet mit dieser Arbeit und dem Lernen für's Französisch-Abi, und besser ist es. Meine Nächte verbringe ich mit Sven, der sich über die wenige Zeit beschwert, die ich ihm gewähre, der sich aber angesichts der Trauer, die ich durchmache, nicht traut, sich zu weit vorzuwagen mit seinen Nörgeleien. Ich fühle genau, dass er die Zeit der Trauer gerne schon vorbei wüsste, Lorenzos Tod schon hinter mir, ein schmerzliches, doch verwindbares Ereignis – aber das liegt allein daran, dass er nicht die geringste Ahnung davon hat, was unsägliches Leid bedeutet.

Nur meine Nächte gehören Sven, doch er weiß es so einzurichten, dass sie länger sind als meine Tage. Nie zuvor hat er mit so viel Leidenschaft und erfinderischer Verve mit mir geschlafen, als wähnte er am Ende seines Schwanzes den geheimen Schlüssel zu meiner Genesung – weshalb er dann auch, wenn ich mich von ihm abwende, um zu weinen, obgleich er mich doch gerade erst stundenlang und in allen Positionen durchgenommen hat, aus allen Wolken fällt und mir beinahe übel nimmt, so gut gefickt und doch so undankbar zu sein.

– Aber was hast du denn?

– Ich bin traurig, kannst du das nicht verstehen? Er fehlt mir eben.

– Aber ich bin doch da.

Ich wende mich ihm zu, zu seinen hitzigen Augen, zur Hand, die er mir entgegenstreckt, zu seinem Schwanz, der weich auf seinen behaarten Schenkeln ruht, indes noch ein Spermafaden sich von der Eichel bis zum Laken schlängelt:

– Ich weiß, dass du da bist.

– Und, zählt das nicht?

– Doch natürlich. Aber es ist noch nicht einmal einen Monat her, dass Lo gestorben ist: du musst mir Zeit geben.

– Vögel ich dich schlecht? Bist du nicht gekommen?

– Du vögelst mich ausgezeichnet. Und wenn ich nicht gekommen bin, dann liegt das nicht an dir.

Er gerät in Panik, im Halbdunkeln sehe ich seinen beunruhigten, beinahe schon flehenden Blick.

– Aber ich dachte, du wärst gekommen!

– Sven, du wirst doch jetzt verdammt noch mal kein Drama daraus machen! Das passiert mir eben manchmal, dass ich nicht komme!

– Na ja, ich finde, dass dir das im Moment etwas zu oft passiert! Was hast du bloß? Mache ich dich nicht mehr feucht?

– Hör zu, wir gehen jetzt schlafen, o.k.? Ich muss morgen früh raus. Um zu lernen. Und du auch, falls du es vergessen hast. In einer Woche ist das Französisch-Abi.

Er nähert sich mir, legt seine Hand auf meine rechte Brust:

– Ich hab schon wieder Lust auf dich.

Ich explodiere:

– Und ich hab eben keine Lust mehr, kapiert? Alles, was ich will, ist schlafen, es ist drei Uhr morgens und wir vögeln schon seit Stunden!

Und da jetzt ist er regelrecht entsetzt, er erhebt sich und geht zum Fenster, als hätte er urplötzlich frische Luft nötig, als hätten meine Worte den Sauerstoff im Zimmer ausgedünnt, das schwer nach Schweiß und Wichse riecht. Ich sollte zu ihm, ihn umschlingen, ihn versichern, ihm sagen, dass mich niemand je so gefickt hat, was umso glaubwürdiger ist, als er bis zu diesem Tage mein erster und einziger Liebhaber gewesen ist, aber ich bin müde, und vor allem bin ich todtraurig.

Er kommt zurück und setzt sich auf den Bettrand, wühlt auf dem Nachttisch rum, um eine Kippe zu finden, die er sich dann ansteckt.

– Kim, wenn du die Schnauze voll von mir hast, dann musst du's sagen.

– Ich hab' nicht die Schnauze voll von dir, ich hab' die Schnauze voll von allem. Aber das geht vorbei, hab ein wenig Geduld.

Ich sehe, wie sich sein Schwanz hebt, sich seine noch feuchte Eichel auf mich richtet:

– Ich glaub's ja nicht, Sven! Was bist du eigentlich? Ein Tier?

– Ich begehre dich eben. Ist es schlimm, dich zu begehren?

– Das ist nicht *schlimm*. Es ist nur, dass ich nicht wirklich kapiere, was es da zu begehren gibt.

– Na dich!
– Wie, mich? Ich soll begehrenswert sein?
Bingo, er hat's geschafft, mich um drei Uhr morgens in seine Scheißdiskussion zu ziehen, obgleich ich unsäglich müde und traurig bin.
– Aber na klar, verdammt! Du bist heiß, und das weißt du sehr genau!
Was weiß er denn, was ich weiß. Was weiß er denn vom Ekel und Überdruss, den mein Körper mir in letzter Zeit einflößt, von den Gelüsten, die ich verspüre, ihn zu schänden und ihn leiden zu lassen, um meinem kleinen Bruder in die Hölle zu folgen, die ich ihm nicht habe ersparen können?
– Sven, lass gut sein: ich bin hässlich, und ich will nicht, dass man mich begehrt. Ich will echt nur meine Ruhe haben!
Er explodiert, die Augen treten ihm aus dem Kopf:
– Was laberst du denn da für Mett? Du und hässlich?
– Ich bin scheußlich, und ich will nicht, dass man mich schön findet!
Er packt mich am Arm, zieht mich aus dem Bett und schleift mich fast bis vor den großen Spiegel, den er sich an die Tür geklebt hat:
– Du und scheußlich? Verdammte Scheiße, schau dich an und sag mir noch einmal, dass du abscheulich bist! Sag es mir!
Ich betrachte uns, er stehend, schäumend, an meinem Arm rüttelnd, als wollte er ihn mir auskugeln, ich in der Hocke, die Dreadlocks in alle Richtungen. Ich heule, während er weiterhin schimpft:
– Wenn du scheußlich bist, dann zeig mir ein Mädchen, das schön ist. Schau dich an!
Er zwingt mich, meinen Kopf zu heben, meine Tränen wegzuwischen, meinem Widerschein im Spiegel entgegenzublicken, obwohl ich ihn seit Tagen so sorgsam meide. Seit Lorenzos Tod habe ich fünf Kilo abgenommen, man sieht meine Rippen unter meinen zu schweren, zu weißen Brüsten, meine Wangenknochen treten unter den dunklen Ringen meiner geröteten Augen hervor,

meine Haare baumeln, ich bin abscheulich. Hinter mir niederkniend beginnt Sven meine belastenden Brüste zu kneten, lässt meine rosigen Brustwarzen zwischen Zeige- und Mittelfinger hart werden, gleitet sodann hinab bis zu meiner Vulva, deren äußere Schamlippen er behutsam auseinanderfaltet. Da ich den Blick abwende, hält er meinen Kiefer mit einer Hand fest, während er mit der anderen weiterhin in meine von stundenlanger, heftiger Penetration brennende Muschi eindringt:

– Schau dich an! Du kannst dich noch so beschissen frisieren und wie ein Junge anziehen, du machst meine Freunde doch alle geil, weißt du das eigentlich?

– Mir gehen deine Freunde am Arsch vorbei.

– Kann ja sein, aber erzähl mir hier nicht einen von scheußlich und nicht begehrenswert! Sag mir, dass *du* mich nicht mehr begehrst, aber erzähl mir keine Geschichten und dir selber auch nicht.

Er presst seinen Schwanz gegen meinen Hintern. Ganz offensichtlich ist er heiß wie Glut bei der Vorstellung, wieder einen wegzustecken, bei der Vorstellung, mich von hinten zu nehmen, gegenüber dem Spiegel, wenn möglich so, dass ich uns beim Akt sehen kann, seine braunen Hände meine Hüften packen oder sich in meinem Bauch verkrallen sehe, seine im Schatten des Raumes glänzenden Augen sehe, seinen verwegenen und glückseligen Gesichtsausdruck über meiner Schulter. Aber in eben genau diesem Moment ist in den Arsch gefickt zu werden das Allerletzte, worauf ich Lust habe.

Ich befreie mich und gehe wortlos zurück ins Bett. Er bleibt wie ein Trottel vor seinem Spiegel mit seiner unnützen und lächerlichen Erektion. Er weint seinerseits, aber ich habe keine Lust, ihn zu trösten, keine Lust, ihn der Dauer meiner Liebe und meines Begehrens zu versichern. Zumal ich letztlich gar nicht mehr weiß, ob ich etwas anderes liebe und begehre als Pattis Elegien, die Hymnen an die Schönheit des einzig wahren Charles, und die strahlende Erinnerung an das hoheitsvolle Kind, das diesem Grabhügel aus

schwarzer Erde den Rücken kehrt, wo ich, was mir an Unschuld und Zerbrechlichkeit geblieben, zurückgelassen habe – nun, nicht gerade viel, aber letztlich doch mehr als ich gedacht hätte.
Von nun an werde ich die letzte aller Schlampen sein, kein Erbarmen mehr haben für wen auch immer und mir zu nichts und gar nichts mehr Illusionen machen. Da Sven leicht schniefend zu mir ins Bett kommt, packe ich sein Paket, bearbeite ihn dreißig Sekunden lang, um ihn wieder sattelfest zu kriegen – nur dass ich es jetzt bin, die ihn besteigt, ich bin es, die ihn reitet und ihn ratzfatz zum Orgasmus bringt. Ich komme endlich auch, Sven aber täte besser daran, den Ball flach zu halten, denn es ist der Gedanke an Charonne, ihre goldenen Schenkel, ihre Atomtitten, ihren fleischigen Rücken, ihre leicht niedergeschlagenen Augen, der meine Muschi dahinschmelzen ließ über dem zu flachen Bauch meines Liebhabers. Du Schöne, ich seh' dich achtlos über Leichen schreiten ... Auch ich werde über Leichen schreiten, trampeln über Lebende, Patti Smith sein oder nichts.

17. HEUTE HABE ICH GEBURTSTAG

Heute habe ich Geburtstag, und wie jedes Jahr zerreißt sich der Garten für mich, um mir seine Überfülle darzubieten an Blumen, an Früchten, an von ihrem eigenen Gesang trunkenen Vögeln, an Insekten aller Arten, erste Zikaden, Bienen im schwankenden Fluge, hartnäckige Wespen und blauflügelige Holzbienen. Und wie jedes andere Jahr auch, vergessen alle, mir zu gratulieren, was umso verwunderlicher ist, als meine vielköpfige Familie auf Daten, Feste, Gedenkfeiern größten Wert legt und die Geburtstage der anderen Anlass bieten zu einem ekelerregenden Erguss an Gefühlsduselei und einer von meiner Großmutter vorbereiteten Fressorgie, wenn sie denn imstande ist zu kochen. Aber an diesem schönen Junitag erinnert sich allein Esteban daran, dass ich nun siebzehn bin:

– Alles Gute zum Geburtstag, Kim. Hat dir Sven ein Geschenk gemacht?

– Wir gehen heute Abend aus. Er lädt mich in ein gutes Restaurant ein.

– Hier, das ist für dich.

Er hat mir ein Bob-Marley-T-Shirt gekauft, was mich zum Lachen bringt, denn selbst wenn mir dessen Alben sehr gefallen, bin ich doch kein so großer Fan, als dass ich das Cover von *Exodus* auf meiner Oberweite 90 C zur Schau tragen würde.

– Danke, Esteban, ich mag es sehr.

– Ziehst du es heute Abend an?

– Wenn du willst. Ich bin mir nicht sicher, ob es Sven gefallen wird, aber was soll's.

– Mag er Bob Marley nicht?

– Nein. Er steht nicht so auf Reggae.

– Erinnerst du dich noch, als Lo und ich dir zu deinem vierzehnten einen Ring geschenkt haben?

– Na klar. Ich hab' ihn immer noch.

– Und warum trägst du ihn dann nie?

– Der wirkt 'n bisschen omahaft, oder? Ich werde ihn tragen, wenn wir alt sind.

Ich sehe ihn an, und mein Herz zieht sich mir zusammen bei dem Gedanken an all diese kleinen, sensiblen Jungen, denen es nicht gelingen will, alt zu werden, da sie allzu früh der niederträchtigen Menagerie unserer Laster ausgesetzt sind – ganz abgesehen von der Gier nach Blut, die ihre Altersgenossen sehr jung schon ausbilden, und die die kleinen, sensiblen Jungen ihrer Gefräßigkeit ausliefert.

– Willst du wissen, woher wir ihn hatten?

– Ihr habt ihn geklaut, oder?

– Ja, aber weißt du auch wem?

– Nein. Ihr wolltet es mir nie verraten.

– Eines Tages war ich mit Claudette und Lorenzo spazieren, und da sind wir einer alten Dame über den Weg gelaufen. Sie war gerade auf dem Heimweg. Wir waren in der Nähe der Ziegelei, weißt du? In dieser Gegend.

– Ja, weiß ich. Ich mag das Viertel.

– Ja, Claudette auch. Erinnert sie an Fort-de-l'Eau, du weißt schon, in Algier. Wir sehen dort also diese Dame, und Claudette sagt zu uns, dass sie sie kenne, dass sie die Hebamme sei, die Gladys heißt, du weißt schon, die von Mamans Geburt.

– Was?

– Ja genau, die, die so fies war! Die, die nicht wollte, dass Maman den gleichen Vornamen hat wie sie! Also haben Lorenzo und ich sie ausspioniert. Und dann haben wir manchmal Zeugs in ihren Garten geworfen.

– Was für Zeugs denn?

– Alte Schuhe, Konservendosen, eine Tüte voller Kartoffelschalen, Müll halt, den wir aus einer Tonne gefischt hatten. Zeugs halt ... Und dann haben wir ihre Wäsche von der Leine gelöst, damit sie auf den Boden fliegt.

– Warum denn?

– Pfff, weiß ich selbst nicht mehr. Weil Claudette uns gesagt hat, dass sie eine fiese Frau ist. Dass sie fies war zu Maman als Baby. Wir wollten uns rächen. Und eines Tages haben wir darauf gewartet, dass sie vor die Tür ging, wir sind bei ihr durchs Badezimmerfenster eingestiegen und haben ihr den Ring geklaut. Er lag in einer sehr hübschen Schachtel und wir wollten ein Geschenk für dich.

– Was? Ihr seid ja verrückt!

– Vor allem, weil wir beinahe festgesessen hätten. Wir kamen nicht mehr ans Fenster, wir waren zu klein.

– Mach das nie wieder, Esteban.

– Eh nicht, ohne Lorenzo macht das keinen Spaß.

Um ihm eine Freude zu bereiten, ziehe ich das Bob-Marley-Shirt noch über meines. Seine Augen sind voller Tränen und ich weiß, warum. Mit zwölfeinhalb Jahren ist er fast so groß wie ich, mein kleiner, blonder Bruder. Und ich bin ja schon groß, Sven hört gar nicht mehr auf, sich darüber zu beklagen:

– Mensch Kim, du willst mich doch wohl nicht überwachsen, ich warne dich: Ich werde niemals mit einem Mädchen ausgehen, das größer ist als ich. Denk an die Zeit, als wir auf der Sekundarstufe waren.

Ich hab' die Schnauze voll von Typen und ihren Ego-Problemen. Es kann ihm ja wohl scheißegal sein, wenn ich wie eine Walküre aussehe, wo ich ihm doch gefalle und angeblich all seine Freunde geil mache? Ich sehe meinen Bruder an, mit seinen lockigen Strähnen, die ihm die Hälfte des Gesichts verdecken, und seinen hübschen Katzenaugen, seinen wie meine stets zart geröteten Wangenknochen, seinen Schultern, die sich unter dem von Charonne gestohlenen Guess-Polo abzuzeichnen beginnen.

– Siehst Du Charonne eigentlich?
– Ja klar, auf der Schule.
– Redet sie mit dir?
– Die redet mit niemandem. Hat sie nur mit Lorenzo gemacht.
– Sag ihr doch, dass sie ab und an gern zu uns kommen kann.
– Maman will sie nicht sehen.
– Maman geht mir am Arsch vorbei. Ich würde sie gerne sehen.
– Kim, warum hat sich Lorenzo umgebracht?

Ich werfe einen Blick auf die Aprikose, auf ihr dichtes Blattwerk, die Früchte, unter der sie sich beugt, und die wir zu ernten keine Zeit haben und zu essen noch weniger. In Zeiten ihrer geistigen Gesundheit machte Claudette aus ihnen Konfitüre oder Kuchen, den sie in Massen einfror und uns das ganze Jahr über kredenzte. Aber nun kommt das gar nicht erst infrage. Es fällt ihr schon schwer genug, für das Abendessen zu sorgen, selbst wenn sie sich wacker schlägt, seit Lorenzo tot ist. Es genügt ohnehin der Anblick der zur Erde gefallenen, orange vermatschten Aprikosen, dass es mir den Magen verdreht.

Esteban hat meinen Blick verfolgt und meine gedankliche Assoziation geteilt:

– Er war ganz schön rot, was?
– Ja, unglaublich. Sogar die Wimpern. Und die Sommersprossen. Er hatte überall welche, selbst auf den Fingern!
– Selbst auf den Ohren!

Ich lasse Esteban dümmlich über alle Körperregionen scherzen, auf denen sein Bruder Sommersprossen gehabt haben mochte und rotes Haar. Seine Blödelei tut mir gut und das Allerletzte, das ich für Lorenzo will, wäre, dass uns die Erinnerung an ihn einen solch heiligen Schrecken versetzt, dass wir unfähig wären, über ihn zu sprechen.

– Wie läuft's in der Schule?

Er rümpft leicht verächtlich und prahlerisch die Nase:

– Joah, läuft. Aber ich will nicht studieren. Ich bin nicht wie du. Sobald ich sechzehn bin, höre ich mit der Schule auf.

– Und was machst du, wenn du mit der Schule aufhörst?

Er plustert sich auf:

– Ich werde ein Star!

– Das ist doch völlig hirnamputiert. Star, das heißt doch gar nichts. Willst du Sänger sein, Schauspieler?

– Schauspieler und Sänger.

– Du singst falsch.

– Ich werde Unterricht nehmen, Maman hat es selbst gesagt.

– Ach ja, Maman ist auf dem Laufenden?

– Ja. Sie hat sogar gesagt, dass sie mich zu einem Casting bringt.

– Was für'n Casting?

– Weiß ich nicht.

– Du weißt es nicht? Aber warum gehst du dann überhaupt zu einem Casting?

– Model, glaube ich.

– Esteban, das ist keine gute Idee.

– Warum denn nicht? Ich find's gut, ich mag Stars und deren Leben.

Ich sehe ein, dass ich nichts dagegenhalten kann und dass Sweetie, nachdem sie den Suizid des einen erlebt hat, den anderen auf ihre Weise erretten wird. Verdammte Scheiße, reicht es ihr denn nicht, sich zweimal wöchentlich um ihre Stripteasestange zu winden? Reicht ihr denn ihre kleine, billige Bekanntheit nicht? Hat ihr denn nicht das Synchronschwimmen gereicht, das Eiskunstlaufen, die rhythmische Gymnastik, die abgebrochenen Karrieren ihrer drei Töchter? Nein, sie muss das mit dem einzigen Sohn, der ihr geblieben ist, neu aufziehen, unter dem Vorwand, dass er auf dem besten Weg wäre, von sagenhafter Schönheit zu sein. Ich wechsle das Thema, bin aber fest entschlossen, gegen den Traum meiner Mutter von Größe ins Feld zu ziehen:

– Erinnerst du dich noch, wo genau Gladys wohnt?

– Ja, in der Rue Consolat, ein gelbes Haus. Mit einer Schwalbe neben der Tür.
– Eine Schwalbe?
– Keine echte. Ganz schwarz. Ich erinnere mich daran, weil Claudette meinte, dass der Name des Hauses »Schwalbe« bedeutet. Wieso fragst du? Willst du hin?
– Nein, nur so.

In Wirklichkeit will ich natürlich hin, will ich natürlich sehen, wie diese hellsichtige Frau wirkt, die gegen meine Mutter schon bei deren Geburtsschrei Misstrauen hegte. Es ist lange her, dass ich, da ich hörte, wie meine Großmutter diese Geschichte erzählte, Traurigkeit empfand und Partei ergriff für meine Vorfahren und gegen die gemeinsame Feindin. Und außerdem habe ich ein schlechtes Gewissen wegen des Rings, den ihr meine Brüder gestohlen haben, ein Solitärring mit diamantenbesetzter Schiene, vollkommen untragbar und wahrscheinlich sündhaft teuer bei seinem Gewicht und der Anzahl der Diamanten.

Da ich eine Rückgabe beabsichtige, mache ich mich schon tags darauf schnurstracks auf in die Rue Consolat, eine Straße, ebenso ruhig wie ihr Name verheißt, gesäumt von Einfamilienhäuschen mit gut gepflegten Vorgärten. Die Villa von Gladys ist leicht zu finden: safrangelb verputzt, gebeugt unter einer alten Glyzinie, heißt sie »La Golondrina« und ist eine der wenigen in der Straße, die etwas Charme besitzen. Ich klingle, bewundere im Vorbeigehen die Schwalbe, von der mein Bruder eine so lebhafte Erinnerung bewahrt hat: nur der Schatten eines Vogels, mitten im Fluge fixiert und festgenagelt an die leicht bröckelnde Fassade, von der sich hier und da große Stücke gelben Putzes lösen. Man öffnet mir – eine Frau im Alter meiner Großmutter, die jedoch weitaus korpulenter als diese und trotz der erstickenden Hitze eingehüllt ist in bunte Wollschichten. Sie mustert mich wortlos, wartet darauf, dass ich etwas sage, was zu tun ich aber außerstande bin. Schließlich ziehe ich aus meiner hinteren Tasche den Ring und halte ihn ihr hin.

– Sieh mal an, Sie haben ihn wiedergefunden! Sind Sie von der Polizei?

Ich bin siebzehn Jahre alt, trage ausgefranste Shorts, ein ärmelloses Shirt, durch dessen sämtliche Öffnungen meine nackten Brüste rausdrängen, habe hochgebundene Dreadlocks, die mich fünfzehn Zentimeter größer werden lassen, ganz abgesehen von einer schwarzen Träne, die ich mir mit einem Eye-Liner auf den Wangenknochen gemalt habe, nach Art eines mexikanischen Gangmitglieds. Dass Gladys mich für eine Repräsentantin der Ordnungskräfte halten kann, das verweist mal wirklich auf eine außergewöhnliche Offenheit im Denken, weshalb ich mir ein Herz fasse:

– Äh, nein. Meine Brüder haben Ihnen den vor drei Jahren gestohlen. Und deshalb bekommen Sie ihn jetzt zurück, bitteschön.

Gladys bricht in ein solches Gelächter aus, dass ihr die Tränen kommen, sie ihr Gesicht in ihre knochigen Hände vergräbt und sich krümmt vor Lachen, eine Gestik, die mich angesichts ihres Alters und des Gefühlsausbruchs, den ich bei ihr hervorzurufen scheine, leicht beunruhigt. Die einzige alte Dame, die ich kenne, ist Claudette, die niemals lacht und sich vor starken Gefühlswallungen hütet.

– Möchtest du eintreten? Dann kannst du mir alles erklären.

Das Letzte, worauf ich Lust habe, ist eine Erklärung, ich trete aber dennoch ein, weil sie sympathisch zu sein scheint und weil das Zwielicht ihres Wohnzimmers verführerisch ist und es geheimnisvoll klirrt durch alle möglichen Lüster und Gehänge, Vogelkäfige und exotischen Mobiles, die ab und an von einem Luftzug bewegt werden. Sie lässt sich in ein Sofa fallen und verweist mich auf einen durchgescheuerten Samtsessel.

– Deine Brüder also sind Diebe?

– Ja. Aber sie waren klein, als sie das gemacht haben, neun oder zehn. Es tut mir wirklich leid. Wenn ich es vorher gewusst hätte ...

– Konnten sie nicht selbst kommen, anstatt dich an ihrer Stelle zu schicken?

– Einer von ihnen ist tot. Der ältere, Lorenzo.

Ihr breites Lächeln verblasst, doch sagt sie nichts. Stattdessen beginnt sie sich eine Zigarette zu drehen, zündet sie an, mustert mich nachdenklich hinter den Rauchschwaden. Und so fahre ich fort:

– Er hat sich umgebracht. Er war dreizehn. Und wissen Sie was, Sie kennen meine Großmutter. Und meine Mutter. Gewissermaßen.

Sie schweigt weiterhin. Und es greift, ich sage mehr als beabsichtigt, vielleicht, weil ich so sehr daran gewöhnt bin, meine vielköpfige Familie reden zu hören, abgesehen von Claudette und Esteban, so sehr gewöhnt auch an ihr unaufhörliches Geschwätz, dass Stille irritierend auf mich wirkt.

Sie haben meine Großmutter entbunden, vor vierundvierzig Jahren: Claudette Meuriant. Und das Baby von damals ist meine Mutter, sie heißt wie Sie: Gladys. Aber gut, das liegt weit zurück, ich weiß nicht, ob Sie sich erinnern.

Das Lachen kehrt zurück, ein Zusammenkneifen der Augen, dann ein Zittern auf ihren eigenartigen Lippen, die riesig, aber bar jeglicher Fülle wie auf ihr Gesicht gemalt sind, das ebenfalls sehr platt ist – gleich der Schnauze eines Pekinesenköters, die Nase kurz, beinahe vergraben zwischen den Nasolabialfalten, die Augenlider bedecken vergilbte Augäpfel und verleihen dem Blick etwas Klagendes.

– Schaust du dir meinen Mund an?

Und es stimmt, ich schaue ihn an, ich reagiere auf Münder – der von Sven, der immer den meinen sucht; der von Charonne am Tag der Beerdigung, zitternd und blau in der Maisonne; der von dieser im Zwielicht ihres Wohnzimmers sitzenden alten Frau, die faltig ist wie ein Leguan und seltsam wachsam wirkt hinter ihrer verschlafenen Mimik. Übrigens ist nur ihr Mund geschminkt, sind die Konturen hervorgehoben mit braunem Stift und das Fleisch der

Lippen himbeerrot überzogen. Da ich nicht antworte, zerdrückt sie wütend ihre Zigarette in einem Aschenbecher aus Jade:

– Nicht zu vergleichen mit dem deiner Mutter, was?

Die Augen treten mir förmlich aus dem Kopf, es schnürt mir die Kehle zu, ich huste in die letzte Wolke ihrer Zigarette:

– Was? Sie erinnern sich?

– Und wie! Hat man ihn zusammengeflickt, den Mund deiner Mutter? Denn schön war das ja nicht gerade.

– Ja. Mehr oder weniger.

– Ich habe es deiner Großmutter nicht gesagt, aber es war wirklich ein besonders schwerer Fall einer Hasenscharte: Man konnte sehr gut sehen, dass die Chirurgie nicht alles würde wettmachen können.

– So schlimm ist es nun auch wieder nicht. Sie hat lediglich eine leicht platte Nase. Und dann eine Art Narbe auf der Oberlippe. Und dann spricht sie noch absonderlich.

– Wirklich?

– Aber man weiß nicht, ob das an der Hasenscharte liegt. Sie stottert halt, und dann hat sie eben auch eine leichte Entenstimme.

Ich weiß genau, dass jetzt nicht der Augenblick ist, mich auszukotzen, zu sagen, dass meine Mutter sich mit dieser nasalen Stimme vergaloppiert und dabei immer wieder gnadenlose Urteile und aufbrausende Großtuereien von sich gibt – das, was der Schattenmund sagt, ich würde es gern für mich behalten, aber diese Entbinderin muss etwas von ihrer einstigen Macht behalten haben, denn ich entlade in ihren Schoß, der mit fusseliger Wolle bedeckt ist, mit einer Art Hosenrock in erdfarbenen und violetten Tönen, in eben diesen entlade ich meinen ungehaltenen und sicherlich unverständlichen Schwall. Sie versucht übrigens gar nicht erst, irgendetwas zu verstehen, sie wartet geduldig ab, bis ich fertig bin, um mich dann zu fragen:

– So bist du also die Tochter von Gladys Meuriant, unglaublich! Wie hat sie es bloß geschafft, eine so schöne Tochter wie dich zu bekommen?

– Jetzt heißt sie Chastaing. Und die Hasenscharte, so was vererbt sich nicht.

– Da irrst du dich gewaltig: es gibt da eine Veranlagung. Familien mit Hasenscharten.

– Und überhaupt, man sagt nicht mehr »Hasenscharte«.

– Ja, ich weiß, man sagt dazu jetzt Gaumensegelspalte, aber das ändert auch nichts.

Wir fordern einander mit Blicken, und plötzlich geht ein Windstoß durch die Muschelgirlanden, die von der Decke herabhängen.

– Wie kommt es, dass Sie sich so gut an meine Mutter erinnern?

Wieder bricht sie in Lachen aus, lässt zwischen ihren gelblichen Zähnen ein Stück ihrer Zunge aufblitzen, einer Menschenfresserin gleich, die mich in ihr lebkuchenfarbiges Haus gelockt hat, geködert von meinem frischen Fleisch.

– Ich erinnere dich daran, dass sie meinen Vornamen trägt.

– Sie sind nicht die einzige, die das Recht hat, sich Gladys zu nennen.

– Kennst du viele?

– Meine Mutter und Sie: Das macht schon zwei.

– Siehst du: Das ist kein so häufiger Vorname. Wie heißt du denn?

– Kimberly.

– War das eine Idee deiner Mutter?

– Nein, meines Vaters. Es ist der Titel eines Songs von Patti Smith.

Und da haben wir's, es geht weiter, obgleich sie mich ja so gut wie nichts gefragt hat, verfalle ich erneut in Vertraulichkeiten, dass ich eben eine Spezialistin sei für Vornamen, blablabla, wo ich doch gerade erst erfahren habe, was mir den meinen eingebracht hat, und dass meine Schwestern russische Vornamen tragen und ich beinahe Anastasia geheißen hätte, meine Brüder aber das Recht auf lateinische Vornamen hatten, dass gestern mein Geburtstag war, et cetera pp. Ich bin nicht zu bremsen, wie meine Mutter, wenn sie einmal losgelegt hat und es ihr ziemlich hupe ist, zu erfahren, ob ihr Scheißleben überhaupt jemanden interessiert. Und auch darüber spreche ich vor dieser anderen Gladys – ich spreche über dieses entmutigende und zu nichts führende Leben, über all diese Vorbilder, denen man besser nicht folgt, die aber auch die einzigen sind, die man mir an die Hand gegeben hat. Sie lacht nicht mehr, sie schenkt mir aufmerksam Gehör, ihr langmütiges Gesicht, über das sich kaum merklich ein Hauch träumerischer Traurigkeit legt, als meine Erzählung heftig wird – die von Lorenzo erlittenen Nachstellungen, sein Suizid und seine Beerdigung. Ab und an dreht sie den Solitärring an ihrem knochigen Ringfinger, dreht dabei die Fassung zum Handteller hin und betrachtet ihn neugierig. Als ich endlich aufhöre zu sprechen, atem- und einfallslos, stößt sie einen Seufzer aus und bietet mir etwas zu trinken an.

– Was haben Sie denn?

– Bier, Pastis, Whisky, Cola, San Pellegrino ...

– Bier ist gut.

Sie macht sich in ihrem dunklen und verrauchten Wohnzimmer zu schaffen. Ein Sittich stößt einen schrillen Schrei aus und wirft sich gegen die Gitterstäbe seines Käfigs, an die er sich mit Schnabel und Krallen klammert. Umgehend antworten ihm andere Vögel überall im Raum aus Käfigen heraus, die ich noch nicht mal bemerkt hatte, die aber überall von der Decke hängen oder auf dem Boden stehen. Sie reicht mir eine Flasche Heineken:

– Ich habe einen Beo, möchtest du ihn sehen?

Sie führt mich zu einem großen, teils mit einem bestickten Plaid bedeckten Standkäfig, den sie feierlich lüftet.

– Nun denn, Madame, nun denn, so höret nun Orest!

Aus seinem fürstlichen Käfig heraus blickt uns ein schwarzer Vogel mit gelb umrissenen Augen verstohlen an.

– War er es, der gesprochen hat?

– Ja. Er ist sehr gesprächig. Wenn du deine Ruhe haben willst, musst du den Käfig abdecken.

– Nun denn, Madame, nun denn, so höret nun Orest!

– Was redet er da?

– Er will, dass du ihm zuhörst. Er heißt Orest.

– Aber er rezitiert was, oder?

– Ja. Racine. Er mag Poesie. Er kennt haufenweise Verse.

Dass es ein Spatzenhirn schafft, Alexandriner zu behalten, derlei aber keinem einzigen Mitglied meiner vielköpfigen Familie je gelungen ist, genau dies spricht Bände über deren Hirne. Zufrieden darüber, seine kleine Nummer gemeistert zu haben, flattert Orest von Gitterstab zu Gitterstab, schwatzt ein wenig, und kreischt dann in einem Anflug von Wildheit:

– Es streichelte ein Zephyr die Natur,
Süß schlief die Lis' auf grüner Flur!

Ebenso plötzlich taucht Gladys ihn wieder zurück in seine künstliche Nacht: hopp, Vorhang über Orest und sein erstaunliches Repertoire. Sie geht zurück zu ihrem Sofa und seufzt ein weiteres Mal. Vielleicht weiß sie nicht, wie sie unser Gespräch zu Ende bringen soll, aber das ist ihr Bier, ich, ich fühle mich wohl in diesem trauten Zwielicht mit all diesem Gefieder, das flötet, trillert und gurrt, mit diesen klingelnden Muscheln, und dieser zweiten Gladys, die ebenso unerschrocken ist wie meine Gladys cholerisch, ebenso schweigsam wie die meine redselig. Aber letzten Endes habe ich doch mehr von ihr als ich dachte: Was reitet mich nur, dieser Unbekannten meine Lebensgeschichte zu erzählen? Was reitet mich nur zu glauben, dass sich jemand für mein Leben interessieren könnte? Das Leben der Leute ist vollkommen nervtötend und in Wahrheit nicht mitteilbar. Mich jedenfalls nervt es, das Leben, die Leute, die Mitteilsamkeit, all diese Mitteilungsanstrengungen, die man notgedrungen und ununterbrochen zu leisten hat und das auch noch in der Überzeugung, nicht verstanden zu werden. Urplötzlich ermüde ich, einerseits von mir selbst, andererseits von all den Anstrengungen, die noch zu leisten sind, um den Anschein eines sozialen Lebens, ja von Leben überhaupt zu wahren. Sie, die Menschenfresserin mir gegenüber, sie spürt, dass meine Stimmung in den Keller zu sinken droht und dies uns beide überfordert, sie spürt, dass ich gerade einfach nur einen Monat des Kummers, des Bedauerns, des Grolls verbüße, ach, so viele Gefühle, die ich von mir fernzuhalten versucht hatte, und die mich jetzt doch einholen in diesem exotischen und warmen Wohnzimmer, das dem unsrigen mit seinem riesigen Plasmabildschirm, den Ikeasofas, dem Buffet aus der Linie der Meuriants und dem Schrank der Vidals diametral entgegengesetzt ist.

– Willst du noch ein Bier?

– Ja, warum nicht. Sie waren also Hebamme?

– Keineswegs, ich war Kinderkrankenschwester. Aber ich bin es nicht lange geblieben. Nach drei Jahren habe ich es vorgezogen, in die Onkologie zu wechseln.

– In was?

– Station für Krebserkrankungen, wenn du so willst.

– Darf man das einfach?

– Wie, einfach? Ich hatte schließlich meine Ausbildung als Krankenschwester.

– Das ist merkwürdig. Andersrum hätt' ich es besser verstanden.

– Wie? Dass ich von den Todgeweihten zu den Neugeborenen wechsle?

– Ganz genau.

– Ich hatte nichts gegen Neugeborene, wohlgemerkt.

– Ach ja?

– Nein, was mich störte, das waren die Niederkommenden.

– Die was?

– Na die Mütter, die dickbäuchigen Mädels, die Mädels, die gerade dabei sind, ihre Scheißer auszubrüten, als hätte das vor ihnen noch nie jemand gemacht.

– Na ja, Sie waren halt Krankenschwester, Sie waren abgestumpft, ganz klar, aber wenn es das eigene Baby ist ...

– Ich konnte immer verstehen, dass sie bewegt waren, glücklich, der schönste Tag ihres Lebens, all das eben.

– Ja und? Wo war das Problem?

– Plötzlich wurden sie weinerlich, fordernd, launisch.

– Gebären tut doch weh, oder?

– Was weiß ich, ich habe nie Kinder gekriegt. Aber ich gebe zu, dass es sehr schmerzhaft aussieht. Glücklicherweise haben wir jetzt die Periduralanästhesie.

Endlich jemand, der den Malthusianismus umgesetzt hat, den ich bei jeder Gelegenheit predige – denn es reicht, dass ich auf ein Gör im gebärfähigen Alter treffe, und schon singe ich mein Lied, was meist schlecht ankommt, aber das ist mir schnuppe.

– Und warum wollten Sie dann überhaupt Kinderkrankenschwester werden?

– Och, keine Ahnung. Ich wollte mal sehen. Mal in alle Spezialisierungen reinschnuppern.

– Wie war denn meine Großmutter bei ihrer Geburt?

Und wieder lacht die Menschenfresserin bis ihr die Tränen kommen:

– Stoisch. Sie hat deine Mutter hinauskatapultiert, ohne die Zähne auseinanderzureißen.

– Und warum mussten Sie bei ihr so rumbitchen?

– Drück dich gewählter aus, wenn du willst, dass ich dir antworte.

– Warum, bitteschön, waren Sie dann ihr gegenüber so gemein?

– Sagt sie das?

– Sagte. Sie spricht beinahe nicht mehr.

– Alzheimer?

– Keineswegs. Sie ist noch gut beisammen. Sie ist nur traurig und schließt sich tagelang in ihrem Zimmer ein.

– Depression?

– Ach hören Sie mir auf mit Ihren Diagnosen. Keine Ahnung, was meine Großmutter hat, echt nicht!

– Wie auch immer, ich war auf keinen Fall gemein. Nur ein wenig mürrisch, aber nicht mehr und nicht weniger als bei anderen auch. Ich erinnere mich sehr gut an diese Niederkunft, ob du's glaubst oder nicht.

– Claudette sagt, dass Sie schroff waren, dass Sie ihr wehgetan haben, als Sie sie reinigten. Und dass Sie ihr Baby voller Ekel angesehen haben. Und dass Sie nicht wollten, dass meine Mutter Ihren Namen trägt.

– Ich habe nichts dergleichen gesagt. Und die Waschung einer Niedergekommenen, an der man eben erst einen Dammschnitt vorgenommen hat, die tut immer ein wenig weh, so ist das nun mal.

– Was nichts daran ändert, dass es ihr erstes Kind war und Sie ihr deutlich zu verstehen gegeben haben, dass es richtig grässlich war.

– Deine Mutter *war* grässlich. Eines der allerübelsten Babys, die ich je gesehen habe. Und ich habe nichts gesagt, noch getan, was deine Großmutter hätte verletzen können.

– Sie behauptet etwas anderes.

– Paranoia.

– Ich habe Ihnen bereits gesagt, dass Sie sich ihre wohlfeilen Diagnosen sparen können.

– Magst du einer alten Frau die eine oder andere Betriebsblindheit durchgehen lassen? Meiner Meinung nach war es deine Großmutter, die von ihrer eigenen Tochter entsetzt und angeekelt war. Das will sie eigentlich sagen, wenn sie behauptet, dass ich sie malträtiert hätte.

– Ich mag, wie Sie reden.

Sie lächelt und bläst mir den Qualm ihrer Zigarette unter die Nase. Dass mir das unangenehm sein könnte, schert sie einen Dreck, und zugleich spüre ich doch ihre Aufmerksamkeit mir gegenüber und ihre Sorge um mein Wohlbefinden: Sie hat mir Oliven angeboten, salzige Kekse, ein zusätzliches Kissen ...

– Ist aber trotzdem komisch, dass es eine Frau gibt, die meinetwegen Gladys heißt. Ich dachte, dass es ein Witz sein sollte, eine

Provokation seitens deiner Großmutter. Und dann, am nächsten Tag, als der Standesbeamte ins Zimmer schaute und deine Großmutter »Gladys« sagte ... Ich war dabei, weißt du, und ich war ganz schön baff.

– Das war auch wirklich nicht der vorgesehene Name. Sie wollten sie Fabiola nennen.

– Ich erinnere mich auch gut an deinen Großvater, diese Geschichte scheint mich wirklich getroffen zu haben.

– Wie war er?

– Gekränkt wie ein Affe. Die Klinik hatte ihn angerufen, um ihn wissen zu lassen, dass seine Frau gerade entbunden hatte, und da war er dann, breit lächelnd, in einem schönen Anzug, mit einem Strauß Blumen. Ganz offensichtlich hatte ihn niemand darauf vorbereitet, dass sein Baby eine Hasenscharte hatte. Man kündigt solche Dinge nicht am Telefon an. Als er auftauchte, hatte er schon alle Welt angebaggert, fehlte gerade noch, dass der Blumenstrauß für uns, die Mädchen der wachhabenden Mannschaft, gewesen wäre. Er hat völlig über die Stränge geschlagen, und wir alle waren peinlich berührt. Wir wussten ja auch, dass ihm ein Schock bevorstand. Als er aus dem Zimmer wieder heraustrat, wirkte er, als hätte er einen Stock verschluckt, kein Wort zu niemandem mehr, kein Lächeln, aus. Monsieur war nicht zufrieden. Er hätte es dem Geschäft gern zurückgegeben, sein grässliches Baby.

– Sie sind gemein.

– Ja, ja, ich bin gemein und außerdem bin ich müde, ich werde dich gehen lassen, Schätzelein, aber du kannst wiederkommen, wann immer es dir beliebt. Und mir, wenn du magst, auch deinen Bruder, deine Mutter, deine Großmutter mitbringen.

Diesmal bin ich es, die in Lachen ausbricht:

– Wohl kaum. Aber ich komme wieder.

– Ich zähle darauf, Kimberly Chastaing.

– Und Sie, wie lautet ihr Familienname?

– Espérandieu: So was lässt sich nicht erfinden.

Doch, Namen lassen sich erfinden, die Vornamen, die Spitznamen. Spitznamen vor allem, und Lorenzo wusste das nur zu gut. Gladys Espérandieu hätte ich auch erfinden können, so sehr ähnelt sie einer Märchengestalt in ihrem unter der Glyzinie kauernden Haus, mit ihrem sprechenden Beo und ihrer prächtigen Angorakatze, die auf mich springt, als ich gerade gehen will, hopp, mit einem Sprung ist sie auf meinem Schoß, rollt sich dort ein und beginnt zu schnurren. Vorsichtig nähere ich meine Hand ihrem graucremegestreiften Fell, sie hebt vertrauensselig ihren Blick zu mir empor, zeigt ihr kleines strubbeliges Kinn und ist sich sicher, dass ich sie streicheln, vielleicht sogar kraulen werde, direkt unter der Gurgel, dort wo es vibriert. Gegen meinen Willen beginne ich, »Die Katzen« zu rezitieren, anfangs ganz leise, dann, als ich merke, dass es ihnen beiden gefällt, der Katze wie ihrer Besitzerin, lauter und selbstsicherer. Gladys ist ganz schön baff, um ihren Ausdruck von eben zu verwenden.

– Du kennst Baudelaire, sag mal?

– Ja. Ich bin sein Fan.

– Na so was, vielleicht wirst du mich mit deiner Generation noch versöhnen.

Und damit erhebt sie sich und bringt mich zur Tür. Ausquartiert, stößt ihre Katze ein verärgertes Miauen aus und flitzt in den Garten.

– Wie heißt sie?

– Beau-Minon.

– Hübsch.

– Hast du eine Katze?

– Nein. Wir haben drei Hunde.

– Möchtest du Aprikosen. Ich habe ganz viele. Ich weiß nicht mehr, wohin damit.

– Nein, bloß nicht.

Ich haue ab, bevor ich den Baum zu sehen bekomme, dessen Krone beladen ist von diesen orangefarbenen Früchten, die ich nicht mehr ausstehen kann, rasch, rasch, hinaus in die laue Abendluft. Gestern war mein Geburtstag, mein Geschenk aber habe ich heute bekommen: eine alte Frau, die keine Kinder hatte, die Baudelaire kennt und die zuzuhören weiß, wenn man mit ihr redet; ein Lebkuchenhaus, ein Beo, der Racine rezitiert, und eine Katze mit rätselhaften Augen, wie geschaffen für mich, die ich ja nur Baudelairesche Papierkatzen kannte bislang und den furchtbaren Kater der Hausmeisterin, dieses abgemagerte Raubtier, dessen Augen, alles andere als rätselhaft in unschöner Linie oberhalb seiner schmalen Schnauze zusammenliefen; Typhus, diese Katze, derer sich die dem Menschen kleinen Wölfe bedienten, um mein Lämmchen zu quälen – denn wie man es auch drehen und wenden mag, der Mensch ist ein Tier und ich lebe inmitten von Schweinen, blutrünstigen Raubtieren und ihrer zitternden Beute, wo ich doch verzweifelt lechze nach Menschlichkeit.

18. FREED FROM DESIRE

Da ich nicht stören möchte, lasse ich einige Tage verstreichen, brenne aber darauf, wieder in die Rue Consolat zu gehen. Zumal zuhause die Atmosphäre bedrückender ist als je zuvor, mit meiner Mutter, die sich in den Kopf gesetzt hat, dass ihr Traum von Größe endlich in der Person ihres letzten Kindes Aussicht auf Verwirklichung finden soll. Gut möglich auch, dass sie entschieden hat, zwölf Jahre sträflicher Vernachlässigung wettzumachen, weshalb sie sich seit Neuestem in Esteban verbissen hat und ihn mit absurden Vor- und Ratschlägen verfolgt. Und nicht im Geringsten davon genervt, begeistert sich der arme Junge auch noch darüber, zu spüren, wie sein Leben plötzlich Berücksichtigung findet, sodass all meine Warnungen an der Mauer seiner Erleichterung und kindlichen Dankbarkeit zerschellen.

Sven seinerseits hat sich in mich verbissen, was zur Folge hat, dass nirgends Ruhe zu finden ist. Seit Lorenzos Tod hat er sich vorgenommen, mich mit dem Leben zu versöhnen und mich qua sexueller Erfüllung von allen Suizidgedanken fernzuhalten. Keine zwei Minuten sind vergangen und schon fängt er an, an mir herumzufummeln und will mich in sein Zimmer ziehen – oder an den nächstbesten Ort, der ihm geeignet erscheint für unser Liebesspiel, ein Gebüsch, ein Portalvorbau, die Toiletten des Clubs, in den wir jeden Samstagabend gehen, es kümmert ihn wenig, er ist nicht pingelig, im Gegenteil, je größer die Gefahr, ertappt zu werden, desto mehr reizt es ihn, mich aber reizt es nicht.

Er, der er sich seiner Talente und erotischen Macht, die er auf mich ausübte, so sicher wähnte und mithin dazu neigte, mich stolz zu vögeln, genau er hat kürzlich erst angefangen, mich ängstlich und selbst mitten im Akt zu befragen: »Gut so? Magst du das? Bist du gekommen? Willst du mehr?« Und hinterher ist es nur noch schlimmer, er blickt mich triumphierend an und zwinkert mir verschwörerisch zu oder fragt mich noch zigmal ob es gut war, ob ich auch wirklich gekommen sei und wie häufig, bis ich mich schließlich vor dem Orgasmus ekle, worin denn auch der Grund liegen mag, dass es mir immer seltener gelingen will, einen zu kriegen. Verdammt, echt, ich mach's mir, seit ich zehn bin, und war immer in Nullkommanix gekommen, ob mit oder ohne Sven, aber jetzt, nichts zu machen, allerhöchstens bin ich kurz davor, und wenn es mir gelingt, dann ist es mühsam, schwach, beinahe schmerzhaft. Es wirkt wie Lust, ist aber keine.

Es reicht mir schon, Svens Erektion gegen meinen Bauch oder in meinem Rücken zu spüren, seinen Schwanz, der sich auf und gegen alles richtet, zu sittlicher Stunde oder um fünf Uhr früh, trunken oder nicht, ob wir gerade schon gevögelt haben oder erst am Vorabend, und ich will einfach nur aufschreien. Ich will keinen Sex mehr, und wenn ich meinen sich sträubenden Körper dem dann doch aussetze, weil ich nachgebe, um meine Ruhe zu haben, da es andernfalls den Supergau darstellt, das Ende von allem, und Sven die Augen aus dem Kopf treten, er durchdreht, kurz davor ist, zu flennen, kurz und gut, wenn ich mich dem dann doch aussetze, dann wäre ich zumindest gern davon befreit, kommen zu müssen, ich habe ja wohl schon gegeben, habe jahrelang kommen können, ohne dass die Maschine ins Stocken geraten wäre, und ich habe ein Anrecht auf sexuelle Pannen, auch ich. Gleichwohl muss ich Sven zugestehen, dass seine eigene Maschine keine Pannen kennt und soweit ich weiß nie welche kannte, bei mir genauso wenig wie bei den anderen, seinen zahlreichen anderen Eroberungen, die mich nicht interessieren, an denen er sich aber berauscht, vor allem, wenn es darum geht, gegen meinen mangelnden Elan zu protestieren:

– Fick dich halt, geh doch zurück zu Deiner Flora, wenn sie's so geil findet, zu blasen! Oder zu der anderen da, Coralie, die Schlampe, die nie genug kriegt! Fick dich doch, und zieh Leine, und geh mir

nicht länger auf die Eier! Wann will das endlich in dein Hirn, dass ich ab und zu auf was anderes Bock habe, als gestopft zu werden? Und eben nein, es will es nicht, es ist völlig untragbar, es stellt alles infrage, mich, ihn, uns, und ich belüge mich ohnehin selbst: In Wirklichkeit vergehe ich vor Lust und dies ist nur das Mittel, das ich gefunden habe, ihn zu quälen. Und so gebe ich an neun von zehn Malen nach und ertrage über Stunden seine Lendenstöße, was immerhin besser ist, als sich stundenlang in den Haaren zu liegen, vor allem, wenn es aufs gleiche Ergebnis hinausläuft: Sven, der mich rannimmt und den Moment erlauert, da meine Augen sich verdrehen. Vortäuschen? Ich habe daran gedacht, doch lieber würde ich verrecken, als an diesen Punkt zu gelangen, und überhaupt wüsste ich noch nicht einmal, wie ich es anzugehen hätte, wo ich doch nicht allzu überschwänglich bin, wenn ich komme. Ich weiß nicht, wie es die anderen machen, oder besser gesagt, ich kenne nur die Versionen von Sven, der es sich nicht nehmen lässt, mir zu berichten, dass manche schreien, unter ihm ausschlagen, oder vor Lust drauflos heulen. Ich möchte es glauben, doch auszuschlagen ist meine Sache nicht und noch weniger zu heulen, welche Masche also simulieren, damit es überzeugt?
Dies alles nur, um deutlich zu machen, dass meine Besuche bei Gladys Espérandieu eine Erleichterung darstellen. Jedes Mal, wenn ich in Sichtweite ihres gelben, niedrigen und unter der Glyzinie kauernden Hauses komme, jedes Mal, wenn ich an ihre Tür klopfe, habe ich das Gefühl einer Waffenruhe, eines Burgfriedens, der willkommen geheißen ist von Vogelrufen, Katzengejaule und dem kehligen Lachen meiner geliebten Hexe, die stets glücklich ist, mich zu sehen, sich aber niemals geniert, mich hinauszukomplimentieren, wenn sie genug von mir hat, müde ist oder Dinge erledigen muss.

– War's gut auf der Krebsstation?

– Ich weiß nicht, ob man sagen kann, dass es gut war. Aber es war interessant und sinnvoll. Ich fühlte mich nützlich.

– Seit wann sind Sie in Rente?
– Vor zwölf Jahren habe ich aufgehört zu arbeiten. Aber ich war schon eine ganze Zeitlang keine Krankenschwester mehr.
– Ach ja? Warum?
– Hmmm ... Das ist eine komplizierte Geschichte, Kimberly. Aber ich werde sie dir erzählen, wenn du mich weiterhin besuchen kommst.
Ich komme wieder. Zwischen zwei Lerneinheiten für das Französisch-Abitur, ein Thema, das Madame Espérandieu zu faszinieren scheint, während in meiner vielköpfigen Familie sich auch wirklich jeder auf königliche Manier einen feuchten Dreck drum schert. Selbst Esteban hat keine Zeit mehr für mich übrig, jetzt, da er mit seiner Mutter von einem Casting zum andern rennt; selbst Sven findet mich übertrieben streberhaft:
– Gehen wir heut' Abend aus, Kim?
– Ich kann nicht: ich muss meine kulturellen Bewegungen noch mal durchnehmen.
– Kannst du das nicht morgen machen?
– Wenn wir heute Abend weggehen, bin ich morgen im Arsch.
– Komm schon! Wir trinken auch nichts und bleiben nicht lange.
– Sven, das Schriftliche ist in drei Tagen!
– Du bist doch eh saugut in Französisch: was willst'n da noch lernen?
Er insistiert, droht, mich von zuhause abzuholen, wo er doch ganz genau weiß, dass ich nicht will, dass meine Familie von seiner Existenz erfährt, was der Anfang wäre von Scherereien ohne Ende. Ich gebe nach, und zwar auf sein festes Versprechen hin, dass wir nicht trinken werden und vor zwei wieder zuhause sind, woraufhin wir uns also im *Pacha* treffen und in Nullkommanix besoffen sind.
Ich tanze gerne. Ich bin auch gern im Rampenlicht mit dem, was mir geblieben ist von der rhythmischen Gymnastik, ein schnell hingelegter Spagat oder ein Bücksprung, um Eindruck zu schinden.

Sven nervt es, wenn ich ihm die Show stehle, aber da ich seine ihm angestammte Freundin bin, fällt etwas von meinem Ruhm auf dem Dancefloor auch auf ihn ab. In dieser Nacht legt der DJ gute Musik auf, nichts wirklich Außergewöhnliches zwar, da ja immer was für jeden dabei sein muss: ordentlich Techno, aber auch Pop und Disco. Ich bin davon genervt, von diesem Ökumenismus der Samstagsnächte, weshalb ich dann auch aufs Tanzen verzichte, als ich »Freed from Desire« erkenne, einen alten Gala-Hit, eine Nummer, die noch zurückreicht in die Zeit vor meiner Geburt oder fast jedenfalls, und mich auf eine der noch frei gebliebenen Bänke fallen lasse. Ich achte kaum auf den Text, der mir das übliche Gewäsch über Liebe und Freiheit zu sein scheint, es dann aber doch schafft, in mein Bewusstsein zu dringen: freed from desire, mind and senses purified ... Ich ziehe mir den Rest meines lauwarmen Pelforth rein und fasse meinen fünften Vorsatz, sieh an, das hatte ich schon lang nicht mehr, dass ich mich nämlich lossagen werde von der Begierde und all den Absurditäten, die aus ihr hervorquellen, direkt vom Geschlecht hoch ins Hirn und wieder runter vom Hirn ins Geschlecht in einer Art Höllenrundfahrt: Kommt gar nicht mehr infrage, dass ich mich von Svens Schwanz oder meinen eigenen libidinösen Ansprüchen tyrannisieren lasse.
Mit der durch meine Entscheidung plötzlich hervorgerufenen Erleichterung gehe ich wieder tanzen, zurück zu Sven, der nichts ahnt und zu seinem üblichen Liebesgehabe um mich herum ansetzt, fehlt gerade noch, dass er sich wie ein Flachlandgorilla die Brust betrommelt. Aber all das ist vorbei, basta, Schluss, aus, und wenn Sven nicht glücklich ist, dann soll er sich halt einen von der Palme wedeln, was zu tun er sich ohnehin nicht nehmen lässt. Ich informiere ihn nicht gleich über das Ende des Begehrens, ich lasse Rihanna auf Gala folgen, »Who's That Chick?«, ein Song, den ich auch nicht gerade besonders mag, dem ich aber zugestehen muss, dass er zur Situation passt: Music is all I need, Baby, I just wanna dance, I don't really care ... Und da hast du's, Baby, das genau ist

es, Musik ist alles, was ich brauche, dem noch irgendwas hinzuzufügen lohnt sich nicht, ich will tanzen, der Rest ist mir schnuppe, dein einengendes Begehren und was vom meinen bleibt – und das wird, wenn es dir beliebt, so weitergehen bis ans Ende der Nacht, feel the adrenalin, moving under my skin, it's an addiction, such an eruption, sound is my remedy, feeling my energy, music is all I need ...
Als wir ins fröstelnde Morgengrauen hinaufsteigen, erinnert mich das erste Gezwitscher der Vögel an die »Golondrina« der Gladys Espérandieu, jenen Ort, den ich gereinigt und befreit mir erhoffe von aller Begierde – wiewohl man diese Art Sicherheit nie haben kann. Auch denke ich an Lorenzo, wie jedes Mal, wenn ich zu dieser frühen Stunde wach bin, doch macht mich der Kummer noch unerbittlicher, als es gilt, Sven mitzuteilen, dass wir nicht gemeinsam nach Hause gehen werden. Er kann noch so sehr beharren, mich zuerst umschmeicheln, dann drohen, die Nacht mit einer Schlampe zu Ende zu bringen, die ihn heiß gemacht habe auf der Piste und die jetzt ihre Kippe unweit von uns raucht und wahrscheinlich nur darauf wartet, rauszukriegen, ob das hier jetzt ihre Chance sei, mir doch egal. Möge er sie sich draufsetzen, es sei ihm vergönnt, meine Liebe ist keine ausschließliche, und wenn eine andere für einige Zeit die Führung übernehmen, den sexuellen Hunger Sven Marinellos befriedigen kann, dann umso besser, und möge Gott sie segnen. Und damit mache ich dramatisch auf dem Absatz kehrt, ziemlich glücklich mit der erzielten Wirkung und über die rosige Sonne, die genau in diesem Augenblick aufleuchtet. Ich werde nach Hause gehen, werde schlafen, essen, und mir dann Notizen machen zum Barock und Klassizismus. Wenn Sven seine Schickse ausgebürstet haben wird, wird er dankbar auf sie zurückgreifen, auf meine Notizen.
Das Abi verläuft ohne Zwischenfälle, und schon Ende Juni stehe ich untätig da, hat doch niemand es für nötig befunden, für uns, Esteban und mich, die Ferien zu organisieren. Meine vielköpfige

Familie denkt, dass uns die Tatsache, am Meer zu wohnen, davon entbindet, auch nur irgendwohin zu fahren, und so geht das schon seit Jahren. Zum Glück habe ich den Garten, den Strand und meine Besuche bei Gladys Espérandieu.

– Demnächst musst du mir wirklich mal deine Großmutter mitbringen.

– Unmöglich, das habe ich Ihnen schon gesagt, sie hasst Sie auf den Tod.

– Aber weswegen denn? Ich versichere dir, dass ich sie aufs Professionellste behandelt habe.

– Ihre Erinnerung lautet anders.

– Und doch hat sie ihre erstgeborene Tochter Gladys genannt, als hätte sie eine Verbindung knüpfen wollen zwischen uns. Und ja, stimmt, im ersten Augenblick fühlte ich mich richtig gekränkt.

– Das genau sagt Claudette auch – meine Großmutter. Und jedes Mal, wenn sie von der Geburt meiner Mutter erzählt und an diese Stelle gelangt, könnte ich mich totlachen. Ich find' das genial, als Rache!

– Hörst du mir eigentlich zu, Kimberly, wenn ich mit dir rede? Ich sage dir doch, dass ich mir da nicht so sicher bin, ob es sich um Rache handelt. Das ist die Version deiner Großmutter, aber die Wirklichkeit ist komplizierter.

– Warum fühlten Sie sich denn gekränkt, wenn es keine Rache war?

– Würdest du etwa den Vornamen von jemandem, den du verachtest, deinem ersten Kind geben?

– Natürlich nicht. Aber es war doch nur, weil sie keine Ahnung hatte und der erste Name, der ihr in den Sinn kam, der Ihre war, wo sie ihn doch vor Augen hatte, geschrieben auf Ihrem Namensschild.

– Du wirst mich nicht von der Idee abbringen, dass es eine Art Ehrerbietung war und deine Großmutter war wie ich: Sie mochte kein Aufhebens, und dass ich ein wenig grob zu ihr war, hat sie nicht gestört. Tatsächlich hatte ich sogar den Eindruck, dass sie leicht lesbisch war, deine Großmutter!

Meine geliebte Hexe bricht in ihr furchterregendes und unwiderstehliches Lachen aus, während ich auf dem Samtsessel vergehe, der mir von nun an zugedacht ist.

– Unsinn! Warum sagen Sie denn so was?

– Reg dich ab, Kimberly, da ist nichts Schlimmes dran. Das war nur eine Vermutung!

– Warum? Sind Sie denn etwa lesbisch?

– Überhaupt nicht, falls du's wissen willst, auch wenn ich so wirke!

Und es stimmt, sie wirkt so mit ihrer Raucherstimme, ihrem grauen Bürstenschnitt und ihren unförmigen Kleidern. Aber als ich ihr dies sage, schimpft sie mich liebevoll:

– Sieh an, die Klischees lassen grüßen! Aber du kannst mir glauben, mehr hetero als ich geht nicht.

– Wie meine Großmutter.

– Na ja, Sex schien Claudette Meuriant jedenfalls nicht besonders zu mögen!

– Ach ja? Woran haben Sie das gesehen?

– Ich habe viel Erfahrung, Schätzelein.

– Erfahrung worin?

– Scheint dich ja zu interessieren, das Thema Sex.

– Nicht wirklich. Was mich daran interessiert, ist, dass es die Leute interessiert.

– Warum? Bist du frigide wie deine Großmutter?

– Na ja, eher nicht. Jedenfalls nicht bis jetzt. Aber im Moment fällt's mir schwer.

– Zu kommen?

– Zu vögeln. Ich hab' keine Lust mehr.

– Dein Bruder ist vor zwei Monaten gestorben. Da ist es doch völlig normal, wenn deine Libido auf Halbmast steht.

– Sagen Sie das mal meinem Typen.

– Sag es ihm selbst. Er sollte das doch wohl begreifen.

– Er sollte begreifen, dass ich keine Lust mehr auf ihn habe? Ne, so einer ist der nicht. Und außerdem ist nicht er das Problem.

– Ist er ein guter Liebhaber?

– Ich glaube schon. Ich hab' keinen Vergleich: Er ist mein erster.

– Dann vergleiche. Versuchs mit anderen.

– Na ja eben, es reizt mich nicht. Ich hab' einfach keine Lust mehr. Nicht mit ihm, nicht mit anderen.

– Wie alt bist du nochmal? Siebzehn? Es wäre schade, wenn du der Liebe abschwürest, wo du doch noch gar nicht weißt, worum es dabei geht.

– Pfff, und ich hab' eben den Eindruck, damit schon durch zu sein.

– Armes Dummchen!

– Das Fleisch ist müde ...

– Spiel hier nicht die Neunmalkluge, das Fleisch, da hast du keine Ahnung von, und nur weil du Mallarmé zitierst, heißt das noch lange nicht, dass du alle Bücher gelesen hast. Kennst du *Ein Grab für Anatole*?

– Von Mallarmé?

– Aber ja. Lies es. Du hast deinen Bruder verloren, du hast Trost nötig.

Wie nur soll ich ihr mitteilen, dass ich ihn ja hier finde, den Trost, in dieser Straße, die seinen Namen so schön trägt, und bei einer in Rente stehenden Krankenschwester, die die Dichtung des neunzehnten Jahrhunderts schätzt, was mir wenigstens eine Gemeinsamkeit mit jemandem lässt, mir, die ich gerade beginne, schier alle zwischenmenschlichen Bande zu lösen, auch und in erster Linie zu Sven?

Es muss gar nicht erst gesagt werden, dass er meinen Vorschlag eines erotischen Burgfriedens, der für ihn einer verkappten Trennung gleichkommt, äußerst schlecht aufgenommen hat. Seither verlaufen all unsere Unterredungen auf katastrophale Weise: Entweder bekommt er einen Wutausbruch oder aber er heult und klebt mir an den Beinen. Ich setze keinen Fuß mehr ins *Pacha*, da ich sichergehen kann, ihn dort anzutreffen, und zwar jedes Mal mit einer neuen Eroberung – und er, dessen Augen über den Kopf seiner Ische hinweg leuchten und im Halbdunkel des Clubs nach den meinen suchen: Siehst du, ich habe nicht lange gebraucht, um dich zu ersetzen, du dämliche Schlampe, haste gesehen, haste gesehen, wie heiß die ist? Und es stimmt, sie sind es, auf Sven ist Verlass, wenn es gilt, echte Geschosse an den Start zu bringen, angefangen bei mir. Denn es muss ja wohl anerkannt werden, dass ich ihm in nichts nachstehe, und dass ich, wenn er das Spiel unbedingt spielen will, die Mittel habe, sämtliche Typen nach meiner Pfeife tanzen zu lassen, was ich auch tue, sobald Sven mir zu sehr auf die Nerven geht, wenn er mit seinen Ladys protzt, sie heißblütig knutscht, sie zu den Toiletten schleift, wo er mich so oft gevögelt hat, mit der Klobrille als Stütze, auf dass ich ihm meinen schön gestrafften Hintern oder meine Muschi auf richtiger Höhe hinhalte. Armer Trottel, wenn du glaubst, mich damit zu treffen. Aber doch, ja, es trifft mich, und ich kann nicht behaupten, keine Reue zu empfinden, wenn ich ihn sich bewegen sehe zu »Show Me Love«. Liebe zeigen, das kann er, der gute Sven. Und tanzen, das kann er auch. Er kann mir nicht das Wasser reichen, macht sich aber weitaus besser als die meisten Typen, die schwerfällig um uns herum vor sich hertrampeln. Und »Show Me Love« war ja auch ein wenig unser Lied, so if you are looking for devotion, talk to me, come with your heart in your hands, because my love is guaranteed, so baby if you want me, you've got to show me love, words are so easy to say, oh ah yeah, you've got to show me love, show me, show me ... Und jetzt, jetzt zeigt er einer anderen, was Liebe ist, was Liebe kann, wenn sie von einem hitzigen und unermüdlichen Jungen praktiziert wird, einem Jungen, der das tatsächlich mag. Denn das kann man Sven nun wirklich nicht nehmen, er liebt die Liebe, er liebt die Mädchen – und er liebt mich, daran habe ich nicht den geringsten Zweifel. Er kann sich noch so sehr einen abbrechen, um mich glauben zu machen, dass er im Begriff ist, mich zu vergessen, eine zerronnen, zehn gewonnen, nichts als »Lolitas«, kleine Püppchen mit Pony und Minirock, entsprechendem T-Shirt, Lidstrich, und selbstverständlich schöner Haut und schönen Zähnen, wo ja die Eltern der »Lolitas« diese zum Dermatologen und Kieferorthopäden geschleppt haben – kurz, Sven kann noch so viele überwältigende Mädels vor meinen Augen klarmachen, ich lass' mich nicht beirren. Und selbst wenn sich meine Eltern nie irgendwelche Sorgen über den Zustand meiner Haut oder meiner Zähne gemacht haben – ich hätte sie einen nach dem anderen verlieren oder von Ekzemen zerfressen werden können, keinen Finger hätten sie gerührt –, habe ich den Teint von Lilien und Rosen, ein strahlendes Gebiss, danke, Gott.

Und so verwandeln sich die Clubnächte in diesen absurden Wettstreit, mit haufenweise Typen, die, solange ich nur da bin, nicht runter wollen von der Tanzfläche, sie sind wie magnetisch angezogen von meinen 90 C, die, da ohne BH, in alle Richtungen schwingen, und von meinen einszwanzig langen Beinen, ja, ich weiß, das kann einem Angst machen; und Sven seinerseits, der sich so gut er kann abrackert, um der King des Abends zu sein, mit seinem Hofstaat an blitzeblanken Mädels, glatte Stirn, Kussmund, lackierte Nägel, zangengebogene Wimpern, vor Sauberkeit strotzendes Haar und auf Nude-Look geschminkt, denn sie folgen den Ratschlägen sämtlicher Zeitschriften vor lauter Angst, was zu verpassen, und zwar das Etwas, das sie unwiderstehlich machen würde und das ihnen bislang entgangen sein könnte, warum sie denn auch in leicht verzweifelter Hitzigkeit aufschrecken angesichts meines tapferen Prinzen, eben der, den ich liebe seit ich sieben bin, der, der mich im Mondeo seines Vaters entjungfert hat, der, der mich in allen Stellungen genommen hat, aber eben genau das habe ich satt, die Stellungen und all den Rest; ich habe es satt, Sven meine Orgasmen erlauern zu sehen, ich habe es satt, mit ihm Aug' in Aug' zu sein, ich habe seine triumphalen Erektionen satt, ja, ich weiß, ich klage, wo es zu jubeln gilt, und wie es mein tapferer Prinz sagen würde: Es gibt so viele schlecht gefickte Mädels, dass ich mich glücklich schätzen sollte, doch ich fühle ja allzu gut, dass ich keine Lust habe, es zu sein, jedenfalls nicht jetzt, zu viele Dinge muss ich erst erproben, Dinge, die weder was mit der Liebe zu tun haben noch mit dem Glück, und schade, dass es die Liebe ist, die Sven vor allem interessiert.

Sven wie übrigens alle anderen auch, denn während ich das *Pacha* entzünde, wie ich es vermag, sehe ich im Blick der Typen, die um mich herum tanzen, dass sie keine Lust darauf haben, von mir Baudelaire rezitiert zu bekommen. Pech für sie, sie wissen nicht, was ihnen entgeht, während sie sich auf meine Schönheit versteifen und dabei nicht wissen, was der einzig wahre Charles über Schönheit und Liebe sagt. Und wenn ich ehrlich bin, dann muss ich zugeben, dass all jene, die meinen Hintern wollen, auf etwas mehr Gefühl auch nicht spucken würden. Dichtung interessiert sie nicht, doch macht sie das nicht gleich zu Rohlingen, das wäre zu einfach.

Während ich sie der Reihe nach entflamme, fühle ich ihretwegen Trauer in mir aufkommen, sie, die noch nicht wissen, dass der Akt der Liebe große Ähnlichkeit hat mit Folter oder chirurgischen Eingriffen. Auch meinetwegen fühle ich Trauer und Leere aufkommen – denn ich wüsste nicht, was ich setzen sollte an die Stelle von Liebe und Begehren. Man kann sagen, was man will, Folter, das lässt einen nicht so leicht los.

19. LIEBE IST DER GESCHMACK VON PROSTITUTION

Genau darum drehen sich meine Unterhaltungen mit Gladys Espérandieu. Ich habe den ganzen Sommer meiner siebzehn Jahre vor mir und zu viel Zeit, zu viel Leere, die gefüllt sein will – und zwar mit etwas anderem als Gefühlen, wenn möglich. Ich lese wie eine Verrückte und gehe jeden Tag spätnachmittags baden, stundenlanges Schwimmen ins Weite, um meine neugewonnenen Kräfte gegen ein wenig Seegang einzusetzen – aber er reicht nicht, der Seegang. Nichts reicht. Selbst mein Austausch mit Gladys lässt mich verbittert und verwirrt zurück. Ich vergesse ohnehin nicht, dass Erwachsene nie sind, was sie zu sein scheinen, und dass selbst Verkörperungen des gesunden Menschenverstandes wie Lucie Leccia Launen ausgesetzt sind, Unstimmigkeiten und Meinungsumschwüngen. Gladys ist lediglich ein wenig hellsichtiger und ein wenig ehrlicher als die anderen.

– Ich will nicht mehr vögeln.

– Ich habe Dir bereits gesagt, was ich davon halte: Du bist siebzehn, du hast bisher nur einen Liebhaber gehabt, du hast noch nicht einmal den Funken einer Ahnung, was Vögeln bedeutet.

– Und Sie, warum wissen Sie's?

– Ich habe eben diesen Anspruch.

– Haben Sie viele Typen gehabt?

– Auf diese Frage kann ich nicht antworten.

– Warum?

– An dem Tag, da ich dir antworten werde, wirst du verstehen, warum.

– Waren sie eine Schlampe?

– Erstens: Ich hasse es, wenn Du meinst, vulgär sein zu müssen; und zweitens: Ich verstehe nicht, warum du über mein Sexualleben in der Vergangenheit sprichst.

– Wie? Passiert Ihnen das immer noch?
– Wundert dich das?
– Schon. Ich dachte, dass die Alten nicht mehr vögeln.
– Tja, im Gegensatz zu deiner Großmutter habe ich noch einige Liebhaber.
Sie erhebt sich, um den Käfig des Beos zu verhüllen. Dazu muss man sagen, dass er seit meiner Ankunft ohne Unterlass grölt, nicht Racine dieses Mal, sondern anzügliche Strophen: Im Scheine des Mondes, teurer Freund Pierrot, leih mir deine Feder, mein Mann ist nicht froh, aus ging ihm die Kerze, ei, sie brennt nicht mehr, öffne mir die Türe, nimm mich werter Herr!
– Kennst Du sie nicht, die *Fleurs du mâle*? – mâle, wie Männchen, dem Gegenteil von Weibchen. Das ist eine Sammlung anzüglicher Lieder. Es gibt mehrere Ausgaben.
– Nein, kenne ich nicht, aber Orest, der scheint's zu kennen. Haben Sie's ihm beigebracht?
– Ganz und gar nicht. Ich hatte einen Freund, dessen Spezialität das mehr oder weniger war, »Maman, was heißt Jungfräulichkeit«, »Die Ballade der Betrogenen«, »Das hübsche kleine Ding« ...
Wir sprechen im Verlaufe dieses endlosen Sommers, trotz der Anzüglichkeit ihres Beos und der Natur meiner Sorgen, nicht nur über Sex, nein, ganz und gar nicht. Häufig schleppt sie mich in den einen oder anderen ihrer beiden Gärten, in den vorderen, winzig und gepflegt, mit seinen Obstbäumen, seiner Glyzinie, seinem Rasen, seinen Hecken aus Efeu und Immergrün; in den hinteren, ebenso klein aber von Stockrosen, Flughafer und Schöllkraut überwuchert.
– Ich liebe Schöllkraut. Und trotzdem geht es immer nur als Unkraut durch.
– Joah, bei mir gibt's das auch massenweise.
– Weißt du, dass es ein Mittel ist gegen Warzen?
– Mittel?
– Du brichst den Stängel und trägst den Saft auf deine Warze auf.

– Ich habe keine Warzen.

– Ich liebe es wegen seines Namens: Schöllkraut oder auch *Chelidonium*, das stammt aus dem Griechischen, χελιδών, und heißt Schwalbe.

– Können Sie Griechisch?

– Nein, nein. Aber ich liebe Schwalben.

– Das habe ich bemerkt.

– Ich halte nach ihnen Ausschau, Jahr um Jahr. Seit ich klein bin. Und ich notiere das genaue Datum.

– Lieben Sie den Sommer denn so sehr?

– Ja, das ist die einzige Jahreszeit, in der ich nicht friere.

Und es stimmt, dass sie sich immerzu einmummt in dicke Wollschichten, mit Socken in den Sandalen und Schultertüchern, die sie nur zur heißesten Stunde des Tages ablegt, wohingegen ich in meinem ärmellosen Shirt nur so triefe und meine Schenkel aneinander kleben, obgleich ich immer nur Shorts trage.

Stets entlässt sie mich vom einen Moment auf den anderen, wie schon beim ersten Mal, selbst wenn wir uns mitten in einer lebhaften Unterhaltung befinden über den Unterschied zwischen Schwalben und Mauerseglern. Ich weiß nicht, ob sie schnell ermüdet, oder ob sie eine Art Frustration bei mir erzeugen will, damit ich auch wiederkomme. Und doch hat sie andere Besucher als mich, Leute, die ich in ihrem Wohnzimmer antreffe und die gehen, wenn ich ankomme, Männer meistens, die sie zärtlich auf ihrer geblümten Fußmatte küsst, bevor sie sich wieder mir zuwendet:

– Na, Kimberly, was gibt's Neues?

– Nichts.

– Langweilst du dich?

– Ja etwas. Ich möchte starke Gefühle spüren.

– Nimmst du Drogen?

– Nein.

– Hast du es probiert?

Ja, natürlich habe ich es ausprobiert, aber ohne die Substanz gefunden zu haben, die zu mir passen würde. Gras, da schlafe ich ein, Shit, das macht mich aggressiv und auf Koks reagiere ich gar nicht: Es bleibt irgendwo in meiner Nasen- und Rachenschleimhaut hängen, und ich kann mir denken, dass mir das auch mit Heroin passieren würde, es sei denn, ich ginge zum Spritzen über, aber das kommt nicht infrage, Nadeln hasse ich ohne Ende. Bleiben Amphetamine oder LSD, Sven und mir aber wurde zu viel Scheiße angedreht, Mischungen aus Kreide und Koffein, Zeugs, das uns stundenlang den Schädel gefickt hat, sodass mir die Lust vergangen ist, regelmäßige Konsumentin zu werden.

– Als ich klein war und mir die Brüste streichelte, machte mich das traurig.

– Was hat das mit dem zu tun, worüber wir gerade sprechen, Kim?

– Weil sich mein Körper urplötzlich dehnte, etwas einforderte, wovon ich überhaupt keine Ahnung hatte. Ich verspürte ein Begehren, kannte seinen Gegenstand aber nicht. Ich malte mir aus, dass ich Lust hätte auf Bonbons oder Eis, wenn ich dann aber Bonbons aß oder Eis, dann stellte mich das nicht zufrieden, und ich war noch trauriger als zuvor. Und dann habe ich eines Tages, ich war vielleicht sechs oder sieben, masturbiert: und *das* war es, genau das war es, was mir fehlte.

– Und das ist es auch, was sich gerade abspielt? Du spürst, dass du etwas benötigst, etwas, das existiert und das du noch nicht gefunden hast?

– Joah.

– Etwas Sexuelles?

– Kann schon sein. Aber ehrlich gesagt, keine Ahnung. Und ich hab' keinen Bock darauf, dass es was Sexuelles ist. Sex geht mir auf den Geist.

– Es geht dir auf den Geist, weil du keine Ahnung davon hast.

– Sie haben gesagt, dass Sie mit mir darüber sprechen würden. Über Ihre eigene sexuelle Erfahrung.

– Zuerst muss ich dir erzählen, warum ich aufgehört habe, als Krankenschwester zu arbeiten.
Da spricht sie, meine geliebte Hexe, und ich lausche ihr, zwischen den Pfiffen von Orest und dem gebieterischen Miauen von Beau-Minon – und noch dazu summt und vibriert der ganze Garten durch die zur Abwechslung weit aufgerissenen Fenster. Sie erzählt mir, dass sie aufgrund eines schwerwiegenden Fehlers 1988 vom Dienst suspendiert wurde.
– Was für ein schwerwiegender Fehler?
– Ich habe einem Patienten eine zu starke Dosis Morphium verabreicht. Du musst wissen, dass er ohnehin schon erledigt war, aber ja, das hat sein Ableben noch beschleunigt. Zum wirklich Besten für alle, angefangen bei ihm, aber gut, das war nicht die Ansicht der Familie. Auch nicht die des Krankenhauses.
– Was hat das jetzt mir Ihrem Sexualleben zu tun?
– Darauf komme ich noch. Geduld.
Und um Geduld handelt es sich vielleicht wirklich, und zwar um jene, die mir mangelt, um die Dinge auf mich zukommen zu lassen, jene, die mir mangelt, um bis zu jenem Tag weiterzuleben, an dem ich nicht nur meine vielköpfige Familie werde verlassen können, sondern auch diesen südfranzösischen Marktflecken, der unter der Sonne schlummert, stolz auf seine Nähe zum Meer, als gäbe es nicht tausend andere Häfen in Frankreich und in der Welt, haufenweise andere, sicherlich aufregendere Städte als die meine, mit ihren geblümten Balkonen und Palmenbäumen, die ganz sicher niemals ins Meer fallen werden, da wir uns ja eben gerade nicht in einem Lied von Patti Smith befinden.
Hier, im Wohnzimmer der Gladys Espérandieu, die doch die einzige Person ist, die ich noch ertrage, die einzige Erwachsene, die mir ein wenig Lust gemacht hat, größer zu werden, hier spüre ich es ansteigen, das Fieber, die Wut, anders zu leben als in dieser aufweichenden Routine, und falls dies nicht möglich sein sollte, nun, so möge es ein Ende haben. Ich werde schon einen Baum finden,

mich zu erhängen, oder aber in Ermangelung dessen ein Mittel, das das Blut strömen lassen wird.
Gladys spricht noch immer, und Orest in seinem Käfig, der sein Pfeifen unterbrochen hat, hört mit einem Anschein von Intelligenz zu, den Kopf zur Seite geneigt und den Schnabel halb geöffnet. Er nutzt eine Pause im Redeschwall seiner Herrin um zu kreischen:
– Dreckige Hure!
Gladys bricht in Lachen aus und bekräftigt:
– Du sagst es, mein Schätzchen!
– Er beschimpft Sie als dreckige Hure und Sie beglückwünschen ihn dazu?
Sie starrt mich mit ihren leicht hervortretenden Augen an, Augen, die gut zu ihrer platten Schnauze passen, die ihr aber den Ausdruck eines Pekinesen oder einer Bulldogge verleihen, obwohl sie nach eigenem Bekunden Hunde hasst.
– Orest kennt mich gut.
– Sind Sie denn eine dreckige Hure?
– Dreckig nein, Hure unbedingt.
– Eine Nymphomanin?
– Nein, Kimberly, eine Hure, eine echte, eine, die sich bezahlen lässt, eine, die sich damit ihren Unterhalt verdient.
– Glaube ich Ihnen nicht.
– Warum nicht?
Orest, der sich für keinen Spruch zu schade ist, rüttelt an seinem Käfig und kreischt abermals:
– Dreckige Hure!
– Und das, hat ihm das auch ein Freund von Ihnen beigebracht?
– Kein Freund, ein Kunde.
– Sie wirken nicht wie eine Hure.
– Ja, ich weiß. Und ich wirke auch nicht hetero. Zumindest nicht laut der kleinen, wohl geformten Vorstellungswelt einer Kimberly Chastaing. Und dennoch verdiene ich mir seit mehr als zwanzig Jahren meinen Lebensunterhalt als Hure.

– Warum Hure?

– Du meinst, warum Hure und nicht lieber Putzfrau oder Kassiererin?

– Zum Beispiel.

– Sodass ich eines Tages, vor Hunger auf dem Straßenpflaster sterbend, Brot, Bruder, auflas, wo ich welches fand: in der Faulheit, in der Schande ...

– Wow, von wem stammt das?

– Hugo. *Ruy Blas*. Solltest du lesen.

– Gut. Aber warum Hure?

– Wie soll ich es dir erklären? Prostitution, das lag mir im Blut.

– Aber wie alt waren Sie denn da?

– Sechsundvierzig.

– Waren Sie nicht zu alt?

– Zu alt wofür? Zu alt, um mich ins Metier zu stürzen, einfach so, ohne Erfahrung? Zu alt, um Männern zu gefallen? Aber Kimberly, ich habe noch immer Kunden!

Und da bricht sie wieder in ihr schallendes Gelächter aus, welches prompt mit den Pfiffen und rätschenartigem Gezeter ihres Beos quittiert wird.

– Ach ja?

– Aber natürlich! Stammkunden, die treu Ergebenen. Und ob du's glaubst oder nicht, diese zweite Karriere habe ich niemals bereut. Ich sage mir sogar, dass ich sofort diese Schiene hätte fahren sollen, anstatt meine Zeit mit dick gewordenen Frauen zu vergeuden und mit Krebskranken. Und ich rede hier nicht von den Ärzten und der Krankenhausverwaltung. Zumindest waren meine Kunden mir dankbar für das, was ich für sie getan habe.

– Sagen Sie mir nicht, dass die Kranken, die Sie in der Krebsabteilung gepflegt haben, nicht dankbar waren!

Ihr Gesicht verfinstert sich.

– Nicht immer. Und ich habe weiß Gott viel für sie getan, das kannst du mir glauben!

In den zwei Monaten, während derer ich sie nun aufsuche, ist dies das erste Mal, dass ich sie so etwas wie Groll oder Kränkung zum Ausdruck bringen höre, und doch sollte ich nicht erstaunt sein, wo ja die Erwachsenen um mich herum ihre Zeit damit verbringen, sich zu beschweren, zu schimpfen, sich von anderen wie vom Leben überhaupt ungerecht behandelt zu fühlen. Ich wünschte, sie käme zurück auf das Thema der Prostitution, denn mir scheint, dass ich dort etwas in Erfahrung bringen könnte, nicht etwa eine Lektion oder ein Vorbild, nein, aber etwas, das dem ähnelt, was ich suche. Schüchtern zitiere ich den einzig wahren Charles, bringen sie doch Zitate nicht aus der Fassung, worin ein weiterer Grund liegt, warum ich so gern mit ihr rede:

– Liebe ist der Geschmack von Prostitution. Es gibt kein edles Vergnügen, das nicht zurückgeführt werden könnte auf die Prostitution. Baudelaire, aus *Fusées*.

Sie strahlt auf und gibt so etwas wie ein kurzes Schnurren von sich. Beau-Minon, wie immer eingerollt auf meinem Schoß, wirft ihr einen Blick des stillen Einverständnisses zu und verstärkt die Intensität seines eigenen Schnurrens.

– Hmmm. Nicht schlecht. Ich weiß nicht, ob ich es recht verstehe, aber nicht schlecht.

In der Erregung, die mich überkommt, erhebe ich mich, verscheuche dabei die Katze und rufe einen erneuten Schwall an Obszönitäten bei Orest hervor, der rätselhafter Weise seinem Blackout ein Ende gesetzt hat:

– Dreckige Hure! Schwanz, kannste kriegen von mir! Kleine Schlampe!

– Das habe ich ihn noch nie sagen hören! Für gewöhnlich rezitiert er *Andromache*!

– Er kennt alles in allem zwei Verse aus *Andromache*. Und um ihm diese beizubringen, habe ich ganze sechs Monate gebraucht, wohingegen er für Unsinn wie diesen extrem aufnahmefähig ist. Bedecke seinen Käfig: Man versteht ja kein Wort mehr.

Ich nähere mich Orest, dessen Augen glänzen und dessen Schnabel klappert: hopp, Vorhang zu, Schluss mit dem anzüglichen Getriller, Gladys und ich haben zu reden. Ganz leise, mehr für mich als für sie, wiederhole ich in Endlosschleife: Es gibt kein edles Vergnügen, das nicht zurückgeführt werden könnte auf die Prostitution, es gibt kein edles Vergnügen, das nicht zurückgeführt werden könnte auf die Prostitution ...

Gladys schnappt sich Beau-Minon und legt ihn auf ihre mit einem fusseligen Tweed bedeckten Knie. Von der Hitze unbeeindruckt schichtet sie weiterhin ihre warmen Sachen übereinander, hier ein Jäckchen, dort ein Schultertuch, ganz abgesehen von ihren ständig übergezogenen Kniestrümpfen.

– Aber wie haben Sie das denn angestellt, das mit dem Prostituieren?

– Ich bin auf den Strich gegangen, auf die gute alte Methode. In einem ruhigen Viertel, weit genug entfernt von mir zuhause.

– Wie waren Sie angezogen?

– So wie du mich jetzt siehst. Ich habe rein gar nichts verändert, keine aufreizende Kleidung, keine Schminke, keine hohen Absätze. Und doch hat mein ganzer Körper sich einladend hingegeben! Die Typen haben sich da nicht geirrt, glaub mir, und ich hatte gleich am ersten Abend meinen ersten Kunden!

– Wo sind Sie hingegangen?

– Ins Hotel. Eine schnelle Nummer. Und ich hatte das Gefühl, es schon mein ganzes Leben lang gemacht zu haben.

– Und wie war der Kunde?

– Jung. Ich hatte den Eindruck, dass es auch für ihn das erste Mal war, dass er mit dem Auto vorbeigefahren war, dass er mich gesehen hatte, und dass Gelegenheit Diebe macht.

– Kam er wieder?

– Nein. Ich habe ihn nicht mehr wiedergesehen. Ich war leicht verschnupft. Aber irgendwann war es kein Geheimnis mehr, dass es da eine Hure gab auf der Rue Louis-Grobet, und ich konnte mir einen kleinen Kundenstamm aufbauen.

– Wenn man Sie so reden hört, möchte man meinen, es handle sich um einen Job wie jeden anderen.

– Das war es für mich auch, mein Schätzchen. Nur gilt das gewiss nicht für die Ghanaerinnen vom Boulevard Carnot oder die Albanerinnen, die am Bahnhof rumhängen.

– War's gut mir Ihren Kunden?

– Was verstehst Du unter »gut«?

– Hat Sie das nie angewidert?

– Als ich Krankenschwester war und die Leute wusch, da kam es vor, dass ich mich ekelte, das kannst du mir glauben. Die Scheiße der Alten, es gibt Erquicklicheres. Aber auch daran gewöhnt man sich nach einer Weile.

– Haben die Sie zum Kommen gebracht, Ihre Kunden?

Sie neigt sich zu mir und zerdrückt Beau-Minon dabei fast unter ihren schweren, in türkisfarbenen Mohair gepackten Brüsten:

– Sag mal, Kimberly, du bist doch nicht etwa ein wenig besessen davon?

– Wie, »davon«?

– Vom Verlangen, der Lust, vom Orgasmus.

– Ich habe Ihnen doch gesagt, dass ich diesbezüglich Probleme habe im Moment.

– Und nein, kein einziger Kunde hat mich je zum Kommen gebracht. Aber fast alle haben es geglaubt.

– Haben Sie vorgetäuscht?

– Nein. Aber die männliche Eitelkeit ist so beschaffen, dass sie davon dennoch überzeugt waren. Ich habe mich sogar deswegen mit einem Kunden geschlagen. Stell dir vor, dass er seine Kohle wiederhaben wollte unter dem Vorwand, dass ich Lust empfunden hätte. Und als ich ihn fragte, woran er das denn bitteschön gesehen hätte, hat er mich darauf aufmerksam gemacht, dass ich rote Flecken auf der Brust hatte, auf dem Dekolleté. Ihm zufolge war es genau das, woran man erkennen würde, dass die Frau einen Orgasmus gehabt hätte. Nur war es in diesem Fall er, der mit seinen schlecht rasierten Wangen meine Haut gereizt hatte.

– Und dann?

– Er hat meine Faust ins Gesicht gekriegt.

– Wie hat er reagiert? Hat er seine Kohle wieder eingesackt?

– Ja. Und noch dazu hat er mich zusammengeschlagen. Von diesem Tag an hatte ich immer Tränengas griffbereit. Aber ich habe selten davon Gebrauch gemacht. Nichts beruhigt ein Männlein mehr als einen wegzustecken.

– Hatten Sie viele Kunden?

– Ich war nicht auf Überstunden aus: sobald ich genug verdient hatte, pausierte ich.

– Welche Art Typen geht zu Nutten?

– Immer wenn du Fragen wie diese stellst, fällt mir erst wieder ein, wie jung du doch bist. Alle Typen gehen zu Nutten, Kimberly. Junge, alte, schöne, hässliche, arme, reiche, alleinstehende, verheiratete, die glücklich liebenden und die unglücklichen.

– Ich bin mir sicher, dass Sven das noch nie gemacht hat.

– Er würde damit auch nicht hausieren gehen.

– Warum sollte er denn? Er kriegt alle Mädels, die er will.

– Kimberly, schau mich an!

Ich tue es, ich schaue sie an, diese kleine, wie eine Matroschka eingemummte Alte, mit ihrer Katze auf dem Schoß, ihrem grauen Bürstenschnitt, ihren rautenförmigen Falten, und ihren unter ihrem Schultertuch herabhängenden Brüsten.

– Ich war nie eine Schönheit. Aber ich gefiel, oh ja! Ich hatte große Brüste, ein schönes Lächeln, und damit kann ein Mädel schon seine kleinen Erfolge einstecken, aber richtigen Tumult, den habe ich nie erregt.

Und jetzt ist sie es, die mich anschaut:

– Wohingegen du ... Ich glaube, ich habe selten ein Mädchen gesehen, das so schön und so wohlgeformt war. Und doch, bei Gott, du gibst dir alle Mühe, hässlich zu sein. Diese Klamotten ... Diese Haare ... Hundedreck möchte man meinen.

– Was? Meine Dreads?

– Keine Ahnung, wie du das nennst, was du auf deinem Kopf hast, aber es ist wirklich fürchterlich. Der einzige Vorteil ist anscheinend, dass es dir das Frisieren spart. Kurz, um wieder von mir zu sprechen, lass dir gesagt sein, dass ich mit meinem sehr gewöhnlichen und leicht verblühten Charme mir sehr schöne junge Leute an Land gezogen habe. Na gut, ich gebe zu, dass sie nicht den Löwenanteil meiner Kundschaft ausmachten. Meine Kundschaft, das waren eher arme Teufel, viele Chibanis ...

– Alte Rebeus?

– Ja. Zeitweise habe ich mich sogar auf Behinderte spezialisiert. Das alte Kindermädchen in mir, wahrscheinlich. Aber im Topf waren manchmal auch äußerst verführerische Männer.

– Warum hatten die dann keine Freundin?

– Aber die hatten welche! Oder auch nicht! Ich hatte jede Art von Typen, lass dir das gesagt sein! Kerle in Beziehungen, die ihre Alten satt hatten, oder andere, die keine Lust hatten, jemanden zu verführen, Konversation zu betreiben, Essen zu gehen, ins Kino zu gehen, Geschenke machen zu müssen, bevor sie zum Schuss kommen durften! Sie haben mir alles erzählt. Wortwörtlich. Bei mir braucht's kein Blabla, kein Drama, keine Sperenzchen, astreiner Sex eben.

– Wie witzig, ich habe eher die umgekehrte Erfahrung gemacht: Typen, klar, die mich vögeln wollen, aber die auch Liebe wollen.

Sie schaut mich verträumt an.

– Vielleicht sind die Jungs deiner Generation sentimentaler als ihre Väter und Großväter ... Bist du dir sicher, dass du es nie mit Riesenärschen zu tun hattest, die dich nur knallen wollten?

– Ich habe nur mit Sven geschlafen. Aber was haben die Ihnen denn erzählt, die, die verheiratet waren, Sie aber trotzdem aufsuchten?

– Die haben es nicht unbedingt herausposaunt, dass sie in einer Beziehung lebten. Im Endeffekt aber habe ich verstanden, dass die meisten Weiber echte Kastrationsdrachen waren. Während ich hingegen ihren Typen eine Art sexuelle Zuflucht bot, eine stets bereite Frau, stets zur Verfügung, die weder Migräne hatte noch irgendwelches Tralala, die nicht über sie urteilte, die ihnen nichts vorwarf, die bereit war, mit ihnen zu reden, wenn sie es wünschten, oder gegebenenfalls auch die Schnauze hielt.
– Was Sie da sagen, widert mich an. Und es nervt mich auch. Letzten Endes sind Sie eine verdammte Frauenverächterin: Ihnen zufolge ist es also die Schuld ihrer Tussen, wenn die Typen Nutten aufsuchen!
– Das mag dich nerven, ist aber die reine Wahrheit, und dein Pech, wenn sie dich stört.
Die Wahrheit, sofern es sie da gibt, wird mich niemals stören. Was mich stört, das sind die Lügen, die sich die Leute erzählen, und die sie ihrem Umfeld mit aller Macht aufzwingen wollen – und genau das ist es auch, was Gladys zu tun versucht, mit dieser Geschichte, in der sie als Hure auftritt, um behilflich zu sein, Hure für die Chibanis, für kastrierte Gatten, für Behinderte, und warum auch nicht für Kranke am Ende ihres Lebens, auf diese Weise schlösse sich der Kreis, von der Hure wäre sie schließlich wieder zur Krankenschwester geworden, Lust spendend, aber niemals verlangend. Ich bin gegen zurechtgebogene Autobiographien, selbst *intus et in cute*, das reicht mir nicht: Wenn ihr Ernsthaftigkeit wollt, dann geht tiefer, wühlt mit dem Skalpell zwischen den Eingeweiden, da, wo es pulsiert, da, wo es brodelt, da, wo es stinkt, und zwar ungelogen.
Auf Wiedersehen, Madame Espérandieu, ich werde wiederkommen, wenn Sie sich dazu entschlossen haben werden, der unerträglichen Wahrheit ins Gesicht zu sehen, wie auch immer diese aussehen möge. Ich erhebe mich, ich gehe, ich lasse sie zurück mit ihrer märchenhaften Katze, ihren sprechenden Vögeln und den

Heilkräutern ihres kleinen Gartens; ich gehe hinaus, verabschiedet von ihrem freudlosen Lachen und dem Schwachsinn von Orest, dessen Tuch just in dem Moment, da ich mich empfehle, wieder, fffrrr, herunterrutscht:

– Dreckige Hure! Schwänze, das gefällt dir, was? Und wie du das magst, was?

Auf dem Heimweg trete ich im Gehen gegen alles, was mir vor die Füße kommt, eine leere Dose, ein Stein, ein Stück Gummischlauch, ohne jedoch meinen Zorn loszuwerden. Dafür werde ich tanzen gehen müssen und was soll's, wenn ich Sven begegne und seinen Schlampen, umso besser sogar, an ihnen werde ich meine Nerven beruhigen.

20. RAKETEN

Während ich mich anziehe, um auszugehen, schleicht Esteban in meiner Waschküche umher.

– Gehst du aus?

– Joah.

– Mit Sven?

– Nein. Wir sind nicht mehr zusammen. Ich gehe ins *Pacha*.

– Darf ich mitkommen?

– Du bist noch nicht mal dreizehn!

– Schon, aber alle sagen, dass ich älter aussehe.

– Du bist groß für dein Alter, aber du siehst trotzdem aus wie ein Dreikäsehoch.

– Ins *Pacha* kommst du rein, wenn du fünfzehn bist. Ein Kumpel von mir hat das gemacht.

– Das ist strikt verboten.

– Du, du bist noch nicht mal achtzehn und du kommst rein, das ist unfair!

Da steht er vor mir, und schleppt seine zwölfeinhalb Jahre hinter sich her und seine Einmetersiebzig – beinahe so groß wie ich; da steht er vor mir und schleppt seine Traurigkeit hinter sich her und seine Niedergeschlagenheit in diesem brütend heißen Sommer, der auf den grausamsten Frühling folgte, der ihm zu leben je anheimgegeben sein wird, und diese Traurigkeit und diese Niedergeschlagenheit gehören auch so sehr zu mir, dass ich ohne zu zaudern nachgebe. Ich kenne den Türsteher vom *Pacha* gut, wenn ich ihm sage, dass mein Bruder fünfzehn ist, dass ich auf ihn achten werde und er keinen Alkohol trinken wird, dann wird Esteban problemlos reinkommen.

Hopp, schon sind wir weg, er als hübscher angesagter Junge und ich als Nutte. Letzten Endes lautet meine Absicht nämlich,

herauszufinden, was das mit mir macht, mit 'nem Typen, den ich nicht liebe und der mich bezahlt.
Ich musste von Svetlana ein Top ausleihen und von Ludmilla einen Minirock, um mir das angemessene Outfit zusammenzustellen, wo doch mein eigener Kleiderschrank voller abgewetzter kurzer Hosen ist und unförmiger ärmelloser Shirts.

– Wie sehe ich aus?

– Komisch.

Es stimmt. Ich habe zu breite Schultern und allzu definierte Trizepse, um rotes Musselin tragen zu können samt Rüschen und Ton-in-Ton-Stickereien. Vor allem, da ich keine anderen Schuhe gefunden habe als Riemchensandalen, und selbst wenn diese eine Abwechslung bieten zu den Flipflops, die ich sommers wie winters trage, können sie mit so viel strotzender Weiblichkeit doch nicht mithalten. Glücklicherweise konnte ich das mit Schminke wieder wettmachen, mit meinen Wimpern, die auf meinen vom Rouge entflammten Wangenknochen wie kleine Spinnenbeine wirken, und auch mit dem ekelerregenden kussechten Lippenstift, der so furchtbar ist, dass ich mir am liebsten die Lippen ausreißen würde. Wie machen das die richtigen Mädchen nur, dass sie diese Fettablagerung und diesen süßlichen Geruch direkt unter ihren Nasenhöhlen ertragen? Rätsel über Rätsel – ein weiteres Rätsel, dazu verdammt, Rätsel zu bleiben, denn, stellte ich diese Frage den richtigen Mädchen, ich träfe auf ein Unverständnis, das mindestens ebenso groß wäre wie mein eigenes, da besteht kein Zweifel. Was die Frisur betrifft, da habe ich mein Bestes gegeben, doch muss ich einräumen, dass meine Dreadlocks den Effekt, den ich doch mit viel Mühe erzielt habe, verhunzen. Ich habe versucht, sie mit einem golden bedruckten Schal, einem Turban à la Charonne, zu neutralisieren, aber Esteban hat recht: Der Gesamteindruck ist gelinde gesagt komisch.

– Seh' ich wie 'ne Nutte aus?

– Irgendwie schon. Du siehst nach BdB aus.

– BdB, was heißt das?
– Bois de Boulogne, transsexuell halt!
– Ach ja? Danke!
– Du hast mich gefragt, ob du wie eine Nutte wirkst! Und ich antworte dir!
Er sieht wahrhaft sensationell aus in seiner Slim und dem passenden T-Shirt, ganz zu schweigen von der blonden Strähne, die zärtlich seine hellen, den meinen so ähnlichen Augen umschattet. Der Türsteher vom *Pacha* lässt uns rein, ohne auch nur eine Miene zu verziehen wegen meines veränderten Looks, ohne auch nur meinen vor Angst wie versteinerten Schulknaben zu mustern. Hopp, hopp, und wir sind drin. Esteban stellt sich auf der Stelle an den Rand der Tanzfläche mit einem Glas Cola in der Hand.
– Willst du nicht tanzen kommen?
Er schüttelt energisch den Kopf.
– Warum wolltest du dann überhaupt mit?
Er antwortet mir nicht, aber ich glaube, dass ich ihn verstehe: Hier zu sein, zu sehen, wie ein Club aussieht, und vor allem das *Pacha*, von dem ich Lorenzo und ihm so viel erzählt habe, das reicht ihm völlig zu seinem Glück; er ist ein Kind, er wird später tanzen, beim nächsten Mal vielleicht. Und so lasse ich ihn mit seiner Cola allein. Es scheint mir, dass er nicht zu knapp von Gören kaum älter als er begafft wird, aber das ist nicht mein Problem. Wären wir in einem Schwulenclub, würde ich mir mehr Sorgen machen, aber das *Pacha* ist nicht besonders gay-friendly, und somit kann ich tanzen gehen und meinen kleinen Bruder vergessen. Man erkennt mich, man grüßt mich, ich drücke hier und da meinen Schulfreunden Küsse auf die Wangen und brocke mir spöttische Kommentare ein zu meinen Klamotten und meinem Make-up, aber es hält sich in Grenzen. Es ist schließlich Samstagabend, und in Sachen Outfit bin ich mitnichten die, die hier am stärksten provoziert oder spinnt. Wie nur soll ich es den anwesenden Typen klarmachen, dass ich hier bin, um anzuschaffen? Bei denen, die mich kennen, ist die

Sache sowieso von vornherein gegessen: Ich habe keine Lust, dass mich mein ganzes Leben lang ein Scheißruf verfolgt. Nein, ein Unbekannter muss her! Während ich sehr viel lasziver als sonst tanze und überallhin meine Blicke werfe, um zu prüfen, wie ich rüberkomme, wird mir klar, dass ich hier fehl am Platz bin. Die Typen kommen natürlich her, um abzuschleppen, aber sie sind viel zu jung und nicht verzweifelt genug, als dass sie auf die Idee kämen, ein Mädchen zu bezahlen. Ich will gerade auf die Toilette gehen, um mir das Gesicht zu waschen, den Turban abzusetzen und wieder menschliche Gestalt anzunehmen, als mein Blick auf die zornigen Augen meines tapferen Prinzen trifft, der Scham an Scham mit einer »Lolita« in zweifarbigem Kleid tanzt. Und so nehme ich meinen Tanz mit den sieben Schleiern wieder auf: Dass man ihm den Kopf abschlage und mir auf silbernem Tablett serviere. Er muss kleiner werden, damit ich wachsen kann, das ist das Gesetz, das über jegliche Liebesbeziehung herrscht, das Gegenteil mag gut sein für Propheten und die Lämmer Gottes.
Ich tanze und die Euphorie setzt ein, ohne dass ich auch nur irgendetwas getrunken hätte, es reicht die gute Musik und der Groove, mit dem ich derart perfekt schwinge, dass ich alles andere darüber vergesse, mein Vorhaben der Prostitution, Svens Anwesenheit, die Enttäuschung wegen Gladys, bis hin zu Lorenzos Tod. Vom Rand der Tanzfläche aus starrt Esteban mich mit bewunderndem Auge an und ich lasse mich in seine Richtung treiben:

– Los, komm!

– Aber ich kann nicht tanzen.

– Doch, kannst du!

Man schaut uns neugierig an, und ich erblicke unseren Widerschein im Wandspiegel, die leuchtende Klarheit unserer sich nahen Gesichter, unsere leicht hervortretenden Augen, unsere rötlichen Augenringe, unser aschblondes Haar, diese Ähnlichkeit, die die anderen verblüffen muss und die auch mich derart verblüfft,

als sähe ich sie heute zum ersten Mal. Wir könnten Zwillinge sein, nur dass Estebans Zwilling eben tot ist.
Der Reihe nach setzen die Zündungen bei mir in Brust und Schädel ein. Als ob jemand Ecstasy in mein Glas geworfen hätte. Oder Gamma-Hydroxybutansäure, die Vergewaltigungsdroge. Sven wäre dazu fähig, und tatsächlich ist er es, der schamlos in meine Intimitätszone eindringt. Er wartet vielleicht darauf, dass ich ihm in die Arme falle, GHB mag helfen. Aber ich habe ja nichts getrunken, ich habe den Abend über kein Glas angerührt, das kann es also nicht sein. Nein, was zu explodieren droht, ist mein entblößtes Herz, und ich könnte noch so wild durch die Nacht tanzen, ich käme doch nicht an gegen diese furchtbare Begierde, es zu Ende bringen zu wollen und im Fluge zu explodieren, diese Begierde, die zugleich eine der Schmach ist, eine Begierde, Übel zu erleiden und anzutun, eine Begierde, derer ich mich schäme, da sie mich auf gleiche Stufe stellt mit sonst wem, mit all diesen kleinen machthabenden Chirurgen, die mich hier wie anderswo umzingeln.
Um drei Uhr zerre ich Esteban nach draußen und ignoriere dabei all die Blicke, all die erschlichenen Berührungen, all die Annäherungsversuche, in erster Linie die von Sven, der sich seiner »Lolita« entledigt hat, um uns in die sternenklare Nacht zu folgen.
– Kim, verdammt, können wir kurz sprechen? Nur fünf Minuten?
– Lass mich in Ruhe!
– Kim!
Seine Stimme, seine Augen sagen mir, dass er völlig durch ist, dass er zu winseln anfangen wird, und dass es nicht infrage kommt, dass ich dieses Schauspiel meinem kleinen Bruder zumute. Ich will nicht, dass die Freude seiner Regelüberschreitung und seine Beförderung für einen Abend in die Welt der Großen vermiest wird vom Anblick eines schluchzenden und sich an meine Beine klammernden Sven. Ohne ihn je getroffen zu haben und meinen begeisterten Erzählungen glaubend, hatten Lorenzo und er aus Sven einen Helden gemacht. Möge er es zumindest im Geiste meines noch lebenden

Bruders bleiben – bewundernswerte Erwachsene lassen sich an fünf Fingern abzählen und eben da liegt ja das Problem.

– Esteban, geh schon mal nach Hause! Ich komme nach.

Er gehorcht, er ist es gewohnt, zu gehorchen, und so bin ich mit Sven allein, der versucht, mich in seine Arme zu schließen, und eine untröstliche und zärtliche Rede zusammenstottert. Meine Freude ist perfekt: Er muss kleiner werden, damit ich wachsen kann; das ist keine biblische Wahrheit, sondern eines der vielen albernen Gesetze des Daseins. Ob ich ihm nun den Kopf abtrenne oder in dessen Ermangelung das Geschlecht, auf das er so stolz ist, der chirurgische Eingriff muss stattfinden, weil sie beide, Gladys und Baudelaire, recht haben und sich die Welt aufteilt in Folterknechte und ihre Opfer, in diejenigen, die das Skalpell handhaben und diejenigen, die die Amputation erleiden, in fleischesgierige Wölfe und willfährige Lämmer.

Ich lasse Sven mich umarmen und mein Gesicht mit glühenden Küssen übersäen; ich lasse seine Tränen meine Schminke verwischen und die Wimperntusche in schwarzen Rinnsalen hinunterfließen, den Lippenstift sowie das Rouge meine vom entthronten Prinzen feuchten Wangen beflecken. Es ist nicht das erste Mal, dass ich ihn zum Weinen bringe. Ich habe damit angefangen, damals, als wir beide sieben waren, und ich ihn im Kopfrechnen schlug. Und ich muss eingestehen, dass dies auf mich, auch wenn's mich umbringt, die gleiche Wirkung erzielt wie schon vor zehn Jahren, und mir vom Becken aus wieder diese Hitze hochsteigt in den Mund, der sich plötzlich auf Svens verliert und schon dazu übergeht, die leichten Schwellungen zu lecken, die er den Küssen einer anderen zu verdanken hat, und auch das erregt mich, denn trotz der langen Liste an Vorsätzen bin schließlich auch ich eine Hündin.

Hopp, wieder eine Rakete in einer Sommernacht, wieder eine Verpuffung in meiner zu engen Brust, in meinem von seinen eigenen Begierden geplagten Hirn – denn die Begierde selbst ist schon schwierig genug, doch den Willen zur Amputation und Verkleinerung des anderen bei sich selbst entdecken zu müssen, das ist schlichtweg unerträglich. Und doch, worauf habe ich Lust, da Sven sich zu meinen Knien fallen lässt und sie wimmernd umschlingt vor Erleichterung und Dankbarkeit? Worauf habe ich Lust, wenn nicht auf eine Kapitulation, die noch vollständiger wäre, auf eine totale Aufgabe, auf einen Sven, der noch heftiger heulte und meine staubigen Knöchel leckte?

Es ist hoffentlich klar, dass mir keineswegs die Lust danach steht, noch mehr zu erfahren über mich selbst und über das Begehren. Wenn ich bei ihm bleibe, eingenommen von dieser für jedermann erniedrigenden Erregung, dann, weil sie mich eben lähmt, weil mein Unterleib den Sieg davonträgt über meinen zu schwachen Kopf, weil der Trieb seine Gründe hat, die die Vernunft zwar verurteilt, denen zu widerstehen sie aber unfähig ist. Ich spüre sehr genau, wie meine Bartholin-Drüsen in Aktion treten und ihren Tau auf die Innenwand meiner Vagina legen, wie meine Klitoris anschwillt und dezent pulsiert in Ludmillas kleinem schwarzen Minirock – aber was könnte ich tun, um das zu stoppen? Wenn es eine Lösung geben sollte, ein Zahnrad, eine Zahnstange, ein ganzes Räderwerk, das in Gang zu bringen wäre, um zu unterbinden, dass ich feucht werde, ja, um auch meine immense Lust zu unterbinden auf diesen am Boden liegenden Jungen, diesen von der Liebe bezwungenen Bezwinger, so möge man sie mir nennen, ich bin offen für alles. Aber es gibt sie nicht, ich bleibe mit dem unvernünftigen Gegenstand meiner Liebe allein, denn nichts ist vorgesehen als Ersatz – und dass man mir jetzt ja nicht mit Übungen zur Willensstärke kommt, denn ich will ja auf verzweifelte Weise nicht wollen müssen und man sieht, wohin mich das treibt: dass ich meinerseits niederknie, mich auf Sven buchstäblich niederlege und stöhne, dass er mich nehmen möge, ganz egal, ob da jemand vorbeikommt und uns sieht. Svens Körper spannt sich an, seine Arme schließen sich um mich, seine Zunge findet die meine, ich rieche in seinem Nacken den mir so vertrauten Duft leicht verflogenen Parfums, ein wenig säuerlich inzwischen und abgewandelt durch seinen Schweiß, aber ich, ich liebe das, Gerüche, sie dort aufnehmen, wo sie am stärksten sind, Achselhöhlen, Eier, Hintern. Sven mag noch so penibel auf Reinlichkeit achten, seine Drüsen riechen zu stark nach Moschus, als dass Hygiene und Parfums diese beißenden Gerüche unterdrücken könnten. Aber während ich ihn küsse, an ihm schnuppere und fast schon vergehe vor Ungeduld, da merke ich, dass er auf unsere Küsse nicht anspringt, auf meine Zärtlichkeiten, auf meinen Atemhauch an seinem Hals, auf meine Hand in seiner Unterhose und auf all die Zeichen der Erregung, die ich an den Tag zu legen vermag. Sein Schwanz, auch er mir so vertraut, bleibt hoffnungslos schlaff zwischen meinen Fingern.

– Was ist los?

Habe ich bereits erwähnt, dass mein glühender Prinz keine sexuellen Pannen kennt? Dass sein Geschlecht aber auch wirklich noch nie auf Stimulierungen welcher Art auch immer nicht reagiert hat? Stimulierungen waren erst gar nicht notwendig: Sven ist immer bereit zu vögeln, kriegt nie genug davon, zumindest nicht bei mir, aber ich will gern glauben, dass dies eher seinem Temperament zu verdanken ist als meinen eigenen Reizen – weshalb auch das, was uns heute Abend widerfährt, vollkommen neu ist und nur umso furchtbarer, als es sich ja um unser Wiedersehen handelt. Habe ich aber im Grunde genommen nicht genau das bekommen, was ich verdiene, ja sogar, was ich begehre? Habe ich sie mir nicht gewünscht, die Verstümmelung? Habe ich nicht gewusst, dass meine Lust in der Niederlage meines Bezwingers gründet? War es nicht notwendig, dass er kleiner werde, damit ich wachse? Die Verkleinerung hat stattgefunden. Ich darf mich am allerwenigsten beklagen.

Sven ergreift die Flucht in dieser hell werdenden Nacht, mir bleibt nur mehr nach Hause zu gehen, zu dieser Stunde, die mir so zuwider ist. Und da, oh Wunder, es ist fünf Uhr früh, sind alle schon auf, sitzen sie alle um den Wohnzimmertisch. Esteban, der keine Schlüssel dabei hatte, musste klingeln und das ganze Haus aufwecken. Sie hätten sich anschließend wieder schlafen legen können, aber nein, sie haben es vorgezogen, abzuwarten, um mir zu zeigen, wo die Musik spielt. Niemand fragt mich, wo ich gewesen bin oder warum ich so lange gebraucht habe, um Esteban zu folgen. Auch wirft mir niemand vor, ihn mit in die Diskothek genommen zu haben, wo er doch erst zwölfeinhalb ist. Sie sind nur wütend, weil sie so früh aufstehen mussten, und da sie schon einmal dabei sind, nutzen sie die Gelegenheit, mit mir abzurechnen. Svetlana als erste:

– Aber das ist ja mein Top, das du da anhast, du hättest wenigstens vorher fragen können!

Hopp, im Handumdrehen entledige ich mich des bestickten Korsetts, dessen Musselin meine Blondinenhaut fürchterlich irritiert, und ich finde mich halbnackt vor meiner vielköpfigen Familie wieder, einschließlich Vater und Großvater. Umso besser: Für diejenigen, die es noch nicht bemerkt haben sollten, ich habe ganz außergewöhnliche Brüste, Platz raubend aber wundervoll; und so kann der ganze Familienclan ein Auge darauf werfen, insbesondere, weil ich keinen BH trage – soll doch jeder den uneingeschränkten Blick genießen auf die zweifache, sahnige Masse, blau geädert und durch das tiefe Rosarot meiner Brustwarzen unterstrichen: hübsch, nicht wahr? Ludmilla legt ihrerseits los:

– Aber das ist ja mein Rock!

Ja, das ist dein Rock. Und er steht mir besser als dir, wo meine Beine doch zwanzig Zentimeter länger sind als die deinen, aber wenn du unbedingt willst, bitte schön, da hast du ihn, und hopp, ziehe ich das Unterteil aus, und da ich ebenso wenig einen Slip trage wie einen BH, bin ich zur größten Verblüffung der Zuschauer nackt. Aber gut, wir sind unter uns, Transparenz ist gefordert, und Scham unangebracht.

Seltsamerweise entwaffnet meine Nacktheit sie nicht und es hagelt weiter Beleidigungen:

– Für wen hältst du dich eigentlich?

– Du glaubst wohl, besonders clever zu sein, in deinem heiligen Bimbam da?

– Mein heiliger Bimbam?

– Du hast mich sehr genau verstanden.

Das war mein Großvater, derselbe, der bei offener Türe scheißt und sich empört, wenn man sich unglückseligerweise im Bad eingeschlossen hat – verstehe das, wer will. Ich drehe mich um meine eigene Achse, damit jeder die Frucht dessen bewundern kann, was letzten Endes eine kollektive Schöpfung ist, die Kreuzung all dieser aus den Tiefen der Zeit stammenden Gene, die aber, bevor sie zu mir vorgedrungen waren, durch sie hindurch gegangen sind. Ich mache drei Schritte, die Hand an der Hüfte, nach Art der Mannequins:

– Was denn? Bin ich etwa nicht hübsch?

Ich bin es. Und es zu sein, ist mir schnuppe. So viel zum Nutzen der Schönheit. Meine Mutter setzt ihrerseits zum Angriff an:

– Wir haben die Schnauze voll von deinen Dummheiten, Kimberly!

– Welche Dummheiten?

– Wir haben die Schnauze voll davon, dass du uns von oben herab behandelst. Und außerdem hast du einen ganz schlechten Einfluss auf deinen Bruder!

Mein Bruder. Der einzige, der mir bleibt. Der andere, den haben sie umgebracht. In meiner vielköpfigen Familie gab es nicht genug Liebe für alle. Die Großen haben sich den Löwenanteil abgeschnitten und die Kleinen haben den Teller abgeleckt, wie in den Fünf-Finger-Abzählreimen, die Claudette mir beigebracht hat, als sie noch bei klarem Verstand war. Ich kann darüber ganz objektiv sprechen, da ich abwechselnd in den Genuss beider Behandlungen kommen durfte: Mal war ich Gegenstand von Aufmerksamkeit und regelrecht ermüdender Fürsorge, mal war ich in die schwarzen

Löcher ihrer elterlichen Liebe gefallen. Für Lorenzo und Esteban wurde das Loch kosmisch und hat sie eingesogen. Ich sage nichts, ich lasse sie meine skulpturale Nacktheit bewundern und ihre Protestschreie ausstoßen.

– Es stimmt, wir haben die Schnauze voll davon, dass du dir sonst was einbildest, Kimberly!

– Nur weil du studierst, brauchst du dich noch lange nicht für was Besseres zu halten!

– Und wer überhaupt zahlt dir denn die Ausbildung?

Bis das Gegenteil bewiesen ist, der französische Staat. Meine Eltern hat es nicht einen Cent gekostet, aber was soll's ...

– Verdammt, jetzt zieh dich wieder an!

– Genau, wir haben deinen Arsch lang genug gesehen!

Svetlanas fette, violette Backen beben vor Entrüstung und meine Mutter zögert nicht lange, um ihre eigene kundzutun:

– Und wir wissen noch nicht mal, wohin du ihn überhaupt geschleppt hast!

Hopp, ich mache voller Würde eine kleine Halbdrehung und gehe in Richtung meines Zimmers. Eine krönende Schlussgarbe wird es nicht geben. Zu müde bin ich, zu angeekelt von ihnen allen und in erster Linie von mir selbst. Mag sein, dass ich sehr genau weiß, was Lorenzo gefühlt haben mag, als er sich den Gürtel um seinen zarten Hals legte, dieses Gefühl, dass das Leben mir nichts anderes zu bieten hätte als diese Müdigkeit und diesen Ekel, diese Sicherheit, dass da nichts von niemandem zu erwarten ist und vor allem nicht von meiner eigenen Familie. Es tut mir leid, mein Lämmchen, so leid und ich bin kurz davor, dir nachzufolgen in dieses betrübliche Morgengrauen. Nur, dass mir noch ein weiteres Lämmchen geblieben ist, das ich vor dem Opfer bewahren muss, will ich ein ruhiges Gewissen haben. Zumal ich auf Claudette nicht mehr zählen kann, deren ernüchtertem Blick ich eben erst begegnet bin. Sie hat an der Hetze nicht teilgenommen, doch ich nahm sie als beinahe ebenso verletzlich wahr wie Esteban und mich, während sie eine Zigarette nach der anderen rauchte. In anderen Zeiten hätte sie protestiert, hätte mir meinen Rock gereicht und mein Top, damit ich diese überziehe, hätte sich in der Küche zu schaffen gemacht, um uns Kaffee zu kochen und ein anständiges Frühstück zu bereiten, das seines Namens würdig wäre – nun aber sah ich deutlich, dass sie zurückgefallen war in ihre Umnachtung und, Senilität hin oder her, Esteban und mich dem Wahnsinn der anderen überließ. Mangelt es mir auch an Ideen, um Esteban zu retten, so ahne ich doch, wie ich es bei Claudette anstellen könnte, doch das muss warten, bis ich mich wieder gefasst habe und wieder zu Kräften gekommen sein werde nach dieser anstrengenden Nacht.

Anstrengend, meine Tage sind es nicht minder, diese tauben Sommertage zwischen meinen trauernden Eltern und meinen plötzlich rach- und streitsüchtigen Schwestern, als hätte ich dadurch, dass ich mir ihre Scheißklamotten ausgeliehen habe, gegen eine zwar informelle aber sakrosankte Rangordnung verstoßen; als sollte ich, koste es was es wolle, ein verhinderter Junge bleiben, damit sie in ihrer Weiblichkeit triumphieren können. Die Leute sind für mich ganz eindeutig zu zerbrechlich, ihre geistige Gesundheit zu fragil, ihr Dasein zu sehr bedroht, von welcher Seite her auch immer man es angeht. Mein legitimes Streben nach Stärke und Weisheit wird immer gegen ihre besonderen Schwächen und ihre armseligen Strategien der Realitätsverdrängung stoßen.

Kann sogar sein, dass ich auf ewig lavieren muss zwischen den Engstirnigkeiten von Svet und Ludmi, dem Gejammere meiner Eltern, Charlies ermüdenden Wichtigtuereien und Claudettes depressiven Zuständen, ganz abgesehen von den neuerlichen Bestrebungen meines hübschen blonden Bruders, ein Model zu sein – zumindest, solange ich den Familiensitz nicht verlassen habe, und das wird noch eine Weile dauern, wo ich doch ausgedehnte literarische Studien betreiben will und wahrscheinlich unfähig sein werde, mir auch nur irgendwelche Berufsperspektiven zu verschaffen.

21. DIE SPRACHE DER VÖGEL

Ende August entscheide ich mich, zu Gladys Espérandieu zurückzukehren, um ihr vor allem meine Großmutter zu bringen, die ich aus einem eher manischen als depressiven Zustand geholt habe, einem Rausch von Kochen und Hausarbeit, der weitaus beunruhigender war als die Phasen ihrer Niedergeschlagenheit. Ich mache ihr nichts vor, ich sage ihr ohne Umschweife, dass wir der Originalgladys einen Besuch abstatten werden. Weit davon entfernt, auf stur zu schalten, trappelt sie hinter mir her und schnattert ununterbrochen, was sehr untypisch für sie ist. Ich kapiere nichts davon, zumal sie bei allem vom Hölzchen aufs Stöckchen kommt und nicht zu knapp das Französische mit dem Arabischen vermengt, aber Gladys ist die Sprache der Vögel ja gewohnt. Sie war sogar diejenige, die mich lehrte, wie man die *wahren Zeichen* hinter den falschen verbirgt, und selbst wenn ich nicht alles begriffen habe, bezweifle ich nicht, dass sie Claudettes Kauderwelsch zu übersetzen vermag – ganz abgesehen davon, dass sie mit Sittichen, Kanarienvögeln und Beos zusammenlebt, und ob da nun eine kreischende Elster mehr oder weniger im Spiel ist ...
Gladys ist nicht allein. Ein Mann sitzt auf dem mir angestammten Sessel, Beau-Minon auf seinem Schoß und Orest auf seiner Schulter, was einen Grad an Intimität mit der Räumlichkeit bezeugt, wie ich ihn nie erreicht habe, was aber letzten Endes meine Schuld ist: Ich war es schließlich, die gegangen war und die Tür hinter sich zugeschlagen hatte, na ja, fast. Und trotzdem begegnet mir Gladys ganz ohne Verbitterung und empfängt mich, als hätten wir uns gestern erst verabschiedet. Ich stelle sie hastig einander vor:

– Das ist Claudette, meine Großmutter. Claudette, erkennst du Gladys wieder?

– Ja.

Wir treten ein und nehmen auf dem Sofa Platz, während Gladys sich einen Korbstuhl zurechtrückt. Und erst in diesem Moment gestatte ich mir ganz ungeniert, den wohl langjährigen Kunden von Gladys ins Visier zu nehmen. Und siehe da, es ist Tugra Takdogan, der ehemalige Trainer von Svet, der aktuelle Chef und mutmaßliche Liebhaber meiner Mutter. Ich habe ihn seit Lorenzos Begräbnis nicht mehr gesehen, aber Lorenzos Begräbnis liegt drei Monate zurück, weshalb wir unter keinen Umständen vorgeben können, einander nicht zu erkennen, auch wenn die Dinge, was Claudette betrifft, nicht ganz so eindeutig sind. Sobald er mich eingeordnet hat, springt er auf wie der Teufel selbst, der er vielleicht ja auch ist, bei der Häufigkeit, mit der er in meinem Leben unerwartet in Erscheinung getreten ist. Orest und Beau-Minon zeigen ihre Empörung mit einander ähnlichem Gemauze, der Beo ahmt die Katze nach. Während Tugra wortlos davonschleicht, serviert uns Gladys eigenmächtig Bier für mich und Pastis für meine Großmutter, was zumindest von hellseherischer Fähigkeit zeugt, denn dies ist das einzige alkoholische Getränk, das meiner kleinen rothaarigen Großmutter je geschmeckt hat. Gladys ergreift umgehend das Wort, erkundet sich nach der Familie im Allgemeinen und nach ihrer Namensschwester im Besonderen:

– Und Ihrer Tochter, geht es ihr gut?

– Ja.

– Kimberly hat mir das mit Lorenzo erzählt. Das muss hart für Sie alle gewesen sein.

Bei der Erwähnung von Lorenzo flammen die Augen meiner Großmutter auf, aber sie antwortet nicht. Orest flattert von einem Möbelstück zum anderen und stößt ein von seinem üblichen Repertoire grundverschiedenes Gekrächze aus, Laute, die zwar eher plump sind, aber das Verdienst besitzen, die Kanarienvögel aufzuwecken und in einen Wettstreit aus Getriller und Gepfeife zu treiben. Ohne sich von unserem anhaltenden Schweigen entmutigen zu lassen, besteht Gladys auf ihrer Rolle der Hausherrin:

– Interessieren Sie meine Kanarienvögel? Das sind Harzer Roller. Man nennt sie auch Tiroler Nachtigallen. Sie singen hübsch, nicht wahr? Vor allem die Männchen. Das hat mit dem Testosteron zu tun.

Um Konversation zu betreiben, könnte ich ihr antworten, dass viele Dinge dieser Welt mit Testosteron zu tun haben, aber ich habe keine Lust zu sprechen. Sie dürften sich ja auch so manches zu sagen haben, diese beiden Alten, von denen die eine den Damm der anderen einst wieder zusammengenäht hatte. Gegen alle Erwartung reagiert meine Großmutter umgehend auf diesen ornithologischen Vortrag:

– In Kouba hatten wir auch Vögel. Distelfinken. Man ging sie auf dem Markt von El Harrach kaufen. Die singen gut, die Distelfinken. Besser sogar als Kanarienvögel. Jeder im Viertel hatte welche. Sobald es schön wurde, stellte man sie ans Fenster.

Für den Fall, dass Gladys nicht folgen können sollte, unterrichte ich sie darüber, dass Kouba und El Harrach Stadtviertel von Algier sind. Sie lächelt mich hämisch an:

– Ich kenne Kouba, Kimberly.

– Ach ja, Sind Sie denn auch aus Algier?

– Nein, aber ich kenne es. Vom Namen her.

Na klar, wo hatte ich nur meinen Kopf, bei all den Chibanis, die sie zu ihren Kunden zählt, kennt sie Kouba und El Harrach natürlich! Aber gut, ich werde Claudette jetzt nichts erzählen von der hohen sexuellen Aktivität, die Gladys in ihrem Alter noch an den Tag legt. Man weiß ja nie, das könnte alte Frustrationen wecken und dem Geist der Eintracht schaden, den ich gerne zwischen meinen beiden Siebzigjährigen herrschen sehen möchte. Wie dem auch sei, ich weiß nicht, ob es die Anspielung auf Kouba oder der beschwichtigende Effekt des Gesangs der Kanarienvögel ist, meine Großmutter aber scheint plötzlich sehr interessiert und äußerst gewillt, eine so gut begonnene Unterhaltung weiterzuführen:

– Ich wurde in Kouba geboren, wissen Sie.

– Sind Sie seine Repatriierte?
– Eher das Gegenteil, aber wenn Sie meinen.
– Wie, das Gegenteil?
– Algerien war meine Heimat.
– Dann kehren Sie zurück!
– Würde ich sehr gerne.

Na so was! Ich kenne meine Großmutter nun schon seit ich auf der Welt bin, aber das ist das erste Mal, dass ich sie den Wunsch aussprechen höre, das Land ihrer Geburt wiederzusehen – es ist sogar das erste Mal, dass ich sie überhaupt einen wie auch immer gearteten Wunsch aussprechen höre. Gladys scheint wirklich eine Hexe zu sein, oder eher eine gute Fee, dazu fähig, mit Zauber belegte Zungen zu befreien und, warum eigentlich nicht – aber dies bleibt abzuwarten –, Wünsche wahr werden zu lassen.

Wir fühlen uns jedenfalls wohl in diesem Wohnzimmer, das abgedunkelt wird von der Glyzinie, die zu Teilen die Fenster verdeckt, und darin es vor Gezwitscher und unterschiedlichstem Geschwatze nur so wimmelt; wir fühlen uns wohl in ihrem gelben Haus, was ich für mich schon bei meinem ersten Besuch festgestellt habe. Ich kann es mir heute nicht besser erklären als damals , aber ich beobachte, wie meine stumme und verbitterte Großmutter sich in einen quietschfidelen Spatz verwandelt und trillernd mit Gladys Tiroler Nachtigallen wetteifert:

– Würde ich sehr gerne, aber ich habe Angst, dass sich alles verändert hat, dass ich nichts und niemanden wiedererkenne. Sie dürften alle schon gestorben sein. Manchmal aber rede ich darüber mit Alain und Jean-Claude, das sind meine Brüder, und jedes Mal sagen wir uns, dass es gut wäre, das Haus und den Garten in Kouba wiederzusehen. Er war schön, unser Garten, wissen Sie. Meine Mutter hatte sich um ihn gekümmert. Sie liebte vor allem Geranien, und also hatten wir sie in allen Farben und Sorten. Es gab da eine, die roch nach Zitronenmelisse und verscheuchte Mücken. Denn Mücken, ja die hatten wir auch und hätten getrost darauf verzichten können! Das war eine Plage! Wir mussten Flétox einsetzen und Kapos Antimückenspiralen. Ich mochte deren Geruch, aber meine Mutter sagte, dass es Gift war. Aber um wieder auf den Garten zurückzukommen, wir hatten Oleanderbüsche in voller Pracht! Und einen Rosenstock! Und Blumen, deren Namen ich nicht kannte, aber die blühen auch hier: orange, man kann sie essen, sie haben einen köstlichen, süßen Geschmack. Aber gut, man musste sie die ganze Zeit gießen. Das hab' ich, zusammen mit meinen Brüdern, immer getan, als wir von der Schule heimkamen. Wir hatten Gießkannen, die waren fast so groß wie wir und schlugen uns gegen die Beine, wenn wir versuchten, sie zu tragen.

Diese nostalgische und leidenschaftliche Erzählung, ich entsinne mich, sie schon einmal gehört zu haben, zu einer Zeit, da meine Großmutter noch sprach, zu einer Zeit, da sie auf angenehme Art und Weise die Geburt ihres ersten Kindes schilderte und die Begegnung mit der Originalgladys. Bis jetzt haben sich meine beiden Alten, anstatt auf ihre Urszene zu sprechen zu kommen, über Blumen unterhalten und Stecklinge, über Trockenheiten, Bewässerung und über den vergessenen Namen dieser honigsüßen Blume, die meine Großmutter mit ihren Brüdern aß. Und so gehen sie aus dem Wohnzimmer in den Garten und meine Großmutter kniet mit entzücktem Jauchzen nieder vor dem Immergrün:

– Immergrün! Die Blume der Félibrige!

– Ach ja, ist deren Symbol nicht die Zikade?

– Sowohl als auch!

– Félibrige, was ist das?

Sie hören mich nicht, so sehr sind sie damit beschäftigt, zwischen ihren alten Fingern Salbeiblätter zu zerreiben. Beau-Minon mäandert wild schnurrend zwischen ihnen hin und her, und es ist an Gladys, mit ihrem Wissen zu glänzen:

– Wussten Sie, dass das Schnurren der Katzen die Regenerierung von Gewebe befördert? Und nicht nur bei ihnen selbst, auch bei uns! Ganz abgesehen davon, dass es den Blutdruck senkt.

– Ich liebe Katzen. Aber zuhause haben wir nur Hunde. Hunde, die stinken und alles dreckig machen.

Und auch da falle ich aus allen Wolken, habe ich doch immer gedacht, dass meine Großmutter Fougère, Elvis und Bastardo mochte. Vom Salbei gehen meine beiden Alten über zum Thymian, dann zum Eisenkraut, von dem Gladys einen besonders prächtig blühenden Stock besitzt. Wollte ich meine Großmutter aus der Depression holen, dann ist es vollbracht! Seit Jahren habe ich sie nicht mehr so glücklich gesehen. Zwischen zwei botanischen Betrachtungen kommen sie dann doch noch auf ihr erstes Treffen zu sprechen:

– Wussten Sie eigentlich, dass ich niemals Hebamme war? Ich war lediglich Krankenschwester.

– Und trotzdem haben Sie mich entbunden. Sie waren die ganze Prozedur über zugegen.

– Weil die Hebamme vom Dienst ein faules Luder war und sich Ihre Niederkunft problemlos abspielte. Und falls Sie sich recht entsinnen, werden Sie wissen, dass nicht ich das Kind herausgeholt habe.

– Wirklich nicht? Ich dachte schon.

Claudette, die allen Groll aufgegeben zu haben scheint, wühlt mit ganzen Händen in der warmen Erde, deren leicht nach Knoblauch riechenden Duft sie genüsslich einatmet:

– Was haben Sie denn hier?

– Denken Sie nur, ich weiß es nicht! Ich dachte immer, es sei Unkraut!

– Wilder Knoblauch? Den hatten wir in Kouba auch.

– Ja dann, wann kehren Sie endlich dorthin zurück?

Meine kleine rothaarige Großmutter hebt ein wundersames Gesicht, ein von Hoffnung aufgewühltes Kindergesicht zu mir empor:

– Meinst du, ich könnte das, Kimberly? Nach Algerien gehen?

– Warum fragst du mich das? Natürlich kannst du! Du machst, was du willst!
Ich habe genug von diesen Erwachsenen, die sich nicht um sich selbst kümmern können, aber gut, sie ist meine Großmutter, sie ist alt und krank, und so verpasse ich meinem Unmut einen Maulkorb. Zumal Gladys entschieden der Meinung ist, dass Claudette Vidals Rückkehr zu ihren Wurzeln eine hervorragende Idee wäre:
– Ich habe einen Freund, der sich um einen Verein von Pieds-noirs kümmert. Er kommt zwar aus Oran, aber sie organisieren die ganze Zeit über Reisen. Wenn Sie mögen, spreche ich mit ihm darüber.
Meine Großmutter führt ihre Nase hinunter zu einem Büschel Glockenblumen, aber ich sehe genau, dass sie bewegt ist, und lege meine Hand auf ihre Schulter.
– Wenn es das ist, was du willst, werde ich dir helfen. Zusammen mit Gladys' Freund werde ich sehen, was sich machen lässt.
Sie nickt, ohne zu antworten, und köpft zärtlich die Knospe einer Mohnblume, deren knittrige Blütenblätter sie entfaltet, bevor sie die kleine, nun wie eine Guilloche gemusterte Kapsel zurück auf den Stängel steckt und mir dann eine Art Figürchen mit Umhang und Krone überreicht, wie sie es für meine Brüder und mich zu tun pflegte, zu jener Zeit, als sie noch ganz bei Sinnen war und bemüht darum, unsere Freizeit zu gestalten. Ich weiß nicht mehr wie viele Rintintins, Pompons, Papppüppchen und kleine Tierchen aus zwei Kastanien und fünf Streichhölzern sie für uns hergestellt hat. Gladys schwadroniert weiterhin, ungeachtet unserer Seelenzustände oder aber eben in genauer Kenntnis von ihnen, ich weiß es nicht.
– Wussten Sie, dass Mohn erwiesenermaßen bacchantische Eigenschaften besitzt?
Ich liebe ihre Art zu sprechen wirklich sehr, aber ich bezweifle, dass Claudette so viel Pedanterie zu schätzen weiß, weshalb ich ihr aufhelfe und sie in einen anderen Winkel des Gartens ziehe. Und da dann, oh weh, stoßen wir auf die einzige Aprikose der Gladys

Espérandieu, ganz ohne Früchte zwar, aber eindeutig wiedererkennbar für uns, die wir zu Spezialisten für Obstbäume geworden sind. Gladys, die uns folgte, tritt auf der Stelle ins Fettnäpfchen:

– Bewundern Sie meine Aprikose? Das ist ein Rouge du Roussillon! Er trägt gut. Aber zurzeit mache ich mir ein wenig Sorgen: Schauen Sie nur die Blätter an, wie sie sich eindrehen. Ich frage mich, ob er nicht von irgendeiner Krankheit befallen ist.

Während sie mitleidvoll den Kopf schüttelt, erfreuen Claudette und ich uns *in pectore* an der Vorstellung, dass eine Epidemie womöglich alle Aprikosenbäume Südfrankreichs dahinraffen könnte und so die kleinen, zerbrechlichen Jungen davor bewahren würde, sich aufzuhängen in einer Nacht bar aller Hoffnung. Einen kritischen Blick auf den Baum werfend, auf sein dichtes Blattwerk, seine schuppige Borke und seine hässlichen Harztropfen, die er hier und da ausschwitzt, grummelt meine Großmutter:

– Ich mag keine Aprikosenbäume. Wir haben einen bestimmt hundert Jahre alten im Garten der Rue Trézène.

Gladys zeigt sich äußerst interessiert:

– Sind Sie sicher, dass er hundert Jahre alt ist. So ein Aprikosenbaum wird für gewöhnlich nicht sehr alt, vierzig vielleicht, fünfzig, älter aber nicht.

– Na ja, der unsere ist eben älter.

Dem stimme ich zu. Die Vorstellung allein, dass er nur gewachsen und gediehen ist, um meinem kleinen Bruder als Galgen zu dienen. Claudettes Augen füllen sich mit Tränen, die sie wütend wegwischt, die aber dem wachsamen Auge meiner geliebten Hexe nicht entgehen.

– Was ist denn los, Claudette?

– Hat Kim es Ihnen nicht gesagt? In eben dieser Aprikose hat Lorenzo sich erhängt.

Nein, ich habe es ihr nicht gesagt. Ich habe diesen erschwerenden Umstand des Suizids von Lorenzo für mich behalten, die Tatsache, dass er unseren Lieblingsbaum gewählt hatte, um dort diesen

skandalösen Tod zu finden, den ich nie verwinden werde. Es gab Momente, da konnte mich der Gedanke, dass er im Baum der drei Jungs gestorben war, trösten, aber diese Momente gehören der Vergangenheit an und seither hasse ich alle Bäume.
Claudette weint und ich weine mit ihr, zumal sie dies meines Erachtens zum ersten Mal seit dem Tode ihres Lämmchens tut.
– Er war lieb. Hat Kim Ihnen das gesagt?
– Ja, hat sie. Und dass er unglücklich war, dass die anderen ihn gehetzt haben.
– Er war zu lieb. Und zu klein. Deswegen hatte er Komplexe. Deswegen, und weil er rothaarig war.
– Ja, ich weiß, Kimberly hat es mir erzählt.
– Es ist mein Fehler, dass er rothaarig war, wissen Sie? Schauen Sie nur!
Sie fährt mit zittriger und tieftrauriger Hand durch ihr inzwischen graumeliertes aber unzweifelhaft mahagonirotes Haar. Gladys brüllt regelrecht:
– Sind Sie verrückt, Claudette? Haben wir nicht schon genügend Gründe, uns zu geißeln und schuldig zu fühlen in diesem Leben, auch ohne dass Sie dem auch noch Ihre Dummheiten hinzufügen müssen? Was hat Ihr Rotton denn bitte mit dem Suizid dieses armen Jungen zu tun?
– Weil er rot war, haben die anderen ihn verspottet.
– Und also ist es den anderen anzulasten, wenn er sich umgebracht hat. Sie haben damit nichts zu tun!
Das ist auch meine Meinung: Claudette ist unschuldig, aber nicht jeder kann das von sich behaupten. Sie fixiert weiterhin mit sorgevollem Auge die Aprikose und stößt unvermittelt aus:
– Es ist meine Schuld. Und auch die meiner Tochter! Sie wurde der Existenz ihres Sohnes erst im Moment seines Todes gewahr. Was für ein Unding!
Schau an, die Krankheit scheint Claudette nicht aller Hellsichtigkeit beraubt zu haben. Beau-Minon hebt sein Kinn zu meiner

Großmutter und gibt ein erstauntes Mauzen von sich, woraufhin sie ihn mit ihrem Zeigefinger zärtlich krault.

– Ihre Tochter? Welche? Gladys?

– Ja, Fabiola hat nur einen Sohn und kümmert sich sehr gut um ihn. Léopold ebenfalls. Einzig Gladys glaubte sich verpflichtet, fünfe machen zu müssen, ich habe keine Ahnung, warum. Vor allem, da sie schon bei ihrer ersten völlig überfordert war.

– Ihrer ersten was?

– Ihrer Tochter: Svetlana. Sie und Patrick hätten da schon aufhören müssen, aber nein, vier weitere haben sie noch oben drauf gesetzt. Und doch kann man nicht behaupten, dass meine Tochter einen Mutterinstinkt hätte.

– So etwas wie Mutterinstinkt existiert nicht.

Falls Gladys nun damit rechnet, dass meine Großmutter ihren kulturalistischen Thesen widerspräche, läuft sie eindeutig Gefahr, enttäuscht zu werden, wo Claudette doch alles, was auch nur im Entferntesten an eine Debatte über Ideen erinnert, verachtet, eine Verachtung, die alle Mitglieder meiner vielköpfigen Familie mit Ausnahme von mir teilen.

– Meiner Tochter musste einfach alles gezeigt werden: wie man ein Baby hält, wie man es badet, wie man ihm die Windeln wechselt. Und war ich mal nicht da, dann vergaß sie das Fläschchen. Und Patrick war kaum besser: Die beiden wollten, trotz Säugling, abends ausgehen, zu Unzeiten zurückkehren und den Morgen verpennen. Weshalb ich Svetlana zu mir ins Zimmer holte. Charlie war darüber nicht sehr glücklich, aber ich ließ ihm keine Wahl. Und so hatten wir auch überhaupt nicht verstehen können, warum Ludmilla kam. Und dann Kim. Von den beiden Jungs spreche ich erst gar nicht! Zwei in einem Jahr, obwohl sie noch nicht einmal fähig waren, sich um die ersten drei zu kümmern!

Ich habe den Eindruck, dass die schuldhafte Unbekümmertheit ihrer Namensschwester die Originalgladys nicht besonders interessiert. Sie hört mit halbem Ohr zu, ganz geschäftig zwischen ihren Beeten, samtweichen Stiefmütterchen, rubinroten Dahlien, Efeu, Wunderblumen ... Meine Großmutter staunt als Kennerin und unterbricht ihre Schmährede:

– In Kouba, da hätten wir all das ganz bestimmt nicht haben können. Das hätte zu viel Wasser benötigt. In gewissen Sommern vertrocknete alles bis auf den Halm. Meine Mutter war enttäuscht, aber da war nichts zu machen. Es musste nur ein Samum aufkommen, und schon konnten wir gießen, so viel wir wollten, alles wurde zu Heu, nur Lorbeer und Geranien hielten stand.

– Wie hieß Ihre Mutter?

– Reine. Und mein Vater Henri.

Claudette, Tochter der Reine, der Königin, wollte ihre Kinder Léopold taufen und Fabiola, und dann noch Astrid und Théodora. Mit Vornamen, elterlichem Ehrgeiz und unvermeidlichen Enttäuschungen kenne ich mich aus.

– Wurden Ihre Eltern mit Ihnen zusammen repatriiert?

– Mein Vater, meine Mutter nicht. Meine Mutter wurde '62 von einer Kugel getroffen.

– War sie in die Schießerei in der Rue d'Isly geraten?

– Nein. Sie starb drei Tage zuvor. Man hat auf sie in der Rue de la Fonderie geschossen. Es ist ganz sicher: Mindestens zwei Personen haben sie zu Boden gehen sehen und es meinem Vater erzählt. Aber dann war sie einfach nicht mehr aufzufinden. Wir haben sie überall gesucht, sind ins Mustapha-Krankenhaus gegangen, aber sie war nicht da.

– Wer hat sie getötet? Die OAS?

– Wir haben es nie herausgefunden, stellen Sie sich das vor. Sie starb im März, wir sind im Juni weg. Und so wurde sie nirgends bestattet, so war das. Wir haben nicht einmal ein Grab.

Mechanisch zerbröseln die Finger meiner Großmutter die bröckelige Erde aus Gladys Garten, als ob der verzweifelte Wunsch, Reine Vidal ein angemessenes Begräbnis zuteilwerden zu lassen, sie auch fünfzig Jahre später noch quälte. Tatsächlich stoßen wir drei

Schritte weiter auf einen Grabhügel, der von einem zwar plumpen, doch glatt als Gedenksymbol durchgehenden Kreuz gekrönt ist. Gladys errötet, als wäre sie erwischt worden, und stottert irgendwas zu einer dreifarbigen Katze namens Bamboche. Meine Großmutter blickt entrückt, und um sie, wenn auch schmerzerfüllt, zu uns zurückzuholen, frage ich sie:

– Wie war deine Mutter?

– Das ganze Gegenteil von mir. Groß, brünett, gut beisammen.

Es hängt ein Foto meiner Urgroßmutter in Claudettes und Charlies Zimmer, eine Vergrößerung, auf der man sie im sonnigen Glanz ihrer dreißig Jahre ein Baby ins Objektiv halten sieht, das ihre Tochter sein dürfte. Ihr strahlendes Lächeln kontrastiert mit der erschütterten Miene des Babys und den mürrischen Gesichtsausdrücken der beiden kleinen Knaben, die sie flankieren und die je einen Zipfel ihres Rockes halten, als liefe ihre Mutter Gefahr, sich in Luft aufzulösen. Und genau das war dann auch geschehen: Sie löste sich in Luft auf und man hat nie wieder etwas von ihr gehört. Ich kenne diese Geschichte, doch da ich meine Großmutter sehe, wie sie melancholische Blicke über einen Garten schweifen lässt, der sie an jenen in Kouba erinnert, über ein Grab, das ungerechterweise einem Tier gewährt ist, wo doch ihre eigene Mutter in Ermangelung eines identifizierbaren Leichnams keinerlei Anspruch auf nur irgendetwas gehabt hat, werden mir plötzlich die Gründe für ihre senile Demenz einsichtiger – die nur dem Namen nach senil ist, war sie doch zwanzig Jahre jung, als ein fürchterlicher Traum über ihr niederging.

Sie weint. Es ist das zweite Mal in weniger als einer Viertelstunde, und ich zweifle nicht daran, dass dies ein Fortschritt ist im Vergleich zu all diesen Jahren, in denen sie sich nichts hat anmerken lassen und sich mehr und mehr in ihren dunklen Wald zurückgezogen hat, und doch ist es nur schwer zu ertragen. Gladys scheint ebenso erschüttert zu sein wie ich von diesen Tränen, die wegzuwischen meine Großmutter sich nicht einmal mehr die Mühe gibt.

Sie weint, weil sie ihre Mutter liebte, weil sie sie verloren und noch nicht einmal einen Ort hat, an dem sie mit ihr sprechen könnte, einen Gedenkstein, eine kalte Steinplatte oder eine schwarze Marmortafel – und wäre sie auch so hässlich wie jene von Lorenzo.
Ich bemitleide sie, mir schnürt sich mein Herz, doch hindert mich dies nicht daran, sie in ihrem Unglück zu beneiden: Auch ich würde einiges dafür geben, eine Mutter zu haben, die auch ich lieben könnte, tot oder lebendig, zerstoben in einer der Straßen von Algier, oder unter einem Grabstein liegend. Eine Mutter, die man liebt, das ist immerhin besser als eine Mutter, die euch nur Ekel einflößt und Groll; eine Mutter, die man liebt, das ist immerhin angenehmer, als eine Mutter, die euren Bruder getötet hat und ihre stärksten Gefühle ihren drei Hunden vorbehält. Gladys hüstelt, um unsere Aufmerksamkeit auf sich zu lenken:

– Ich werde meinem Freund Jean-Pierre von Ihnen erzählen. Um zu sehen, ob Sie nicht mit anderen Pieds-noirs nach Algier zurückkehren können. Würde Ihnen das Freude bereiten, Claudette?

Sie nickt energisch und wischt sich endlich die Augen.

– Ja, Gladys, genau das würde mir Freude bereiten, das und nichts anderes.

Hand in Hand gehen wir zurück zur Rue Trézène, und ich bin es nun, die sie bearbeitet, permanent auf sie einredend, um den zarten Elan nicht wieder verebben zu lassen, der sie zwischen Immergrün und Hahnenfüßen ergriffen hat.

– Hast du gesehen? Gladys, die ist eigentlich doch nett. Überhaupt nicht so, wie du behauptet hast.

– Die Dinge sind selten so, wie man behauptet.

Aus Verwunderung über diesen tiefsinnigen Gedanken, lasse ich ihre kleine, trockene Hand los, und sie nutzt die Gelegenheit, um sich eine Winston anzustecken und dabei gegen den Wind anzukämpfen, der durch den Boulevard Paradis fegt. Wir sind schon ganz nahe der Straße, in der Gladys Espérandieu im ältesten Metier der Welt ihr Debüt gegeben hat, ich aber zwinge mich, nicht daran zu denken und behalte meine eigenen Ambitionen diesbezüglich für mich, um meiner Großmutter Halt zu gewähren:

– Wirst du mir Fotos zeigen von deiner Mutter? Und von Kouba?

– Viele habe ich nicht. Jean-Claude hat alles mitgenommen.

Das wundert mich nicht bei Jean-Claude, den ich immer nur anlässlich der Feierlichkeiten zum Jahresende sehe, aber selbst das ist schon zu viel, wo er doch immer nur Reden schwingt oder sich darüber beklagt, was die Bicots mit dem Algerien seiner Jugend gemacht haben, dieses Land, das allein in ihren kranken Köpfen existiert. Aber gut, ich werde ihm das Schönreden nicht zum Vorwurf machen. Da die Dinge selten so sind, wie man behauptet, und die Erinnerungen sich kaum von den Träumen unterscheiden, hat er alles Recht auf sein imaginäres Algerien, ein nur umso sagenhafteres Königreich, als *la Reine*, die Königin, in der Rue Fonderie aus ihm getilgt wurde, und sie seit fünfzig Jahren keinen Fuß mehr auf dessen Boden gesetzt haben.

Ich beobachte meine Großmutter, wie sie an ihrer Kippe zieht und sie sodann heftig an einem Mäuerchen zerdrückt. Mag sein, dass nichts von dem, was ihr in den letzten fünfzig Jahren widerfuhr, Wahrhaftigkeit für sie besitzt; mag sein, dass die Wahrhaftigkeit dort zurückgeblieben war, mit den Geranien ihrer Mutter, ihrem hellen Lachen, dem Selecto mit Apfelgeschmack, den Badeplätzen in Sidi Fredj und den Antimückenspiralen von Kapo, die in den viel zu warmen Nächten abbrannten; mag sein, dass wir, ihre Enkelkinder, weniger Dasein führen als all ihre kleinen Schulfreundinnen aus Kouba, Lisette Bartoli, Monique Fernandez und Yvette Jourdan, deren Jugendsünden sie mir erzählt, aus jener Zeit, da man ihr noch nicht die Zunge abgeschnitten hatte. Davon habe ich nämlich noch nicht gesprochen, doch handelt es sich um eine Verstümmelung, die sich die Leute häufig untereinander zufügen: Die einen müssen kleiner werden, damit die anderen wachsen können, und die Glossektomie ist mindestens ebenso effektiv wie die Kastration. Ich weiß, wovon ich rede, wäre ich ihr doch um ein Haar selbst ausgesetzt gewesen, und hätte ich nicht in letzter Minute das Geschlecht gewechselt, wäre ich nicht mit neun Jahren ein kleiner, unsichtbarer Junge geworden, ich wäre heute stumm – oder auch tot: Man hat gesehen, was den kleinen unsichtbaren Jungen in meiner Familie zustößt.

Da, plötzlich, auf dem Boulevard Paradis, unter den Zürgelbäumen, die der Wind schüttelt, packt mich die Entmutigung, denn ich bin erst siebzehn und wenn ich, koste es was es wolle, gehen muss, so hege ich doch nicht die Absicht, mich in einem Aprikosenbaum zu erhängen, oder mich zurückzuziehen in einen dunklen Wald, der nie etwas anderes war als der erste Höllenkreis. Meine Großmutter trottet an meiner Seite, das Gesicht weniger verschlossen, die Augen weniger entrückt als üblich. Mit einem Mal hat sie ein Vorhaben, andere Perspektiven, als sich vor den Fernseher zu hocken, für sieben Personen zu kochen oder Charlie zuzuhören, wie er sich in Wiederholungen ergießt. Ich werde die Rückreise meiner Großmutter organisieren, für ihre wahre Repatriierung sorgen, bevor ich über meine eigenen Fluchtwege nachdenken werde.

Da meine geliebte Hexe ihrerseits gewirkt hat, säumt meine Großmutter nicht, nach Algier zu entfliegen, gemeinsam mit einer kleinen, vom besagten Jean-Pierre ins Schlepptau genommenen Gruppe Pieds-noirs, in welchem ich ob der spöttischen Vertrautheit, mit der er sich an sie wendet, schon nach kurzer Zeit einen weiteren Kunden der unermüdlichen Gladys ausmache.

Claudette wollte nichts davon wissen, ein Schiff nehmen zu müssen. Sie hegt eine furchtbare Erinnerung an ihre erste und letzte Überquerung auf der *Kairouan*:

– Das Meer war aufgewühlt, alle waren krank, und ich hatte Angst zu sterben. Glaube mir, ich hatte keine Zeit, traurig zu sein oder nachzusinnen über das, was ich hinter mir gelassen hatte.

– Ach ja?

Ich habe immer geglaubt, dass sie an jenem Tag im Juni 1962 zugesehen hatte, wie sich die Bucht von Algier entfernte, wie die Hügel von Kouba im Sonnenglanz flackerten und wie die silbrige Kuppel der Notre-Dame d'Afrique aufblitzte über den Köpfen der anderen Passagiere, die dichtgedrängt an der Reling standen und einen herzzerreißenden Abschiedsgesang anstimmten, aber nein, ganz und gar nicht: Sie hatte die Überfahrt in der Angst verbracht, dass man ihre Lafuma-Tasche stehlen oder sich über ihr erbrechen könnte – wenn sie nicht gerade damit beschäftigt war, zu beten, dass die *Kairouan* nicht zwanzigtausend Meilen unter dem Meer enden würde.

Wie dem auch sei, Claudette hat den Flieger von Marignane aus genommen. Gladys und ich haben sie den Händen dieser Stimmungskanone namens Jean-Pierre überantwortet, aber ich mache mir diesbezüglich nicht die geringsten Sorgen: Meine Großmutter ist Wichtigtuer und deren kleine Nummern gewohnt, hat sie doch selbst einen solchen vor sage und schreibe sechsundvierzig Jahren geheiratet, der selbst im hohen Alter nicht zur Vernunft gekommen ist. Ganz im Gegenteil, er wurde umso mehr zum Charmeur, je mehr Charme er einbüßte, umso mehr zum Maulhelden, als seine Kräfte nachließen, ja, umso anstrengender, je mehr die anderen ihren Vorrat an Geduld ihm gegenüber aufgebraucht hatten.

Muss erwähnt werden, dass Charlie die unerwartete Sommerfrische seiner Ehefrau äußerst schlecht auffasste und meine vielköpfige Familie ins gleiche Horn stieß wie ihr nerviger Patriarch?

– Was willst du bloß in Algerien?

– Weiß du nicht, dass die uns da nicht ausstehen können?

– Wenn du glaubst, deine Erinnerung dort wiederfinden zu können, dann hast du dich gewaltig geschnitten! Alles hat sich vollkommen verändert!

Doch was wissen die schon von den Sehnsüchten ihrer Frau, Mutter, Großmutter? Haben sie sich je die Mühe gemacht, in ihr Herz zu schauen? Wer weiß schon, ob sie nicht diese vollkommene Veränderung herbeisehnt, mit der sie ihr drohen? Ohnehin hält sie es nicht für nötig, ihnen zu antworten. Seit unserem Besuch bei Gladys schweift sie träumerisch hin und her zwischen noch zu erledigenden Einkäufen, zu packenden Koffern und zu regelnden Abreiseformalitäten, ohne sich um die bissigen Bemerkungen der einen wie der anderen zu scheren. Ich habe Schwierigkeiten, ihr klarzumachen, dass sie ein Visum benötigt, um heimzukehren, doch ist es einmal bewilligt, läuft alles ganz schnell und einfach. Im letzten Augenblick drückt sie jeden von uns, umschließt mit einer festeren Umarmung Esteban und flüstert mir einige Worte ins Ohr:

– Gib mir auf deinen kleinen Bruder acht.

Mir fällt auf, dass sie mich nicht ermahnt, auf die anderen zu achten: Sie weiß, dass das, was diese auszeichnet, genau jene ausschließliche Sorge um sich selbst ist und um ihr kleines körperliches wie mentales Wohlergehen. Mir fällt außerdem auf, dass sie, um dasjenige von Esteban gesichert zu sehen, auf mich zählt, und sie hat vollkommen recht damit. Wenn es nur an mir liegt, wird er niemals bis zur Selbststrangulation schreiten, sie kann beruhigt von dannen gehen.

– Wann kommst du wieder?

– Das steht noch nicht fest. Aber ich werde dich anrufen.

Sie ist fort, sie hat den Flieger in die richtige Richtung genommen nach einer Überfahrt von Algier nach Marseille, die nichts anderes war als ein tragischer Irrtum der Geschichte, der die ihre unterbrochen hatte und sie mitten hinein in die der anderen warf, ihre Hochzeit mit Charlie Meuriant, ihre drei Kinder, ihre sieben Enkel. Mag sein, dass sie uns, kaum auf algerischem Boden, kaum den Garten ihrer Mutter wieder vor Augen, kaum wieder vereint mit dem Geschmack von Jujuben und Kaktusfeigen, vergessen wird, mag sein, dass sie wieder Kontakt aufnehmen wird zu einer Jugendliebe, einem arabischen Jungen, den zu heiraten fünfzig Jahre zuvor sie nicht gewagt hätte, der für sie aber stets weitaus mehr Präsenz besessen haben mochte als ihr blasser, wallonischer Ehemann.

Ich sehe nur allzu genau, wie sehr meine Version der Rückkehr von Claudette nach Algerien meinem eigenen Hass auf unser kleinkariertes Universum geschuldet ist, aber was soll's, das hilft mir zu leben, mir meine Großmutter auszumalen, verjüngt, gebräunt, die Straßen der Kasbah hinunterlaufend im atemberaubenden Duft des Jasmins am Arm ihres Geliebten von einst. Und doch hoffe ich, nicht völlig falsch zu liegen, und sie zusammen mit Jean-Pierre nicht eingepfercht in einem klimatisierten Bus sitzt oder gezwungen ist, den anderen auf die Friedhöfe zu folgen, wo ihre Toten nicht zu finden sind. Jedenfalls schaue ich mir die Wettervorhersage von Algier seit ihrer Abfahrt aufs Genaueste an, wo sie ununterbrochen Sonne haben und sommerliche Temperaturen, während hierzulande der Sommer sich bereits verabschiedet hat – zu meiner großen Zufriedenheit, denn ich konnte weder Sommer noch Ferien länger ertragen.

Es regnet, der Unterricht hat wieder begonnen, der ganze Winter wird wieder eindringen in mein Wesen, mein Herz wird nichts anderes sein als ein roter gefrorener Block, und dies entspricht genau dem, was ich anstrebe: Ist mein Herz erst einmal erstarrt, so werde ich über meinen neu einzuschlagenden Kurs nachdenken und auch mein Leben wieder in die richtige Richtung lenken können. Studieren schön und gut, wenn ich jedoch gleich meiner Großmutter entfliegen will, dann brauche ich Kohle. Auf diesen Punkt hin befragt, zuckt Gladys fatalistisch mit den Schultern:

– Da kommt kaum was anderes als Prostitution infrage.

Ich erzähle ihr nicht, dass Prostitution ohnehin schon zu meinen Plänen zählt. Meine Beweggründe sind zu verschroben und zu unlauter, da ist es besser, sie glaubt, mir stünde vor Not das Wasser bis zum Hals.

– Wie stelle ich das am besten an?

– Du willst doch wohl nicht allen Ernstes, dass ich Deine Puffmutter bin?

Sie lacht bei dieser Vorstellung wie eine Bekloppte, woraufhin die Kanarienvögel erwachen und in ihren Käfigen aufflattern. Zum Glück ist der von Orest mit seinem üblichen Brokat bedeckt, denn »Puffmutter« gehört ganz bestimmt zu seinem Vokabular und hätte sein anzügliches Repertoire entfesselt. Wir aber müssen klare Vorstellungen haben, um den Handel zu diskutieren, den ich mit meinem Körper betreiben werde.

– Ich dachte daran, eine Anzeige ins Netz zu stellen.

– Mit dem Netz kenne ich mich nicht sonderlich aus, aber es ist sicherlich das Beste, was du tun kannst, das stimmt. Du musst nur bedenken, wie genau du die Auswahl deiner Kunden treffen wirst.

Ich bin ein wenig darüber enttäuscht, dass sie mir nicht die gute alte Methode namens Strich empfiehlt, denn ich sah mich schon die Straßen durchkämmen in meinen Mini-Shorts und mich über die Türen der Benz beugen, aber anscheinend ist das Netz die Zukunft der Anwerbung, selbst in Gladys' Augen, die es nur wenn unbedingt nötig nutzt. Während sie von Käfig zu Käfig wandert, um das Wasser und die Körner für ihre Kanarienvögel aufzufüllen, denkt sie laut über die entscheidende Frage nach der Auslese der Gimpel nach:

– Du musst sie unbedingt ans Telefon kriegen. Die Stimme von Menschen ist sehr beredt.

– O. k., ich schreibe meine Handy-Nummer in die Anzeige.

– Wo erwägst du es zu tun?

– Keine Ahnung. Im Hotel, oder? Was meinen Sie?

– Ich bin nie ins Hotel gegangen. Ich habe es immer bei mir gemacht.

– Ach ja? Ist das nicht riskant? Dann weiß der Typ ja, wo man wohnt ...

– Eben, sie wussten es. Ich hatte welche, die ohne Ankündigung aufkreuzten oder auf meinem Fußabtreter kampierten. Aber denen habe ich sofort Grenzen gesetzt.

– Nur, dass ich so etwas zuhause nicht machen kann. Irgendjemand ist immer da, sogar tagsüber, meine Mutter, mein Großvater.

– Deine Mutter arbeitet nicht?

– Nicht wirklich. Sie hat ein bisschen gestrippt, aber ich glaube, sie hat damit wieder aufgehört.

– Gestrippt? Willst du deswegen Nutte werden? Trittst du in die Fußstapfen deiner Mutter?

Allein bei der Vorstellung, dass es auch nur die geringste Ähnlichkeit, die geringste Spur von Nachahmung zwischen meiner Mutter und mir geben könnte, überkommt mich die Lust zu schreien, doch vor der Originalgladys bändige ich den Ausdruck meines Horrors:

– Ach Blödsinn, das hat nichts damit zu tun. Meine Mutter, die hat keine Kunden, die lässt sich nicht von Typen bezahlen, sie hat ein Einkommen.

Und stimmt ja, ihr Chef ist ja auch Tugra Takdogan, der alte Freund von Gladys. Aber das sage ich ihr nicht. Das bleibt zwischen diesem alten Gauner und mir.

– Du wirst mich nicht von der Vorstellung abbringen, dass eine Stripperin mit einer Prostituierten ziemlich viel gemein hat. Übrigens ist das vielleicht gar keine so schlechte Idee: dass du strippst oder oben ohne tanzt. Gebaut wie du bist, wirst du keine Schwierigkeiten haben, eingestellt zu werden. Und außerdem hast du doch viel geturnt, oder?

– Da verdient man nicht genug. Ich brauche viel Geld: Ich muss mir eine Wohnung leisten können, für mich und Esteban.

– Ach ja? Du würdest deinen Bruder mitnehmen? Deine Eltern wären damit einverstanden?

Ich werde mir die elterliche Erlaubnis sparen. Esteban ist äußersten Risiken ausgesetzt, bei meiner Mutter, die zwölf Jahre psychologischer Vernachlässigung nachholen möchte und seither massenweise Castings und Shootings für ihn ergattert. So hat man meinen kleinen blonden Bruder bereits auf den Teenie-Seiten der Kataloge von Versandhändlern sehen können, ganz abgesehen davon, dass er in zwei in der Gegend gedrehten Fernsehfilmen als Statist zu sehen war, was meine Mutter auf den Gipfel der Freude getrieben hat: Vergessen die Karriere der Sweetie, vergessen bei dieser Gelegenheit der Tod ihres anderen Sohnes, da ist nur noch Raum für den aufkeimenden Erfolg des zweiten.

Selbst wenn er es nicht weiß, Esteban ist in Gefahr – denn was meine Mutter angeht, so habe ich nie wirklich gewusst, was vorzuziehen ist: von ihr vergessen zu werden oder Gegenstand ihrer fiebrigen, zwanghaften, beinahe verliebten Umsorgung zu sein. Gewiss, das Beispiel von Lorenzo könnte mich zur zweiten Option tendieren lassen, aber das von Svetlana mahnt mich zu äußerster Vorsicht. Meine älteste Schwester, der Liebling ihrer Mutter, weist in der Tat Anzeichen geistiger Störungen auf, die außer mir anscheinend niemanden beunruhigen.

Letztens erst hat ihr Aufzug einen noch folkloristischeren Touch bekommen als zuvor schon, und sie geht nur mehr in traditionell ukrainischer Tracht aus: bestickter Rock, gewobene Gürtel,

Stehkragen, pelzgefütterte Mäntel, Tücher, die sie um ihren schmalen Kopf bindet, obwohl das ihr stumpfes Erscheinungsbild noch unterstreicht. Soweit ich weiß, hat sie aufgehört, in der Parfümerie zu arbeiten, wo sie seit ihrem siebzehnten Lebensjahr Verkäuferin war. Sie verbringt ihre Tage damit, auf die Heimkehr ihres Typen zu warten, schaut dabei fern, surft im Netz oder plaudert unablässig mit ihrer Mutter, wenn sie nicht die Hunde ausführt.
Sie hat gewaltig zugenommen, was vielleicht zum Teil den Rückgriff auf lange Röcke und Tuniken erklärt; ihre Wangen hängen, ihre Augen sind im Fett ertränkt, aber meine Mutter flippt noch immer vor ihrer unerreichten Schönheit und Anmut aus.
Doch hätte allein schon ihre Art zu essen den Rest meiner vielköpfigen Familie alarmieren müssen. Gewiss, bei mir zuhause, da fressen alle mehr als erlaubt, aber bei Svetlana grenzt die Gefräßigkeit an eine Zirkusnummer. Umso mehr, als sie stets den Eindruck erweckt, sie esse in dem Gefühl höchster Dringlichkeit und Angst: Die Gabel wandert mechanisch hin und her zwischen ihrem Teller und ihren glänzenden Lippen, ihre Augen rollen in sämtliche Richtungen, während sie die Taktung beobachtet, in der die anderen sich nachnehmen, ganz egal, was auf dem Tisch steht – Kutteln mit Kreuzkümmel, wie sie meine Großmutter kochte, oder ihre Calentica, die furchtbaren Tiefkühlpizzen oder Dosenravioli, für Svetlana ist alles eins.
Ich glaube, dass sie und Fabien sich in den Kopf gesetzt haben, ein Kind haben zu wollen, was anscheinend alle genial finden, hopp, und schon sind vier Generationen unter einem Dach, es wird ein wenig eng werden, aber man hat ja gesehen, dass dies kein Problem darstellt und zwei Jungen sich zwölf Jahre lang hervorragend fünf Quadratmeter teilen konnten, ohne dass sich jemand daran gestoßen hätte. Ich habe ernsthaft versucht, Svetlana zur Vernunft zu bringen, sie aber brach stets in Tränen aus, sobald ich das Thema auch nur ansprach, denn ihre Gebärmutter hat sich als ein unwirtlicher Ort erwiesen für jedweden Embryo, weswegen sie

bereits fünf Fehlgeburten hinter sich hat und ernsthaft an künstliche Befruchtung zu denken beginnt.

– Hör zu, du solltest vielleicht auf deinen Körper hören, oder? Wenn du nicht schwanger werden kannst, dann kannst du eben nicht schwanger werden, und damit hat's sich!

Dass ich an den Punkt gelange, zu empfehlen, auf den Körper zu hören, ist dennoch der Gipfel, ich, die ich der Meinung bin, dass dies das Letzte sei, was es zu tun gilt, sind doch Herz und Körper die schlimmsten aller Berater – aber gut, ich weiß, dass jede einfühlsame Rede bezüglich ihrer Eingeweide meiner Schwester Wohlgefallen finden wird, und so streue ich listenreich Salz in die Wunde:

– Man darf nicht wider die Natur handeln, Svet. Wenn euer Kind kommen soll, so wird es kommen, aber du darfst die Dinge nicht erzwingen!

– Willst du damit sagen, dass ich, wenn ich steril bin, akzeptieren soll, steril zu sein?

– Ganz genau.

– Selbst wenn die Wissenschaft mir helfen kann?

– Ich sage dir, dass du darauf hören musst, was dir dein Körper sagt, und dein Körper sagt dir, dass er nicht bereit ist! Was nicht heißt, dass sich das nicht ändern kann!

Aber nein, ausnahmsweise will Svetlana nicht auf ihren Körper hören, ist ihr Körper doch nicht einverstanden mit dem, was sie als ihr Hirn missversteht. Hasserfüllt starrt sie mich an und schüttelt entschlossen ihre fetten Backen:

– Du hast keine Ahnung, wovon du redest! Du weißt nicht, was es heißt, verliebt zu sein und Lust zu haben, einen Haushalt zu gründen mit dem Mann, den du liebst!

– Welchen Haushalt? Du und Fabien, ihr wohnt doch hier! Ein Haushalt, das ist, wenn man sein eigenes Haus hat, und bei euch kann das noch 'ne Weile dauern! Zumal du aufgehört hast zu arbeiten!

– Mein Haushalt, der ist hier. Würdest du deine Familie lieben, würdest du auch verstehen, was ich damit sagen will!
Bis zu diesem Punkt sind ihre Argumente vernünftig geblieben und ihre Äußerungen artikuliert, doch plötzlich dreht sie vor meinen entsetzten Augen durch, ihre fetten Wangen werden bläulich, ihre Augenlider flattern, Speichel sammelt sich an ihren Mundwinkeln und sie stürzt sich in eine Hasstirade, von der ich nur jedes dritte Wort verstehe, aber das reicht völlig aus, handelt es sich doch nur darum, mich zu beleidigen und ihren herrischen Wunsch nach Fortpflanzung zu behaupten, ein Wunsch, der kein einziges Hindernis duldet, nicht den geringsten widrigen Umstand, ein Wunsch, der aber auch alles auf seinem Wege umstößt, mich inbegriffen, vor allem mich, die ich nichts anderes bin als eine dreckige Nutte.
»Nutte«, das ist Svetlanas Lieblingsschimpfwort, und obgleich sie es alle naslang und unüberlegt verwendet, so ist es in meinem Falle doch ein völlig angemessenes Wort – nur dass meine Schwester das nicht zu wissen braucht. Eine halbe Stunde bevor ich mit ihr diese Unterhaltung führte, die keine war, habe ich auf Lovesita eine Anzeige online gestellt, die sorgsam auf all jene abgestimmt ist, die ich bisher lesen konnte: »Ich bin neu in eurer Stadt, und eine hübsche, achtzehnjährige Blondine, 175 cm, 60 kg, 90 C und vollkommen natürlich. Ich biete erotische Vergnügen ganz ohne Drama. Ich antworte nicht auf unterdrückte Rufnummern, SMS, E-Mails. Sagt mir, dass ihr mich auf Lovesita gesehen habt. Küsschen.«
Wie man sehen kann, habe ich keine Analmassagen angeboten und auch keine vor lauter Lust unbeschreiblichen Zusammenkünfte. Ich zähle auf meine Fotos, um Kunden zu ködern, drei sorgsam ausgewählte Bilder aus der Menge derer, die Gladys auf mein Bitten hin gemacht hat. Meine Schwester hat recht, ich bin eine dreckige Nutte, die mit nacktem Arsch und in High Heels posiert, die nichts anhat außer einem orientalischen BH mit türkisfarbenen Rändern

voller goldener Plättchen, den ich mir zu diesem Anlass von ihr geliehen habe.
Gladys zeigt sich sehr gewissenhaft und äußerst professionell als Erotikfotografin, und ich kann mir ohnehin niemand anderen vorstellen, den ich um diesen so außergewöhnlichen Gefallen hätte bitten können. Die Session findet bei ihr statt, mit meinem Blackberry Curve. Ich ziehe mich im Handumdrehen aus, werfe mich stolz in die Brust oder wiege mich aufreizend in den Hüften – klick, klick, es ist im Kasten, und weder Gladys noch ich verspüren das Bedürfnis, darüber noch länger zu räsonieren.
– Wir sollten die Gelegenheit nutzen, um ein kurzes Video zu drehen. Man weiß ja nie, aber es könnte nützlich sein.
Ich bleibe nackt, im Zimmer von Gladys, ein wahres Boudoir, parfümiert, rosa tapeziert und vollgestopft mit Nippes, ein sehr wundersamer Ort, wenn man sie kennt, wenn man sie in ihren Wollsachen sieht, mit ihrem kurzgeschnittenen, ergrauten Haar und so ungeschminkt. Ich schreite ein wenig auf und ab in ihrem Alkoven und betrachte, noch immer entblößt, die verschiedenen Flakons auf ihrem Frisiertisch, den japanischen Morgenmantel auf ihrem stummen Diener, hebe hier einen Briefbeschwerer aus Jade auf, da ein Schmuckdöschen aus Opalglas, in dem ich den schweren Solitärring entdecke, den meine Brüder gestohlen hatten. Gladys lächelt:
– Ich liebe Gegenstände.
– Das sehe ich.
– Aber ich glaube, für mich ist die Zeit gekommen, sie nicht mehr zu lieben.
– Warum?
– Ich habe zu viele. Das erstickt mich. Und dann habe ich auch gar nicht mehr so viel Freude daran, sie zu erwerben, sie zu sammeln und zu betrachten. Wenn du also etwas siehst, was dir gefällt, greif zu.

Aber mir gefällt nun einmal nichts von diesem veralteten Ramsch, weder die Objekte aus Opalglas noch die Wedgewood-Schälchen, und auch nicht die Sammlerstücke aus Millefioriglas.

– Machen wir jetzt dieses Video?

Ich beginne wieder durch den Raum zu schreiten, wickle mich in den japanischen Morgenmantel, stelle meinen Fuß auf den Frisiertisch, und entblöße deutlich meinen Schritt, bevor ich die Seide über meine Ringerschultern hinabgleiten lasse, und was kümmert mich schon der komische Kontrast, den sie zusammen mit dem zerbrechlichen Trödel bilden müssen, den Gladys Espérandieu zusammengetragen hat.

– Du solltest dich rasieren. Du wirst dich sonst noch wundern, wie viele Typen keine Haare mögen.

– Ihr Pech. Kommt gar nicht infrage, dass ich Hand anlege an meine Muschi. Zeigen Sie mir das Video?

Denn sie kann noch so sehr meinen Hintern filmen aus allen Blickwinkeln, sie kann noch so vertraut sein mit mir und mir zur Ganzkörperepilation raten, ich ringe mich nicht dazu durch, sie zu duzen. Vielleicht, weil ich es in den sechs oder sieben Monaten des Umgangs mit ihr noch nicht geschafft habe, sie zu verstehen oder sie auf die höchst simplen Formen zu reduzieren, die das Verhalten der mir bekannten Erwachsenen steuern.

Das Video ist vollkommen lächerlich, aber wenn es zu Werbezwecken eingesetzt werden soll, dann wird es seinen Dienst schon tun. Ich verlasse Gladys ohne viel Aufhebens. Wir haben ohnehin vereinbart, dass die Anfänge meiner Kariere bei ihr vonstattengehen werden, und zwar genau in dem Boudoir, das ich soeben verlassen habe. Während ich nach Hause gehe, spiele ich mechanisch mit meinem Blackberry und sehe mir schon einmal die Bilder an, die ich zusammen mit meiner Anzeige online stellen werde. Ich blättere durch die Aufnahmen, klicke dann auf meine wenigen Videos, die merkwürdig nummeriert, aber anscheinend chronologisch sortiert sind, und siehe da, bingo, da stoße ich auf Lorenzo, wie er, in einem meiner mit rosa- und goldfarbenen Samtverzierungen besetzten Bodys in unserem Wohnzimmer Pirouetten tanzt.

– Kuckuck Kim, schau mal! Ich bin Du!

Man hört Esteban lachen und aus dem Hintergrund Kommentare abgeben, denn offensichtlich hat er diesen Kurzfilm aufgenommen, mit Lorenzo in der Hauptrolle, Lorenzo, der das offizielle Outfit meines Vereins für rhythmische Gymnastik zur Schau trägt, Lorenzo, der fröhliche Juhuhs grölt und Überschläge wie Standwagen in grotesken Varianten dessen aneinanderreiht, was über lange Zeit hinweg meine Lieblingsaktivität war. Vielleicht waren sie eines Tages auf den Wäschehaufen meiner alten Bodys gestoßen und haben sich mein Handy stibitzt, um gemeinsam diesen hübschen Scherz für mich zu veranstalten, in der Hoffnung, dass ich zufällig auf das Video stoßen würde. Und genau das ist eingetreten, und wenn der Scherz mich nicht zum Lachen bringt, dann ist das nicht ihr Fehler. Ich bin übrigens nicht schlagartig traurig, sondern eher fasziniert von diesen seltenen Bildern und giere danach, sie mir wieder und wieder anzusehen und mir das strahlende Lachen meines Bruders drei Tage vor seinem Tod tief ins Gedächtnis zu brennen – und möge man mir doch erklären, wie ein kleiner dreizehnjähriger Junge vor Freude und Lebendigkeit nur so strotzen kann, noch am 3. Mai, um sich dann am 6. umzubringen.

Ich stecke schließlich das Blackberry in meine Jackentasche und sage mir, dass wir auf dieser Welt immer mehr Menschen werden, die Bilder mit sich tragen von ihren Toten – weitaus besser, als die archaischen Fotografien, die man in den Brieftaschen aufbewahrte; weitaus besser, als irgendein unverrückbarer Zenotaph, Fotos eben und Videos, aufgenommen einst an Tagen der Freude, der Unschuld und der Unkenntnis allen namenlosen Unglücks – wie aber könnte mein Leben jetzt noch, nach all dem, seine richtige Richtung wieder einschlagen?

Und doch ist es das, was es tut, und sei es nur aufgrund meiner Studien: Das letzte Schuljahr mit literarischem Schwerpunkt ist genau das, was mir guttut. Nicht nur, dass wir unsere gesamte Zeit damit verbringen, zu lesen, Texte zu interpretieren und zu übersetzen, nein, schon vom ersten Tag an habe ich meine Mitschüler in den Bann gezogen. Es muss gesagt werden, dass es sich bei ihnen größtenteils um bemitleidenswerte Kreaturen handelt, klein, mager, bucklig und so skrofulös, als wären sie einem Roman des neunzehnten Jahrhunderts entstiegen. Neben ihnen gebe ich eine Cheerleaderin ab, oder eine skandinavische Göttin, ganz wie man will, auf jeden Fall herrsche ich über meinen Hofstaat abgezehrter Mädchen, ganz abgesehen von den drei Jungs, die sich hierher verirrt haben und noch weniger von der Natur beschenkt wurden als ihre Mitschülerinnen.

Was das Geschäftliche betrifft, sieht es für mich weniger glorreich aus, da mir meine Anzeige bislang keinen einzigen Anruf eingebracht hat. Ich muss sagen, dass ich unter der starken Konkurrenz all der Annabelles, Brihannas, Madokas oder Sexy Divines leide, die ihr Gesicht nicht verwischt haben und sich eine Erzählkunst, die weitaus erregender ist als die meine, gegönnt haben: Sie können mich von der dunklen Seite nehmen, ich gebe Prostatamassagen, ich kenne keine Tabus etc.

Am Tag, an dem sich endlich ein Kunde abzeichnet, spute ich mich also, mit ihm ein Treffen ohne Wenn und Aber auszumachen. Vier Stunden später bin ich bei Gladys, bekleidet mit nichts anderem als einer Aufmachung aus himbeercremefarbener Spitze, die mich hundertsiebenundvierzig Euro gekostet hat, welche sich aber, darauf zähle ich, schon mit der ersten Nummer amortisieren werden. Auch habe ich ein glockenförmiges, halbdurchsichtiges, auf den Trägern wunderschön mit Strass verziertes Kurznachthemd, dass ich in Ludmilas Schubladen gefunden habe. Da ich außerdem die hundertsiebenundvierzig Euro von Charlie und Patrick gestohlen habe, indem ich je und je an ihre Portemonnaies gegangen bin und meine Entnahmen auf vierzehn Tage verteilt habe, kann man sagen, dass meine vielköpfige Familie zugegen ist, um meine ersten Schritte in den Beruf zu begleiten.

Der Typ, der klingelt und dem ich in meinem durchscheinenden Outfit breit lächelnd öffne, ist von bemerkenswerter Reizlosigkeit: weder jung noch alt, weder dunkel noch blond, weder dick noch dünn, weder anziehend noch abstoßend. Schade: Für mein erstes Mal hätte ich mich gern an außergewöhnlicher Hässlichkeit gerieben, an der Unförmigkeit, an der Abscheulichkeit, einfach nur um meine mentale Belastbarkeit auszutesten. Wir gehen sogleich in Gladys Zimmer, und er macht keinerlei Probleme, mir gemäß den Bedingungen meiner Anzeige die exorbitante Summe von dreihundert Euro zu zahlen.

Seltsamerweise interessiert er sich nicht im Geringsten für meinen skulpturalen Körper und soweit dieser ihn überhaupt beschäftigt, hat es der Mühe nicht verlohnt, dass ich mit der Schere an meine Schambehaarung gegangen bin, um sie in ihrem Wildwuchs zu bändigen. Nein, er will nur, dass ich ihm einen blase. Mit dem Rücken auf Gladys Bett liegend schließt er mal die Augen, mal starrt er die Decke an, und würdigt mich keines Blickes, während ich gewissenhaft meine Aufgabe verrichte und dabei gegen die Übelkeit und Verkrampfung meiner Kiefer ankämpfe. Er ejakuliert in drei kümmerlichen Spritzern, die ich, seine vollkommene Gleichgültigkeit in Bezug auf mich ausnutzend, in das opalgläserne Schmuckdöschen ausspucke. Hopp, vorbei, das war's, meine erste Nummer. Er richtet sich mit einem Seufzer des Wohlgefühls auf und blickt mich endlich an:

– Du bist ja wirklich ganz niedlich.

– Joah.

– Wie heißt du noch gleich?

– Kimmy.

– Du bläst gut, Kimmy.

– Danke.

Ich weiß nicht, ob es angemessen ist, sich zu bedanken, tue es aber dennoch. Er scheint es nicht eilig zu haben, und ich bemerke, dass an seinem Ringfinger ein fetter, gerillter Ehering schimmert.

– Du bist verheiratet?

– Ja.

– Warum gehst du dann zu 'ner Nutte?

Er könnte sich über meine Frage echauffieren, aber nein, er tut es nicht. Er streicht im dreiflügeligen Spiegel sein Haar zurecht und lächelt mir zu:

– Es gibt Dinge, die kann ich mit meiner Frau nicht machen.

– Will sie nicht?

– Keine Ahnung, ich habe sie nicht gefragt.

– Na, wie kannst du denn dann wissen, dass es ihr nicht gefallen würde?

– Es liegt nicht an ihr, ich will es nicht.

– Ach ja?

– Du glaubst doch wohl nicht im Ernst, dass ich meine Frau darum bitten werde, mir eine Fellatio zu machen.

– Na klar, warum denn nicht?

Er starrt mich an, als wäre ich verrückt:

– Ich soll mein Rohr in den Mund meiner Frau schieben? In den Mund, mit dem sie unsere Kinder küsst? Bist du nicht ganz dicht, Kimmy?

Zum Glück habe ich keine Kinder – und hätte ich welche, ich denke nicht, dass ich sie alle naslang küssen würde. Also wirklich, was haben die bloß alle mit ihren Mündern?

– Und außerdem fährt meine Frau auf Dīn ab.

– Auf was?

– Auf Religion, wenn dir das lieber ist.

Er lässt mich in Ruhe, er geht, sehr zufrieden mit sich selbst, wieder zu seiner Frau, die nicht bläst und keinen Analsex praktiziert. Als ich Gladys zurate ziehe, bricht sie in ihr gewohntes Lachen aus:

– Die Sorte Typen gibt es haufenweise. Sie kommen, um mit uns zu tun, was sie nicht mit ihrer Angetrauten machen können. Womit sie selbst sehr glücklich sind und ihre Frauen ebenso glücklich machen. Viele Frauen haben ihr Eheglück uns zu verdanken, Kim, denk daran. Ohne Nutten gäbe es wesentlich mehr Scheidungen und emotional bedingte Verbrechen: Die Typen müssen zum Schuss kommen, ansonsten machen sie Gott weiß was, vorzugsweise Dummheiten.

Unauffällig reinige ich das opalgläserne Schmuckdöschen und löse die Klebe von den Brillanten des Solitärrings, während sie zufrieden schwadroniert:

– Ich habe stets gemeinnützige Berufe ausgeübt. Als ich Krankenschwester war, rettete ich Leben, und als ich Nutte geworden bin, habe ich auf gewisse Weise damit weitergemacht.

Ich ziehe meine himbeerfarbene Aufmachung aus, von der man ja gesehen hat, wie viel sie mir nutzte, und ziehe meine gewöhnlichen Klamotten wieder an, meine Jeans, ein T-Shirt, eine Perfecto. Gladys sieht mich anerkennend an:

– Du bist wirklich bezaubernd.

– Danke. Das haben Sie bereits gesagt.

Wie sehr habe ich es satt, mich für Komplimente zu bedanken, die keine sind; ich kann es kaum erwarten, das stickige Boudoir zu verlassen.

– Und, deine ersten Eindrücke?

– Zur Prostitution meinen Sie?

– Ja. Das war immerhin deine erste Nummer. Willst du das nicht feiern?

Das war meine erste Nummer und mein zweiter Sexualpartner, also ja, von mir aus können wir das gebührend feiern, Gladys und ich, Champagner für uns beide! Wir stoßen an und ich verlasse meine Menschenfresserin mit dem Versprechen, bald wiederzukommen, ob mit oder ohne Kunden.

Auf dem Rückweg, die dreihundert Euro in der hinteren Tasche meiner Jeans, lasse ich Freude in mir aufkommen. Aufgabe erledigt. Es war nicht schwer. In gewisser Weise habe ich nichts gefühlt. Sicherlich ist es beim Blasen besser, wenn man Lust verspürt, aber ich habe mich entschlossen, die Lust aus meinem Dasein zu verbannen. Ich kann es kaum erwarten, wieder im Unterricht zu sitzen und die Jungfrauen meiner Klasse verächtlich von der Höhe meines Geheimnisses aus zu mustern: Nicht nur habe ich im Gegensatz zu ihnen ein Sexualleben, es ist zudem auch noch rein käuflich – und im Großen und Ganzen scheint mir Käuflichkeit von allen Beweggründen der beste zu sein.

23. DER GERUCH DES BLUTES (III)

So schlägt das Leben wieder seine richtige Richtung ein. Aus Algier kommen gute Nachrichten: Jean-Pierre hat seine kleine Gruppe nostalgischer Roumis wieder zurück nach Frankreich gebracht, mit Ausnahme meiner Großmutter, die uns ihr Vorhaben, ihren Aufenthalt zu verlängern, während eines hastig geführten Telefonats mit Charlie zu verstehen gegeben hat. Nachdem dieser eine Zeitlang den untröstlichen Witwer spielte, scheint er sich sehr gut mit der Situation anzufreunden, man möchte schon meinen, er wäre nie verheiratet gewesen, und es kostet mich alle Mühe dieser Welt, aus ihm einige Informationen herauszuleiern:

– Aber wo wohnt Claudette denn?

– Ich weiß es nicht, anscheinend bei einer Freundin.

– Aber wovon lebt sie denn? Hat sie Geld?

– Scheint so. Da unten ist sowieso dritte Welt. Das Leben kostet da nichts. Und du wirst schon sehen, wenn sie kein Geld mehr hat, wird sie wieder aufkreuzen, die gute Claudette.

– Wenn du sie an der Strippe hast, kannst du ihr dann sagen, dass sie mich zurückrufen soll? Oder mir eine Mail schreiben möge?

– Glaubst du, deine Großmutter weiß, was eine E-Mail ist?

– Ja, sie weiß es. Ich habe ihr gezeigt, wie man das macht.

– O. k., o. k., ich werd's ihr ausrichten.

Ihm ist alles egal. Scheißegal. Seine Frau, ich, alles, was nicht die bequeme Routine tangiert, die für ihn als irdische Existenz herhält: seine Mahlzeiten zu festen Uhrzeiten, der Apéro mit seinen Kumpels, der Bouleplatz unter den Platanen, seine müßigen Recherchen im Netz, ein wenig Fernsehen vor dem Schlafengehen und ab ins Bett.

Meine ganze vielköpfige Familie verbringt viel Zeit im Netz, angefangen bei meiner Mutter, die Mails verschickt, auf Meinungsumfragen antwortet und an Wettbewerben teilnimmt, um ihr Gewicht in Form von Schokolade zu gewinnen, oder Haushaltsgeräte und DVD-Boxen. Svetlana ihrerseits klappert die Seiten und Foren für Frauen ab, die verzweifelt versuchen, Kinder zu kriegen, und schöpft einen wundersamen Trost aus all diesen Berichten über Fehlgeburten, fruchtlose IVF und Termine beim »Gyni«.

Tatsache ist, dass Frauen, die verzweifelt versuchen, Kinder zu kriegen, eine eigene Sprache haben, in der meine Schwester sich zur Meisterin aufgeschwungen hat: Sie machen eine »BE«, sie tauschen die Werte ihrer »HCG« aus, ihre Daten zum »ES«, die Adressen ihrer »Gynis«, wenn sie nicht gerade dabei sind, sich über ihre »Beh.« zu beraten auf der Basis von Clomid, Ovirtrelle und Duphaston – das sie »Duphi« nennen, da in ihrem linguistischen Universum alles verniedlicht und entschärft wird. Die Regel, deren unerwartetes Eintreten befürchtet wird, heißt »Gör«, die Spermien »Samis«, die Embryos »Embrys«, die man anfleht, »Warriors« zu sein – aber schlimmer ist es beinahe noch bei den Babys, die sie, koste es, was es wolle, in ihrem unwirtlichen Bauch zu halten vermögen: ein »Babyfein«, ein »Babylein«, ein »Ganzganzklein«, ein »Winziglein«, ein »Piepmatzfein«, ein »Sternelein«, nichts als Wörter auf »fein«, »lein«, »klein«, als wäre der Klang dieser Silben dazu bestimmt, eine besondere Zärtlichkeit auszudrücken. Sie befinden sich im »Versuch BB1« oder sind bei der »FG4« und werden schließlich in letzter Verzweiflung zu »Vitromamis«. Sie zeichnen sich gegenseitig mit »Erdbeeren« aus, können »Aktive Erdbeere« sein, »Super Erdbeere«, »Top Erdbeere«, »Erste Erdbeere«, »Bronze- oder Silbererdbeere«. Svetlanas Erklärungen hierzu aber haben mir auch nicht weitergeholfen.

Meine Schwester besucht mehrere Seiten und Diskussionsforen, am liebsten nutzt sie *forum des anges*, Forum der Engel, das für diejenigen ausgerichtet ist, die nicht darüber hinwegkommen, ihre »Embrys« vor der Zeit abgestoßen zu haben – und dass diese »Embrys« quasi einzellig sind und mit bloßem Auge nicht erkennbar, ändert nichts an der Schwere ihres Kummers. Und so ist das Forum bedeckt mit blauen oder rosa Stelen, in Erinnerung an Maël oder Emma, Johann oder Syrine. Svet selbst hat ihre »Embrys« ebenfalls sorgsam mit Namen versehen und widmet ihnen einen besonders eifrigen Trauerkult. Ich gebe zu, dass es mir an Mut fehlte zu fragen, auf welche Vornamen ihre Wahl gefallen war, und wie sie es hatte anstellen können, zu bestimmen, ob es sich um ein Mädchen handelte oder einen Jungen, denn soviel ich weiß, war sie nie über den zweiten Monat der Schwangerschaft hinausgekommen. Merkwürdigerweise haben diese Tode, die keine sind, sie weitaus heftiger mitgenommen als derjenige ihres Bruders, der ja vollständig entwickelt und lebensfähig war und immerhin dreizehn Jahre lang unter dem gleichen Dach gelebt hatte wie sie. Nein, sie behält ihre Trauer und ihre Verehrung zurück für BB1 und BB2, die ja nur in ihrer Vorstellung existierten. Meine Schwester zeichnet ihre Posts als »Baldibaldimamilein«, aber die Spitznamen der anderen sind kaum weniger dämlich: »Bienchen«, »Audrysweet« »Kuschelmaus«, »Supermimie«, »einBBfuer2013«, »Wampensau«. Man kann nicht häufig genug betonen, dass die Leute verrückt sind.

Gut möglich, dass meine Mission darin besteht, Svetlana zu retten, und zwar umso mehr, als ich bei Lorenzo gescheitert bin, aber die Dummheit, die eines Bullen Stirne krönt, würde auch die Gutwilligsten entmutigen. Und doch, sie dauert mich, wenn ich sie stundenlang über ihren Compi gebeugt sehe, noch immer in ihrem Schlafanzug und unfrisiert; oder wenn ich sie sehe, wie sie sich aufs Essen stürzt, als wären wir von einer Hungersnot bedroht.

Schon zu normalen Zeiten kraftraubend, sind die Familienessen mittlerweile ein einziges Grauen geworden, und wäre da nicht Esteban, ich vermiede es so oft wie möglich, gemeinsam mit den anderen zu essen. Da er aber da ist und ich in der Lage sein will, den Unsinnigkeiten, die bei uns in Umlauf sind, etwas entgegenzuhalten, setze ich mich mit an den Tisch und schaue meiner Schwester beim Essen zu, bis ihr die Augen aus dem Kopf treten. Essen hindert sie leider nicht am Sprechen, und inzwischen drehen sich alle Gespräche um ihren Schwangerschaftswunsch, ihren Menstruationszyklus, ihre Follikel, ihre Gebärmutterschleimhaut, und die »Samis« ihres Fabien, die sich als leicht schlapp erwiesen haben. Weit davon entfernt, sich an diesen demütigenden Ergüssen zu stoßen, setzt Letzterer noch einen drauf, gibt seinen Senf dazu, als wahrer Befruchtungsspezialist, zu dem er geworden:

– Vorsicht, die Anzahl meiner »Samis« ist vollkommen normal: Fünfzehnmillionen pro Milliliter, das entspricht der Norm der WHO.

Man merkt nur allzu deutlich, dass die bloße Verwendung dieses Siegels ihn völlig unbegründet mit Stolz erfüllt, und er fährt im gleichen Stile fort, von meiner angewiderten Miene oder Estebans offensichtlicher Verlegenheit völlig unbeeindruckt:

– Nein, bei mir hapert's nur an zielgerichteter und schneller Beweglichkeit.

– An was?

Fabien plustert sich auf, stolz wie Oskar auf sein neuerdings erworbenes Wissen:

– Aber ja, meine »Samis« bewegen sich, aber eben auf der Stelle.

Bei genauerer Betrachtung ähneln seine Spermien ihm selbst, wie dem Großteil der Leute überhaupt: Man kann von ihnen keine signifikanten Ortswechsel oder spektakulären Werdegänge erwarten. Im Allgemeinen leben sie wie ihre Eltern und sterben dort, wo sie zur Welt kamen. In der Zwischenzeit werden sie lediglich die Illusion von Bewegung herstellen, kleine Geißelschläge versetzen, hier und da, bloß nicht zu viel, nichts, was die Beschaffenheit besäße, sie anzutreiben, nichts, was die Beschaffenheit besäße, sie in die Tiefen des Unbekannten zu entsenden, wo sie Gefahr liefen, Neues anzutreffen – was nun wirklich das Letzte wäre, worauf sie Lust haben.

Um den Tisch so schnell wie möglich zu verlassen, beeilt sich Esteban, seinen Nachtisch hinunterzuwürgen, ein x-ter aromatisierter Joghurt, wo ja Claudette nicht mehr da ist, um uns ihre süßen Mangoldpasteten zu machen oder ihre Aniskränze. Der Rest meiner vielköpfigen Familie gibt sich dem freudig hin:

– Lasst euch bloß nicht entmutigen, Kinder.

– Das Wichtigste ist, dass du überhaupt »Samis« hast, weil es nämlich Typen gibt, die gar nichts haben!

– Das nennt sich Azoospermie!

Fabien kläfft beinahe vor Erleichterung, dieser entehrenden Erkrankung entkommen zu sein. Es scheint ihm nicht klar, dass der Mangel an Vitalität seiner »Samis« kaum glorreicher ist als die gänzliche Abwesenheit von Spermien im Ejakulat. Doch allein bei dem Gedanken an das Sperma meines Schwagers dreht sich mir der Magen um, und so verlasse auch ich den Tisch, was niemanden kümmert, und wenn Svet jetzt ihr Kauen unterbricht, um mich zu bitten, ihr den orientalischen BH zurückzugeben, dann ist das schon viel. Ich lasse sie lang und breit über dieses Baby reden, das auf sich warten lässt. Woraus ersichtlich ist, dass selbst Embryos mehr Urteilsvermögen besitzen als die Mitglieder meiner vielköpfigen Familie: Bei der Aussicht auf das, was sie erwartet, machen sie kehrt, ziehen sie sich schnurstracks zurück in ihre Vorhölle – und wie sollte man sie nicht verstehen können: Wer schon möchte in dieser erschreckenden Welt leibhaftig werden?

Nachdem Monate ins Land gezogen waren, ohne dass »Babylein« sich gezeigt hätte, sind Fabien und Svetlana nun bei der IVF gelandet. Wie es meine zweiundzwanzigjährige Schwester wohl angestellt hat, die Ärzteschaft davon zu überzeugen, ihre Fortpflanzung hinge von einer medizinischen Betreuung ab – auch dies ein Rätsel. Und folglich ist Svet, wenn sie nicht gerade in ihren Foren »Fivettes« oder »Endogirls« surft, bei ihrer »Gyni«. Viel Zeit verbringt sie auch mit der Entzifferung der medizinischen Rezepte oder ihrer Laborergebnisse, und der ganze wahrsagende Clan hat ebenfalls angefangen, ihren Jargon zu übernehmen, der seit Kurzem um Ausdrücke wie »Punktion«, »Transfer«, »Eierstock-Stimulation« reicher geworden ist.

An einem Tag im Februar, so dunkel und bleiern wie ich es liebe, komme ich am frühen Nachmittag nach Hause und hoffe, auf niemanden zu treffen und ein wenig Ruhe zu haben. Schlimmstenfalls wird Svet da sein, aber wenn, dann eben sehr beschäftigt vor ihrem Computer. Hauptsache, man geht mir nicht auf den Sender mit irgendwelchen Geschichten über Castings von Jugendlichen, Blastozysten, oder Gonadotropine-Spritzen. Das Haus scheint leer zu sein, doch kaum habe ich es mir mit Buch und Müsli am Küchentisch bequem gemacht, bemerke ich auf den Tomette-Fliesen Blutschlieren, deren Spur ich bis hin zur Toilettentür verfolge.

– Ist da jemand?

Ein herzzerreißendes Stöhnen antwortet mir.

– Svet, bist du's? Kann ich reinkommen?

Das Stöhnen wird heftiger und ich öffne die Tür einen Spaltbreit. Svet sitzt auf der Klobrille, den Kopf im Schoß, die Arme runterhängend.

– Was ist passiert?

– Sie richtet sich auf, lehnt sich an den Spülkasten und starrt mich an, ohne zu antworten. Überall Blut. Auf dem gefliesten Boden, an den Wänden, im Gesicht, auf dem Bauch und den Schenkeln meiner Schwester, die nur den orientalischen BH trägt, den sie sich zurückgeholt hat und dessen Fransen ebenfalls blutverschmiert sind.

– Svet?

Sie stöhnt abermals, fängt leicht zu zittern an, hockt schlaff da auf ihrer Klobrille wie eine fette Henne bei der kläglichen Scheinausbrütung ihres Windeis oder Embryosacks oder Blutschleims oder was auch immer es sein mag, was ihr Körper da abgestoßen hat. Mir ist klar, dass ich nichts in Erfahrung bringen werde, dennoch insistiere ich:

– Svet, was ist los? Hattest du schon wieder eine Fehlgeburt?

Sie stößt ein Heulen aus und lässt ihr feistes und verschmiertes Gesicht auf ihre kolossalen Schenkel fallen – was zeigt, dass sie die einstige Gelenkigkeit einer Synchronschwimmerin noch nicht ganz verloren hat, trotz ihrer nunmehr unleugbaren Fettleibigkeit.

– Los, komm, du wirst jetzt nicht auf dem Klo versauern! Wo sind deine Klamotten?

Ich möchte ja gern helfen, aber man erspare mir das Schauspiel meiner verstörten und halbnackten Schwester. Und man erspare mir auch den Anblick ihrer im Toilettenwasser treibenden Gestationsreste.

Es gelingt mir, sie auf die Beine zu stellen, sie ins Bad zu bringen, und ihr eine Gandura von Claudette überzuziehen, ein alter Fetzen, der seit ihrer Abreise an einem Kleiderhaken hängt und den ich manchmal streichle und beschnuppere, da in seinen samtigen Falten noch immer ein wenig ihres Duftes hängt. Svetlana setzt sich auf den Wannenrand, wirkt abwesend, während ich ihr mit einem Waschlappen über das Gesicht fahre, zwischen die Schenkel und runter bis zu den Schienbeinen, wohin das Blut in bräunlichen Bahnen geflossen ist. Dann beginne ich die Böden zu reinigen, auf denen sie ihre abstoßende Spur hinterlassen hat. Als sie mich die Spülung bedienen hört, bricht meine Schwester aus ihrer Teilnahmslosigkeit, um sich aus dem Bad zu stürzen und ihre Nägel in meinen Hals zu schlagen, als wollte sie mich erwürgen, und vielleicht will sie genau das tun:

– Mein Baby! Was hast du getan? Mein Baby!

– Verdammt noch mal Svet, das war kein Baby! Das war nichts! Nur Blut!

Sie lässt sich zu Boden sinken und umschlingt schluchzend die Klobrille:

– Mein Baby, mein Baby!

– Steh auf! Wir rufen jetzt Fabien an. Und dann musst du vielleicht ins Krankenhaus, um sicherzustellen, dass auch alles

ausgeschieden wurde, es muss eine Ultraschalluntersuchung gemacht werden mit allem drum und dran ... Blutest du noch?
Sie antwortet unverständliches Gemurmel.

– Was sagst du?

Für einen Augenblick hört sie auf, die Porzellanklobrille zu umarmen, um mir einen mörderischen Blick zuzuwerfen:

– Ich sage, dass ich sterben will! Ich werde mich umbringen, wie Lorenzo!

Und damit drückt sie ihre tränenüberströmte Backe gegen den Klodeckel aus lackiertem Pressspan, und fängt jetzt erst richtig an zu schluchzen. Ich will sie schütteln, packen, an ihren langen, strohigen Strähnen, die von einer Seite ihres Kopfes herabhängen, da die andere seit Kurzem vollkommen rasiert ist, was Punkähnliches wohl, das bei den armen Mädchen vom Schlage meiner Schwester groß in Mode ist. Ich sollte sie verdreschen, um sie zu lehren, ihr kleines Ärgernis nicht auf die gleiche Stufe zu stellen wie die unsagbare Hoffnungslosigkeit, die Lorenzo in den Suizid getrieben hat. Aber seltsamerweise nehme ich es ihr nicht übel. Ich bin von ihrem Kummer ergriffen, selbst wenn mir dessen Gründe lächerlich erscheinen. Vielleicht hat sie ja sogar recht, und ich kann es einfach nur nicht verstehen, ich, die ich keinen Liebsten mehr habe und nicht die geringste Lust, eine Familie zu gründen. Vielleicht liegt ja etwas Unerträgliches in dieser Schmach, die die Natur ihrem erbärmlichen Wunsch nach Fortpflanzung aufbürdet. Ich denke wieder an die bittere Ironie, mit der die selbsternannten »Baldibaldimamileins« in den Foren von »Mutter Natur« sprechen. Svetlana selbst hat sich bei diesem Thema in Sarkasmen gestürzt und in großspurige Leugnungen. Was weiß ich schon von der Grausamkeit der Natur, ich, die ich mit einem ebenso gesunden wie starken Körper ausgestattet bin, einem Körper, bei dem allein schon das Pulsieren des Blutes oder das Spiel der Muskeln eine Wonne ist? Ich bin niemals krank, niemals müde, aber wenn dieser perfekte Körper anfinge, nicht mehr zu reagieren, wenn er mir die

Bewegung verweigerte, die Lust oder die Fortpflanzung, fände man mich dann früher oder später nicht auch schluchzend mit dem Kopf im Klo wieder?

Meinen Ekel überwindend reiße ich meine Schwester aus der Familientoilette, in der ein beißender Ruch nach Pisse herrscht, wo ja Claudette nicht mehr da ist, um hinter uns her zu putzen. Patrick und ich sind die einzigen, die ein wenig sauber machen, aber keiner von uns beiden reicht an die wundersame Wirkkraft unserer Schwiegermutter respektive Großmutter heran – und das gleiche gilt für die Küche: Ich kann mich noch so sehr bemühen, wir essen Fritten und Tiefkühlpizzen bis zum Abwinken.

Ich bringe meine Schwester dazu, die Treppen hochzusteigen, die hinaufführen zum Dachboden, den Charlie zur elterlichen Suite ausgebaut hat, lange bevor Svet und Fabien sich in ihre »BB-Versuche« gestürzt haben. Für Ludmilla und Marwan hat er das gleiche getan, womit sie zu viert achtzig Quadratmeter zur Verfügung haben, während Esteban und ich uns mit unseren jeweiligen Kammern begnügen müssen. Ich stelle bei dieser Gelegenheit fest, dass Svetlana ziemliche Schwierigkeiten hat, die Stufen hochzusteigen und oben angekommen ganz außer Atem ist, völlig verschwitzt, so rot wie noch nie. Ich beobachte sie, wie sie sich auf ihr Bett fallen lässt, die Arme gekreuzt und den Blick verschwommen. Sie ist zweiundzwanzig, wirkt aber zehn Jahre älter, mit ihren Brüsten, die vom Brustkorb aus zu beiden Seiten wegfallen, ihren bläulichen Hängebacken und ihrem vor lauter Bleichen ruinierten Haar. Sie spricht, mehr für sich als zu mir, ohne den Blick von den offenen Deckenbalken abzuwenden.

– Weißt du eigentlich, was das bedeutet? Dieses Mal habe ich es beinahe auf zwei Monate gebracht! Der Transfer ist supergut gelaufen. Ich habe fest daran geglaubt!

Arme Svet, wie erstaunt wärest du über all die Unsinnigkeiten, die die Leute glauben, über all die törichten Illusionen, an die sie sich klammern!

– Und doch wusstest du ja, dass man die ersten drei Monate abwarten muss, bevor man anfangen darf, Luftschlösser zu bauen! Meinem höchst widerwilligen Körper zum Trotz bin auch ich zur Spezialistin auf dem Gebiet der Schwangerschaften und Fehlgeburten geworden. Meine Schwester antwortet mir mit einem langen Stöhnen und fährt mit ihrer Schmährede fort:

– Diesmal war es anders! Ich hatte riesige Brüste, viel größer als sonst!

Als ich ihr die Gandura überzog, war mir tatsächlich aufgefallen, dass ihre schon zu üblichen Zeiten imposanten Brüste überproportional angeschwollen waren. Aber gut, bei dem, was sie frisst, ist es nur normal, dass sie Brüste hat wie Wassermelonen; die Brust, das ist Fettmasse, keine Muskulatur, nichts als Fettzellen, die nur darauf warten, sich mit Milch vollpumpen und noch größer werden zu können – bäh, Gott bewahre mich vor Schwangerschaften und dem Aufsteigen von Milch; Gott bewahre mich davor, noch größere Brüste zu bekommen, danke, meine reichen mir dicke: 90 C, das ist mehr als genug, um Scherereien und unanständige Kommentare auf sich zu ziehen, ganz abgesehen davon, dass es mich beim Laufen stört, beim Schlafen, bei allem, selbst wenn ich sie in Sport-BHs zwänge, um sie völlig zu vergessen.

Meine Schwester redet weiterhin Schwachsinn. Obgleich sie keinerlei Fehlbildungen im Gaumenbereich aufweist, keine Nasalitätsstörung, kein diagnostiziertes Problem im Bereich der Stimmtonerzeugung, neigt sie wie ihre Mutter auch zum Näseln und Stottern. Sie kommt wieder auf den Embryonaltransfer zu sprechen, und ich erfahre, dass es gerade Gladys war, die ihr währenddessen die Hand gehalten hat, und nicht etwa Fabien, nein, Fabien durfte sie nur nach Hause fahren in ihrem Fiat Panda, wobei er förmlich vor sich hin schlich und jede Erschütterung und Bremsung vermied, als wäre sie ein fragiler Korb voller Eier. Hat denn niemand meiner Schwester je erklärt, dass ein Embryo nichts mit einem Ei zu tun hat und noch weniger mit einem Baby? Dass es nicht größer

ist als ein Viertel von einem Stecknadelkopf, dass es nichts wiegt und umso weniger der Schwerkraft unterworfen ist, als es sich in die klebrigen Krypten der Gebärmutterschleimhaut einnistet?
Nur, dass in diesem Fall die Implantation gescheitert ist und meine untröstliche Schwester gar nicht mehr aufhört, auf diesen magischen Moment zurückzukommen, da sie sich, geklammert an die Hand ihrer Mutter, befruchtet fühlte, durchströmt und belebt, volle Kanne Baldibaldimamilein. Schließlich ist sie nicht einmal mehr auf ihren Typen angewiesen, und gut möglich, dass sie sich gerade deshalb auf die Idee einer künstlichen Befruchtung gestürzt hat, obgleich sie noch keine dreiundzwanzig ist. Die künstliche Befruchtung ist einfach genial, wenn einem das Vögeln nicht zusagt. Das erlaubt euch, euren Partner zu verdrängen und es mit eurer Mutter zu machen, mit eurer Schwester, einer Freundin, der Person eurer Wahl, diejenige, die ihr wirklich liebt, die aber nicht zwingend der angestammte Samenspender sein muss. Das ermöglicht euch auch, es nicht mit einem erigierten Penis, sondern mit einem Katheter zu tun zu haben, was nicht unerheblich ist, wenn man, wie die meisten Frauen, eine Phobie entwickelt hat in Bezug auf den männlichen Genitalapparat.
Das ist eine der Lehren, die ich aus meiner gelegentlichen Ausübung der Prostitution ziehe: Dass mich die Männer aufsuchen, liegt meist daran, dass sich ihre Frauen dem Geschlechtsverkehr verweigern. Sie haben nicht nur etwas gegen Fellatio, Analverkehr oder Bondage, nein, sie lehnen pauschal ab, ihnen flößt alles den gleichen, endgültigen Horror ein.
– Sie will nicht einmal die Hand auf mein Geschlecht legen, kannst du dir das vorstellen?
– Ach, ja?
– Ja, nie und nimmer wird sie es anfassen. Nicht einmal anschauen tut sie es.
Ich werfe einen Blick auf das nämliche Geschlecht, das jetzt träge auf dem Schenkel seines Besitzers ruht, sanft gebogen, mitten in

der Erschlaffungsphase, nachdem er mich gerade erst gefickt hat. Es ist gar nicht mal so übel, von bescheidenen Proportionen, aber von hübscher dunkelbrauner Farbe, nichts, das die Abscheu rechtfertigt, die es bei der Angetrauten meines Kunden hervorruft, und doch ist er ein Stammkunde, ein Typ, der einmal wöchentlich aufkreuzt, friedfertig zum Schuss kommt, fünf Minuten mit mir ein Schwätzchen hält und dann von dannen zieht. Und von denen habe ich eine ganze Menge: eher ruhige Väter als Sexbesessene, Typen, die lediglich ein wenig Beachtung wünschen für das, was sie zwischen den Beinen haben.

Denn man muss wissen, dass die meisten Typen ihren Schwanz vergöttern. Ja, ich weiß, es mag verrückt erscheinen, aber vom siebten bis zum siebzigsten Lebensjahr sind sie alle vom gleichen Glücksmoment gepackt, wenn sie ihn allmorgendlich wiederentdecken, zumal sie beim Aufwachen einen stattlichen Ständer haben. Auch ist es mir ein Anliegen, Folgendes auszusprechen und somit die Frauenweltbevölkerung zu informieren: Die meisten Männer ziehen einen beträchtlichen Stolz aus ihren Erektionen und erwarten von ihren Partnerinnen eine entsprechende Verzückung. Aber in neunzig Prozent aller Fälle stoßen sie auf Frauen, die eine Erektion erschreckt und anekelt. Genauso verhält es sich, das ist eines der vielen albernen Gesetze des Daseins. Sie haben kaum eine Chance, ein Mädchen wie mich zu treffen, das, ohne gleich eine Schlampe zu sein, es nett und angenehm findet, dass Männer mit einem spektakulären Geschlechtsapparat gesegnet sind anstelle eines Fortpflanzungssystems, das diskret hinter der Schambehaarung verkrochen und größtenteils im Inneren versteckt liegt wie das unsere.

Kurz, um wieder auf meine Schwester zurückzukommen, so gehört diese ganz einfach zu jenen neunzig Prozent der Frauen, die getrost auf den Koitus verzichten könnten. Zumal sie alles in allem nur eine einzige Liebe kennt, und diese ist ihre Mutter. Könnte Fabien Svetlana befruchten und dann schnurstracks Leine ziehen und sich nicht mehr einmischen in das zärtliche Tête-à-Tête, das Gladys und sie sich schon immer liefern, ich glaube, meine Schwester wäre die glücklichste aller Frauen. Ich denke übrigens, dass das, was auf Svet zutrifft, auf die meisten Menschen zutrifft: Nicht nur, dass sie das Vögeln erschreckt und ermüdet, nein, hinzu kommt, dass sie nur selten mit der richtigen Person vögeln. Denn der zweite Gedanke, den meine Schwester bei mir wachruft, besagt, dass man – und je mehr ich darüber nachdenke, desto überzeugter bin ich von dessen Stimmigkeit – im Leben nur eine einzige Liebe kennt und für diese nicht unbedingt in die Ferne schweift, da Mutter oder Vater leider schon für die Sache herhalten. Mit etwas Glück durchläuft man seine sexuelle Fixierung ein wenig später, wie ich mit Sven, oder Charonne mit Lorenzo. Doch besitzt man ohnehin nicht ausreichend Gefühlsvorrat, um im Laufe einer Existenz mehr als nur ein Pärchen zu bilden. Bei mir gilt das für Sven. Ich kann ihn noch so sehr nicht mehr lieben, ich kann seit unserer Trennung noch so sehr mit dreiundneunzig Typen geschlafen haben, ich kann mich noch so sehr verguckt haben in Lucie, Hanna Bessonowa, Charonne, ich kann noch so sehr wissen, dass ich mich eines Tages wieder verlieben werde, es wird mich doch niemand mehr das empfinden lassen, was ich für Sven empfunden habe. Das hat genau einmal stattgefunden, und es zu bedauern wäre sinnlos. Zu bedauern ist allein, was Svetlana widerfahren ist: Sich in die eigene Mutter zu verlieben und sich von dieser Liebe nicht mehr lossagen zu können. Aber es ist ja so einfach, seine Mutter zu lieben, seinen Vater, seinen Bruder! Das ist um so vieles einfacher als sich in einen Fremden zu verknallen, mit dem man weder Gene noch Sprache noch gemeinsame Erinnerungen teilt! Warum sollte man sich da noch wundern, wenn die meisten diese Bequemlichkeit wählen, diese Sicherheit und diese Kontinuität? Gladys Espérandieu, der ich meine Theorie auf wirre Weise darlege, reagiert empört:

– Was sind das nur für Dummheiten? Du glaubst also wirklich, dass man nur eine verwandte Seele hat, ja? Eine einzige? Ich hätte dich nicht für so romantisch gehalten.

– Nein, das ist es nicht. Ich glaube einfach, dass die Liebe nur Bedeutung kennt, wenn sie neu ist, intensiv und brennend. Man kann nur einmal von ihr kosten. Und dann war's das, ein für alle Mal. Niemand ist imstande, uns das ein zweites Mal durchleben zu lassen. Es gibt nur eine Liebe, und das ist die erste. Und man bildet auch nur ein einziges Pärchen. Die anderen sind Ersatzprodukte. Was aber Zuneigung, Achtung, Lust und so weiter nicht ausschließt. Nicht einmal das Glück schließt es aus. Das Problem für viele Leute besteht darin, dass sie sich in ihren Vater oder ihre Mutter verlieben, einfach so, aus Mangel an Mumm, weil sich kein anderes Objekt gezeigt hat. Aber Vorsicht, das hat nichts mit Ödipus zu tun! Die können ihre Fixierung auf den Elternteil des gleichen Geschlechts ausrichten, auf einen Bruder, eine Schwester, einen Nachbarn, einen Lehrer, einen Freund aus dem Kindergarten ...

– Dann also eher Lorenz als Freud? Die Graugänse?

– Die Graugänse?

– Du kennst Konrad Lorenz nicht? Wie schade. Kurz gesagt, er war ein Biologe, der gezeigt hat, dass die Jungvögel sich mit dem ersten Lebewesen, dem sie in einer sensiblen Phase, meist den ersten Lebenstagen, begegnen, identifizieren und sich an dieses binden. Das ist die Theorie der Prägung. Hast du davon gehört?

– Ja, glaub' schon. Na bitte, dann ist das für die Menschen ja genauso: Nur, dass unsere Prägungsphase viel später stattfinden muss als bei den Graugänsen. Könnte sogar sein, dass man seine Prägungsphase mit sieben hat oder mit dreizehn oder sogar noch später.

– Dazu musst du wissen, dass Lorenz, wenn ich mich recht entsinne, gesagt hat, dass ein Jungvogel sich sogar an einen Gegenstand binden kann, vorausgesetzt, dass dieser sich ein wenig bewegt: eine Modelleisenbahn, zum Beispiel. Und das soll dann das Sexualverhalten festlegen, das er infolge haben wird.

– Das erstaunt mich nicht. Je weniger lebendig etwas, desto einfacher. Und je weniger menschlich, desto unproblematischer. Man muss nur meine Mutter sehen mit ihren Hunden.

– Wie? Deine Mutter mit ihren Hunden?

– Ich denke, dass sie in ihrer Prägungsphase eine Bulldogge getroffen haben muss oder einen Foxterrier, sie liebt ihre Hunde mehr als ihre eigenen Kinder, mehr als meinen Vater sogar. Und ich rede von meiner Mutter, aber es gibt haufenweise Leute, die eher ihre Tiere lieben. Das bringt weniger Scherereien.

– Sagst du das meinetwegen? Wegen Orest und Beau-Minon?

– Nein. Bei Ihnen weiß ich, dass sie Menschen lieben. Wer allerdings Ihre einzige große Liebe war, das weiß ich nicht.

– Du hältst wirklich daran fest, was?

– Denken Sie darüber nach: Sie werden sehen, dass meine Theorie aufgeht.

Ich glaube nicht, dass ich sie überzeugen konnte, aber bei Svetlana gibt es keinen Zweifel: Abgesehen von ihrer Mutter ist ihr der Rest der Welt egal. Dem armen Fabien dürfte das Kummer bereiten. Zumal sich bei ihm die sexuelle Fixierung an meiner Schwester vollzogen hat, die er in der Handelsschule kennengelernt hat, mitten in seiner sensiblen Phase, und bingo! In der Liebe, wie in fast allen zwischenmenschlichen Beziehungen, ist die Eintracht der Herzen das Ergebnis eines Missverständnisses. Dieses Missverständnis ist die Lust. Der Mann ruft: Oh mein Engel! Die Frau gurrt: Maman! Maman! Und die beiden Dummköpfe sind überzeugt davon, im Einklang zu denken – nicht ich sage das, das sagt der einzig wahre Charles, aber es wird mir nie gelingen, von der Stichhaltigkeit seiner Ansichten all jene zu überzeugen, die diese doch am stärksten verkörpern.

Am Tage von Svets sechster Fehlgeburt kommt Fabien schnurstracks herbeigestürmt und kniet am Fuße des Bettes nieder, in dem sie noch immer liegt, von mir gewaschen und wieder angezogen. Ich habe ihm den fürchterlichen Anblick seiner Geliebten erspart, wie sie das gemeinsame Windei auf ihrem blutigen Nest ausgebrütet hat, aber man glaube ja nicht, dass er mir dafür auch nur im Geringsten dankbar wäre. Er hat ausschließlich Augen für seine Svetlana, sein Schätzchen, sein Herz, sein Kätzchen, und überhäuft mit flehenden Küssen ihre wurstigen und vor Ringen überschweren Hände, die sie ihm kraftlos hinhält. Er weint, auch er, mit ebenso herzzerreißendem Schluchzen wie zuvor schon meine Schwester. Noch hat er nicht verstanden, dass er kein Anrecht auf Kummer hat, oder besser gesagt, dass er dessen Äußerung zu mäßigen habe, um meiner Schwester in puncto Trübsal den Vorrang zu gewähren. Diese beginnt wieder zu quasseln und liefert ihm eine ganze Reihe unangenehmer Details, die er nun wirklich nicht braucht und auf die auch ich getrost verzichten kann. Ich könnte, wohlgemerkt, ihr Zimmer verlassen, sie allein lassen in diesem schmerzhaften Moment ihres beinahe ehelichen Lebens, doch ich denke nicht eine Sekunde daran, so sehr fasziniert es mich, wie meine Schwester von ihrem Gejammer zu Vorwürfen übergeht und ihren gewohnten Gesichtsausdruck wiederfindet, diesen harten und mürrischen Ausdruck, den sie ständig mit sich rumschleppt. Schließlich wird mir klar, dass alle Schuld bei Fabien liegt und bei seinen schlappen »Samis«. Und so ist die Endometriose, an der Svet ja leidet, fürs Erste vergessen.

– Scheiße, hätt' ich mir ja denken können, dass das nie im Leben was wird! Die Gyni hat uns ja gesagt, dass deine Spermien asthenisch sind!

Meine Schwester hat noch nie zuvor über so viel Vokabular verfügt wie jetzt, da ihr Leben aus Arztbesuchen besteht und Aufenthalten in Spezialkliniken.

– Und Mühe gibst du dir überhaupt keine, du trägst weiterhin enge Unterhosen, steckst weiterhin dein Handy in die Hosentasche! Und du nimmst keine Vitamine! Alles liegt an mir!

Und tatsächlich stopft sich Svetlana mit Probiotika und Mineralstoffen voll, zweifarbige Gelatinekapseln, die sie sich haufenweise in den Mund schaufelt, während Fabien sich dagegen sträubt, sein Supradyn zu schlucken, die einzige Pille, die er einnehmen muss.

– Und du isst weiterhin jeden Scheiß, wo dir doch die Gyni wieder und wieder gesagt hat, dass die Ernährung sich auf die Qualität der Spermien auswirkt! Aber nein, der Herr tut nur, wonach ihm der Sinn steht und frisst lieber Scheiße als mir ein Kind zu machen! Aber dann brauchst du dich hinterher nicht zu wundern, wenn auch dein Sperma Scheiße ist!

Wie er da so auf dem Teppich kniet, kann Fabien einem leidtun. Anstatt sich zu verteidigen, meiner Schwester zu entgegnen, dass ganz sicher sie diejenige der beiden ist, die am meisten Scheiße schluckt, Oreos den ganzen Tag und Twix, eimerweise Vanilleeis, alle möglichen Sorten Feingebäck, kiloweise Käse – ganz zu schweigen von den korsischen Wurstwaren, mit denen uns Fabiens Eltern versorgen, die ja Korsen sind und Metzger: Coppa, Bulagna, Pancetta, Wildschweinpastete mit Maronen, Figatelli, vor nichts schreckt meine Schwester zurück, ihr Leben ist eine Art immerwährender Brunch, doch wer sich mit dem Vorwurf der Fresssucht konfrontiert sieht, ist Fabien.

– Weißt du was? Du bist einfach nur ein Schwein, und Schweine haben keine Kinder. Wenn, dann zeugen sie bestenfalls Ferkel! Ich warne dich, Fabien, ich werde dich verlassen, wenn du nicht fähig bist, dich zu ändern!

Fabien ist vollends verzweifelt: Er verrenkt sich förmlich die Hände, er weint wie ein Kind, schluchzt und schnieft und bemüht sich erst gar nicht, Tränen und Rotze wegzuwischen:

– Bitte sag so was nicht, mein Schatz! Lass es uns noch mal versuchen! Ich werde mich anstrengen, ich schwör's dir! Svet, bitte sag so was nicht! Wir werden dieses Baby bekommen!

In diesem Moment betritt meine Mutter das Zimmer, wahrscheinlich per SMS alarmiert von Svetlana, die, seit Fabien zuhause ist, ununterbrochen wie blöde auf ihrem Handy herumgetippt hat. Prompt ändert sich der Tonfall, meine Schwester unterbricht ihre Schelte, um in herzzerreißendes Schluchzen auszubrechen:

– Ich hab's verloren, Maman, ich habe mein Baby verloren!

Was sagen? Was tun? Da sind sie, alle drei, geeint in ihrem unleugbaren Kummer. Ich habe das Recht zu denken, dass sie falsch liegen, ich habe das Recht zu finden, dass es keinen Grund gibt, über die Maßen betrübt zu sein, doch Tatsache ist, dass sie leiden. Auch habe ich das Recht zu denken, dass Lorenzos Tod sie längst nicht so sehr getroffen hat, und dass es widerlich ist, derart viele Tränen über ein noch nicht einmal lebensfähiges »Embry« zu vergießen, wo man doch kaum den Tod eines Kindes beweinte, das dreizehn Jahre lang gelebt hat, doch auch dagegen ist nichts zu sagen, nichts zu machen, es bleibt nur festzustellen, dass sie verrückt sind.

Nachdem die erste Welle des Mitleids und der Gefühlsausbrüche verebbt ist, beginnt meine Mutter ihrerseits Fabien zu quälen:

– Ist ja schließlich auch deine Schuld! Neulich erst hat Svet die Einkäufe nach Hause gebracht: Du hast sie alle Taschen allein tragen lassen!

Nicht genug, dass er lahme Spermien hat, Fabien ist obendrein auch noch ein blödes egoistisches Arschloch. Er kann noch so sehr protestieren, schwören, dass die Taschen leicht waren, dass Svet ihm zuvorgekommen sei, meine Mutter lässt sich nicht beirren:

– Eine schwangere Frau ist empfindlich! Und davon kann ich dir ein Liedchen singen: Ich hab' immerhin fünf Kinder in die Welt gesetzt! Und Patrick hätte mich während meiner Schwangerschaften nie auch nur irgendetwas tragen lassen! Er hat seine Macken, aber nie hätte er so etwas getan!

Meine Mutter, die immer an vorderster Front steht, wenn es gilt, ihren Gatten schlechtzumachen, findet stets ungeahnte Qualitäten an ihm, sobald irgendeine Argumentation untermauert werden soll. Und mit einem Male bekommt Fabien die volle Ladung ab, da meine Mutter und meine Schwester dazu übergehen, ihn abwechselnd fertig zu machen.

– Du denkst eh nur an dich! Ich hab' Svet ja schon gesagt, dass sie was Besseres verdient als so 'nen Typen wie dich!

– Meine Mutter hat recht, Fabien! Ich könnte klar was Besseres finden! An Verehrern mangelt's mir nun wirklich nicht!

Es ist schwer nachvollziehbar, wie Svetlana, die nicht mehr arbeitet, keine Freunde hat, nur das Haus verlässt, um bei *Carrefour* einzukaufen oder um mit den Hunden Gassi zu gehen, ihre Zeit auf Foren für unfruchtbare Frauen verbringt und in sechs Monaten zwanzig Kilo zugenommen hat, wie diese Svetlana, deren Sozialleben sich auf die Termine beschränkt, die sie bei der Gyni hat, auch nur irgendeinem Verehrer begegnen könnte, doch Fabien stößt ob dieser Eröffnung einen weiteren Schrei der Bestürzung aus und vergräbt sein erschüttertes Gesicht in der Tagesdecke, während seine rechte Hand nach derjenigen meiner Schwester tastet, um sich verzweifelt an ihr festzuklammern. Svetlana, die wieder vollends zu ihrer Kaltblütigkeit zurückgefunden hat, treibt einen weiteren Nagel ins Herz ihres Kuschelbären – lautet so doch der zärtliche Name, den sie ihm verleiht, wenn sie auf den Foren der Endogirls oder der Fivettes 2013 postet.

– Ich bin mir sicher, dass ich mit 'nem anderen erst gar keine IVF bräuchte! Ich bin mir sicher, dass es sofort klappen würde!

Und wo ich nun mal da bin, entschließe ich mich, ein wenig Gerechtigkeit und Wahrheit walten zu lassen:

– Aber Svetlana, du leidest doch unter einer Endometriose! Das ist nicht nur Fabiens Schuld!

Meine Mutter und meine Schwester blicken mich vollkommen entrüstet an:

– Du kannst mit einer Endometriose sehr wohl schwanger werden!

– Na ja, wer sagt denn, dass Fabien nicht auch problemlos ein anderes Mädel schwängern könnte!

Allein schon beim Gedanken daran protestiert Fabien lauthals, ohne zu begreifen, dass er hier über eine Kontermöglichkeit verfügt und ein Mittel, sich gegen meine Schwester durchzusetzen, vorausgesetzt, dass er überhaupt noch Interesse daran hat, mit einer zusammenzubleiben, die ihn nicht liebt, die ihn wie ein Stück Scheiße behandelt und bestenfalls als Samenspender betrachtet:

– Achte nicht auf Kim! Ich will ganz bestimmt kein Kind mit einer anderen haben!

Svetlana starrt ihn entsetzt an:

– Das will ich auch hoffen! Fehlte noch, dass du mich betrügst!

Das ist zu viel für mich, ich werfe das Handtuch. Ich lasse sie das unter sich ausmachen. Armer Fabien! Nicht nur, dass er seine Svetlana nur noch mittels eingesetzter Pipette vögeln darf, nein, er wird auch noch in seiner Männlichkeit verhöhnt. Aber gut, warum ihn überhaupt bemitleiden, wo er sich ja lieber an die Beine meiner Schwester klammert, anstatt sich in Würde von ihr zu emanzipieren. Ich gehe, bevor ich ihr noch beiwohnen muss, der Hatz, in der meine Mutter als Parforcereiterin fungiert und meine Schwester als Laufhund. Mir scheint, es sind schon genügend Hunde um mich herum; mir scheint, es ist schon genug Blut geflossen.

24. WIE WIMMELNDE WÜRMER

In Erwartung des Tages, da es mir möglich sein wird, meine vielköpfige Familie zu verlassen und all by myself zu leben, fröne ich weiterhin der Prostitution, doch es sei erwähnt, dass ich keine zehn Nummern gebraucht habe, um meine Illusionen aufzugeben. Der einzig wahre Charles hat sich nie prostituiert. Das ist die einzige Erklärung, die ich für seine Irrungen finde. Denn wenn ich gern glauben will, dass alle Liebe Prostitution sei, so kann ich doch garantieren, dass Prostitution nichts zu tun hat mit Liebe, sondern ausschließlich mit Langeweile. Wären da nicht mein Konto, mein Bausparvertrag und mein Sparbuch, ich wäre schon längst ausgestiegen. Weil ich das aber nicht kann, lasse ich all diese tristen Umarmungen über mich ergehen und rezitiere dabei *in pectore* sämtliche mir vertrauten Gedichte, weshalb meine Lippen dann auch vor lauter Versen erbeben, von denen in unpassenden Momenten und zum großen Erstaunen meiner Kunden mir zuweilen einige entfliehen:

– Der Teufel hält die Fäden, die uns leiten!

– Was sagst du da?

Er ist um die dreißig, hat einen runden, traurigen kleinen Bauch, der seit geraumer Zeit aber eher vergeblich über dem meinen kreist, dieser seidenweichen, gebräunten Wölbung – und diesmal ist sie sogar geölt, da ich darin ein Verkaufsargument erkannt habe, glänzen und blitzen doch auch die Hintern der anderen Escort-Girls auf den Onlineanzeigen wie Weihnachtskugeln. Wie dem auch sei, mein Kunde erschlafft innerhalb eines Bruchteils der Zeit, die er benötigt hat, um eine halbwegs verwertbare Erektion hinzubekommen. Ich ahne, dass ich mit der Prozedur, die ihn einsatzfähig machte, wieder bei null anfangen muss – was mich lehren wird, meine Zunge im Zaum zu halten.

– Hast du gerade vom Teufel gesprochen?
Ach du meine Güte, sofern ich hier auf einen Frömmler gestoßen bin, war's das mit seiner Erregung, er wird seine Kohle wiederhaben wollen und stocksauer verschwinden – alles unangenehme Dinge, die ich unbedingt vermeiden muss.
– Natürlich nicht. Wie kommst du denn darauf?
Du hast doch gesagt: Der Teufel hält die Fäden, die uns leiten!
– Ach Quatsch! Hast du auditive Halluzinationen, oder was?
In Windeseile zieht er sich wieder an und fixiert mich voller Entsetzen, doch entgegen meiner Befürchtung fordert er meinen Stundenlohn nicht zurück, meine dreihundert Euro, die er gewissenhaft auf den Nachttisch gelegt hatte. Anstatt sich wie ein Dieb davonzustehlen, beehrt er mich sogar mit einem zärtlichen Händedruck:
– Du hast recht, Kimmy, es ist der Teufel, der uns zu all dem treibt!
– Treibt? Wozu?
– Dass du dich prostituierst, dass ich zu Prostituierten gehe.
– Den Teufel gibt es nicht.
– Ich glaube, dass du ein gutes Mädchen bist und dass du dich in deinem tiefsten Innern schämst.
Für dreihundert Euro und ohne den erhofften Orgasmus kann ich ihm diese Freude ruhig bereiten, ihn glauben lassen, ich wäre eine beschämte und von Höllenangst verfolgte Nutte. Zumal er geht, bevor ich irgendwelche Einwände vorbringen kann.
Sobald er das Weite gesucht hat, stürmt Gladys herein. Das ist so unsere Angewohnheit: Nachdem ein Kunde gegangen ist, kommt sie, um sich mit mir, meistens bei einem Glas Whisky, zu unterhalten.
– Und?
– Todlangweilig. Er ist noch nicht mal gekommen.
– Ist nicht dein Problem.
– Ich muss zugeben, dass ich auch ein bisschen Mist gebaut hab'.

Ich ziehe meine Alltagsklamotten wieder an und verstaue mein Gala-Outfit in der Schublade ihres Frisiertischs.

– Brauchen Sie Geld?

– Nein, geht schon.

Wir sind darin übereingekommen, dass ich ihr einen kleinen Prozentsatz ausschütte, aber sie ist nicht profitgierig und schlägt meine Angebote häufig aus.

– Ey, das ist so ätzend!

– Schätzelein, tu dir keinen Zwang an, wenn du lieber Kassiererin bei Carrefour sein willst!

– Das nicht, aber trotzdem ödet es mich an!

– Komisch, ich hab' mich nie gelangweilt.

– Das liegt daran, dass Sie 'ne echte Klosterschwester sind: Letzten Endes haben Sie das nicht nur wegen des Geldes getan.

– Wenn du da nicht zumindest ein Minimum an Sinn reinbringst, dann ist es tatsächlich ein äußerst langweiliger Beruf. Aber auch nicht langweiliger als Krankenschwester, wenn du mich fragst.

– Aber ich bringe doch Sinn rein! Ich fühle mich nützlich! Und trotzdem ist es immer das Gleiche und jede Minute zieht sich endlos hin!

– Versuch, der Sache mehr Würze zu verleihen!

– Aber wie? Die wollen doch alle das Gleiche! Wenn's nicht Blasen ist, dann ist es Analsex, und wenn's kein Analsex ist, dann ist es Blasen. Ganz abgesehen davon, dass sie's ohne Gummi wollen.

– Verlangen sie nie irgendwelche Hardcore-Sachen von dir?

– So gut wie nie.

– Und der Typ von vorhin, was wollte der?

– Gemütlichen Sex. Schön brav.

– Also jetzt hör mal, du hast innerhalb einer halben Stunden dreihundert Euro abgesahnt: was willst du eigentlich mehr?

– Ich will gar nichts, Gladys! Ich hatte einfach nur was anderes erwartet.

– Du wirst sowieso ein bisschen kürzertreten müssen: Du musst für's Abi lernen.
– Ich weiß. Und es ist ja auch nicht so, dass ich mich vor Kunden nicht retten könnte.
– Selbst Schuld. Deine Anzeige ist ja auch grottig.
– Ich weiß. Ich biete weder CIM noch CIF an. Und ich bin keine GFE. Da hab' ich keinen Bock drauf.
– Was ist denn das?
– Dinge, die Sie immer gemacht haben, ohne es zu wissen. GFE, das heißt, dass ich für 'ne Stunde ihre Freundin spiele, dass ich also zulasse, dass sie mich küssen, mich streicheln ... Und CIM heißt Come In Mouth. Was ich meistens akzeptiere, aber nicht, wenn mich der Typ zu sehr anwidert, und deswegen habe ich es auch nicht mit in die Anzeige gesetzt.
– OK, was CIF heißt, kann ich mir dann wohl denken. Machst du das auch nicht?
– Doch ... Aber wie beim CIM behalte ich mir das Recht vor abzulehnen.
Gladys geht in ihrem kleinen Zimmer auf und ab, schüttelt das Bett auf, staubt ein Regal ab, begutachtet kritisch die Anordnung der Nippfiguren auf dem Frisiertisch.
– Darf ich zugucken, wenn dir beim nächsten Mal jemand ins Gesicht ejakuliert?
– Ich hätte nicht gedacht, dass Sie auf so was Lust haben.
– Ich auch nicht, ist neu.
– Reichen Ihnen Ihre eigenen Kunden nicht?
– So viele hab' ich nicht mehr. In den letzten zwei Jahren sind etliche Stammkunden gestorben. Zumal ich nicht mehr wirklich Kunden anlocken kann.
Sie wirft einen fatalistischen Blick in den dreiflügeligen Spiegel ihres Frisiertischs, der ihr müdes Antlitz zurückwirft, sie gleicht mehr denn je einer russischen Puppe mit ihrem unförmigen Busen unter den Schichten aus Walkwolle, ihrem schütteren Haar, ihren

Hängebacken, ihrer Ptosis und ihren perioralen Falten an den Lippen, auf die sie, anders als vor einem Jahr noch, nicht einmal mehr Lippenstift aufträgt.

– Sie sehen gar nicht schlecht aus.

– Erzähl mir keine Märchen. Ich sehe furchtbar aus.

– Aber Sie arbeiten doch noch, oder?

– Immer weniger. Außer Tugra, den du kennst, kommt niemand mehr. Aber Tugra hat auch besondere Vorlieben: Er schläft nur mit Alten, Dicken, Zwerginnen, Einbeinigen ...

– Und mit meiner Mutter.

– Ach ja? Das hast du mir noch nie erzählt.

– Jetzt tu ich's.

– Und? Würdest du mich zugucken lassen? Du richtest es so ein, dass der Typ mir den Rücken zuwendet und ich bleibe in der Tür stehen; sowie er mit seiner kleinen Einlage fertig ist, verschwinde ich.

– Wenn Sie unbedingt wollen, auch wenn ich nicht wirklich verstehe, was Ihnen das bringen soll.

Sie seufzt und schenkt mir einen Schluck dieses zwölf Jahre gealterten Yoichis nach, dessen erstaunliche medizinische Aromen sie mich zu schätzen gelehrt hat.

– Ich auch nicht ... Es ist nur ...

Sie rauft sich, was ihr an Haar geblieben, mit einer solchen Verzagtheit, dass es mir im Herzen wehtut:

– Hören Sie, Gladys, wenn Sie zugucken wollen, dann gucken Sie eben zu. Und selbst wenn sie einen Dreier wollen, ist auch das kein Problem.

Sie lacht, mir gelingt es noch immer, ihr wunderschönes Lachen hervorzurufen.

– Kim, du bist lieb, aber nachher schlage ich noch deine Kunden in die Flucht. Nein, hör zu, das nächste Mal, wenn du ein Facial mit dir machen lässt, richtest du es so ein, dass du mir vorher kurz Bescheid geben kannst.

– O. k. Aber ich müsste Sie um eine kleine Gegenleistung bitten.
– Ich höre?
– Am sechsten jährt sich Lorenzos Todestag. Meine Familie organisiert was auf dem Friedhof. So eine Art Gedenkveranstaltung. Ich würde mich freuen, wenn Sie auch kommen könnten.
– Wird deine Großmutter da sein?
– Sie ist noch immer in Algerien. Übrigens wäre es mir lieb, wenn Ihr Freund Jean-Pierre nach ihr sehen könnte, wenn er das nächste Mal nach Algier geht. Weil sie fast gar nichts von sich hören lässt. In sechs Monaten habe ich zwei Mails erhalten.
– Ich werde es ihm ausrichten. Und einverstanden, ich werde zum Friedhof kommen. Wird deine Mutter wissen, wer ich bin?
– Nicht nötig.

An besagtem Tag finden sich alle an Lorenzos Grab ein, angefangen bei unseren drei Hunden, deren Übermut meine Mutter nur mit Müh und Not kontrollieren kann: Sie zerren an ihren Leinen, winseln, lassen ihre fürchterlich rosigen Zungen über den Granit schlecken und pissen auf die benachbarten Stelen. Meine Mutter bindet sie schließlich an einer Zypresse fest, um sich vor dem Foto zu sammeln, auf dem ihr verstorbener Sohn lächelt, rothaariger und zahnloser denn je. Ihre Namensschwester bleibt abseits, doch es entgeht ihr nichts. Schließlich sind sie alle da, mein wahrsagender Clan ist vollzählig: Fabien und Svetlana, die sich versöhnt haben, Ludmilla und Marwan, zart umschlungen, Charlie in Schale geschmissen, doch sichtlich gelangweilt, mein Vater, der unfähig ist, seine Tränen zurückzuhalten, und Esteban mit dem abwesenden und unbetroffenen Ausdruck dessen, der nie einen Bruder gehabt und nicht wirklich weiß, was er auf dem Friedhof verloren hat. Auch Sven ist aufgekreuzt, ohne mich vorher zu fragen. Vielleicht, um sich dafür zur rächen, dass er letztes Jahr ausgeschlossen wurde. Doch er kann mich noch so sehr mit provokantem Blick mustern, ich ignoriere ihn. So wie ich ihn kenne, weiß ich, dass er ganz sicher nichts einzuwenden hätte gegen einen kleinen Quickie zwischen den Gräbern oder in einer verlassenen Gruft, warum auch nicht, aber ich bin fertig mit Sven und mit der Liebe und der Lust. Wenn er mich haben will, dann macht das 300 Euro.

Auch Charonne ist da. Und trotz der Traurigkeit, von der ich durchdrungen, kann ich mein Herz nicht daran hindern, vor Glück zu springen, da ich sie wiederkenne und so schön zwischen den Gräbern stehen sehe. Sie ist wie immer von tadelloser Eleganz, gekleidet in ein Kleidchen aus perlgrauer Seide, das auf grandiose Weise die rote Tönung ihrer Zöpfe hervorhebt. Wie ich genauer hinsehe, bemerke ich, dass sie jetzt Dreadlocks trägt, wie ich, nur kürzer und vor allem in spektakulärem Zinnoberrot.

– Wer ist das?, flüstert mir Gladys zu, die subtile Kennerin der weiblichen Schönheit.

– Lorenzos beste Freundin: Charonne. Seine einzige Freundin, um ehrlich zu sein.

– Sie ähnelt der Daphne von Wenzel Jamnitzer. Sagt dir das was?

– Kein bisschen.

– Du solltest mal ins Musée national de la Renaissance gehen. Wenn du nicht dumm sterben willst.

Meine Mutter rollt wütend mit den Augenbällen: Die Anwesenheit von Charonne, die sie hasst, zusätzlich zu derjenigen einer Fremden, mit der ich vertraut wirke, reichen vollkommen aus, um ihren Zorn hervorzurufen. Und dies nur umso mehr, da sie, wie ja auch Svetlana, bei der Frage des Vorrangs recht streng ist und nicht zulässt, dass man ihr in Sachen Trauer den ersten Platz raubt. Glücklicherweise hegt niemand diesen Anspruch, und so kann sie sich aufspielen nach Herzenslust, ein zerknülltes Taschentuch in der einen Hand, die Leine von Fougère in der anderen.

Charonne kniet an Lorenzos Grab nieder, um rasch einen Strauß aus Kornblumen, Mohn und Wildhafer niederzulegen. Mit einem verächtlichen Naserümpfen kniet meine Mutter ihrerseits nieder, um das furchtbare Gebinde aus Lilien und Rosen aufzubauschen, das meine vielköpfige Familie für diesen Anlass bestellt hat, aber weit davon entfernt, sich beleidigt zu fühlen, erhebt sich Charonne mit grazilem Schwung und tritt drei Schritte zurück. Fougère nutzt die Gelegenheit, um eine Breispur schlecht verdauten Trockenfutters auf den Granitsockel zu erbrechen. Meine Mutter vergisst darüber sowohl ihre Wut als auch ihren Kummer; all ihre Aufmerksamkeit und all ihre Fürsorge gelten plötzlich unserer alten Dackeldame, deren klagende Augen und von Spasmen geschüttelte Flanken einem in der Seele wehtun können.

– Ich hasse Hunde, flüstert mir Gladys ins Ohr.

Während ich Hugos Alexandriner an meinem Handgelenk streichle, betrachte ich traurig das beschmutze Grab. Ja, Gott erlaubet solch unsäglich tiefes Leid. Und er erlaubt andere Leiden auch – und man kann sie benennen wie man will, es bleibt doch »Folter« die treffendste Bezeichnung.

Während mein Vater das Grab seines Sohnes zu säubern beginnt, entfernt Charonne sich leicht schwankend, so wie es ihre Art ist.

– Wie alt ist denn Lorenzos Freundin?, fragt mich Gladys.

– So vierzehn, schätze ich, warum?

– Zu jung also, als dass wir sie zum Einsatz kommen lassen könnten? Schade, sie würde einen Wahnsinnserfolg haben.

– Ist sie nicht ein wenig zu dick?

– Es gibt eine Nische für Dicke.

– Ja, ich weiß, Tugra Takdogan.

– Nicht nur.

– Wie auch immer, Charonne ist minderjährig. Also vergessen Sie's.

Vor dem Grab meines Bruders kommt mir der Gedanke an seine sterblichen Überreste und ich frage mich flüchtig, welchen Grad an Zersetzung sie inzwischen erreicht haben dürften. Nur darf nicht vergessen werden, dass im noch lebenden Organismus die Würmer bereits zu Werke gehen. Selten sind die Leute, die erst nach der Beerdigung anfangen zu verfaulen.

Schon geht mein wahrsagender Clan auseinander. Kummer ist schön und gut, aber bitte nicht zu lange. Der einzige, der mir ansatzweise traurig erscheint, ist Patrick. Ich war am Vortag bei ihm im Laden, um mir ein neues Tattoo stechen zu lassen, und Thierry, sein Geschäftspartner, hat die Gelegenheit genutzt, um mir zuzuflüstern:

– Weißt du, er ist nicht mehr der Alte seit dem Tod deines Bruders. Und jetzt, mit dem nahenden Todestag, hört er gar nicht mehr auf zu flennen.

Das würde mich wundern, ohnehin hätte ich mir eine Bestürzung von besserer Qualität gewünscht als dieses blasse, immer wieder auftretende Rumgeheule. Ich kenne meinen Vater und sein Spatzenhirn: Es fällt ihm schwer, länger als fünf Minuten am Stück Trauer zu empfinden.

– Kannst du mir ein neues Tattoo stechen?

– Natürlich. Eins pro Jahr also?

– Ganz genau.

– Wieder Baudelaire?

– Das war Hugo. Aber heute ist Baudelaire dran.

– Magst du nicht lieber Motive? Ich kann dir eine exakte Abbildung machen von Fotos, von Bildern, was immer du willst.

– Ich will einen weiteren Alexandriner, gleich neben dem ersten. Wie Armreifen, weißt du?

Er seufzt entmutigt:

– Verstehe. Gleiche Farbe? Gleiche Schrift?

– Ja.

– Und was ist es diesmal?

Ich entfalte vor seinen Augen das Blatt, auf das ich das Eingangsgedicht der *Blumen des Bösen* abgeschrieben habe.

– Das alles?

– Nein, einen einzigen Vers, habe ich doch gesagt: »Der Teufel hält die Fäden, die uns leiten.«

– Gott und Teufel am selben Handgelenk?

– Ich glaube weder an den einen noch an den anderen.

– Ein Tattoo will wohlüberlegt sein, Kim, das braucht Zeit. Ansonsten findest du dich im Handumdrehen mit Sachen wieder, die dir nichts mehr bedeuten.

– Hast du mich nachdenken lassen, bevor du mir einen Stern auf den Schädel gestochen hast?

– Ein Tattoo auf dem Schädel ist kein Stigma. Niemand sieht es.

– Es sei denn, ich rasiere mir den Kopf.

– Du willst dir den Kopf rasieren?

– Ich denke darüber nach, stell dir vor.

– Ach wirklich? Aber ich mag deine Dreads gern.

– Hast du mir nie gesagt.

Er macht sich an die Arbeit, ohne mir zu antworten, und es stimmt, er wirkt traurig und müde, mein ansonsten so sprühender Vater, mein stets schwirrender und quirliger, vor Unruhe fast schon anstrengender Vater. Als er fertig ist, gibt er mir wieder die Pflegehinweise und entlässt mich mit einem rätselhaften »Bis nächstes Jahr«, als liefen wir uns nicht täglich zuhause über den Weg, als gingen wir nicht zusammen einkaufen bei Carrefour oder Auchan, als putzten wir nicht gemeinsam jeden Sonntag, ab und an von Ludmilla oder Esteban unterstützt, für gewöhnlich jedoch nur wir beide, was aber nichts daran ändert, dass das Haus immer dreckiger wird, seit meine Großmutter nach Algerien verschwunden ist. Es ist Zeit, zur Vernunft zu kommen, sie wird nicht nur nicht wieder heimkehren, sie wird wahrscheinlich seit Langem tot sein. Sie hat sich in den Straßen von Algier in Luft aufgelöst, wie schon ihre Mutter vor ihr, und ebenso wenig wird man sie wieder auffinden. Lebte sie noch, sie hätte es eingerichtet, am 6. Mai auf dem Friedhof zu sein. Denn wenn sie, von ihrer Mutter abgesehen, irgendjemanden geliebt hat, dann Lorenzo. Was ihn betrifft, so verkörperte er auf wundersame Weise meine Theorie der großen einzigen Liebe – wenn er nicht schon jene von Konrad Lorenz verkörperte über die Prägung bei den Graugänsen, aber wie auch immer: Er war verrückt nach seiner Claudette und folgte ihr überallhin wie ein verwirrter Jungvogel.

Claudette wird nicht zurückkehren, doch ich habe Gladys, die ich zwar weniger liebe, aber besser verstehe. Ich habe Gladys als Rabengroßmutter, die gerne möchte, dass ich sie einem Facial beiwohnen lasse. Als hätte sie selbst nicht schon genug Sperma ins Gesicht gekriegt, und zwar mehr als für sie bekömmlich. Meine biologische Großmutter hätte etwas Vergleichbares von mir nicht erbeten, und genau darin liegt der Punkt, sie hat nie groß was von mir erbeten, als hätte sie gar keine Wünsche gehabt, nichts mehr erhofft vom Leben, wenn nicht den Tod, und auch den nicht egal wo. Und auch nicht egal wann: Vielleicht hat sie darauf gewartet, dass Lorenzo groß und aus dem Schneider sein würde – und selbst wenn es ihm nie gelungen ist, zu wachsen, so kann niemand verneinen, dass er aus dem Schneider ist.

Auch der Aprikosenbaum ist gestorben, auch er. Umso besser. Nie werde ich mehr erschaudern beim Anblick seiner auf dem Boden zerquetschten Früchte, zerquetscht zu einer Matsche, die ebenso leuchtend war wie das Haar meines kleinen Bruders. Mein Vater hat ihn schließlich in Holzscheite zerteilt – vollkommen unbrauchbare Scheite, so wurmstichig und von Harz übersät, wie sie waren. Nichts ist von ihm geblieben als ein hässlicher Baumstumpf, der vor Ameisen nur so wimmelt. Umso besser auch dies. Ich werde mich nicht mehr der Versuchung erwehren müssen, mich kurzerhand in ihm zu erhängen, jener Versuchung, mit von Raben zerfressnen Augenhöhlen zu enden, von Vögeln böser zerhackt als Fingerhüte und hin- und hergeschaukelt vom Winde.

25. EINE SCHWALBE MACHT MEINEN SOMMER

Die Abiturprüfungen einmal hinter mir und höchstwahrscheinlich bestanden, stehe ich wieder vor einem Sommer, den es totzuschlagen gilt. Zuhause bewegt sich nichts: Claudette ist noch nicht zurückgekehrt, Svetlana noch immer nicht schwanger und meine Mutter rennt weiterhin mit Esteban von Casting zu Casting.
Ich habe mich in die literarische Vorbereitungsklasse für die Universität eingeschrieben. Denn da ich jetzt schon einen lukrativen Beruf habe, kann ich es mir erlauben, lange und nutzlose Studien zu betreiben. So sollte Studieren ohnehin immer ablaufen. Ich habe mich außerdem dazu entschlossen, im August eine kleine Reise nach Algerien zu unternehmen, um Nachforschungen zum Verschwinden meiner Großmutter zu betreiben. Das wird mitten in den Ramadan fallen und es wird eine Mordshitze herrschen, aber ich reise ja nicht zum Vergnügen.
Mitte Juli bittet mich schließlich ein Kunde darum, auf mein Gesicht ejakulieren zu dürfen. Wie vereinbart, flitze ich los, um Gladys zu informieren, die ich in ihrer Küche antreffe, wo sie einen Gazpacho zubereitet, während Orest ihr auf der Schulter hockt.
– Gladys, er möchte einen Facial! Wollen Sie noch immer?
Sie trocknet sich bedächtig die Hände an ihrem Küchentuch:
– Ich setze Orest zurück in seinen Käfig und komme.
Hopp, schon eile ich leicht wie eine Blume zurück in das Zimmer, wo der Kunde auf mich wartet, bin nackt in meinem glockenförmigen, halbdurchsichtigen Kurznachthemd, stets demselben, kommt gar nicht infrage, dass ich Mehrausgaben tätige – zumal die meisten Typen der Frage, was ich trage, keinerlei Bedeutung beimessen. Er blickt mich beinahe eingeschüchtert an:
– Scheiße, du bist einfach zu heiß! Du hast ’nen echt geilen Körper!

Ja, danke, ich weiß. Man muss sich fragen, warum sich seine Bedürfnisse auf eine Ejakulation ins Gesicht beschränken, wo er doch meinen einzigartigen Körperbau ausnutzen könnte, sich ergötzen könnte an meinen üppigen Brüsten, meiner geschmeidigen Taille, meinem flachen Bauch, meinen schlanken Schenkeln oder meinem hohen und festen Hintern. Aber nein, alles, was ihn interessiert, ist, mir eine Ladung Wichse voll auf die Zwölf zu feuern, hier, nimm das, für deine Fresse! Aber warum auch nicht? Eine Ejakulation ins Gesicht ist immer noch das, was am wenigsten Engagement abverlangt: ich kann das machen und dabei seelenruhig die Kohle zählen, die ich die Woche über abgesahnt habe, seelenruhig auch Gladys Sammlung an Gegenständen aus Millefioriglas betrachten, oder aber mir »Die Ballade der Gehängten« rezitieren. Ich muss mich nur ein wenig verrenken und leicht stöhnen.
Ich positioniere mich auf dem Bett, Brust nach vorn, Schenkel geöffnet, und führe zwei Finger in mein zuvor geöltes Geschlecht. Während der Typ beginnt, sein Teil zu polieren, öffnet Gladys die Tür einen Spaltbreit und stellt sich mir gegenüber hin. Solange er sich nicht umdreht, kann er ihre Anwesenheit nicht bemerken, und warum auch sollte er sich umdrehen, wo ich ihm doch ein derart erregendes Schauspiel biete? In Wahrheit bin ich mir nicht sicher, ob er mich überhaupt sieht: Viel eher habe ich den Eindruck, dass sein Blick durch mich hindurchgeht, aber das ist bei Männern oft der Fall, oder zumindest bei den Kunden. Sie zahlen dafür, etwas zu haben, was sie nicht wirklich interessiert. Sie suchen sich ein Mädchen aus, jung, schön, sexy, das auf den Kleinanzeigen von Lovesita im Tanga oder Torselett herumstolziert, aber sobald sie es erst einmal vor Augen haben, existiert es nicht mehr – aber es hat ja ohnehin niemals existiert. Sie sind allein, sie bleiben es, und mir geht's ebenso.
Ich bin noch nicht einmal beim Schlussvers der Ballade von Villon, als der Typ schon, auch er, zum Schuss kommt, flutsch – »Mach,

dass wir nicht der Höllenmacht verfallen«. Die Wichse landet mir auf dem Mund, und verklebt mir zugleich die Nasenlöcher. Um seinen Trip zu verlängern, verreibe ich es ein wenig auf meinem Dekolleté und lecke mir die Fingerspitzen mit scheinbar gierigeren Blicken. Während er zusammensinkt, atemlos mit schwachen Knien, verschwindet Gladys, heimlich, still und leise – Vorhang.

Unmittelbar nachdem der Kunde verabschiedet ist, eile ich ins Bad, um mich zu waschen. Wie es alle Männer und Frauen wissen, die bereits versucht haben, sich eines eingetrockneten Spermafilms zu entledigen, ist dies keine einfache Geschichte – weshalb ich im Wohnzimmer meiner geliebten Hexe mit gerötetem und von den wiederholten Abreibungen mit dem Waschlappen irritiertem Gesicht auftauche. Als ich Gladys wiedersehe, bricht sie in dieses Lachen aus, das ich so gern hervorrufe.

– Du hast noch was in den Haaren, Kimberly!

– Und?

– Und was?

– War's gut?

– Die Frage müsste man eher dir stellen.

– Für mich war's Maloche. Gut war's bestimmt nicht. Aber Sie? Hat's Ihnen gefallen?

Das Lächeln erstirbt auf ihren nunmehr farblosen Lippen – vorbei der purpurrote Lippenstift, der mir so sehr imponiert hatte bei unserem ersten Treffen:

– Ja, sehr.

– Warum sehen Sie dann so traurig aus?

– Weil es mir gefallen hat, ganz einfach. Weil es wundervoll war, diese perlmuttschimmernden Rinnsale auf deinem hellen Gesicht. Du hättest dich nicht sofort waschen sollen.

– Wichse bleibt nicht lange schön: das erstarrt sofort, wird milchig, und bildet eklige Klumpen.

– Glaubst du, mir was beibringen zu können? Ich weiß alles, was es über Sperma zu wissen gibt, stell dir vor.

– Sie haben mir noch immer nicht erklärt, warum es Sie traurig stimmt, einem zünftigen Facial beizuwohnen.
– Weil es zu schön war, ganz einfach. Weil du zu schön bist. Ich hatte ganz vergessen, dass das so schön sein kann, der Körper einer Frau. Du warst da, angespannt, bebend, in deinem Nachthemd. Mit diesen Schenkeln ... Diese Schenkel, die du hast, Kimberly ... Ich habe nie jemanden mit solchen Schenkeln gesehen.
– Übertreiben Sie mal nicht.
– Ich übertreibe nicht. Und im Übrigen habe ich mich entschieden, mich aus dem Geschäft zurückzuziehen. Mit dem Sex ist Schluss für mich.
– Und Ihre Kunden?
– Ich habe nur noch drei: Tugra Takdogan, ein Querschnittgelähmter und ein alter Harki – ein Freund von Jean-Pierre.
– Ja, und was sollen die dann machen, wenn Sie in Rente gehen?
– Tugra hat andere Eisen im Feuer: Um ihn mache ich mir keine Sorgen. Und der alte Harki, da habe ich immer größere Schwierigkeiten, ihm eine Erektion zu verschaffen. Meiner Meinung nach wäre es für ihn eine Erleichterung, mit dem Vögeln aufzuhören.
– Und der Querschnittgelähmte?
– Er ist sehr nett. Ein Fünfzigjähriger, gar nicht mal hässlich. Wenn du magst, reiche ich ihn an dich weiter.
– Kriegen Querschnittgelähmte einen hoch?
– Wart's ab. Das sollst du selbst entdecken. Jedenfalls hat er mir immer alles auf Heller und Pfennig bezahlt.
– Sie hören auf, im Ernst?
– Ganz im Ernst.

Sie packt sich an ihre schlaffe Brust, deutet dann eine ironische Geste in Richtung ihres faltigen Gesichts an, bevor sie hinzufügt:
– Das alles ist zu hässlich. Ich ekle mich vor mir selbst. Vorbei. Schluss mit Spielen. Ich bin ohnehin müde.

Aus ihrem Mund hat diese Rede etwas Beunruhigendes. War sie es doch, die mich ins Rennen geschickt hat; und sie ist es auch, die zu sagen schien, dass das Leben zwar kurz, die Lust aber grenzenlos sei; sie war es, die sich brüstete, noch Kunden zu haben, wenn nicht sogar Liebhaber, mit über siebzig Jahren. Ganz abgesehen davon, dass sie, wie zu anderen Zeiten Lucie Leccia, die einzige Erwachsene ist, die mir Lust machte aufs Erwachsenwerden; die einzige, deren Existenz mir ein ganz klein wenig beneidenswert erschien, im idyllischen Rahmen ihres gelben Hauses, mit ihren Blumen, Heilkräutern, ihrem japanischen Whisky, ihrem sprechenden Beo und ihrer märchenhaften Katze. Was werde ich nur tun, wenn sie aussteigt?

Denn es handelt sich hier um einen wahren Ausstieg: Nicht genug, dass sie mit der Prostitution aufhören will, nein, sie hat entschieden, all ihre Sammlungen zu verkaufen oder zu verschenken, die ja immerhin die Frucht sind eines halben Jahrhunderts beharrlicher Sammlerleidenschaft: im Morgengrauen besuchte Trödelmärkte, unentwegt abgeklapperte Antiquitätenläden und Privatverkäufe, um kristallene Tierskulpturen aufzutreiben, bunte, am Rand eingekerbte Devotionalienbilder, Marinevotivbilder, Millefiorigläser oder verwelkte Spitzenreste.

Ich fühle deutlich, dass ich mir, nachdem ich wegen Claudette, Esteban und Svetlana beunruhigt war, nun Sorgen machen muss um Gladys, wo ich doch gerade auf sie gezählt habe, um die Liste meiner Bürden und Missionen nicht noch zu verlängern.

– Aber deprimiert sind Sie nicht, oder?

– Doch, vielleicht ein bisschen. Aber ich denke vor allem, dass ich es satt habe, alt zu sein.

– Ach ja? Ich dachte, dass man sich damit abfindet! Dass das allmählich kommt und man Zeit hat, sich daran zu gewöhnen.

– Woran gewöhnen? An Zähne, die ausfallen? An den grauen Star? An Unterhaltungen, die du nicht mehr mitbekommst? An Bewegungen, die dir nicht mehr gelingen? An Schmerzen, die dich morgens ans Bett fesseln? An die Blicke, die durch dich hindurchgehen, als existiertest du nicht? Denn auch das macht das

Alter aus: Niemand sieht dich mehr. Ich habe dir ja schon gesagt, dass ich nie besonders schön war, aber ich gefiel: Ich hatte schöne Augen, ein schönes Lächeln, eine hübsche Brust, es reichte zu meinem Glück völlig aus.

– Wenn das Glück von schönen Augen abhängt, einem schönen Lächeln, der hübschen Brust, dann will ich nicht glücklich sein.

Ich war ohnehin schon zu dem Schluss gekommen, dass Glück für Mädchen wie mich von geringem Interesse ist – auch wenn Mädchen wie ich eine noch zu definierende Kategorie darstellen.

Gladys geht, ohne mir zu antworten, auf und ab, ihr Glas in der Hand. Ich bemerke voller Unruhe, dass die vielen Zimmerpflanzen, die aus diesem Raum einen wahren Wintergarten machen, inzwischen verkümmern in ihren Tontöpfen oder Zinkbehältern: verwelkt, hart geworden, die Banane, der Ficus, die Drillingsblume wie der Bogenhanf, deren Wachstum meine Menschenfresserin einst so enthusiastisch überwachte.

– Gießen Sie Ihre Pflanzen nicht mehr?

– Doch, natürlich.

– Anscheinend haben sie einen Hitzeschlag bekommen.

Sie wirft einen bestürzten Blick auf ihre Friedenslilie:

– Du hast recht. Ich muss unbedingt gießen.

– Und die Kartons im Flur, was machen die da?

– Ich habe ein paar Sachen verpackt. Kleider, die nicht mehr passen, Bücher, die ich nicht mehr lesen werde, Geschirr ... Ich werde das alles dem Verein der Freunde alter Menschen abdrücken.

– Sie werden sich aber doch nicht umbringen, oder?

Ihr Blick findet flüchtig seine Schärfe zurück:

– Denkst du an deinen Bruder?

Ich denke an meinen Bruder. Ich denke auch an den Schauer, der mir über den Rücken läuft, wenn ich die Aprikose sehe, die seinem Leben ein Ende gesetzt hat. Mein Vater hat sie zersägt, aber Lorenzos Geist und der Dämon der Versuchung meiner eigenen Vernichtung kreisen weiterhin über ihrem Stumpf. Ich erzähle

Gladys nichts von all dem, aber was mein Leben von meinem Tode trennt, hängt allein an mir, also nicht gerade an besonders viel, an so manchen grauen Morgen, die da grauer sind als andere. Ich erzähle nichts, aber sie dürfte all meine Ängste in meinem Blick lesen, den ich auf sie richte:

– Ich werde mich nicht umbringen, Kim. Und du dich auch nicht.

– Wirklich?

– Bei mir lohnt es sich nicht: Der eine oder andere Krebs wird die Sache schon regeln.

– Sie haben Krebs?

– Nein. Aber ich bin genau die richtige, um zu wissen, dass sich mir zwischen Lungenkrebs wegen der Kippen und Kehlkopfkrebs wegen des Alkohols wenig Chancen bieten, dem zu entkommen. Ich darf dich daran erinnern, dass ich fünf Jahre lang in der Onkologie gearbeitet habe.

– Und wieso sind Sie sich so sicher, dass ich mich nicht umbringen werde?

– Weil du schon achtzehn Jahre durchgehalten hast, das Schlimmste liegt hinter dir.

– Haben Sie Statistiken, oder was? Mit über achtzehn, bringt man sich da nicht mehr um?

– Das Schwierigste ist die Phase der Anpassung: von null bis zwanzig. Danach findet man sich ab, man sucht sich seinen Platz, eine kleine Nische, um so vor sich hin zu leben.

– Ich habe nicht den Eindruck, das Schlimmste hinter mir zu haben, ich glaube viel eher, dass das Schlimmste gerade jetzt ist. Und außerdem kenne ich, abgesehen von Lorenzo, kein einziges Kind, das sich umgebracht hätte, was also soll Ihr Schwachsinn mit der Phase der Anpassung?

– Wir sind fürs Leben nicht geschaffen und man wirft uns ohne Vorwarnung mitten hinein, einfach so. Es genügt, einmal einer Niederkunft beigewohnt zu haben, um zu wissen, dass es nichts Widernatürlicheres gibt, als zur Welt zu kommen: Jeder leidet, jeder schreit, die Mutter, das Kind, selbst der Vater, falls er die Schnapsidee hatte, aufzukreuzen. Und das, obwohl wir über die Periduralanästhesie verfügen. Aber als ich zu arbeiten angefangen habe, da war eine Niederkunft eine garantierte Folterstunde.

Während ich von Pflanze zu Pflanze gehe, von der Geigenfeige zum Philodendron, mit einer kleinen Gießkanne aus galvanisiertem Stahl, wettert sie weiterhin gegen die Zeugung, ohne zu wissen oder sich daran zu erinnern, dass sie einer Bekehrten predigt. Infolge eines unglücklichen Kondomrisses bin ich sogar zu einem Gynäkologen gegangen, um ihn um eine Ligatur der Eileiter zu bitten:

– Wie alt sind Sie?

– Achtzehn.

– Kein Chirurg wird es je akzeptieren, einem achtzehnjährigen Mädchen die Eileiter abzuklemmen.

– Und warum nicht? Wo ich doch keine Kinder will.

– Wer sagt mir denn, dass Sie in zehn Jahren nicht welche wollen. In zwanzig.

– Ich.

Hinter seinem Louis-XVI-Schreibtisch mit bronzenen Verzierungen nimmt er eine steife Haltung ein, um mir seinen Schwindel über den Kinderwunsch einzutrichtern, der bei manchen Frauen auf die alten Tage einsetzt, zu alte Tage manchmal, wenn die biologische Uhr bereits leider einmal zu viel geschlagen hat. Ich starre ihn ohne zuzuhören an. Er ist groß, schwer, bleich, mit einem hohen, geraden Pony, à la Boris Karloff in *Frankenstein* – und es kommt gar nicht infrage, dass er an mir mit seinen großen grünen Flossen was für gynäkologische Untersuchungen auch immer vornimmt.

– Ich kann Ihnen die Pille verschreiben, wenn Sie wollen.

– Nein danke.

– Man könnte höchstens über eine Spirale nachdenken. Das ist zwar bei Nulliparen nicht empfohlen, aber falls es Sie beruhigt ...

– Ich will die Sterilisation, kein Verhütungsmittel.

– Sie werden Ihre Meinung noch ändern, Sie werden schon sehen. In einigen Jahren werden Sie weinend wieder zu mir kommen, weil Babylein nicht kommen will.

Ich werde meine Meinung nicht ändern, und falls doch, dann heißt das, dass ich nicht mehr ich selbst bin, und für diesen Fall täte ich besser daran, an Sterbehilfe zu denken als an die Ligatur der Eileiter. Und das trifft sich gut, Sterbehilfe ist die Spezialität von Gladys Espérandieu, wie ich es beim Googeln entdeckt habe. Nur, dass sie nicht Gladys Espérandieu heißt. Sie hat es mir übrigens unverhofft gestanden, kurz nach unserer Come-In-Mouth-Session zu dritt.

– Weißt du, ich heiße eigentlich gar nicht Gladys.

– Ach ja? Wie denn dann?

– Raymonde.

– Was war denn das für eine Manie, den Mädchen Jungennamen zu geben, Claudette, Michèle, Françoise, Georgette.

– Weil wir allesamt für unsere Eltern Enttäuschungen waren: Sie hofften auf einen Jungen, und zack!, mussten sie sich mit einem Mädchen zufriedengeben.

– Haben Sie sich also umgetauft?

– Ja, sobald ich durfte, habe ich mich Gladys genannt, das Schwert, *le glaive, le lys,* die Lilie: das war wie für mich geschaffen, diese Mischung aus Aggression und Sinnlichkeit.

– Ist die Lilie für Sie sinnlich? Ist sie nicht eher das Symbol der Krone?

– Es genügt, eine Lilie anzuschauen, um zu verstehen, dass man ihr Unrecht täte, sie nur auf Wappen zu beschränken. Es gibt nichts Obszöneres als die Blütenkrone einer Lilie.

Im Anschluss an dieses Gespräch bin ich im Internet auf die Jagd gegangen, und wie könnte es anders sein, einige kleine, schon faulige Fische sind mir ins Netz gegangen. Und ja, bevor sie zu einer großherzigen Hure wurde, bevor sie zu einer alten, in ihrem

Häuschen verschanzten und über ihre bunt gemischte Menagerie herrschende Ghula wurde, war Raymonde Espérandieu die Madonna der Beihilfe zum Selbstmord, was anzusprechen ich bei meinem nächsten Besuch mir auch nicht verwehre, gleich nach einer Prostatamassage, während derer ich zwar woanders hingesehen habe, die ich aber ordnungsgemäß ausführte. Während sie mir ein Glas Martini serviert mit einem Schälchen in Zitrone und Knoblauch marinierter Oliven, rede ich nicht um den heißen Brei herum:

– Haben Sie Leute getötet?

– Ganz und gar nicht. Ich habe ihnen geholfen zu sterben, das ist etwas völlig anderes.

– Sie saßen sechs Jahre im Knast.

– Mein Fehler ist es nicht, wenn die Gesellschaft rückständig ist.

– Ich habe einen Artikel gelesen, in dem stand, dass sie in fünfzehn Mordfällen verdächtigt wurden.

– Meine Schuldigkeit wurde in nur einem Fall anerkannt. Und es handelte sich um einen Krebskranken im Endstadium. Er flehte mich an, ihm zu sterben zu helfen. Und außerdem redest du von Fällen, die beinahe vierzig Jahre zurückliegen.

– Was nichts daran ändert, dass Sie eine Berühmtheit sind. Sie haben sogar einen Fanclub.

– Pfff, von wegen! Mein Fanclub, der nennt sich Tugra Takdogan. Alles, was du im Netz über mich findest, mein Wikipedia-Eintrag, die Artikel von damals, all das, das ist er. Frag mich nicht, warum er das tut, ich hab' keinen Schimmer! Dieser Typ ist krank. Meine Geschichte hat ihn immer schon erregt.

Merkwürdigerweise erregt es auch sie, wieder von ihrer Vergangenheit als Kalisalz-Giftmischerin zu sprechen. Vorbei der klagende Blick, der übertriebene Buckel, der schleppende Gang. Sie reißt mir beinahe die Gießkanne aus der Hand, um ihren Kontrollgang zu machen und nacheinander die Drillingsblume zu wässern, die

Yuccapalme, den Zierspargel und selbst die vielen Efeustöcke, die sie überall aus aufgehängten Töpfen herunterranken lässt.

– Ich mach das schon, Gladys, das ist zu hoch für Sie!

– Unsinn!

Da ist sie wieder ganz in Form und nicht zu bremsen ob ihrer glorreichen Vergangenheit:

– Was nirgendwo erwähnt wird, ist, dass der Mensch, den ich angeblich ermordet habe, mein Mann war. Man stellt mich lieber als Serienkillerin dar denn als aufopferungsvolle Gattin.

– Ich wusste gar nicht, dass Sie verheiratet waren.

Sie zieht mich nach draußen, in den hinteren Garten, der vor sommerlicher Betriebsamkeit der Insekten und Vögel nur so surrt. Während ich mich auf einen schmalen Rasenstreifen lege, lässt sich meine geliebte Hexe mühsam auf ihrem Liegestuhl nieder und streckt ihre trotz der Hitze in Schwarz steckenden Beine aus.

– Ja, ich war verheiratet. Nenn es Mystische Hochzeit oder auch Chymische Hochzeit, wie du willst. Nichts hat es jedenfalls mit dem zu tun, was die meisten Menschen Hochzeit nennen, all diese feigen Arrangements, all diese klapprigen Ochsengespanne, die losziehen, um schon mit der ersten Erschütterung in den Graben zu kippen.

– Warum chemisch?

Sie lacht und kippt hinunter, was noch an Martini in ihrem Glas ist:

– Sagen wir, dass ich ihn zwischen zwei Chemos geheiratet habe.

Ich flitze ins Wohnzimmer, die Flasche Martini Extra Dry zu holen, um sie in den Zustand zu versetzen, mir zu berichten, wie sie ihr Schicksal nur an dasjenige eines verurteilten Mannes hatte binden, ja sogar dessen Namen hatte annehmen können. Gladys legt los, erzählt von ihrer Begegnung mit Antoine Espérandieu, einem Ingenieur in den Dreißigern, dem man soeben beigebracht hatte, dass er ein Melanom hatte, und dass dieses Melanom bereits überall gestreut hatte.

Sie spricht mit einer Lebendigkeit, die ich schon lange nicht mehr an ihr gesehen habe, vielleicht weil dieser Antoine ihre einzige Liebe war, derjenige, für den sie augenblicklich Feuer und Flamme war, und dem zuliebe sie sich gleich einer lebendigen Fackel entzündete, für ihn, der zugleich zu leben und zu sterben begann.

– Er war wütend, weißt du, denn er hatte lange studiert, er hatte im fortgeschrittenen Alter noch bei seinen Eltern gewohnt, hatte nur ein oder zwei Mädchen gekannt, und die noch nicht einmal besonders nah, und zack!, genau in dem Moment, da er sich entschieden hatte, ein wenig von seinen Büchern aufzusehen, auszugehen, sich zu amüsieren, zu reisen, da packte ihn der Krebs! Und nicht irgendein Krebs, ein bösartiges Ding und schon ziemlich fortgeschritten, als die Diagnose gestellt wurde.

Da ich Gladys kenne, bin ich mir sicher, dass sie sich ungeheuerlich verausgabt haben wird und sich ungezügelt dem Gefühl hingegeben haben muss, gut zu sein und sich aufopfern zu wollen am Bett dieses Sterbenden, dessen Gattin und Krankenschwester sie war – zumal er ihr zufolge sehr charmant gewesen sein muss:

– Nett, fröhlich, ein wenig verträumt, verstehst du, zerstreut, ungelenk ... Das rührte mich.

Ich glaube ebenfalls herauszuhören, dass Antoines letzte Monate von unbeschreiblicher Intensität geprägt waren, da er wohl Jahre existentiellen Rückstands nachholen wollte, und sie dann wohl als Kurtisane und Priesterin eines leidenschaftlichen Hedonismus einsprang.

– Er kannte nichts vom Leben, gar nichts. Ich lehrte ihn trinken, rauchen, tanzen, in guten Restaurants essen, na ja, solang er dazu fähig war, das heißt, nicht allzu lange.

Tatsächlich hat sich der Großteil ihres Ehelebens zwischen Krankenhausbetten und -nachttischen abgespielt, aber weit davon entfernt, sich darüber zu beschweren, schildert Gladys diese Zeit auf überaus inbrünstige Weise. Ich kann sie mir umso besser vorstellen, als sie mir Fotos von sich mit dreißig gezeigt hat. Ich sehe deutlich all den Trost, den ihr Antoine in ihrem gefälligen Lächeln gefunden haben musste, in ihrem leuchtendem Blick und an ihren riesigen Brüsten, die sie schon damals mit sich herumschleppte, und die sie voller Glück gegen den blutleeren und eingefallenen Oberkörper ihres Geliebten gedrückt haben wird. Denn selbst wenn ich weder ihre Liebe noch ihre Aufopferung bezweifle, so weiß ich doch, woher ihre Lust rührt. Sie kann noch so sehr ein geheimes Band und eine besondere Natur zwischen sich und ihrem Krebskranken heraufbeschwören, sie kann mir noch so sehr von mitfühlenden Fellationes erzählen, sie kann sich noch so sehr als Stripperin aus Pflichtgefühl darstellen, die ihre schicke Unterwäsche um ihren schelmischen Zeigefinger drehen lässt, bevor sie sie gegen den Tropf schleudert, ich erkenne in ihrer Geschichte doch nur eine tragische Variante der Geschichte aller: Damit Gladys wachsen konnte, musste Antoine kleiner werden. Es war notwendig, dass er litt, dass er weinte, dass er kotzte, dass er Gewicht verlor, dass er vollkommen haarlos wurde, seiner Wimpern ebenso beraubt wie seines Kopfhaars; es war notwendig, dass er ein für alle Mal bettlägerig wurde und darauf reduziert, mit dem Blick ein Urinal oder eine Bettpfanne zu erflehen. Es war notwendig, dass er starb, damit Gladys sich lebendig fühlte.

– Wir hatten vereinbart, dass ich ihn einen gewissen Zustand der Erniedrigung und Abhängigkeit nicht würde erreichen lassen, verstehst du. Dass ich ihm im rechten Augenblick helfen würde zu gehen. Und das war es auch, was ich tat, ganz einfach.

– Aber man hat Sie für vorsätzliche Tötung verurteilt.

– Weil sich seine Eltern eingemischt haben! Querulanten waren das! Sie konnten mich ohnehin nicht riechen! Sie konnten es nicht ertragen, wie ihr Sohn ihnen aus den Händen glitt!

Gladys hält mir eine weitere Serie Bilder unter die Nase, die hauptsächlich bei ihrer Hochzeit mit Antoine geschossen wurden:

– Schau nur, was für ein Gesicht sie gemacht haben, Monsieur und Madame Espérandieu! Sie haben ihre Fresse bei der Beerdigung ihres einzigen Sohnes weniger verzogen als am Tage seiner Heirat mit mir! Wenn das kein Unding ist!

Achtunddreißig Jahre später ist sie ihnen noch immer böse, diesen beiden Alten, die ja schon seit Ewigkeiten zu Staub geworden sind. Und tatsächlich schauen sie auf den Bildern, und zwar trotz ihrer lebhaft wirkenden Garderobe, ein lachsfarbener Anzug bei ihm, ein Blümchenkleid bei ihr, mit dem unerbittlichen Ausdruck desjenigen ins Objektiv, der sich nichts sagen lässt. Was mir aber ins Auge sticht, ist weniger ihr Ausdruck als der ihres Sohnes. Neben seiner frisch verheirateten Frau sitzend, gekleidet wie ein junger Mann des neunzehnten Jahrhunderts, Zylinder, Krawattenschal und Nelke im Knopfloch, drückt der frisch verheiratete Mann einen abgemagerten Zeigefinger gegen seine eingefallene Schläfe und betrachtet das Krachgebäck mit benommener Traurigkeit und offenkundigem Ekel. Gladys hingegen lächelt breit unter ihren schweren schwarzen Strähnen – ein Lächeln, das fast schon ihre Pekinesenschnauze verschönern könnte, ihre leicht abfallenden Augen, ihre platte Nase und ihren vorstehenden Kiefer. Nicht im Geringsten gewillt, diesen stechenden Kontrast zu kommentieren, komme ich lieber auf ihre schwerwiegende Vergangenheit zurück:

– Und die anderen Patienten? Diejenigen, die Sie vor Antoine eingeschläfert haben?

– Das Gleiche. Das waren Kranke, die schwer litten und ohnehin einige Tage später gestorben wären. Im Übrigen wirst du sicherlich schon gemerkt haben, dass ich für die nicht schuldig gesprochen wurde. Im Gegenteil, ich vermute sogar, dass deren Familien mir sehr dankbar waren. Schließlich war ich es ja, die die böse Rolle übernommen hat, während sie den Nutzen daraus geschlagen haben: Schluss mit den unendlichen Besuchen im Krankenhaus und all diesen Stunden, die sie damit verbrachten, die Verwandlung des geliebten Wesens in ein Monster mit kindischen und quälenden Ansprüchen zu beobachten.

Ich für meinen Teil vermute, dass Gladys ihren Moment gehabt haben wird. Nachdem sie ihrem Ehemann hundert Milliliter Kalisalz injiziert hatte, wird sie sich neben ihn auf seine Anti-Dekubitus-Matratze gelegt und sich gegen seine Seite gedrückt haben, um ihm, auf einen Ellbogen gestützt, ihre tränenfeuchten Lippen an die seinen zu pressen, ihre Augen dabei an seine geheftet, die bereits unkontrolliert flackerten, und sie wird ununterbrochen Formeln der Liebe und Sterbebegleitung gestottert haben: Du kannst loslassen, mein Liebster, ich bin bei dir, hab keine Angst; sie wird seinen letzten Atemhauch eingefangen haben und auch das Wegkippen seines Blicks. Sie wird mir nicht erzählen, was sie empfunden hat, doch ich errate, dass sie von unsäglichem Kummer und Machttrunkenheit zugleich geschüttelt wurde – Tod, wo ist dein Sieg, wenn ich doch da bin, ihn dir zu stehlen, und ich aus ihm ein Mehr an Leben ziehe?

Überwältigt vom Martini Dry und den Gefühlen presse ich meinen schwirrenden Kopf gegen die Beine meiner geliebten Hexe. Leicht aus der Fassung geraten, streichelt sie flüchtig meine Dreadlocks, bevor sie ihre Erzählung wieder aufnimmt:

– Und weißt du was? Antoine starb am selben Tag wie Mike Brant!

– Mike Brant?

– Wie jung du doch bist! Manchmal vergess' ich das! Mike Brant, das war ein Sänger für kleine Modepüppchen, dieselbe Generation wie Dalida oder Claude François. Er hat sich am 25. April 1975 aus dem Fenster gestürzt.

– Dalida hat sich auch umgebracht, oder?

– Ja. Das Leben ist mir unerträglich. Verzeiht mir.

– Aber warum erwähnen Sie Mike Brant?

– Weil ich ihn sehr mochte. Er sang »Eine Schwalbe macht meinen Sommer«, und ich dachte an ihn, als ich dieses Haus kaufte und es »La Golondrina« taufte.

– All diese Selbstmörder ...

– Ja. Und all diese Schwalben ...

– Bringen Sie sich nicht um.
– Ist nicht meine Absicht
– Was heißt das: »Eine Schwalbe macht meinen Sommer«?
– Dass schon eine reicht. Man muss nicht erst warten, bis alle da sind. Verstehst du, das ist es wahrscheinlich, was die meisten Menschen umbringt: zu viele enttäuschte Erwartungen.
– Was heißt denn das jetzt? Hat die Enttäuschung etwa Ihren Antoine umgebracht?
– Nein, er, der Arme, er hatte keine Wahl. Ich rede mit dir über die anderen, die, die sich aus dem Fenster stürzen, oder sich in einer Aprikose erhängen.

Ich glaube nicht, dass Lorenzo sich aus Enttäuschung umgebracht hat. Ich glaube, dass er sich umgebracht hat, weil er zu früh den Durst des Bösen erfahren hat, aber ich lasse Gladys endlos schwadronieren über Mike Brant, Dalida und Kurt Cobain.

Ich begehe sicherlich einen Fehler damit, bei den Erwachsenen ein wenig Weisheit finden zu wollen, denn schließlich haben sie nichts anderes zu erzählen als ihre Irrungen. Aber zumindest macht Raymonde alias Gladys dies mit Bravour und ohne sich gezwungen zu sehen, mir gut verpackte oder tröstliche Gemeinplätze entgegenzuschleudern, die den wesentlichen Teil der Unterhaltungen ausmachen, die ich mitbekomme.

Hier nun, auf dem sonnenwarmen Gras, wo der Wind die Pfingstrosen oberhalb meines Medusenkopfes entblättert, fasse ich meinen x-ten Vorsatz, der mit nichts etwas zu tun hat, mich aber kurzzeitig erleuchtet:
– Ich werde aufhören, Baudelaire zu lesen.
– Ach ja? Wie schade!
– Ich werde aufhören, ihn zu lesen, weil ich selbst welchen schreiben werde.

Meine Entscheidung ist gefallen. Hopp, ich erhebe mich, strecke mich, empfinde lustvoll die Dehnung meiner Trapezmuskeln und meines breiten Rückenmuskels, grüße ritterlich Raymonde alias

Gladys und zische auf der Stelle los, um mich an meine eigenen *Blumen des Bösen* zu machen. Gladys humpelt mir hinterher und klammert sich an ihr Gartentörchen, um mir ein letztes, von fünfzig Jahren Rauch und Alkohol rau klingendes Adieu hinterherzurufen:

– Das ist eine gute Idee, Kim, eine sehr gute Idee!

Und in diesem Adieu höre ich mitschwingen: Komm wieder, verlass mich nicht, es gibt nicht mehr viele, die mich besuchen kommen und sich mit mir unterhalten. Aber das trifft sich gut, weil ich Gladys liebe. Sie kann noch so eitel sein und schulmeisterlich; sie kann noch so sehr ihre Macht- und Ruhmesgelüste verwechselt haben mit der großen Liebe; sie kann sich noch so sehr diesbezüglich wie auch in anderen Dingen irren, es ist mir egal, ich mag sie, wie sie ist.

Und schau an, so hätte meine Mutter beinahe Raymonde geheißen. Ich werde es ihr nicht sagen, aber ich werde es wissen, wenn sie das nächste Mal wieder über meine Bosheit wettert, meine Undankbarkeit und mein Übelwollen, da werde ich diese delikate Information im Kopf haben und mich daran erfreuen. Solange die große Flucht noch in der Ferne liegt, solange werde ich die Zwischenzeit mit Freude füllen.

26. OH DU MEIN KIEL, ZERSPLITTRE! UND ÜBER MIR SEI, MEER!

Am Tag nach meinem x-ten Vorsatz, nachdem ich lange meinen Geist und meine Kräfte befragt habe, setze ich mich an mein Lesepult, na ja, bildlich gesprochen, habe ich doch bislang immer auf dem Boden gearbeitet, Blätter und Hefte zwischen meinen gespreizten Beinen, Kopfhörer aufgesetzt und die Musik voll aufgedreht.

Die Dichtung kann sich auf was gefasst machen, selbst wenn Baudelaire und Rimbaud nicht wirklich gefährdet sind, da ich mich dazu entschlossen habe, nur auf Englisch zu schreiben. Ich muss zugeben, dass all meine Versuche auf Französisch bestenfalls wie trunkenes Gebrüll klingen und schlimmstenfalls wie kränkelnde Eintagsfliegen oder hochtrabende Loblieder.

Für meine Lektion der Finsternis, meine Ballade der Gehängten, meine Geschichten geköpfter Mohnblumen oder zu Staub gewordener Großmütter; für meine maritimen Erweckungen, meine Begegnungen mit einer rothaarigen Pythia, oder einer alten Straßenhure mit Doggenschnauze, für meine Ode to a Nightingale, mein Freed from Desire, mein Come in Mouth, meine May Days und meine Cruel Summers, ist Englisch definitiv die beste Sprache, eben die, die ich Patti und Bob zu verdanken habe, habe ich sie doch nicht bei Keats gelernt. Und doch, to think is to be full of sorrow, da haben wir einen Satz, den ich gerne selbst geschrieben hätte, wo ich doch dessen tragische Wahrheit sicherlich stärker als alle anderen empfinde.

Anstatt Sexarbeiterin zu sein, werde ich Dichterin, und um meine berufliche Neuorientierung zu begleiten, werde ich mir jetzt den Kopf rasieren – wohl gefällte Entscheidungen brauchen ein wenig Prunk. Die pure Tatsache, mit einem Rasierer vor dem Spiegel zu

stehen, erinnert mich an den Tag, da ich meinen kleinen rothaarigen Bruder kahlgeschoren habe, doch der Moment soll mehr dem Jubelgesang als der Nostalgie gelten, und außerdem muss ich mir zuerst die Dreads abschneiden. Sie fallen eine nach der anderen in das Waschbecken, bis sie ein goldbraunes Reisigbündel bilden, und plötzlich fühle ich mich wesentlich nackter, als wenn ich im durchsichtigen Kurznachthemd in Gladys Boudoir herumtänzle. Bevor man wächst, muss man die Verkleinerung hinnehmen – und nie habe ich aufgehört, mir das Wachsen zum Ziel zu setzen.
Sobald ich auf meinem Schädel eine Art unebenes und fahles Stoppelfeld erzielt habe, vollende ich die Arbeit mit dem großen schwarzen Rasierer, den meine Mutter und meine Schwestern benutzen, um sich ihre Pseudopunkschnitte zu verpassen. Das Ergebnis ist auf der Höhe meiner Erwartungen: Anders als Lorenzo, wirke ich nicht wie ein zerbrechlicher Jungvogel, sondern wie eine entschlossene Kriegerin. Gewiss, der von meinem Vater vor nun achtzehn Jahren eintätowierte Stern hebt sich klar von meiner bleichen Haut ab, aber das überrascht mich nicht, und ich trage ihn ebenso gern zur Schau, wie ich ihn verborgen gehalten habe. Denen, die mich auf diesen Stern ansprechen, werde ich mit der Wahrheit antworten, wo ja die Wahrheit ebenfalls Bestandteil meiner Ziele ist: Diesen Stern, den hat mir mein Vater gemacht, als ich doch nur ein kleines kahlköpfiges Baby war. Er hatte, da ja Klartext geredet werden soll, keinerlei Recht dazu, hat es sich aber einfach genommen, und die Gelegenheit genutzt, dass ich nichts begreifen und nicht protestieren konnte. Zuzugeben, dass solche Machtmissbräuche ausnahmslos allen Eltern eigen sind, macht die Dinge für mich wesentlich erträglicher. Und letztlich hatte ich sogar Glück: Ein Tattoo, das ist nichts gegen Klitorisbeschneidung oder Infibulation.
Kurzum, ich werde meinen kleinen blauen Stern tragen, nicht mehr und nicht weniger als meine anderen Tattoos, die vierundzwanzig Silben, die ich mir selbst ausgesucht habe und zu denen im Laufe

der Jahre weitere hinzukommen werden – denn an jedem Jahrestag wird sich ein neuer Alexandriner um mein Handgelenk winden, bis ich Lorenzo eines Tages im Geäst irgendeines Baumes wiederbegegnen werde. Doch als Dichterin verzichte ich auf die Vollkommenheit ihrer zwölf Versfüße. Die Unvollkommenheit ist der Preis, der zu zahlen ist, wenn ich die aus voller Kehle gesungene Ekstase der Keatsschen Nachtigall erreichen will – und die Ekstase gehört zu meinen Zielen, ebenso wie die Weisheit und die Wahrheit.

Ich verlasse das Badezimmer und trage triumphierend mein nacktes Haupt und setze mich direkt an den Tisch, wo meine vielköpfige Familie freudlos ihre Alltagskost aus zu fetten Wurstwaren und weichgekochten Nudeln kaut. Ich kann noch so sehr predigen für die Einführung von frischen Früchten und Gemüse in unsere Ernährung, wenn ich mich nicht selbst um die Versorgung mit Pfirsichen, Tomaten und Zucchini kümmere, dann halten sie sich an das, was sie am liebsten mögen und was am wenigsten Zubereitungszeit in Anspruch nimmt. Claudette dürfte sich im Grabe umdrehen, wenn sie nicht einen Friedhof am Meer gefunden haben sollte, eine improvisierte Grabstätte angesichts dieses Mittelmeeres, das sie nie aus den Augen verloren hatte – aber ich weiß, woran ich mich halte: Sobald ich kann, das schwöre ich, werde ich nach Algerien gehen, auf die Suche nach den staubigen Spuren meiner rothaarigen Großmutter.

In der Zwischenzeit kassiere ich die unvermeidlichen Spöttereien der Überlebenden – denn immer sind es die besten, die als erste gehen. Meine Dreads, über die herzuziehen sie sich nie haben nehmen lassen, werden urplötzlich zur ansehnlichen Frisurwahl im Vergleich zu meiner Vollglatze. Ich habe mich kaum vor meinen Teller gesetzt, als die Schreie in einem entsetzten Crescendo hervorschießen:

– Was ist denn das?

– Warum hast du denn das gemacht, Kimberly?

– Das ist ja fürchterlich! Zieh dir wenigstens ein Tuch über, verdammt!

– Was hat dich denn geritten? Bist du jetzt völlig durchgeknallt?

– Die Dreadlocks waren ja schon nicht gerade toll, aber das jetzt, meine arme Tochter ...

Allein Patrick und Esteban weigern sich, in den Chor einzustimmen. Ersterer begutachtet sein Werk mit Interesse, und Letzterer staunt voller Bewunderung über meinen Mut. Während ich mir Linguine nehme, bei denen ich mich bemühe, sie von ihrer Butter- und Emmentalerkruste zu befreien, setze ich eine heitere Miene auf, und lasse meinen Schädel im Licht der von Fliegen verklebten Deckenleuchte aufglänzen. Und auch diesbezüglich muss Claudette, wo auch immer sie sein mag, fuchsteufelswild werden: Sie, die zu jeder neuen Jahreszeit alle Leuchter abhängte und sie mit Essig reinigte. Meine Mutter spuckt fast ihren Mundvoll Nudeln aus:

– Hältst du dich etwa für schön? Meine arme Tochter ...

Ja, inzwischen weiß man es, ich bin ihre arme Tochter. Und nein, ich halte mich nicht für schön, ich bin es, meinem höchst widerwilligen Körper zum Trotz, und obgleich mich dies wesentlich weniger interessiert als klug zu sein, vernünftig und kultiviert. Da ich ihnen gut gelaunt und scharf antworte, ist der Wortwechsel rasch vergiftet:

– Uns reicht es jetzt langsam mir deiner arroganten Art, Kim!

– Du stolzierst hier rum, als wärst du direkt aus Jupiters Schoß entsprungen.

Da habt ihr euch geschnitten, meine lieben Eltern, ich weiß nur allzu gut, welcher Kloake ich entsprungen bin – und in Sachen Geburt ist mir die der Artemis lieber als jene des Dionysos, das Meer, das man tänzeln sieht, und nicht die Quadrizepse dieses armen Patricks, der jetzt ein wenig überfordert ist, wie jedes Mal, wenn der Ton schärfer wird.

– Wenn du nicht zufrieden bist, dann kannst du ja gehen!

– Du wirst dich weniger aufspielen, wenn Maman und Papa nicht mehr da sind, um sich um dich zu kümmern!
Wie weit denn reicht es zurück, dass man sich das letzte Mal um mich gekümmert hat? Und wer, außer Claudette und jetzt Gladys, hat sich je um meine körperlichen und seelischen Bedürfnisse geschert? Patrick, ja, ab und an. Charlie, vielleicht, als ich zwischen vier und neun war. Bevor ich vier war, war es zu sehr an Pflichten gebunden, man hätte mich füttern müssen, mir die Windeln wechseln, mich baden müssen; und nachdem ich neun war, und meine zweite Geburt gekommen war, habe ich ihn für seinen Geschmack nicht mehr ausreichend vergöttert.
Und plötzlich, da die faden Linguine auf meinem Teller erkalten, habe ich eine weitere Erleuchtung: Letztlich hat die große Flucht allzu lang auf sich warten lassen. Es hat keinen Zweck, abzuwarten, bis die Voraussetzungen erfüllt sind, und im Übrigen sind sie es ja schon: Lorenzo und Claudette sind tot; Esteban und Svetlana wollen von meinem Rettungsplan nichts wissen, und meine Mutter wird mich niemals lieben, weil sie zu sehr damit beschäftigt ist, sich selbst zu lieben. Was die anderen betrifft, Patrick, Ludmilla, Charlie, so traue ich mir zu, mit ihnen versöhnliche, wenn nicht herzliche Beziehungen zu hegen, sofern ich das Haus verlasse. Im Grunde genommen verunsichere ich sie nur, wenn ich hierbleibe, und bringe sie zur Verzweiflung, da kann ich genauso gut auch gehen.
Und hopp, genau das tue ich, ich erhebe mich, kaiserlich, beschwingt, mit geschärften Sinnen für jede Luftschwingung an meinem rasierten Kopf. Bei Gladys werde ich Unterkunft und Verpflegung finden, sofern ich sie darum bitte. Und wenn es gilt, meinen Bedürfnissen nachzukommen, bis meine Karriere startet, na, da weiß ich ja, was zu tun ist: Die Schenkel öffnen und die Augen schließen, das liegt jeder Tussi nah, selbst wenn ich auf persönlicher Ebene hoffe, mit all dem abzuschließen.

Mit dem Wind, der seit dem Vortag aus dem Süden weht, renne ich, vollführe Sprünge, ich fliege, hin zum gelben Haus, wo Gladys mich ebenso warmherzig wie erwartet empfängt. Ich werde ohnehin weder bei ihr noch bei sonst wem Wurzeln schlagen. Sie begrüßt meinen neuen Schnitt mit einem ihrer schallenden Lachanfälle und fährt mit zwei Fingern über meinen Hinterkopf:

– Ja, so was! Und wann folgt die zu deiner Vollglatze passende Ganzkörperenthaarung?

Ach, gar keine schlechte Idee. Bislang war ich dagegen, aber wenn es gilt, meine Muschi der obszönen Nacktheit meines Schädels anzugleichen, why not? Und außerdem möchte ich, auch wenn ich entschieden habe, die Prostitution aufzugeben, unbedingt eine letzte Nummer schieben, und das dann mit meiner geliebten Hexe gebührend feiern: japanischer Whisky in rauen Mengen auf ihrem sonnenfleckigen Rasen, um meine zweifache Emanzipation zu zelebrieren. Aus und vorbei mit meiner vielköpfigen Familie. Ich verlasse den Club, ich höre auf, Mitglied zu sein, tschüss, ciao, hasta la vista! Vorbei auch die Kettenkoitusse im Boudoir von Gladys, vorbei die Stunden, da ich meine Kohle zählte und mir dabei Villon, Racine oder Rimbaud aufsagte – ganz zu schweigen von den Versen des einzig wahren Charles, des unangefochtenen Herrschers über meinem kleinen Parnass.

Drei Tage später, nachdem ich selbst eine filmreife Epilation an mir vorgenommen und das Video dazu auf YouTube gepostet habe, auf dass alle Welt in den Genuss dieses Schauspiels komme, bin ich endlich bereit für meinen letzten fantastischen Ritt.

Heute Morgen hatte ich denjenigen am Telefon, der, ohne es zu wissen, mein letzter Kunde sein soll. Er hat sehr jung auf mich gewirkt, mit Brüchen in der Stimme, die noch ins Schrille gerieten, vielleicht ja ein jungfräulicher Typ, wer weiß das schon? Ich hatte noch nie so einen, finde es aber interessant, mit einem Anfang zu enden. Wenn er sympathisch ist, darf er sogar ein Glas zwölf Jahre gealterten Yoichi mit uns im Garten trinken: Wir werden auf sein

erstes Eindringen in die dann nie mehr wieder aussichtslosen und nie mehr wieder fremden Reiche des Erotischen anstoßen, und zugleich auf meine berufliche Selbstentlassung.
Während ich auf seine Ankunft warte und mich herausputze, wie ich es nie zuvor getan habe, um den unerfreulichen Eindruck zu kompensieren, den mein rasierter Schädel ganz sicher hervorrufen wird, schwätze ich mit Gladys über alles und nichts, über meinen jüngsten und provisorischen Einzug, über meine Einschreibung in die literarische Vorbereitungsklasse, über meine Absicht, die französische Patti Smith zu werden, und über meine letzte Darbietung als Sexarbeiterin.

– Meinen Sie, ich sollte eine Perücke aufsetzen?

– Nein, auf keinen Fall. Und außerdem kommt dein Kunde in zehn Minuten, und ich habe hier keine Perücken.

– Einen Turban?

– Erst recht nicht. Das sieht nach Krebs aus.

Da ich mit einer Spezialistin der Onkologie und Palliativmedizin rede, füge ich mich ihrer Meinung und begnüge mich mit Lipgloss, Rouge und Mascara, ganz zu schweigen von einer Wolke pudrigen Parfums, das auf Gladys Frisiertisch steht, ein wenig Ambra in einem Flakon mit Zerstäuber, dessen Ballon ich lustvoll zusammenpresse. Als sie es wiedererkennt, rümpft meine geliebte Hexe die Nase:

– Du bist für diese Art Duft nicht geschaffen, Kimberly, glaub' mir.

– Ach ja, für welche Art Duft bin ich denn geschaffen?

Gladys, und das ist klasse, hat zu allem eine Meinung, selbst außerhalb ihrer Kompetenzbereiche, also dem Pflegen von Kranken, dem sexuellen Begehren, der Botanik und dem Kunsthandwerk.

– Du bräuchtest einen aromatischen oder moosigen, auf jeden Fall ein leicht maskulines Parfum, mit einer leichten Note Lavendel.

– Finden Sie, dass ich nicht schon maskulin genug bin?

– Ich empfinde dich als unerträglich feminin.

– Dabei sagen alle, dass ich wie ein Junge aussehe. Und der rasierte Schädel macht's noch schlimmer.

– Dir werde ich ja wohl nicht beibringen müssen, dass es den Leuten an Urteilskraft mangelt.

– Was nichts daran ändert, dass ich eine ganze Zeitlang ein Junge sein wollte. Und auch heute noch ...

– Das bezweifle ich nicht, aber für mich sendest du etwas Hyperfeminines aus: deine Brüste, dein Nacken, dein Hintern ... Und ja, es gibt einen Waldduft, der dir stehen dürfte, er heißt »Féminité du bois«, von Shiseido.

– Danke, aber ich habe nicht vor, mich zu parfümieren. Höchstens ab und an mal, so wie heute.

In diesem Augenblick läutet die Türglocke am Eingang des gelben Hauses, und Gladys springt in die Tiefen ihrer Küche, um mich meinen Gast nach allen Regeln der Kunst empfangen zu lassen. Und da die Ausnahme die Regel bestätigt, habe ich mein ewiges Kurznachthemd eingetauscht gegen ein weißes Torselett aus Tüll und Spitze, zusammen mit Loose Socks im Stile japanischer Schulmädchen, noch immer in der wohlgemeinten Absicht, dem von meiner Glatze zwangsläufig hervorgerufenen Effekt entgegenzuwirken. Unglücklicherweise wirke ich wie eine Science-Fiction-Figur, Ellen Ripley im besten Falle, schlimmstenfalls aber wie die Marsianer von *Mars Attacks*. Was soll's, es ist zu spät, um noch Abhilfe zu schaffen, und ich öffne.

Bang Bang! Wer steht da unverhofft auf der mit Blumenmustern versehenen Fußmatte der »Golondrina«? Sven, fest entschlossen, für meine Dienste zu zahlen? Mitnichten. Mein Vater, gesandt vom Rest meines wahrsagenden Clans, um mich zurück zur Familie zu bringen? Ihr werdet nicht draufkommen. Tugra Takdogan, der gewartet hätte, dass ich endlich wie ein Alien aussehe, um mich zu begehren? Nein, nein, und nochmals nein. Wie ein Vampir aus einer Fernsehserie wartet auf der Schwelle Charonne darauf, dass ich sie hereinbitte. Und genau das tue ich: Sie an der Hand mitziehend, führe ich sie ins gedämpfte Halbdunkel des Wohnzimmers, wo die Schreie der Vögel für kurze Zeit innehalten. Ich kann sie gut verstehen, mein eigenes Herz hat ein paar Sprünge gemacht beim Anblick ihres phänomenalen Körpers und des purpurnen Astwerks, das ihre Haarpracht noch immer unterstreicht.

– Charonne!

Sie sagt nichts, aber ihr Lächeln sagt: Ich bin's, siehst du, ich habe dich wiedergefunden!

– Aber was machst du denn hier? Warst du es, die vorhin angerufen hat?

– Ja klar. Hast du meine Stimme nicht wiedererkannt?

– Nein, ich dachte, es wäre ein Kunde gewesen.

– Ich kann dich bezahlen, wenn du willst.

– Spinnst du? Aber wie hast du rausgefunden, dass ich hier bin. Hast du meine Anzeige gesehen?

– Ja. Und ich habe dich sofort wiedererkannt, auch wenn dein Gesicht verschwommen war. Und auch, wenn du dich darin Kimmy nennst.

– Aber warum gehst du auf Seiten von Escortgirls? Bist du 'ne Lesbe?

Ihre schönen Augen reißen sich vor Unverständnis weit auf.

– Ich habe mir Escortseiten angesehen, weil ich arbeiten muss, was glaubst du denn?

Ich glaube gar nichts, ich bin nur trunken vor Glück, sie wiederzusehen, und sie zu allem bereit zu wissen, wie ich; bereit, ihren Hintern zu verkaufen, wenn ihr das ermöglicht, die Wege in die Freiheit zu nehmen. Ein solcher Einklang der Ansichten, das muss ein Zeichen des Schicksals sein, der unwiderlegbare Beweis, dass wir etwas miteinander zu tun haben. Ich wage dennoch einen Einwand, einfach so, der Form halber, und auch um ihre Entschlossenheit zu testen:

– Aber Charonne, wie alt bist du denn?

– Fünfzehn, warum?

– Du bist minderjährig. Du darfst dich nicht prostituieren.

– Minderjährig bist du auch, falls du's vergessen hast. Und außerdem wirke ich älter als ich bin.

Das stimmt, ich weiß nicht, ob es an der Würde ihrer Haltung oder der Tiefe ihres Blicks liegt, aber sie geht locker als achtzehn durch.

– Bist du gekommen, um dir von mir Ratschläge zu holen?

Sie erzittert, wie unter Einwirkung einer rätselhaften Kränkung.

– Nein!

– Warum bist du denn dann gekommen?

Da sie den Blick abwendet, ohne zu antworten, lasse ich rasch meine Hand über ihren nassen Hals fahren, ihr Hals wie eine Palme, eine Dolde, ein Akanthusblatt, das sich unwiderstehlich zu mir beugt.

– Charonne ...

Erlaubet Gott denn solch unsäglich tiefes Glück? Wie auch immer, mit oder ohne Gottes Erlaubnis, frohlocke ich, ich jubiliere, meine Lippen suchen die ihren, ihre blauen Lippen einer Malabarin, das träge Lächeln ihrer Lippen an meinem ungeduldigen Mund.

Im Wohnzimmer finden alle Harzer Roller der Gladys plötzlich zum Gebrauch ihrer kleinen schwarzen Zungen wieder und stimmen eine Art Hochzeitsmarsch an, den die Schwalben mit ihrem hektischen Gezwitscher erwidern im gewittrigen Himmel dieses späten Nachmittags. Bang bang. Mit sinnlichem Zögern lässt Charonne ihr seidenes, leopardenes Kleidchen zu Boden gleiten, sie hat nur noch die drei Armreife an aus Elfenbein, die ich stets an ihrem Handgelenk aneinanderstoßen sah. Auf ihrer braunen Haut hat der Bikini Dreiecke hellerer Haut hinterlassen, so klar umrissen, so perfekt, dass mein Herz erneut wie wild zu pochen beginnt und meine Hände zittern, während ich versuche, mich aus diesem fürchterlichen, gestärkten Torselett zu befreien, das unnötig geziert und scheinheilig jungfräulich wirkt.

Charonne wartet geduldig, dass ich endlich meinem Korsett entsteige, schwitzend, hechelnd und leicht verwirrt von dem

Spektakel, das ich wohl abgebe mit meinem rasierten Schädel, meinem zu weißen Körper, meinen zu breiten Schultern und meinen zu schweren Brüsten.

Durch das halbgeöffnete Fenster dringt ein Windstoß zu uns, gleich einem Ächzen der Erleichterung vor dem Wolkenbruch, und ich beginne wieder zu sprechen, sehr schnell, zusammenhanglos und wirr, vielleicht, weil wir damit hätten anfangen sollen, reden vor dem Ausziehen, aber Charonne zieht mich zu sich heran, und ich muss sagen, dass, wenn ich mich einst befreit von Begehren wähnte, dies nicht länger von Belang ist. Da ich nicht gleich reagiere, nimmt das hoheitsvolle Kind die Dinge in die Hand und beginnt, leicht mechanisch, sich an mir zu reiben und knetet meine Brüste und öffnet meine Vulva mit fachkundigem Finger. Man möchte meinen, dass sie das schon ihr ganzes Leben lang macht, und wahrscheinlich ist das auch der Fall.

– Aber was machst du denn da? Hör auf damit!

Ich will gerne mit ihr schlafen, doch will ich meine Lust nicht der langjährigen Routine verdanken müssen, die sie von den sexuellen Missbräuchen durch machthabende Personen hat. Sie richtet ihre verwirrten, schönen Augen auf mich:

– Hast du keine Lust?

– Bist du noch Jungfrau?

– Machst du Witze? Kann sogar sein, dass mein Sexualleben vor deinem begonnen hat.

– Wir müssen es auch nicht tun, weißt du?

Sie hebt ihr Kleid auf und beginnt sich wieder anzuziehen, mit einem so jammervollen Gesichtsausdruck, dass man meinen möchte, ich hätte sie ein für alle Male abgewiesen. Ich nehme sie bei der Hand und zwinge sie, sich neben mich auf das Sofa zu setzen.

– Charonne, wir werden's tun! Ich hab' doch auch Lust! Aber nicht so! So ist das viel zu ... professionell!

– Aber das bist du doch, oder? Eine Professionelle!

Ja, ich bin eine. Und ich kann vögeln, während ich die Geldbeträge auf meinem Sparbuch und meinem Bausparvertrag zusammenzähle, aber für unser erstes Mal wünsche ich mir lieber Zärtlichkeit und Gefühle; ich wünsche mir, dass Charonne sich nicht gezwungen fühlt, für mich die kleine Nummer abzuziehen, auf die man sie dressiert hat; ich wünsche mir auch, zu vergessen, dass die Miete meiner Muschi seit einem Jahr dreihundert Euro kostet.

– Wer war dein erster?

– Mein Stiefvater. Und gleich darauf mein Onkel. Am selben Tag noch.

Muss ich noch unterstreichen, dass ich es mir schon gedacht habe? Dass ich schon lange diese Erklärung hatte für Charonnes sexuelle Frühreife und den verstörenden Sexappeal, den sie bereits am Ende der Grundschule ausstrahlte? Nicht alle haben das Glück, Waise zu sein. Aber im Großen und Ganzen ist es, hat man Eltern, immer noch besser, dass sie die Folter offen ausüben: Wenigstens sind dann klare Tatsachen geschaffen, und außerdem ist es eine Übung für die Zukunft.

Und Übung war es, die Lorenzo fehlte. Wäre er von Wölfen großgezogen worden, wie Charonne, ihn hätte die schulische Gewalt nicht unvorbereitet getroffen. Stattdessen durfte er in den Genuss kommen der unvorhersehbaren Schikanen seiner Mutter und ihres Liebesentzugs; er durfte in den Genuss kommen der zusammenhanglosen Erziehungsanfälle seines Vaters, der Prahlereien seines Großvaters und der Blackouts seiner Großmutter. Nichts, was geeignet gewesen wäre, ihn zu wappnen, aber auch nichts, was ihm das Wissen um seinen Wert und seine Würde hätte geben können, nichts, was ihm geholfen hätte, am Fuße der Aprikose die Versuchungen des ewigen Schlafes abzuwehren, diese Vorstellung, dass er Schluss machen konnte damit, da jetzt, mit einem Schlag, mit diesem so ungerechten Leben, diesem Leben, das weder die Liebe noch die Güte belohnt, nie und nimmer.

Den Reinen ist alles rein, von wegen! Die Reinen mögen das Böse noch so sehr nirgends erblicken, es wird ihnen doch am Ende voll in die Fresse schlagen. Rein zu sein, das nützt gar nichts, es sei denn, man will unter einer Wagenladung Müll begraben werden, obgleich man doch mit der allgemeinen Verrottung der Welt nichts zu tun hat. Es nützt nichts, rein zu sein, und ohnehin ist es nicht möglich, es zu bleiben, egal was die Evangelisten dieser Welt auch sagen mögen, die sich für keine Dummheit zu schade sind, was schade ist, denn es hätte mir sehr gefallen, ja, mir, an irgendeine gute Nachricht zu glauben, an etwas, das man verkünden und in der ganzen Welt verbreiten kann, etwas, das man sein ganzes Leben lang feiern kann mit Weihrauch und Kerzen – nichts Interessanteres gibt es auf Erden als die Religionen.

Während mir Charonne mit hauchdünner Stimme die entsetzliche Geschichte ihres Lebens erzählt, nehme ich sie in meine Arme und spüre dabei die elastische Festigkeit ihres Fleisches, drücke meine Nase in die raue und duftende Masse ihrer Dreadlocks. Ich sage nichts, fasse aber blitzschnell meine Vorsätze, darunter den, ihre gesamte Familie umzubringen. Ich erzähle ihr nichts von meiner, die ist, was sie ist, aber keine Auslöschung verdient; auch erzähle ich ihr nichts von all den gewinnbringenden Lektüren, die sie unter meiner Obhut leisten könnte. Ich halte dies für später zurück, wenn sie ihre schülerhaften Vorurteile bezüglich der Belesenheit revidiert haben wird.

Sie hebt ihre Hand hinauf zu meinem Schädel und zieht sie gleich wieder zurück, als wäre sie eingeschüchtert vom Kontakt mit meiner nackten Haut.

– Gefällt's dir nicht?

– Doch! Ich find's toll! Es erinnert mich nur an deinen Bruder. Als er sich den Kopf rasiert hatte, weißt du noch? Außerdem habt ihr das gleiche Tattoo.

– Ja, ich weiß. Das war mein Vater. Er hat das mit all seinen Kindern gemacht.

Sie schaut mich mit träumerischer Bewunderung an:
– Du bist krass schön, Kim.
– Findest du?
– Ja. Wirklich.
– Du bist auch sehr schön.
Sie stößt einen kindlichen Seufzer aus:
– Ich bin zu dick, um schön zu sein.
Ich spanne meine Umarmung fester um die Fettfalte, die auf hoheitsvolle Weise ihren Oberkörper abgrenzt, und unterdrücke ein lustvolles Stöhnen angesichts dieser Fülle an Herrlichkeit:
– Hey, Charonne, red kein' Scheiß! Du bist einfach magisch!
Aber ich bin der Meinung, dass wir nun aufhören sollten, uns gegenseitig Mut zuzusprechen, um zu den ernsteren Dingen überzugehen. Umso mehr, als ich spüre, wie ein labender Wein zwischen meinen Schenkeln aufsteigt, da, wo Charonne eben noch ihren sachkundigen Finger erprobte.
Ohne uns abzusprechen, lassen wir uns auf Gladys Hamadanteppich gleiten. Das trifft sich gut: Lange schon wollte ich auf dessen leicht abgewetzter Wolle vögeln, irgendeinen Partner reiten, und dabei meine Aufmerksamkeit über die ekrüfarbenen Zwickel gleiten lassen, über das zentrale Medaillon und die Bordüren aus indigoblauen Blumen, auf denen Charonnes zinnoberrote Dreadlocks sich nun ausbreiten wie ein weiteres Motiv der Ornamentik. Und während ich sie halte in dem von meinen ausgebreiteten Armen begrenzten Raum, während sich mein Bauch inständig gegen den ihren drückt, schaut sie mich an, schaut mich mit diesem erhabensten Blick an, der der Schönheit bleibt, wenn wir über sie triumphieren. Für die starken Gefühle, für das Fieber im Blut, für den Teufel im Leib, für die Zeiten des Aufruhrs, ganz abgesehen vom Tod einer geliebten Tochter oder eines geliebten Bruders, ist Hugo eindeutig besser als Baudelaire – was mich nicht daran hindert, Baudelaire allen anderen vorzuziehen.

Und wenn ich glaubte, mit den Alexandrinern abgeschlossen zu haben, dann habe ich mich auch da geirrt, wie schon im Hinblick auf das Ende des Begehrens und all den damit einhergehenden Scherereien. Ganz im Gegenteil, sie alle sind da, verfolgen mich in meinem Hirn: Hugo, Baudelaire, Rimbaud, meine Dreierwette in beliebiger Reihenfolge, Trense zwischen den Zähnen, die Zügel geschlagen und Schaum ums Maul. Nur, für das erste Mal mit Charonne hätte ich den Kopf lieber nicht voll der Worte anderer; ich wünschte, dass jene, die in mir aufsteigen werden bis zu meinen Lippen und die ich einflüstern werde in ihr kleines Ohr, noch niemandes Boten waren, ich möchte sie gern erfinden, für sie, um dieses Augenblickes überwältigende Neuheit zu feiern.

Denn der Summe meiner Fehlurteile könnt ihr auch noch meine verworrene Theorie der einzigen Liebe hinzufügen, vom aufbrausenden Feuer, das sich nur einmal entzündet, und danach wäre es aus, gefickt, man hätte mit einem Male all seinen jämmerlichen Vorrat an Gefühl verschleudert. Die definitive Prägung à la Lorenz mag für die Graugänse stimmen, aber sie greift nicht bei Menschen; man muss schon wirklich das Hirn eines Entenkükens besitzen, um sein Herz auf ewig an die erstbestdahergelaufene Hündin zu verlieren, falls das nicht schon eine Modelleisenbahn erledigt hat.

Während ich wollüstig meine Brüste an diejenigen von Charonne presse, meine rosa Warzen gegen die ihren, so dunkel, beinahe schwarz, fühle ich endlich, wie die Erinnerung an Sven schwindet, obgleich er seinen Flügel des Bedauerns über mein gesamtes Sexualleben kreisen und sich hat ausbreiten lassen, über jede einzelne der dreiundneunzig Nummern, die ich seit unserer Trennung geschoben habe. Man kann zweimal geboren werden, ich bin es; man kann sich wieder verlieben, und genau das passiert mir gerade. Unter den unwillkürlichen Wellenbewegungen meines Beckens blickt Charonne mich immer noch mit diesem verwirrten Ernst an, irritiert und ein wenig anklagend, den ich bislang nur bei sehr jungen Kindern gesehen habe, kurz bevor diese lernen, den Blick zu senken. Sie mag noch so sehr fünfzehn Jahre an Misshandlungen aller Art hinter sich haben; sie mag noch so sehr unter Wölfen aufgewachsen sein und mit jeder Phase ihrer Entwicklung von der Meute gepackt worden sein, sie ist gerade erst fünfzehn und ich möchte die Liste derer nicht verlängern, die sie missbraucht haben, noch das verderben, was ihr an Unschuld bleibt. In dem Moment, da ich meinen Bauch von ihrem löse, stößt Orest ein anerkennendes Pfeifen aus.

– Was war das?

– Ein Vogel. Ein Beo. Ich muss dich vorwarnen: Er spricht!

– Er kann echt sprechen? Wie ein Papagei?

– Joah. Willst du ihn mal sehen?

Hopp, da ziehe ich sie mit einer Hand vom Hamadanteppich hoch, auf dem wir unseren ersten Akt hätten vollziehen können. Unser erster Akt wird warten müssen, bis sie Orest kennengelernt haben wird. Beim Anblick Charonnes wie Gott sie schuf, wirft er sich gegen das Gestänge seines Käfigs und rüttelt an ihnen wie ein Wahnsinniger, bevor er sein Racine-Repertoire in Gang bringt:

– Nun denn, Madame, nun denn, so höret nun Orest!

– Was sagt er da?

– Das ist aus *Andromache* von Racine. Kennst du das?

Nein, kennt sie nicht, das hoheitsvolle Kind. Sie ist wie alle Musen, noch nie hat sie etwas gelesen, und ich nutze die Gelegenheit, dass ihre Aufmerksamkeit vollständig auf den Vogel gerichtet ist, um sie gierig mit den Augen zu verschlingen, vom Ansatz ihres schweißperlenden Haars bis hinab zu ihren schmalen Füßen, entlang ihres goldenen Rückens, über den ihre grellroten Dreadlocks streifen, hinweg über die bernsteinfarbenen Ringe ihres Bauches, ihre festen Hinterbacken, ihre kolossalen Schenkel. Ich will sie. Ich will sie so sehr, dass mir die Eingeweide brennen, mein Blick sich trübt, und ich fühle, wie mein Brustkorb rissig wird: Oh du mein Kiel, zersplittre! Und über mir sei, Meer!

Orest, von unserer Anwesenheit ganz hin und weg, wenn nicht sogar auch empfänglich für Charonnes brennendheißen Sexappeal, pfeift, schreit, miaut und stürzt sich schließlich in ein Wachelied:

– Um dich ins Loch zu stürzen dieser Welt,
Wirst du dein Mütterchen verlassen,
Nichts hab ich mehr, was dich noch hält,
Folg Deinem Ruf, leb in den Gassen!

Charonne dreht sich mit kindlichem Entzücken zu mir um:

– Wow, der Vogel ist ja echt genial! Gehört er dir?

– Nein, einer Freundin. Wir sind gerade bei ihr.

– Sie scheint Vögel zu mögen, deine Freundin.

Ja, sie liebt sie und sie spricht deren Sprache. Sie liebt auch Objekte, aus Opalglas, aus Millefiori, Heiligenbilder, Votivkerzen mit Granatapfelduft, Spitzenreste, Andachtsbilder und alte Seekarten. Und zu ihrem Glück liebt sie auch Menschen, vor allem wenn sie schwach sind, im Sterben liegen, kränklich sind, alt, behindert. Aber da ist sie nicht die einzige, so sind wir alle, wenn wir uns nicht davor hüten. Nur, dass gerade ich ganz besonders auf der Hut sein werde: Ich werde Charonne lieben, ohne ihre Verkleinerung zu wünschen; ich werde nicht daran wachsen, wenn sie weint, leidet, schwach wird.

Hinter uns höre ich den Muschelvorhang klirren, der die Küche vom Wohnzimmer trennt, und ich vernehme deutlich den stertorösen Atem von Gladys. Ich weiß, dass sie da steht und uns beobachtet, aber noch ist es nicht an der Zeit, sie einander vorzustellen. Zumal auch Beau-Minon nun seinerseits auftaucht, und, ohne die Diskretion seiner Herrin auch nur im Entferntesten aufzunehmen, damit beginnt, sich an der erstaunlich wohlgeformten Wade meiner Zauberin zu reiben, die auf der Stelle in die Hocke geht, um ihn zu streicheln:

– Hier gibt's ja ganz viele Tiere!

Ja, so ist es, kleine Charonne, du kennst nur die, die dem Menschen Wölfe sind, aber es gibt sie auch, die Perserkatzen mit flauschigem

Fell, die Harzer Roller mit lautem Gezwitscher, die schlüpfrigen Beos, die alten Dackeldamen mit grauer Schnauze, und auch die Schwalben, die einen Sommer machen. Ohne es anzukündigen, als wollte sie mir dafür danken, ihr die Tore geöffnet zu haben zu diesem kleinen Märchenreich, wirft sie ihre Arme um meinen Hals und drückt ihren feuchten Körper gegen den meinen. Da ich in beiden Händen ihr glühendes Gesicht halte, das sie zu mir erhebt, kann ich nicht anders als ihr zuzuflüstern:

– Willst du, dass dies der Monat sei, da wir uns lieben,
Willst du, dass tief hinein wir in die Bäume gehn?

Und dieses Mal ist alles richtig, hopp, meine Zunge dringt in ihren keuchenden Mund und wir gehen gemeinsam in die Knie. Orest beginnt im richtigen Moment zu plappern, doch hindert mich das nicht daran, die Muscheln deutlicher noch klirren zu hören, was mir ein Zeichen ist, dass Gladys auf die andere Seite des Spiegels getreten ist, um sich zu uns zu gesellen, um mit dabei zu sein trotz allem, trotz ihrer schwindenden Sehkraft, ihrer steifen Hüfte und dem Emphysem, das ihre Atemwege blockiert – ganz zu schweigen von ihrer eigenen Absage an die körperliche Liebe, aber ich weiß ja inzwischen ganz genau, was es auf sich hat mit den Absagen.

Ich werde es tun. Ich werde Charonne vögeln hier und jetzt auf den blankpolierten Tomette-Fliesen. Der Hamadanteppich ist zu weit und Bequemlichkeit ist nicht gefragt. Ich werde Charonne vögeln, vor den aufmerksamen Augen meiner geliebten Hexe und im hektischen Gezeter ihrer Vogelschar. Ich habe immer schon gern geteilt. Selbst in Zeiten, da ich mit Sven zusammen war, hätte ich mir gewünscht, dass alle Welt von unserer Achterbahn namens Begierde profitieren könnte, von unserer Odyssee im Weltraum, von unseren Opening Nights, unseren Love Streams, alle Welt, ohne Ausnahme. Ich werde Charonne vögeln, wenn nicht sie mich vögeln wird – sie wirkt, als könnte sie es. Ich packe ihre dreifarbigen Brüste, ihre safranfarbige Doppelmasse, die vom Bikini hinterlassenen hellen Dreiecke, die wie Brombeeren körnigen

Warzen, die sich unter meinen ungeduldigen Fingern zusammenziehen, und ich spähe in ihren Augen nach etwas, dass mir sagen wird, ob ich es gut mache. Schließlich bin ich eher an Typen gewöhnt, dir mir ihr Ding unter die Nase drücken oder mit aller Gewalt versuchen, es mir in den Hintern zu rammen. Ein Mädchen, das daliegt auf dem Boden ohne einzufordern, was ihr zusteht, und ohne mir zu sagen, was es mag, das ist leicht verwirrend. Da sie nicht reagiert, gehe ich eine Stufe tiefer und finde mich vor der samtenen Falte ihrer Vulva wieder. Da ich mich neugierig über die zarten vereinzelten Haarkräusel beuge, die ihre Schambehaarung ausmachen, bricht sie in Lachen aus:

– Hast du noch nie mit einer Schwarzen geschlafen?

Stimmt ja, hab' ich nicht. Bis heute war ich eher bei den Weißen und Rebeus, deren Haarstruktur sich nicht allzu sehr von der meinen unterschied, etwas dunkler vielleicht und etwas dichter. Und außerdem habe ich noch nie mit einem Mädel geschlafen. Ich habe mich darauf beschränkt, von ukrainischen Turnerinnen zu träumen.

– Wirklich schwarz bist du nicht.

– Meine Mutter ist jedenfalls schwarz. Und mein Vater war kein Weißer. Das hat man mir zumindest gesagt. Er starb vor meiner Geburt.

Meine Waise, ich werde deine Familie sein, aber zuvor werde ich mich in dein Subsaharagebüsch werfen und ich werde deine kleine Knospe unter meiner unermüdlichen Zunge anschwellen lassen. Nur, dass, klick klack, das hoheitsvolle Kind mir die Schenkel vor der Nase wieder verschließt und sich in Sitzposition bringt:

– Ich warne dich vor, ich hab' keine Klito.

– Was?

– Stört es dich?

– Ähh, ich weiß nicht, das kommt jetzt ein wenig unerwartet. Kannst du denn wenigstens was empfinden dabei?

– Keine Ahnung.

– Aber wie kann das sein? Hast du das von Geburt an?

Noch während ich die Frage stelle, bemerke ich, wie dumm sie ist. Ich drücke Charonne an mich und lege dabei meine Hand auf ihren Mund, denn sie muss mir nun wahrlich weder den Rest noch den Beginn ihrer entsetzlichen Geschichte erzählen. Gott erlaubt sehr wohl solch unsäglich tiefes Leid – ja, Gott gibt seine Erlaubnis an allen Ecken und Enden, er erlaubt dem Laster, sich in allen Formen auszuleben, der Gewalt, zu rasen, wo sie will, und sich auf die kleinsten und schwächsten unter uns zu stürzen. Aber ich, ich pfeife darauf, auf Unglück und Gewalt. Ich bin stärker als die bisherige Geschichte, und so tauche ich wieder hinein in Charonne, in ihre schwarzbraune Haut, ihren blauen Mund, in das feuchte Delta ihrer Schenkel, ins Korallenmassiv ihrer Haarpracht, die festen Haare ihrer Scham. Ich fühle, wie sie sich anspannt, sich dann entspannt, und sich den dreifachen Anstürmen meiner Zunge, meiner Hände und meiner Hüften hingibt. Orest bleibt das Pfeifen in der Kehle stecken, doch ich kann deutlich hören, wie Gladys sich auf ihr Samtsofa fallen lässt, um bei dem, was sich im tropischen Halbdunkel ihres Wohnzimmers abspielt, in der ersten Reihe zu sitzen. Schließlich werden wir, falls Charonne es nicht gelingen sollte zu kommen, doch immerhin zwei sein, die Lust zu genießen.

Zum Erliegen gebracht, willig, wie in Erwartung erstarrt, öffnet die weiche Zauberin ihre großen Augen und wendet langsam ihren zarten Kopf unter der floralen Komposition ihrer purpurroten Haarpracht.

– Du ähnelst einer Mohnblume.

Sie öffnet leicht ihre Lippen, ohne zu antworten und ohne zu begreifen, dass ich an die kleinen Figürchen denke, die mir meine Großmutter bastelte, mit ihrem flaumigen Cape, der roten und knittrigen Seide ihrer Kleidchen, und der unerwarteten Zierlichkeit ihres grünes Kopfes unter der schwarzen Tiara. Weit weg von uns findet Gladys zu ihrem Atem zurück, stimmt Orest ein keckes Liedchen an:

– Auf nach Messina
  Wir fischen Sardina!
  Auf nach Lorient
  Zur Heringsbouillon!

Glücklicherweise belässt er es dabei, anstatt mit seinen Couplets weiterzumachen – die besonders obszön sind, wenn ich mich recht entsinne. Es gibt keinen Spiegel im Wohnzimmer, aber allein bei der Vorstellung des Schauspiels, das Charonne und ich darbieten, unsere beiden auf dem nackten Boden verschlungenen Körper, meine helle Haut auf ihrer dunklen, mein rasierter Schädel im Fächer ihres Nackenhaars, ihre prachtvollen Beine geschlungen um meinen feurigen Unterleib, meine Erregung nimmt zu.

Läge es nur an mir, so gäbe es noch mehr Leute im bereits übervollen Wohnzimmer meiner geliebten Hexe: Sven, natürlich, aber auch mein gesamter wahrsagender Clan in voller Zahl – denn es wird Zeit, dass meine vielköpfige Familie von der Existenz des Begehrens erfährt und der Liebe, die sich bedingungslos hingibt. Auch könnten all meine Dichter anwesend sein, der einzig wahre Charles, sicher, aber auch Bob Dylan, Patti Smith, Keats, Rimbaud, und ja, warum nicht, Vater Hugo, der nie auf ein glückliches, verschrecktes und wildes Mädchen gespuckt hat. Denn wenn ich nicht irre, wenn ich die ungestümen Schläge seines Herzens und das triumphierende Lächeln seines Mundes unter dem meinen richtig entschlüssle, dann ist es glücklich, das hoheitsvolle Kind.

Meinen Finger eintauchend in ihre kleine verstümmelte Muschi führe ich ihre Hand bis hin zu meiner eigenen Vulva, die bereits ihren weichen Nektar ausströmt. Während meine Zunge fieberhaft ihr dunkles Zahnfleisch erkundet und unsere Zähne aneinanderschlagen wie die Schilder im Kampfe einer Heldensage, versetzt Charonne ihren Körper in träges Schlingern, schönes Seeschiff, kaum abgekommen vom Kurs durch die Wucht meines Ansturms. Und da nun, unter den gemeinsamen Ovationen von Gladys, Orest, Beau-Minon und einem Dutzend munterer Kanarienvögel, zerspringt mein Kiel und über mir, das Meer: bang bang! Unberührt von der Schönheit dieses Momentes und der Intensität meiner Lust nutzt Orest die Gelegenheit, um die Fortsetzung seines Liedchens zu grölen:

– Meine linke Klöte
  Soll Oberleutnant sein!
  Die Borsten meines Hinterns
  Die Taue, los, haut rein!

Später, sehr viel später, während wir noch immer daliegen, Hand in Hand auf den von unserem Liebessturm noch immer nassen Fliesen, und während sich die Nacht dort draußen auf die beiden Gärten von Gladys legt, während die Vögel verstummen und mein Herz seinen gewohnten Rhythmus wiederfindet, fasse ich meinen letzten Vorsatz: nach diesem, keinen mehr, ich werde auf Sicht navigieren, wie alle anderen auch, ich werde nicht länger versuchen, mein Leben in die richtige Richtung zu lenken, ich werde mir keine Missionen mehr und auch keine weiteren Rettungspläne für die Menschheit im Allgemeinen und meine vielköpfige Familie im Besonderen auferlegen. Wieder Charonne zugewendet, und ein weiteres Mal die klaren Linien ihrer Kieferknochen unter der perfekten Muschel ihres zarten Ohres bewundernd, sage ich zu ihr:

– Ich werde ein Lied für dich schreiben, Charonne.

Nicht aber sagen werde ich ihr, denn sie bedarf keiner chirurgischen Details, dass mein Lied all jenen Mädchen gewidmet sein wird, denen man die Zunge oder den Kitzler hat abtrennen wollen – und ich weiß, wovon ich rede, wo ich doch mehrere Amputationsversuche überlebt habe. Und nach diesem Lied, da wird es ein weiteres geben, in memoriam meines kleinen rothaarigen Bruders, diese wundersame und für immer am Gürtel seines Vaters erhängte Frucht, dieses eine weitere Jagdsaison zu überstehen unfähige Lämmchen – die Bilder, das ist meine Welt.

Nicht zufrieden damit, nur zu schreiben, werde ich auf die Bühne steigen und dort von der ewigen Wiederkehr der Folter singen, von der ewigen Wiedereröffnung der Jagd, der hundertjährigen Kriege, die tausend Jahre zu dauern scheinen, von den Massakern an den Lämmchen und den Kreuzzügen der weisen Kinder gegen die Herrschaft des Wahnsinns. Ich werde mich aus den Trümmern meiner eigenen Kindheit erheben, die nie stattfinden konnte mangels vernünftiger Erwachsener in meiner unmittelbaren Nähe. Wie dem auch sei, ich hebe mir die Kindheit für später auf, wenn ich alt sein werde, zusammengesunken, gekrümmt, hinkend, mit vom grauen Star getrübten Augen, von Arthrose zerriebenen Gelenken, ausgetrockneter Vagina, schlaffen und herabhängenden Brüsten unter meiner dreifachen Schicht aus Tüchern und Jacken. In der Zwischenzeit werde ich zu einem weltweit anerkannten Star, das heißt, genau zu dem, worauf ihre Kinder abzurichten meine Mutter auf ungelenke Weise versucht hatte.

Der Vorteil, ein Star zu sein, liegt darin, dass die Leute sich um die Geschichte eures Lebens kümmern, sie zusammenschustern, sie schreiben, sie lesen, sie endlos kommentieren und euch auf diese Weise aller autobiographischen Sorgen entheben. Hopp, Schluss mit meinen Versuchen und Bekenntnissen in sechsundzwanzig Kapiteln! In den Müll mit dem widerlichen Manuskript, das mich mit meinem gesamten wahrsagenden Clan entzweit hätte. Ich bedarf keiner Rache, Ruhm wird mir genügen.

Anmerkungen zur Übersetzung und Erläuterungen

Im Folgenden sind sämtliche im Originaltext verwendeten Zitate sowie Anspielungen auf diese versammelt. Die jeweiligen Seitenzahlen verweisen auf die im Text erstmalige Nennung des Zitates oder der Anspielung.

Falls, um den Textfluss zu wahren, die jeweiligen Passagen aus Gedichten, Dramen, Liedern, Briefen oder Tagebuchaufzeichnungen neu übersetzt werden mussten, so wurden diese von Christian Ruzicska und Paul Sourzac ins Deutsche übertragen; ansonsten sind Übersetzer und Quellen jeweils genannt.

Spezielle Begriffe, Anspielungen und Namen, von denen wir vermuten, dass sie dem Leser nicht unbedingt geläufig sind, sind mit einer kurzen Erläuterung hier ebenfalls aufgenommen.

1 *Wenn mit meiner Unschuld nicht alles vor die Hunde ging:* Anspielung auf das entsprechende Zitat (»si tout n'a pas péri avec mon innocence«) der französischen Übersetzung von Ovids METAMORPHOSEN, 6. Buch.

23 *Wie man es tänzeln sieht:* Aus LA MER, einem berühmten Chanson des französischen Sängers Charles Trenet (1913–2001).

25 *Gilda:* Die Schauspielerin Rita Hayworth (1918–1987) trat im US-amerikanischen Film noir GILDA (1946) als Rothaarige auf.

30 *Pissaladière:* Ein pizzaartiger Zwiebelkuchen aus Nizza mit Sardellen und schwarzen Oliven.

38 *Die toll Verliebten und die strengen Weisen/Verehren beide:* Aus dem Gedicht LES CHATS (Die Katzen) von Charles Baudelaire.

38 *Schakschuka:* Arabisches Eintopfgericht, in Algerien meist mit Tomaten, Zwiebeln und Ei zubereitet.

39 *Feinem goldenen Sand und rätselvollen Auges Glühen:* Aus dem Gedicht LES CHATS (Die Katzen) von Charles Baudelaire.

39 *Armes Belgien!* (PAUVRE BELGIQUE!)*:* Fragment gebliebenes Pamphlet von Charles Baudelaire.

40 *Crénom:* Verkürzung von »sacré nom de Dieu«, entspricht in etwa dem Deutschen »Herr Gott nochmal!« – Es heißt, zum Ende seines Lebens habe der unter Aphasie leidende Baudelaire nur mehr diese Silben von sich gegeben.

44 *Boutis:* Aus Marseille stammende Stickkunst mit Reliefmotiven.

57 *Integralismus:* Antimodernistische, zu Beginn des 20. Jahrhunderts vor allem in Frankreich verbreitete katholische Bewegung mit gesamtgesellschaftlichem Geltungsanspruch.

67 *Brick-Teig:* Maghrebinischer Weizenteig, dem Blätterteig ähnlich.

67 *Aasban:* Maghrebinisches Gericht aus Schafsinnereien.

67 *Tian:* Provenzalischer Auflauf auf Gemüse-, Fisch- oder Fleischbasis.

75 *Paris, c'est une blonde, qui plaît à tout le monde:* Aus dem Lied ÇA, C'EST PARIS der französischen Sängerin und Schauspielerin Mistinguett (1875–1956).

79 *Routard:* Kurzform von Guide du Routard, einer französischen Reisführermarke.

98 *Der wahrsagende Clan mit hitzigen Augen […] trug seine Kleinen fort:* Aus dem Gedicht BOHÉMIENS EN VOYAGE (Zigeuner auf Reisen) von Charles Baudelaire.

99 *Jeremiade:* Klagelied; nach dem biblischen Propheten Jeremia, dessen Prophetie zum Fall Jerusalems nicht erhört wurde.

99 *Schattenmund (bouche d'ombre):* Anspielung auf das Gedicht CE QUE DIT LA BOUCHE D'OMBRE aus LES CONTEMPLATIONS von Victor Hugo.

99 *Die Blumen des Bösen (Les Fleurs du Mal):* Gedichtband und Hauptwerk von Charles Baudelaire.

101 *Moesta et errabunda (dt. die Traurige und Umherschweifende):* Titel eines Gedichts von Charles Baudelaire.

103 *Nackt war die Liebste […] und klingend reich geschmückt:* Aus dem Gedicht LES BIJOUX (Der Schmuck) von Charles Baudelaire; Übersetzung: Monika Fahrenbach-Wachendorff, Reclam, Stuttgart 2011.

106 *Eigenartiger Anblick der Münder […] unvollendete Gesichter:* Anlehnung an Baudelaires Pamphlet PAUVRE BELGIQUE!.

107 *Calentica:* Algerische Spezialität aus Kichererbsenmehl.

107 *Cade (auch* socca *genannt):* Provenzalische Spezialität aus Kichererbsenmehl, auf runder Platte gebacken.

108 *La Périchole:* Operette des deutsch-französischen Komponisten Jacques Offenbach (1819–1880).

123 *In der niederträchtigen Menagerie unserer Laster:* Aus Baudelaires AU LECTEUR (An den Leser), dem Eingangsgedicht der BLUMEN DES BÖSEN.

123 *Volute:* Spiralförmige Einrollung, vor allem als Ornamentik an Säulen.

131 *Das hoheitsvolle Kind:* Aus dem Gedicht LE BEAU NAVIRE (Das schöne Schiff) von Charles Baudelaire; Übersetzung: Monika Fahrenbach-Wachendorff, Reclam, Stuttgart 2011.

131 *Mit ihrem sanften und triumphierenden Sinn:* Aus dem Gedicht LE BEAU NAVIRE (Das schöne Schiff) von Charles Baudelaire.

136 *Im Land so heiß und blau […] die Pfeife deinem Herrn:* Aus dem Gedicht À UNE MALABARAISE (An eine Malabarin) von Charles Baudelaire.

137 *Ich seh' dich achtlos über Leichen schreiten:* Aus dem Gedicht HYMNE À LA BEAUTÉ (Hymne an die Schönheit) von Charles Baudelaire;
Übersetzung: Monika Fahrenbach-Wachendorff, Reclam, Stuttgart 2011.

140 *Scheinheiliger Leser:* Aus dem letzten Vers von Baudelaires AU LECTEUR.
Übersetzung: Monika Fahrenbach-Wachendorff, Reclam, Stuttgart 2011.

140 *Flügelschlag der Idiotie (le vent de l'aile de l'imbécillité):* Aus Baudelaires Tagebucheintragung vom 23. Januar 1862 erschienen in der Textsammlung MON COEUR MIS À NU.

153 *Blass in seinem grünen Bett von Licht betaut:* Anlehnung an Stefan Georges Übersetzung des Gedichts LE DORMEUR DU VAL (Der Schläfer im Tal) von Arthur Rimbaud.

155 *Und der Gedanke ach, oh Gott, dass tot er ist:* Anspielung auf Victor Hugos Gedicht ELLE AVAIT PRIS CE PLI ... (Sie hatte die Gewohnheit ...) aus LES CONTEMPLATIONS von Victor Hugo.

159 *Erlaubet Gott denn solch unsäglich tiefes Leid?:* Vers des Gedichts OH! JE FUS COMME FOU ... aus LES CONTEMPLATIONS von Victor Hugo.

159 *Les Contemplations:* Gedichtesammlung von Victor Hugo, als Hommage an seine verstorbene Tochter Leopoldine verfasst.

165 *Villequier:* Ort in der Haute-Normandie, an dem Hugos Tochter Léopoldine und ihr Ehemann Charles Vacquerie ertranken.

165 *Oh, wie verrückt ich war im ersten Augenblick, und der Gedanke ach, oh Gott, dass tot sie ist, mir schien, als wär' dies nichts als nur ein übler Traum:* Der erste und letzte Vers entstammen Hugos Gedicht OH! JE FUS COMME FOU ..., der mittlere dem Gedicht ELLE AVAIT PRIS CE PLI ...

165 *Steigst aus tiefstem Himmel du, oder aus dem Schlund:* Aus dem Gedicht HYMNE À LA BEAUTÉ (Hymne an die Schönheit) von Charles Baudelaire.

165 *Wirr gesäten Wonnen und Übel im Windspiel einer Zauberin:* Anspielung auf das Gedicht HYMNE À LA BEAUTÉ (Hymne an die Schönheit) von Charles Baudelaire.

190 *Nun denn, Madame, nun denn, so höret nun Orest':* Aus der der Tragödie ANDROMACHE von Jean Racine (2. Akt, 1. Szene).

191 *Es streichelte ein Zephyr die Natur, / Süß schlief die Lis' auf grüner Flur!:* Aus der CHANSON PAILLARDE (Lumpenlied) LE PETIT CHOSE.

193 *Malthusianismus:* Nach dem englischen Ökonomen Th. R. Malthus (1766–1834) benannte wirtschaftstheoretische Bewegung, die davor warnt, dass die landwirtschaftliche Produktion mit dem Bevölkerungswachstum nicht mithalten könne.

206 *Das Fleisch ist müde:* Aus dem Gedicht BRISE MARINE (Seewind) von Stéphane Mallarmé; Übersetzung: Carl Fischer, Carl Hanser Verlag, München, Wien 1992.

206 *Ein Grab für Anatole (Pour un tombeau d'Anatole):* Posthum erschienene Gedichtsammlung von Stéphane Mallarmé über den Tod seines achtjährigen Sohnes.

210 *Liebe ist der Geschmack von Prostitution. Es gibt kein edles Vergnügen, das nicht zurückgeführt werden könnte auf die Prostitution:* Aus Baudelaires Textsammlung FUSÉES (Raketen).

211 *Im Scheine des Mondes, teurer Freund Pierrot [...] nimm mich werter Herr:* Anzügliche Parodie auf das französische Volks- und Kinderlied AU CLAIR DE LA LUNE.

216 *Sodass ich eines Tages, vor Hunger auf dem Straßenpflaster sterbend [...] in der Faulheit, in der Schande:* Aus Victor Hugos Theaterstück RUY BLAS (1. Akt, 3. Szene).

221 *Chibani:* Bedeutet auf Arabisch »Alter Mann« und designiert Gastarbeiter im Ruhestand, für gewöhnlich maghrebinischer Herkunft.

221 *Rebeu:* Verlan-Sprache für »beur«, was wiederum Verlan-Sprache ist für »arabe« und für Nachkommen maghrebinischer Einwanderer steht. Verlan steht für »à l'envers« (umgekehrt) und ist lebendiger, weit verbreiteter Slang, bei dem die Silben der gemeinten Worte verkehrt werden.

222 *Intus et in cute:* Lat. »Innen und unter der Haut«.

226 *Bois de Boulogne:* Großer Stadtpark im Westen von Paris, der auch als Ort für Prostitution bekannt ist.

227 *Er muss kleiner werden, damit ich wachsen kann:* Anlehnung an das Bibelzitat »Er muss wachsen, ich aber muss kleiner werden« (Joh 3,30).

228 *Mein entblößtes Herz* (MON CŒUR MIS À NU)*:* Sammlung posthum veröffentlichter, Fragment gebliebener Texte von Baudelaire.

241 *Félibrige:* 1854 von sieben provenzalischen Dichtern gegründeter Verein, der sich für die Erhaltung der okzitanischen Sprache und Kultur einsetzt.

242 *Pieds-noirs (»Schwarzfüße«):* Algerienfranzosen; im weiteren Sinne alle Franzosen aus den zu Kolonialzeiten französisch verwalteten Gebieten Nordafrikas.

242 *Guilloche:* Spezielles Muster aus sich überlappenden, gewellten elliptischen Linienzügen.

243 *In pectore:* Lat. »In der Brust«.

246 *Samum:* Sandsturm im nordafrikanisch-arabischen Raum.

246 *OAS (Organisation Armée Secrète):* Französische Untergrundbewegung in der Endphase des Algerienkriegs.

247 *Rue d'Isly:* Bei der sogenannten »Fusillade de la Rue d'Isly«, einer Schießerei in Algier, bei der Soldaten der französischen Armee auf französische Sympathisanten der OAS schossen, kamen am 26. März 1962 sechsundvierzig Zivilisten ums Leben.

249 *Bicot:* Rassistisch konnotiertes Schimpfwort für Nordafrikaner.

249 *Selecto:* In Algerien sehr beliebtes süßes Getränk.

253 *Kasbah:* Altstadt von Algier.

268 *Roumi:* Von Muslimen verwendete Bezeichnung für Christen bzw. Europäer.

270 *Die Dummheit, die eines Bullen Stirne krönt:* Aus dem Gedicht L'EXAMEN DE MINUIT (Prüfung um Mitternacht) von Charles Baudelaire;
Übersetzung: Monika Fahrenbach-Wachendorff, Reclam, Stuttgart 2011.

272 *Fivette:* Französische Abkürzung für In-vitro-Fertilisation mit Embryotransfer (Fécondation in vitro et transfert d'embryon).

274 *Gandura:* Gewand, das in arabischen Ländern getragen wird, ähnlich einer Tunika.

288 *Wie wimmelnde Würmer:* Aus Baudelaires AU LECTEUR (An den Leser); Anlehnung an die Übersetzung von Monika Fahrenbach-Wachendorff, Reclam, Stuttgart 2011.

288 *Der Teufel hält die Fäden, die uns leiten:* Aus Baudelaires AU LECTEUR (An den Leser); Übersetzung: Monika Fahrenbach-Wachendorff, Reclam, Stuttgart 2011.

291 *Ptosis:* Medizinischer Fachbegriff für das Herabhängen der oberen Augenlider.

294 *Wenzel Jamnitzer (1507 oder 1508–1585):* berühmter Goldschmied und Kupferstecher.

298 *Von Raben zerfressnen Augenhöhlen [...] hin- und hergeschaukelt vom Winde:* Anspielung auf die BALLADE DES PENDUS (Ballade der Gehängten) von François Villon.

300 *Mach, dass wir nicht der Höllenmacht verfallen:* Aus Villons BALLADE DES PENDUS (Ballade der Gehängten).

302 *Harki:* Algerier, der während des Algerienkriegs auf französischer Seite gekämpft hat.

308 *Ghula:* Weibliches Gegenstück zum Ghul, einem eichenfressenden Fabelwesen aus dem persisch-arabischen Kulturkreis.

308 *Chymische Hochzeit:* Anspielung auf den alchimistischen Roman Die chymische Hochzeit des Christian Rosencreutz anno 1459 von Johann Valentin Andreae (1586–1654), einem Theologen und Schriftsteller.

310 *Lebendige Fackel:* Anspielung auf das Gedicht Le Flambeau Vivant (Die Lebendige Fackel) von Baudelaire; Übersetzung: Monika Fahrenbach-Wachendorff, Reclam, Stuttgart 2011.

313 *Tod, wo ist dein Sieg:* Bibelzitat aus dem 1. Korinther (15,55)

313 *Das Leben ist mir unerträglich. Verzeiht mir:* Von der französischen Sängerin und Schauspielerin Dalida (1933–1987) vor ihrem Suizid hinterlassene Worte.

316 *Oh du mein Kiel, zersplittre! / Und über mir sei, Meer!:* Aus Arthur Rimbauds Gedicht Le Bateau ivre (Das Trunkene Schiff); Übersetzung: Paul Celan, Insel Verlag, Frankfurt am Main 2008.

316 *Pythia:* Die weissagende Priesterin im Orakel von Delphi.

316 *Cruel Summers:* Lied der Band Bananarama von 1983.

316 *To think is to be full of sorrow:* Aus dem Gedicht Ode to a Nightingale von John Keats.

321 *Parnass:* Gebirgsstock in Griechenland, der in der griechischen Mythologie Sitz des Apollons und der Musen ist und sinnbildlich für die Lyrik steht.

323 *Ellen Ripley:* Name einer Hauptfigur der Alien-Filme, gespielt von Sigourney Weaver.

328 *Den Reinen ist alles rein:* Bibelzitat; Brief des Apostels Paulus an Titus (Titus 1,15).

329 *Labender Wein (vin de vigueur):* Aus dem Gedicht Ma Bohème von Arthur Rimbaud.

329 *Schaut mich mit diesem erhabensten Blick an, der der Schönheit bleibt, wenn wir über sie triumphieren:* Anspielung auf das Gedicht Elle était déchaussée, elle était décoiffée … aus Les Contemplations von Victor Hugo.

329 *Fieber im Blut (Splendor in the Grass):* 1961 gedrehtes US-amerikanisches Liebesdrama.

329 *Teufel im Leib (Le Diable au corps):* Roman von Raymond Radiguet (1903–1923).

329 *Zeiten des Aufruhrs (Revolutionary Road):* Debütroman von Richard Yates (1926–1992).

329 *Tod einer geliebten Tochter:* Anspielung auf Victor Hugos Tochter Léopoldine.

332 *Um dich ins Loch zu stürzen dieser Welt […] Folg Deinem Ruf, leb in den Gassen!:* Anfangsstrophe der Chanson paillarde (Lumpenlied) Adieu fait toi putain (Adieu, werd zur Hure).

333 *Willst du, dass dies der Monat sei, da wir uns lieben, / Willst du, dass tief hinein wir in die Bäume gehn?:* Verse aus Victor Hugos Gedicht Elle était déchaussée, elle était décoiffée …

336 *Auf nach Messina […] Zur Heringsbouillon!:* Aus dem Lumpenlied Allons à Messine.

Neuerscheinungen aus unserem Verlagsprogramm:

**Esther Dischereit | Blumen für Otello –
Über die Verbrechen von Jena**
Klagelieder. Libretto. Dokumentation.

Mit einem Interview von Insa Wilke

Gebunden ohne Schutzumschlag

Zum Teil in deutscher und türkischer Sprache
Übersetzung aus dem Deutschen ins Türkische: Saliha Yeniyol

220 Seiten
€ (D) 29.95 | CHF 41.60* | € (A) 30.80
ISBN 978-3-905951-28-8

Yvonne Kuschel | Busenwunder
Texte und Zeichnungen,
mit 80 farbigen Abbildungen

160 Seiten
€ (D) 12.95 | CHF 15.95* | € (A) 13.40
ISBN 978-3-905951-27-1

Katja Huber | Nach New York! Nach New York!
Roman

Gebunden ohne Schutzumschlag

241 Seiten
€ (D) 19.95 | CHF 27.70* | € (A) 20.50
ISBN 978-3-905951-33-2

Urs Mannhart | Bergsteigen im Flachland
Roman

Gebunden ohne Schutzumschlag

Etwa 570 Seiten
Ca. € (D) 34.95 | CHF 48.60* | € (A) 35.90
ISBN 978-3-905951-32-5

Weitere Bücher aus unserem Verlagsprogramm:

Endo Anaconda | Walterfahren
Kolumnen 2007–2010

Emmanuelle Bayamack-Tam | Die Prinzessin von.
(La Princesse de.)
Roman

Hélène Bessette | Ida oder das Delirium
(Ida ou le délire)
Roman

Hélène Bessette | Ist Ihnen nicht kalt
(N'avez-vous pas froid)
Roman

Thomas Christen | Der Abend vor der Nacht
Roman

Beqë Cufaj | projekt@party
Roman

Jérôme Ferrari | Balco Atlantico
(Balco Atlantico)
Roman

Jérôme Ferrari | Predigt auf den Untergang Roms
(Le sermon sur la chute de Rome)
Roman

Jérôme Ferrari | Und meine Seele ließ ich zurück
(Où j'ai laissé mon âme)
Roman

Lars Gustafsson | Gegen Null
(Mot Noll)
Eine mathematische Phantasie

Jürg Halter/Tanikawa Shuntarō | Sprechendes Wasser
(Kataru mizu)
Ein Kettengedicht

Katja Huber | Coney Island
Roman

Ludwig Lewisohn | Der Fall Crump
(The Case of Mr. Crump)
Roman

Marian Pankowski | Der letzte Engeltag
(Ostatni zlot aniołów)
Ein Silvenmanuskript

Veronika Schenk | Die Wandlung
Roman

Sabine Scholl | Wir sind die Früchte des Zorns
Roman

Magda Szabó | Die Elemente
(Pilátus)
Roman

Nils Trede | Das versteinerte Leben
(La Vie pétrifiée)
Roman

Christian Uetz | Nur Du, und nur Ich
Roman in sieben Schritten

Christian Uetz | Sunderwarumbe – Ein Schweizer Requiem
Roman

Steven Uhly | Adams Fuge
Roman

Steven Uhly | Glückskind
Roman

Steven Uhly | Mein Leben in Aspik
Roman

Peter Zimmermann | Stille
Roman

Leseproben finden Sie auf:
www.secession-verlag.com

* Bei den Schweizer Preisen handelt es sich um unverbindliche Preisempfehlungen (UVP). Änderungen vorbehalten.
Stand: 1. Januar 2014